HIELO NEGRO

BECCA FITZPATRICK

HIELO NEGRO

Traducción de Victoria Morera

B DE BLOK

Barcelona • Madrid • Bogotá • Buenos Aires • Caracas • México D.F.
Miami • Montevideo • Santiago de Chile

Título original: *Black Ice*
Traducción: Victoria Morera
1.ª edición: noviembre, 2014
1.ª reimpresión: noviembre, 2014

© 2014 by Becca Fitzpatrick
© Ediciones B, S. A., 2014
    para el sello B de Blok
    Consell de Cent, 425-427 - 08009 Barcelona (España)
    www.edicionesb.com

Printed in Spain
ISBN: 978-84-16075-19-5
DL B 20050-2014

Impreso por QP PRINT

Para Riley y Jace,
quienes me cuentan historias

Agradecimientos

Esta novela ha sido escrita por muchas manos.

Gracias a Zareen Jaffery, mi editora, por tu sabiduría y dedicación. Algunas de las mejores partes de esta novela son mérito tuyo.

Christian Teeter y Heather Zundel, una escritora no podría tener unas primeras lectoras ni hermanas mejores. Nunca me preocupó que no me dijerais, exactamente, lo que opinabais de *Hielo negro*. Al fin y al cabo, siempre, desde que era pequeña, me habéis dicho lo que opináis sobre mi ropa, mi cabello, mis novios y mis gustos sobre la música y el cine. ¡Sois lo mejor de lo mejor!

No puedo dejar de mencionar a Jenn Martin, mi asistente, cuyo cerebro funciona de un modo muy diferente al mío: el suyo es organizado. Jenn, gracias por ocuparte de todo lo demás para que yo pudiera concentrarme en escribir.

Gracias a mis amigos de Simon & Schuster. Entre ellos, a Jon Anderson, Justin Chanda, Anne Zafian, Julia Maguire, Lucy Ruth Cummins, Chrissy Noh, Katy Hershberger, Paul Crichton, Sooji Kim, Jenica Nasworthy y Chava Wolin. No podría haber encontrado un equipo editor mejor. ¡Chocad esos cinco y un montón de abrazos a todos!

Katherine Wiencke, gracias por corregir *Hielo negro*.

Como siempre, valoro la perspicacia y visión para los negocios de mi agente, Catherine Drayton. Y, hablando de agentes, también tengo el placer de trabajar con la mejor agente de derechos en el extranjero de la industria. Gracias, Lyndsey Blessing, por poner mis novelas a disposición de los lectores en otras partes del mundo.

Erin Tangeman, del bufete de abogados Nebraska Attorney General's Office, merece todas mis alabanzas por su gestión de las cuestiones legales relacionadas con mis novelas. Cualquier error es responsabilidad mía.

Gracias a Jason Hale por la idea de las pegatinas de la pesca con mosca en el parachoques del Wrangler de Britt.

Sé que Josh Walsh, como hombre modesto que es, está cansado de que lo mencione en mis libros, pero valoro profundamente sus conocimientos farmacéuticos.

Por último, querido lector, la verdad es que, en última instancia, esta novela está en tus manos gracias a ti. Nunca te estaré lo bastante agradecida por leer mis novelas.

Abril

La oxidada camioneta Chevy se detuvo. Lauren Huntsman se dio un golpe en la cabeza contra la ventanilla del copiloto y se despertó bruscamente.

Parpadeó varias veces con somnolencia. Tenía la cabeza llena de fragmentos rotos y desparramados de recuerdos que, si lograba unirlos, formarían una unidad; una ventana que le permitiría acordarse de lo que había ocurrido aquella noche, pero ahora esa ventana estaba rota en mil pedazos en el interior de su dolorida cabeza.

Se acordaba de una ruidosa música *country*, de risas estridentes y de un televisor que, colgado de una pared, emitía los momentos más importantes de unos encuentros de la NBA. Una iluminación tenue. Unas estanterías con docenas de botellas de color verde, ámbar y negro.

Negro.

Ella pidió un trago de aquella botella porque le producía una agradable borrachera. Una mano firme vertió el licor en su vaso y ella se lo bebió de un trago.

—Otro —pidió, y dejó el vaso vacío sobre la barra.

Se acordaba de que se había balanceado pegada a las caderas del vaquero mientras bailaban al son de una música lenta. Le quitó el sombrero. Le quedaba mejor a ella. Se trataba de un Stetson negro que hacía conjunto con su ajustado vestido negro, su bebida negra y su humor de perros. Afortunadamente, resultaba difícil estar de malhumor en un antro cutre como aquel. El bar constituía una rara piedra preciosa en el ambiente estirado y cursi de Jackson Hole, Wyoming, donde estaba pasando las vacaciones con su familia. Había salido a hurtadillas y sus padres nunca la encontrarían en aquel lugar. Esta idea fue, para ella, como un faro en el horizonte. Pronto iría demasiado pedo para recordar su aspecto. Sus críticas miradas ya empezaban a diluirse en su memoria, como la pintura aguada que resbala sobre la tela.

Pintura. Color. Arte. Ella había intentado huir allí, a un mundo progresista de tejanos y dedos manchados de pintura, pero ellos no se lo habían permitido y la habían apartado de aquellos ambientes. No querían a una artista de espíritu libre en la familia. Querían una hija con un diploma de Stanford.

Si la quisieran, ella no se pondría vestidos baratos y ajustados que enfurecían a su madre ni se apasionaría por causas que atentaban contra el egoísmo y la rígida y elitista moral de su padre.

Casi deseó que su madre estuviera allí para verla bailar y deslizarse por la pierna del vaquero; cadera con cadera; mientras le murmuraba al oído las cosas más escandalosas que se le ocurrían. Solo dejaron de bailar cuando él se fue a la barra para conseguirle otra copa. Ella habría jurado que sabía de un modo diferente a las anteriores. O quizás estaba tan pedo que se imaginaba que tenía un sabor amargo.

Él le preguntó si quería ir a algún lugar privado.

Lauren solo titubeó durante unos segundos. Si su madre lo desaprobaría, entonces la respuesta era obvia.

La portezuela del copiloto se abrió y la visión de Lauren dejó de balancearse el tiempo suficiente para centrarse en el vaquero. Por primera vez, se fijó en que tenía el puente de la nariz torcido. Probablemente, era un recuerdo de una pelea de bar. Saber que tenía un carácter explosivo debería haber hecho que lo deseara más, pero, extrañamente, deseó conocer a un hombre que supiera dominarse en lugar de dejarse llevar por arrebatos infantiles. Este era el tipo de actitud civilizada que su madre defendería.

Lauren se fustigó interiormente y culpó al cansancio de su irritante sensiblería. Necesitaba dormir. ¡Pero ya!

El vaquero le quitó el Stetson y volvió a ponérselo sobre su enmarañado pelo rubio.

—Quien lo encuentra, se lo queda —quiso protestar ella, pero las palabras no salieron de su boca.

Él la levantó del asiento y la colgó de su hombro. Se le subió la falda del vestido y ella intentó bajarla, pero las manos no le obedecían. Notaba la cabeza tan pesada y frágil como uno de los jarrones de cristal de su madre. De repente, y de una forma alucinante, su cabeza se volvió más ligera y pareció separarse de su cuerpo. No recordaba cómo había llegado hasta allí. ¿Había sido en una camioneta?

Lauren contempló los talones de las botas del vaquero, que avanzaban por la embarrada nieve. Su cuerpo rebotaba con cada paso, lo que hacía que se le revolviera el estómago. El aire helado y el penetrante olor de los pinos hicieron que le escociera el interior de la nariz. Las cadenas de un columpio rechinaron y el viento silbó levemente en la oscuridad. Aquel sonido la hizo suspirar. Y estremecer.

Lauren oyó que el vaquero abría una puerta. Intentó mantener los párpados abiertos el tiempo suficiente para percibir su entorno. Por la mañana, llamaría a su hermano y le pediría que fuera a buscarla. ¡Siempre que pudiera darle alguna indicación!, pensó irónicamente. Su hermano la llevaría de vuelta al hotel. Le daría una bronca por ser alocada y autodestructiva, pero iría a buscarla. Siempre lo hacía.

El vaquero la dejó de pie y la agarró por los hombros hasta que se mantuvo en equilibrio. Lauren miró lentamente alrededor. Estaba en una cabaña. Él la había llevado a una cabaña de troncos. El salón en el que se encontraban estaba amueblado con muebles rústicos de madera de pino, del tipo que parecían horteras en cualquier lugar menos en una cabaña. Una puerta abierta que se hallaba situada al fondo del salón conducía a un pequeño trastero cuyas paredes estaban cubiertas de estanterías de plástico. El trastero estaba vacío salvo por un poste que iba del suelo al techo y una cámara con trípode que lo enfocaba.

A pesar del aturdimiento que sentía, el miedo se apoderó de Lauren. Tenía que pirarse. Algo muy malo iba a suceder.

Pero sus pies no la obedecieron.

El vaquero la colocó de espaldas al poste y, cuando la soltó, las piernas de Lauren se doblaron. Los tacones de aguja de sus zapatos se rompieron cuando sus piernas se estiraron en el suelo. Estaba demasiado borracha para volver a ponerse de pie. La cabeza le daba vueltas y parpadeó frenéticamente mientras intentaba localizar la puerta del trastero. Pero cuanto más se esforzaba en concentrarse, más deprisa giraba la habitación a su alrededor. Sintió náuseas y se inclinó a un lado para que el vómito no le manchara el vestido.

—Te dejaste esto en el bar —declaró el vaquero, y le puso su gorra de béisbol de los Cardinals.

La gorra se la había regalado su hermano unas semanas antes, cuando la admitieron en Stanford. Seguramente, sus padres se lo habían contado. De una forma sumamente sospechosa, se la regaló poco después de que ella les anunciara que no pensaba ir a Stanford ni a ninguna otra universidad. Su padre se puso tan rojo y contuvo tanto la respiración que Lauren creyó que le saldría humo de las orejas como a un personaje de dibujos animados.

El vaquero le raspó la mejilla con los nudillos de la mano mientras le quitaba la cadena de oro que colgaba de su cuello.

—¿Es valioso? —le preguntó mientras examinaba de cerca el medallón con forma de corazón.

—... mío —declaró ella a la defensiva.

Podía quitarle su apestoso Stetson, pero el medallón era de ella. Sus padres se lo habían regalado doce años atrás, la noche de su primer espectáculo de ballet. Fue la primera y única vez que aprobaron una de sus iniciativas. Era la única prueba de que, en el fondo, ellos la querían. Aparte del ballet, su infancia había estado dominada y moldeada por ellos.

Dos años antes, cuando ella tenía dieciséis, empezó a tener una visión de la vida propia. Arte, teatro, música indie, provocación, danza contemporánea, manifestaciones con activistas políticos e intelectuales que dejaron la universidad para realizar estudios alternativos (¡nada de marginados!) y un novio con una mente brillante y torturada que fumaba hierba y garabateaba poesía en las paredes de las iglesias, los bancos de los parques, los coches y en la hambrienta alma de Lauren.

Sus padres dejaron clara su oposición al nuevo estilo de vida de Lauren. Respondieron con toques de queda más severos, normas más estrictas, menos libertad y más represión. La rebeldía fue la única manera que se le ocurrió de plantarles cara. Lloró cuando abandonó el ballet, pero lo hizo porque quería hacerles daño. No podían elegir las partes o aspectos de ella que querían. O la aceptaban incondicionalmente, o la perderían por completo. Este fue el trato. Cuando cumplió dieciocho años, su determinación era firme como el hierro.

—... mío —repitió.

Tuvo que hacer uso de toda su capacidad de concentración para pronunciar esta palabra. Tenía que recuperar el medallón y tenía que pirarse. Lo sabía. Pero una extraña sensación se había apoderado de ella; era como si, a pesar de ver lo que ocurría, no sintiera ninguna emoción.

El vaquero colgó el medallón en el pomo de la puerta y, cuando tuvo las manos libres, le ató las muñecas con una áspera cuerda. Apretó el nudo y Lauren realizó una mueca de dolor. No podía hacerle esto, pensó ella con un sentimiento de desapego. Había accedido a ir allí con él, pero no había accedido a aquello.

—Suél...tame —balbuceó.

Su exigencia sonó tan débil y poco convincente que Lauren se ruborizó. Le encantaba el lenguaje; todas las palabras que guardaba en su interior: palabras bonitas, claras, cuidadosamente elegidas, vigorizantes... Deseó sacarlas de su mente en aquel instante, pero cuando hurgó en su interior, solo encontró un agujero. Las palabras habían caído de su desordenado cerebro.

Inclinó el cuerpo hacia delante, pero fue inútil. Él la había atado al poste. ¿Cómo conseguiría recuperar el medallón? La idea de perderlo para siempre hizo que el pánico creciera en su interior. ¡Si su hermano le hubiera devuelto la llamada! Para ponerlo a prueba, le había dejado un mensaje en el que le decía que iba a salir de copas. Lo ponía a prueba continuamente, casi todos los fines de semana, pero aquella era la primera vez que él no respondía su llamada. Ella necesitaba saber que se preocupaba por ella hasta el punto de impedir que cometiera una estupidez.

¿La había dado finalmente por perdida?

El vaquero se iba. Cuando llegó a la puerta, levantó ligeramente el ala de su Stetson. La miró con suficiencia y codicia. Lauren se dio cuenta de la enormidad de su error. Ella ni siquiera le gustaba. ¿Le haría chantaje amenazándola con difundir unas fotos comprometedoras? ¿Por eso había una cámara en la habitación? Debía de saber que sus padres pagarían lo que fuera para evitarlo.

—Tengo una sorpresa para ti en el cobertizo que hay en la parte de atrás —comentó él arrastrando las palabras—. No te largues de aquí, ¿me oyes?

Lauren empezó a respirar deprisa y caóticamente. Quería explicarle lo que pensaba de su sorpresa. Pero sus ojos se cerraron un poco más y cada vez le costaba más volver a abrirlos. Se echó a llorar.

Ya se había emborrachado otras veces, pero nunca como ahora. Seguramente, él la había drogado. Debió de echar algo en su bebida que la hacía sentirse torpe y confusa. Frotó la cuerda contra el poste. O lo intentó. El sueño hacía que le costara moverse. Tenía que evitar dormirse. Algo terrible sucedería cuando él regresara. Tenía que convencerlo de que no lo hiciera.

Antes de lo que esperaba, su figura oscureció el vano de la puerta. Las luces del salón lo iluminaban por detrás y proyectaban una sombra que lo doblaba en altura en el suelo del trastero. Se había quitado el Stetson y parecía más robusto de lo que recordaba, pero no fue en eso en lo que Lauren se fijó. Su mirada se dirigió a las manos de él. Tiraba de una cuerda entre ellas, como si quisiera comprobar que resistiría.

Se acercó a ella y, con manos agitadas, le rodeó el cuello con la cuerda. Estaba detrás de ella y utilizó la cuerda para presionar su cuello contra el poste. Unas lucecitas brillaron en el interior de los párpados de Lauren. Él tiraba de la cuerda con fuerza.

Ella supo, instintivamente, que estaba nervioso y excitado. Lo notó en el intenso temblor de su cuerpo. Percibió los jadeos entrecortados de su respiración, que cada vez era más intensa, pero no debido al esfuerzo, sino a la adrenalina. El terror hizo que se le revolviera el estómago. Él estaba disfrutando. Un extraño sonido ahogado llenó sus oídos y se dio cuenta, horrorizada, de que se trataba de su voz. El sonido pareció asustarlo. Soltó una maldición y tiró de la cuerda con más fuerza.

Ella gritó una y otra vez interiormente. Gritó mientras la presión en su garganta aumentaba y la arrastraba al borde de la muerte.

Él no quería fotografiarla. Quería matarla.

No permitiría que aquel espantoso lugar fuera su último recuerdo. Cerró los ojos, se desmayó y se sumergió en la oscuridad.

Un año después

1

Si me moría, no sería por hipotermia.

Llegué a esta conclusión mientras apretujaba el saco de dormir de plumas de ganso en la parte trasera del Wrangler y lo sujetaba junto con las cinco bolsas de ropa y equipo, las mantas polares, los forros de seda para los sacos de dormir, las botas de montaña y las esterillas. Cuando estuve convencida de que nada saldría volando durante el viaje de tres horas a Idlewilde, cerré la puerta trasera del jeep y me limpié las manos en mis shorts tejanos.

La voz melodiosa de Rod Stewart cantó en mi móvil: «*If you want my body...*» Yo retuve la llamada para cantar con él: «*... and you think I'm sexy.*» Al otro lado de la calle, la señora Pritchard cerró de golpe la ventana de su salón, pero yo, sinceramente, no podía desperdiciar un tono de llamada perfecto.

—Hola, tía —me saludó Korbie mientras hacía explotar un globo de chicle—. ¿Vienes o qué?

—Solo hay un pequeño problema. El jeep está a tope —le expliqué mientras exhalaba un suspiro exagerado. Korbie y yo éramos amigas íntimas de toda la vida, aunque nos tratábamos más bien como hermanas. Tomarnos el pelo formaba parte de la relación—. Ya he metido los sacos de dormir y el equipo, pero tendremos que dejar una de las bolsas, la azul marino con asas rosa.

—¡Si no llevas mi bolsa, ya puedes despedirte de mi jodido dinero para la gasolina!

—¡Sabía que utilizarías la carta de niña rica!

—Si lo soy, ¿por qué esconderlo? En cualquier caso, deberías culpar a toda la gente que se divorcia y contrata a mi madre para el papeleo. Si la gente arreglara sus asuntos con un simple beso, mi madre estaría en el paro.

—Entonces tendrías que mudarte. En lo que a mí concierne, el divorcio mola.

Korbie se rio.

—Acabo de llamar a Bear. Ni siquiera ha empezado a empacar sus cosas, pero me ha prometido que se reunirá con nosotras en Idlewilde antes de que anochezca.

La familia de Korbie era la propietaria de Idlewilde, una pintoresca cabaña situada en el parque nacional Grand Teton, y, durante la semana siguiente, Idlewilde sería lo más cerca que estaríamos de la civilización.

—Le he dicho que si tengo que sacar a los murciélagos de los aleros yo sola, puede estar seguro de que tendrá unas largas y castas vacaciones de primavera —continuó Korbie.

—Todavía me alucina que tus padres te dejen pasar las vacaciones con tu novio.

—Bueno... —empezó Korbie titubeante.

—¡Lo sabía! ¡Sabía que escondías algo!

—Calvin irá de carabina.

—¿Qué?

Korbie realizó un sonido gutural.

—Viene a casa para las vacaciones de primavera y mi padre lo obliga a acompañarnos. No he hablado con él, pero probablemente estará cabreado. Odia que nuestro padre le organice la vida. Sobre todo ahora que ya está en la universidad. Estará de un humor de perros y seguro que la tomará conmigo.

Me flaquearon las rodillas y me apoyé en el parachoques del jeep. Respirar me dolía. De repente, el fantasma de Calvin estaba por todas partes. Me acordé de la primera vez que nos besamos. Fue mientras jugábamos al escondite junto al río que hay detrás de su casa. Calvin toqueteó el cierre de mi sujetador y metió su lengua en mi boca mientras los mosquitos silbaban junto a mis oídos. Malgasté cinco páginas de mi diario relatando hasta la saciedad lo que ocurrió.

—Llegará a la ciudad en cualquier momento —añadió Korbie—. De acuerdo, que venga es un asco, pero tú ya lo has superado, ¿no?

—Sí, sí, ya lo he superado —le contesté confiando que mi voz sonara despreocupada.

—No quiero que te sientas incómoda, ¿sabes?

—¡Por favor, hace siglos que no pienso en tu hermano! ¿Y si os vigilo yo? —solté a continuación—. Diles a tus padres que no hace falta que venga.

La verdad es que no estaba preparada para volver a ver a Calvin. ¿Y si me escaqueaba y no iba al viaje? Podía fingir que estaba enferma. Lo malo es que se trataba de mi viaje. Yo había trabajado duro para realizarlo y no permitiría que Calvin arruinara mis planes. Ya había arruinado demasiadas cosas en mi vida.

—No colará —replicó Korbie—. Además, Calvin se reunirá con nosotros directamente en Idlewilde esta noche.

—¿Esta noche? ¿Y sus cosas? No tiene tiempo de empacarlas —señalé yo—. Nosotras llevamos días empacando.

—¡Estamos hablando de Calvin! Él es... medio montañero. ¡Espera... Bear está en la otra línea! Enseguida te llamo.

Colgué y me tumbé en la hierba. «Inhala... Exhala...» Justo cuando había decidido seguir adelante, Calvin aparecía de nuevo en mi vida y me arrastraba al ring para un segundo asalto. Era para echarse a llorar. Para variar, Calvin tenía que decir la última palabra, pensé con cinismo.

No me extrañaba que no necesitara tiempo para preparar sus cosas. La verdad es que, prácticamente, había crecido ejercitando el alpinismo en Idlewilde. Seguramente, ya tenía el equipo preparado en el armario; listo para utilizarlo en cualquier momento.

Rebobiné mi memoria varios meses, hasta el otoño. Calvin ya llevaba cinco semanas en Stanford cuando me dejó. Por el teléfono. Una noche que yo realmente lo necesitaba a mi lado. Pero no quería pensar en ello. Me dolía demasiado recordar cómo se había desarrollado aquella noche. Y cómo había terminado.

Korbie sintió lástima por mí y, de una forma poco habitual

y confiando en que esto me animara, me permitió planificar nuestras últimas vacaciones de primavera del instituto. Nuestras otras dos amigas íntimas, Rachel y Emilie, irían a Hawái. Korbie y yo hablamos de ir con ellas a las playas de Oahu, pero yo debía de ser masoca, porque dije adiós a Hawái y le anuncié que, al cabo de seis meses, empacaríamos nuestras cosas para hacer alpinismo en las Teton. Si, en aquel momento, Korbie adivinó por qué elegí ir a aquellas montañas, fue lo bastante sensible para no mencionarlo.

Yo sabía que las vacaciones de Calvin se solaparían con las nuestras. También sabía que le encantaba acampar y hacer alpinismo en aquellas montañas, y esperaba que, cuando se enterara de que íbamos a ir allí, se apuntara a ir con nosotras. Deseaba, desesperadamente, pasar tiempo con él, conseguir que me viera de otra manera y que se arrepintiera de haber sido tan estúpido como para dejarme.

Pero después de meses de no saber nada de él, por fin había captado el mensaje: Calvin no estaba interesado en pasar las vacaciones en las Teton porque yo ya no le interesaba. No quería volver a salir conmigo. De modo que dejé a un lado toda esperanza y endurecí mi corazón. Había terminado definitivamente con Calvin. Ahora realizaría el viaje solo por mí.

Aparté los recuerdos de mi mente e intenté concentrarme en mis siguientes pasos. Calvin volvía a casa. Después de ocho meses, lo vería y él me vería a mí. ¿Qué le diría? ¿Resultaría incómodo?

¡Claro que resultaría incómodo!

Me avergonzó que mi siguiente pensamiento fuera absolutamente vanidoso: me pregunté si había ganado peso desde la última vez que nos vimos. No lo creía. En todo caso, mis piernas estaban más esculpidas porque, durante el invierno, había corrido y levantado pesas como preparación para la salida a la montaña. Intenté centrarme en la idea de que, ahora, mis piernas eran sexys, pero esto no hizo que me sintiera mejor. En realidad, tenía ganas de vomitar. Estaba claro que no podía volver a ver a Calvin. Creía que lo había superado, pero, en aquel momento, el dolor invadió de nuevo mi pecho.

Me obligué a respirar hondo varias veces seguidas para reponerme y escuché la radio del Wrangler, que sonaba de fondo. En aquel momento, no emitía ninguna canción, sino el pronóstico del tiempo.

«... dos frentes tormentosos se dirigen al sureste de Idaho. Esta noche, el riesgo de lluvia será del noventa por ciento con posibilidad de fuertes vientos y tormentas eléctricas.»

Me puse las gafas de sol sobre la cabeza y escudriñé el cielo azul de un horizonte a otro: ni sombra de nubes. En cualquier caso, si era verdad que iba a llover, quería estar en la carretera antes de que empezara. Me alegré de irme de Idaho y alejarme de la tormenta rumbo a Wyoming.

—¡Papá! —grité aprovechando que las ventanas de nuestra casa estaban abiertas.

Segundos después, mi padre apareció en el umbral de la puerta. Volví la cara hacia él y puse mi expresión más inocente.

—Necesito dinero para la gasolina, papi.

—¿Qué ha pasado con tu mensualidad?

—He tenido que comprar cosas para el viaje —le informé.

—¿Nadie te ha explicado que el dinero no crece en los árboles? —se burló él mientras me contemplaba y sacudía la cabeza con una actitud paternal.

Yo me levanté de un salto y lo besé en la mejilla.

—En serio que necesito dinero para la gasolina.

—Sí, ya lo supongo. —Abrió su cartera, exhaló un leve suspiro y me dio cuatro billetes de veinte dólares viejos y arrugados—. No permitas que el depósito se vacíe por debajo de un cuarto de su capacidad, ¿me oyes? En las montañas hay pocas gasolineras y no hay nada peor que quedarse tirado ahí arriba.

Me guardé el dinero y le sonreí angélicamente.

—Será mejor que duermas con el móvil y una cuerda de remolcar debajo de la almohada. Por si acaso.

—Britt...

—Solo estaba bromeando, papá —repliqué mientras soltaba una risita—. No me quedaré tirada en las montañas.

Subí al Wrangler. Había bajado la capota y el sol había calentado el asiento. Enderecé la espalda y miré mi reflejo en el retrovisor. A finales de verano, mi cabello sería tan claro como la mantequilla. Y habría añadido diez pecas a todas las que ya tenía. Había heredado genes alemanes por parte de mi padre y suecos por la de mi madre. ¿Riesgo de sufrir quemaduras solares? Sí, de un ciento por ciento. Tomé el sombrero de paja que estaba en el asiento del copiloto y me lo ajusté a la cabeza. Como remate, iba con chanclas.

El atuendo perfecto para el 7-Eleven.

Diez minutos más tarde, estaba en la gasolinera llenando un vaso con Slurpee de frambuesas azules. Bebí un sorbo y rellené el vaso. Willie Hennessey, que estaba al otro lado del mostrador, me lanzó una mirada recriminatoria.

—¡Nada, nada, no te cortes! —exclamó.

—Ya que me lo ofreces... —respondí alegremente.

Bebí otro sorbo con la pajita y volví a llenar el vaso.

—Se supone que soy el encargado de mantener el orden y hacer cumplir la ley en este lugar.

—Solo han sido dos sorbitos, Willie. Nadie se va a arruinar por dos sorbitos. ¿Desde cuándo eres tan tiquismiquis?

—Desde que empezaste a robar el granizado y a fingir que no sabes hacer funcionar el surtidor obligándome a salir y llenar el depósito de tu jeep. Cada vez que vienes me dan ganas de cerrar.

Yo arrugué la nariz.

—No quiero que las manos me huelan a gasolina. Y tú eres muy bueno llenando el depósito, Willie —contesté con una sonrisa halagüeña.

—La práctica hace al experto —murmuró él.

Recorrí los pasillos en busca de Twizzlers y Cheez-Its y pensé que, si a Willie no le gustaba llenar depósitos de gasolina, debería buscar otro empleo. Entonces sonó la campanilla de la puerta. No oí ningún sonido de pasos, pero, de repente, unas manos cálidas y callosas me taparon los ojos desde detrás.

—¿Quién soy?

Su familiar olor a jabón me dejó helada. Recé para que no notara en las manos que me había ruborizado. Durante un minuto larguísimo, no encontré mi voz: se había encogido y rebotaba dolorosamente en mi garganta.

—Dame una pista —declaré confiando en que mi voz sonara aburrida..., o ligeramente enojada. Cualquier cosa menos dolida.

—Bajo. Gordo. Con unos dientes repugnantes.

Después de todos aquellos meses, volví a oír su voz suave y burlona. Me sonó extraña y familiar a la vez. Sentirlo tan cerca me puso de los nervios y tuve miedo de gritarle. Allí mismo, en el 7-Eleven. Aunque, si se acercaba más a mí, tenía miedo de no gritarle. Y quería gritarle. Me había pasado ocho meses ensayando lo que le diría y estaba lista para soltárselo.

—En ese caso debes de ser... Calvin Versteeg.

Mi voz sonó cortés y natural. Estaba convencida. Y esto me produjo un gran alivio.

Cal se colocó delante de mí y apoyó un codo en la estantería del extremo del pasillo. Me sonrió con picardía. Dominaba su maldito encanto desde hacía años. Yo piqué el anzuelo en su momento, pero ahora era más fuerte.

Ignoré su bonito rostro y le di una rápida ojeada sin demostrar el menor interés. Por lo visto, aquella mañana no se había peinado. Y llevaba el pelo más largo de lo que yo recordaba. Cuando practicaba el alpinismo, en pleno verano, el sudor goteaba de los extremos de sus cabellos y estos adquirían el color de la corteza de los árboles. El recuerdo hizo que algo me doliera interiormente. Aparté a un lado la nostalgia y lo miré con frialdad.

—¿Qué quieres?

Sin pedirme permiso, giró la pajita hacia él y bebió un trago de mi granizado. Después, se secó la boca con el dorso de la mano.

—Háblame de la acampada.

Yo puse el granizado fuera de su alcance.

—¡No es una acampada, vamos a hacer alpinismo!

Para mí era importante dejar claro este detalle. Cualquiera podía acampar, pero para practicar el alpinismo se requería habilidad y coraje.

—¿Ya tenéis todo lo necesario? —continuó él.

—Sí, y también algunos caprichos. —Me encogí de hombros—. Una chica necesita su lápiz de labios.

—Seamos sinceros: Korbie no te dejará salir de la cabaña. Le horroriza el aire libre y tú no sabes negarle nada. —Se dio unos golpecitos en la cabeza con dos dedos—. Os conozco, chicas.

Lo miré indignada.

—Caminaremos durante una semana entera. Realizaremos una ruta de setenta kilómetros.

Bueno, quizás estaba exagerando. De hecho, Korbie solo había accedido a caminar cuatro kilómetros diarios como mucho y había insistido en hacerlo en círculos alrededor de Idlewilde por si necesitaba acceder con urgencia a las comodidades de la cabaña y la televisión por cable. Aunque yo nunca esperé caminar durante una semana entera, había planeado dejar a Korbie y a Bear en la cabaña y realizar salidas de un día yo sola. Quería poner a prueba mi entrenamiento. Evidentemente, como Calvin nos acompañaría, pronto averiguaría nuestros verdaderos planes, pero de momento mi prioridad consistía en impresionarlo. Estaba harta de sus continuas insinuaciones en el sentido de que no podía tomarme en serio. De todos modos, aunque luego me criticara, siempre podía alegar que yo quería caminar durante toda la semana y que había sido Korbie quien se había negado. Calvin podía aceptar esta excusa.

—Ya sabes que muchos caminos todavía están cubiertos de nieve, ¿no? Y los refugios aún no han abierto, de modo que habrá poca gente. Incluso el centro Jenny Lake de los guardias forestales está cerrado. Así que, en esta época, la seguridad personal es responsabilidad de cada uno. Nadie te garantiza que, en caso de necesidad, acudan a rescatarte.

Yo lo miré con los ojos muy abiertos.

—¡No me digas! No me he lanzado a la aventura a ciegas, Calvin —solté yo—. Lo tengo todo estudiado. Todo irá bien.

Él se frotó la boca mientras ocultaba una sonrisa. Sus pensamientos eran perfectamente claros para mí.

—En realidad no crees que pueda hacerlo, ¿no? —declaré mientras intentaba no parecer ofendida.

—Lo único que creo es que os lo pasaréis mejor si vais a

Lava Hot Springs. Allí podréis bañaros en las piscinas de aguas termales.

—Llevo entrenándome para este viaje todo el año —argumenté yo—. Lo que pasa es que no sabes cuánto me he esforzado porque no has estado por aquí. Hace ocho meses que no nos vemos y ya no soy la chica que dejaste atrás. Ya no me conoces.

—Está bien —declaró él, y levantó las manos indicando que solo se trataba de una sugerencia inocente—. ¿Pero por qué Idlewilde? Allí no hay nada que hacer. Al segundo día, Korbie y tú estaréis más que aburridas.

No entendía por qué estaba tan decidido a disuadirme de ir a Idlewilde. Él adoraba aquel lugar y sabía, tan bien como yo, que allí se podían hacer un montón de cosas. Entonces lo comprendí. La cuestión no era que fuéramos o no a Idlewilde. Lo que Calvin no quería era acompañarnos. No quería pasar tiempo conmigo. Si conseguía que yo renunciara al viaje, su padre no lo obligaría a acompañarnos y podría hacer lo que quisiera durante sus vacaciones.

Mientras asimilaba aquella dolorosa información, carraspeé.

—¿Cuánto te pagan tus padres para que nos acompañes?

Me miró de arriba abajo con una actitud crítica fingida y exagerada y respondió:

—No lo suficiente.

De modo que así era cómo iba a ir la historia: un poco de flirteo sin consecuencias por aquí, un poco de guasa por allá... Tomé, mentalmente, un rotulador negro y taché el nombre de Calvin con una enorme X.

—Para que quede claro, yo estaba en contra de que vinieras. ¿Tú y yo pasando tiempo juntos otra vez? No me imagino nada peor.

Aquellas palabras habían sonado mejor en mi mente, pero ahora flotaban entre nosotros y me parecieron mezquinas y desagradables: justo las que habría dicho una ex novia despechada. Pero yo no quería que él supiera que yo todavía me sentía dolida. No cuando él era todo sonrisas y guiños de complicidad.

—¿Ah, sí? Pues el carabina acaba de adelantar tu toque de queda en una hora —bromeó él.

Yo señalé con la cabeza más allá del ventanal de la tienda, en dirección al BMW X5 con tracción a cuatro ruedas que estaba aparcado en la calle.

—¿Es tuyo? —le pregunté—. ¿Otro regalo de tus padres? ¿O en Stanford haces algo más que perseguir a las chicas? Algo como tener un trabajo respetable.

—Mi trabajo consiste en perseguir a las chicas. —Esbozó una sonrisa odiosa—. Aunque yo no lo llamaría respetable.

—¿Así que no tienes novia?

No tuve valor para mirarlo a la cara, pero me sentí muy orgullosa del tono indiferente de mi voz. Me dije a mí misma que no me importaba cuál fuera su respuesta. De hecho, si él había pasado página, eso era un incentivo más para que yo hiciera lo mismo.

Él me miró.

—¿Por qué me lo preguntas? ¿Tú sí que tienes novio?

—Pues claro.

—¡Sí, ya! —soltó él—. Si lo tuvieras, Korbie me lo habría contado.

Yo me mantuve en mis trece y arqueé las cejas con suficiencia.

—Lo creas o no, hay cosas que Korbie no te cuenta.

Calvin frunció el ceño.

—¿Quién es él? —me preguntó con recelo.

Me di cuenta de que se estaba planteando si creerme o no. La mejor manera de reparar una mentira es, precisamente, no contar otra, pero, de todos modos, eso fue lo que hice.

—No lo conoces. Es nuevo en la ciudad.

Calvin sacudió la cabeza.

—Demasiado fácil. No te creo.

Sin embargo, el tono de su voz sugería que podía llegar a creerme.

Sentí la imperiosa necesidad de demostrarle que yo había seguido adelante tanto si habíamos cerrado nuestra relación como si no. En nuestro caso era que no. Y no solo eso, sino que había encontrado un tío mucho, muchísimo mejor que él. Mientras Calvin estaba ocupado siendo un empalagoso mujeriego en California, yo no..., repito, yo no me pasaba los días lloriqueando y contemplando viejas fotografías de él.

—Compruébalo por ti mismo. Es aquel —dije sin pensármelo dos veces.

Calvin siguió con la mirada mi gesto en dirección a un Volkswagen Jetta rojo que estaba repostando en el surtidor más cercano a la tienda. El tío que llenaba el depósito debía de ser dos años mayor que yo. Tenía el cabello de color castaño y lo llevaba muy corto, lo que dejaba al descubierto la perfecta simetría de sus facciones. Tenía el sol a la espalda y las sombras remarcaban las depresiones de debajo de sus pómulos. No pude distinguir el color de sus ojos, pero deseé que fueran marrones. Por nada en especial, solo porque los de Calvin eran de un verde profundo e intenso. Aquel tío tenía unos hombros rectos y musculosos que me hicieron pensar en un nadador profesional y no lo había visto nunca antes.

—¿Aquel tío? Lo he visto cuando entraba. La matrícula del coche es de Wyoming —declaró Calvin poco convencido.

—Como te he dicho, es nuevo en la ciudad.

—Es mayor que tú.

Lo miré de forma significativa.

—¿Y?

La campanilla de la puerta sonó y mi novio falso entró. De cerca era todavía más atractivo, y sus ojos definitivamente eran marrones, de un marrón viejo, como el de los maderos que el mar arrastra hasta la orilla. Introdujo una mano en el bolsillo trasero del pantalón para sacar su cartera y yo agarré a Calvin del brazo y tiré de él hasta unas estanterías que contenían Fig Newtons o Oreos.

—¿Qué haces? —me preguntó Calvin, y me miró como si tuviera dos cabezas.

—No quiero que me vea —le susurré.

—Porque, en realidad, no es tu novio, ¿no?

—No, no es por eso, es que...

¿Dónde estaba la tercera mentira cuando la necesitabas?

Cal sonrió con malicia, y lo siguiente que supe fue que se había soltado de mi mano y se dirigía tranquilamente hacia el mostrador. Contuve un grito y lo observé a través de los dos estantes superiores.

—¡Hola! —saludó Calvin amigablemente al tío, que iba vestido con una camisa de franela a cuadros, unos tejanos y unas botas de montar.

Él le respondió con un gesto de la cabeza y sin apenas mirarlo.

—He oído decir que sales con mi ex —declaró Calvin con un tono de voz innegablemente maligno.

Me estaba administrando una dosis de mi propia medicina y lo hacía a propósito.

Su comentario atrajo la atención del tío. Examinó a Calvin con curiosidad y noté que me ruborizaba todavía más.

—Ya sabes, tu novia —insistió Calvin—. La que está escondida allí, detrás de las galletas.

Señaló hacia mí. Yo me enderecé y mi cabeza apareció por encima de la estantería superior. Alisé mi camisa y abrí la boca, pero no salió ninguna palabra. Ninguna en absoluto.

El tío miró más allá de Calvin, hacia mí. Nuestras miradas se encontraron brevemente y yo quise indicarle con los labios que podía explicárselo. Pero ni siquiera eso conseguí.

Entonces ocurrió algo alucinante. El tío miró fijamente a Calvin y dijo con una voz serena y relajada:

—Sí, mi novia. Britt.

Yo me estremecí. ¡Sabía cómo me llamaba!

Calvin también pareció impactado.

—¡Ah! ¡Bueno! Lo siento, tío. Creí que... —Alargó la mano—. Me llamo Calvin Versteeg. Soy... el ex de Britt —balbuceó torpemente.

—Mason.

Mason miró la mano de Calvin, pero no se la estrechó. Dejó tres billetes de veinte dólares sobre el mostrador, se acercó a mí y me besó en la mejilla. Se trató de un beso superficial, pero, de todos modos, mi pulso se aceleró. Él esbozó una sonrisa cálida y sexy.

—Por lo que veo, todavía no has superado tu adicción a los Slurpee, Britt.

Yo le devolví la sonrisa lentamente. Si él se apuntaba a aquel juego, yo también.

—Te he visto llegar y necesitaba algo que me refrescara —declaré mientras me daba aire con la mano y lo miraba con adoración.

Las arrugas de los extremos de sus ojos se marcaron y supuse que se estaba riendo interiormente.

—Deberías pasar luego por casa, Mason, porque me he comprado un brillo de labios nuevo y querría probarlo.

—¡Ah! ¿Practicaremos el juego de los besos? —comentó él sin alterarse en absoluto.

Yo lancé una mirada disimulada a Calvin para averiguar cómo llevaba lo de nuestro flirteo y, para mi satisfacción, parecía que estuviera mordiendo un limón.

—Ya me conoces..., yo siempre picante —le contesté a Mason con voz aterciopelada.

Calvin carraspeó y cruzó los brazos sobre su pecho.

—¿No deberías irte ya, Britt? Es importante que llegues a la cabaña antes de que oscurezca.

Algo indescifrable nubló la mirada de Mason.

—¿Te vas de acampada? —me preguntó.

—No, me voy a practicar alpinismo —lo corregí yo—. A las Teton. Iba a decírtelo, pero...

¡Mierda! ¿Qué razón podía tener para no contarle a mi novio lo del viaje? ¡Tan cerca de conseguirlo y ahora iba a fastidiarlo todo!

—Ya, supongo que no te pareció importante porque, como yo también me voy de la ciudad, de todos modos, no nos veríamos —concluyó Mason con soltura.

Nuestras miradas volvieron a encontrarse. Atractivo, de reacciones rápidas, dispuesto a todo..., incluso a fingir que era el novio de una chica que no conocía de nada, y un mentiroso alarmantemente bueno. ¿Quién era aquel tío?

—Sí, exacto —murmuré yo.

Calvin ladeó la cabeza hacia mí.

33

—Cuando estábamos juntos, yo nunca me largué una semana sin decírtelo.

«No, te largaste ocho meses —pensé con malicia—. Y rompiste conmigo en la noche más importante de mi vida. Jesús dijo que nos perdonáramos los unos a los otros, pero siempre hay excepciones.»

—Por cierto, papá quiere que vayas a cenar a casa la semana que viene —le dije a Mason.

Calvin soltó un gemido ahogado. En determinada ocasión, cuando me llevó a casa cinco minutos después de la hora límite, mi padre nos esperaba en el porche dando golpecitos en su mano con un palo de golf. Se acercó a nosotros, le propinó un golpe al Ford F-150 negro de Calvin con el palo y le produjo una bonita y redonda abolladura. «La próxima vez que la traigas a casa tarde, me cargaré los faros —declaró—. No seas tan estúpido como para necesitar tres advertencias.»

En realidad, no lo dijo en serio, pero como yo era la benjamina de la familia y la única chica, mi padre era muy susceptible con los chicos con los que yo salía. La verdad es que mi padre era un hombre cariñoso y encantador. Sin embargo, Calvin no volvió a llevarme a casa tarde nunca más.

Y mi padre nunca lo invitó a cenar.

—Dile a tu padre que me iría bien que me diera más consejos sobre la pesca con mosca —declaró Mason siguiendo con nuestra farsa.

Milagrosamente, también había adivinado cuál era el deporte favorito de mi padre. Aquel encuentro empezaba a resultar realmente... raro.

—¡Ah, y otra cosa, Britt! —Apartó el pelo de mi hombro y yo permanecí totalmente inmóvil. Su gesto me cortó la respiración—. Ve con cuidado. Las montañas son peligrosas en esta época del año.

Yo me quedé mirándolo boquiabierta hasta que se alejó de la estación de servicio.

Sabía cómo me llamaba... Me había salvado el culo... ¡Sabía cómo me llamaba!

Está bien, mi nombre estaba impreso en la camiseta morada

del campamento de música que llevaba puesta, pero Calvin no se había dado cuenta.

—Creía que me estabas mintiendo —me dijo Calvin estupefacto.

Yo le tendí a Willie un billete de cinco dólares por mi Slurpee y guardé el cambio.

—Por muy agradable que sea la conversación, debería hacer algo más productivo; como rayar ese BMW tuyo. Es demasiado bonito.

—¿Como yo?

Calvin arqueó las cejas esperanzado.

Yo me llené los carrillos de Slurpee y fingí que pretendía escupírselo a la cara. Él se separó de mí de un brinco y, para mi satisfacción, borró definitivamente su sonrisa de suficiencia de su cara.

—¡Nos vemos esta noche en Idlewilde! —exclamó mientras yo salía de la tienda.

Como respuesta, levanté el pulgar.

Levantar el dedo medio habría resultado demasiado obvio.

Cuando pasé junto a su BMW, me di cuenta de que no había cerrado las puertas con llave. Miré atrás para asegurarme de que no me estaba mirando y, en un abrir y cerrar de ojos, tomé una decisión. Subí al asiento del copiloto, desajusté el espejo retrovisor, vertí Slurpee en las alfombrillas y tomé su colección de CDs antiguos de la guantera. Lo que hice fue mezquino, pero me hizo sentir un poquito mejor.

Le devolvería los CDs por la noche... Después de rayar algunos de sus favoritos.

2

Pocas horas más tarde, Korbie y yo estábamos en la carretera. Calvin había salido antes que nosotras, y Korbie era la culpable. Cuando llegué a su casa, ella estaba preparando otra bolsa. Sacaba con parsimonia blusas de su armario y elegía pintalabios de su caja de los cosméticos. Yo me senté en su cama e intenté acelerar el proceso metiéndolo todo en la bolsa.

Habría preferido llegar a Idlewilde antes que Calvin. Pero ahora él sería el primero en elegir habitación y, cuando llegáramos, sus cosas estarían esparcidas por toda la cabaña. Conociéndolo, habría cerrado la puerta, por lo que nos veríamos obligadas a llamar, como si fuéramos sus invitadas. Esto me enfurecía, porque se trataba de nuestro viaje, no el de él.

Korbie y yo habíamos bajado la capota del jeep para disfrutar del calor del valle antes de alcanzar el frío aire de las montañas. Llevábamos la música a todo trapo. Korbie había preparado un CD variado para el viaje y, en aquel momento, escuchábamos aquella canción de ¿los setenta?, ¿los ochenta?, que decía: «*Get outta my dreams, get into my car.*» La engreída cara de Calvin todavía flotaba en el fondo de mi mente y esto me preocupaba. Yo creía firmemente en el dicho que decía, «Fíngelo hasta conseguirlo», de modo que estampé una sonrisa en mi cara y reí tontamente mientras Korbie intentaba llegar a las notas altas de la canción.

Después de una rápida parada para comprar más Red Bull, dejamos atrás los pastos caballares y las verdes fincas con sus cuidadas hileras de planteles de maíz. Pasamos zumbando junto a ellas y subimos a un nivel más elevado. La carretera se estrechó, flanqueada por pinos contorto y álamos temblones. El aire, fresco y limpio, me agitaba el cabello. Flores silvestres blancas y azules crecían por todas partes y se percibía un intenso olor a tierra. Me subí las gafas de sol por la nariz y sonreí. Aquel era mi primer viaje sin mi padre o Ian, mi hermano mayor. De ningún modo permitiría que Calvin me lo fastidiara. No permitiría que me arruinara el trayecto provocando que me pusiera de mal humor y tampoco permitiría que arruinara mi semana en las montañas. «¡Que se joda! ¡Que se joda! ¡Yo voy a divertirme!» Este me pareció un buen mantra para aquella semana.

El cielo era de un azul tan intenso que me dolían los ojos y, al salir de una curva, el sol se reflejó en el parabrisas. Yo parpadeé para aguzar mi visión y entonces las vi. Las blancas y glaciales cumbres de la cordillera Teton se elevaban en la distancia. Sus cimas, puntiagudas y verticales, se clavaban en el cielo como pirámides coronadas de nieve. La vista era fascinante y sobrecogedora: toda aquella inmensidad formada por los árboles, las laderas de las montañas y el cielo.

Korbie se asomó por la ventana con su iPhone para tomar una buena fotografía.

—Ayer por la noche soñé con la chica que unos vagabundos asesinaron en las montañas el verano pasado —me contó.

—¿La guía de *rafting*?

Se llamaba Macie O'Keeffe. Me acordaba de su nombre porque salió en las noticias. Era muy inteligente y consiguió una beca para estudiar en la Universidad de Georgetown. Desapareció alrededor del Día del Trabajo.

—¿No te da miedo que pueda ocurrirnos algo parecido?

—No —contesté con sensatez—. Desapareció muy lejos de donde nosotras estaremos. Y no encontraron ninguna prueba de que los vagabundos la mataran. Solo son suposiciones. Quizá se perdió. En cualquier caso, es demasiado pronto para que los vagabundos acampen junto al río. Además, nosotras estaremos arriba de las montañas, y allí no suben los vagabundos.

—Sí, pero la historia es escalofriante.

—Ocurrió el verano pasado. Además, es un caso aislado.

—¿Ah, sí? ¿Y qué me dices de Lauren Huntsman, aquella chica de la alta sociedad cuyo caso apareció el año pasado en todas las noticias? —arguyó Korbie.

—Déjalo estar, Korbie, en serio. ¿Sabes cuántos miles de personas van a las montañas y vuelven a sus casas sanas y salvas?

—Lauren desapareció muy cerca de donde nosotras estaremos —insistió Korbie.

—Desapareció en Jackson Hole, que está a muchos kilómetros de Idlewilde. Además, estaba borracha. Según dicen, se introdujo en un lago y se ahogó.

—En las noticias dijeron que varios testigos la vieron salir de un bar con un vaquero que llevaba puesto un Stetson negro.

—Eso solo lo dijo un testigo. Y nunca encontraron al vaquero. Probablemente no existe. Si corriéramos algún peligro, mi padre no me habría dejado venir.

—Supongo que tienes razón —respondió Korbie, aunque tuve la impresión de que no estaba nada convencida. Afortunadamente, pocos minutos después pareció haber superado su temor—. ¡Antes de dos horas estaremos asando nubes en Idlewilde! —gritó en dirección a la cúpula azul del cielo.

Los Versteeg eran los propietarios de Idlewilde desde que me alcanzaba la memoria. Más que una cabaña en los bosques, se trataba de una casa. Tres chimeneas de piedra sobresalían del tejado a dos aguas y disponía de seis dormitorios; siete si contabas el sofá cama que estaba en el sótano, al lado del futbolín y la mesa de billar. También tenía un porche que rodeaba por completo la casa, unos ventanales impresionantes que daban al sur y un montón de cuartitos y rincones. Los Versteeg pasaban de vez en cuando las navidades allí; el señor Versteeg tenía carnet de piloto y había comprado un helicóptero de un solo motor para subir a las montañas en invierno, ya que, debido a la nieve, la mayoría de las carreteras eran intransitables hasta la primavera. Pero, sobre todo, la utilizaban como casa de veraneo y, en la parte delantera, había una explanada de hierba, un jacuzzi, una pista de bádminton, una barbacoa de ladrillo y unas tumbonas de cemento.

Dos años antes, yo había pasado allí las navidades con la familia de Korbie, pero las navidades pasadas no. Calvin las había pasado con la familia de uno de sus compañeros de cuarto de la universidad y Korbie y sus padres habían ido a esquiar a Colorado, por lo que Idlewilde se quedó vacía. Yo nunca había ido allí sin el señor y la señora Versteeg. No me la imaginaba sin la mirada vigilante del señor Versteeg, que parecía nuestra sombra.

En esta ocasión, estaríamos nosotros solos. Sin adultos ni normas. Un año antes, estar a solas con Calvin durante una semana me habría parecido algo prohibido y peligroso, una fantasía secreta hecha realidad, pero ahora no sabía qué esperar. No sabía qué le diría cuando nos tropezáramos en el pasillo. Me pregunté si la situación le aterraba tanto a él como a mí. Al menos nuestro primer e incómodo encuentro ya había pasado.

—¿Tienes un chicle? —me preguntó Korbie.

Antes de que pudiera detenerla, abrió la guantera y el portacedés de Calvin cayó al suelo. Korbie lo agarró y lo observó intrigada.

—¿Esto no es de mi hermano?

Me había pillado, aunque también podría haber sido mío.

—Lo he tomado de su coche esta mañana, en la gasolinera. Se estaba portando como un auténtico idiota, así que lo que he hecho es totalmente justificable. No te preocupes, se lo devolveré.

—¿Estás segura de que te sientes cómoda con todo el asunto de Calvin? —me preguntó Korbie. Era evidente que le parecía extraño que le hubiera robado los CDs—. Para mí no es más que un gilipollas, pero no dejo de pensar que vosotros estuvisteis..., bueno, juntos. O lo que fuera. Podemos hablar de ello tanto como quieras, pero no me comentes nada acerca de vuestros besos. La imagen de alguien intercambiando saliva con mi hermano, sobre todo tú, me produce náuseas.

Fingió que introducía un dedo en su garganta para dar énfasis a sus palabras.

—Lo he superado totalmente.

¡Menuda mentira! Yo no había superado lo de Calvin. El

novio falso que me había inventado en la gasolinera lo demostraba. Antes de aquella mañana, realmente creía que había pasado página, pero cuando lo vi, mis emociones reprimidas afloraron a la superficie. Odiaba sentir algo por él, aunque solo fuera un intenso rechazo. Odiaba que todavía le concediera el poder de hacerme daño. ¡Tenía tantos recuerdos desagradables íntimamente vinculados a Calvin! ¿Acaso Korbie no se acordaba de que rompió conmigo la noche de la fiesta de principio de curso? Yo me había comprado un vestido y había reservado plaza para los dos para cenar en el Ruby Tuesday. Y también había pagado la parte proporcional mía y de él del alquiler de la limusina. ¡Además iba a ser la reina de la fiesta! Había soñado incontables veces con lo que sentiría al estar en medio del campo de fútbol con una corona en la cabeza, radiante mientras la multitud me vitoreaba y aplaudía; y en lo que sentiría después, bailando entre los brazos de Calvin.

Habíamos acordado reunirnos en mi casa a las ocho, y cuando dieron las ocho y media y Cal no había llegado, me preocupó que hubiera sufrido un accidente. Sabía que su vuelo no llegaba con retraso porque me había mantenido informada a través de internet. El resto del grupo ya se había ido en la limusina y yo estaba a punto de echarme a llorar.

Entonces sonó el teléfono. Calvin ni siquiera había salido de California. Había esperado hasta el último momento para telefonearme y ni siquiera se molestó en fingir un tono de disculpa. Con una voz serena y despreocupada, me dijo que no pensaba venir.

—¿Y has esperado hasta ahora para decírmelo? —exclamé yo.

—Tenía muchas cosas en la cabeza.

—¡Esto es tan típico de ti! No me has telefoneado desde hace semanas y hace días que no respondes a mis llamadas.

Calvin no era el mismo desde que se había ido a la universidad. Era como si le hubiera encontrado el gusto a la libertad y todo hubiera cambiado. Yo ya no era una prioridad en su vida.

—Debería haberme imaginado que harías algo así —solté yo.

Intenté con todas mis fuerzas no llorar. Calvin no iba a venir. Y yo no tenía un acompañante para la fiesta.

—¿Acaso estás controlando la frecuencia de mis llamadas? No estoy seguro de lo que siento respecto a esto, Britt.

—¿En serio? ¿Ahora quieres que parezca que soy yo la imbécil? ¿Sabes lo que me estás haciendo al no venir?

—Eres igualita que mi padre, siempre quejándote de que no soy lo bastante bueno —replicó él a la defensiva.

—¡Eres un gilipollas!

—Quizá deberíamos cortar —contestó él con frialdad.

—¡Sí, quizá deberíamos cortar!

Lo peor fue que, a través de su teléfono, oí una música alta y una transmisión de noticias deportivas. Calvin estaba en un bar. Yo había puesto grandes expectativas en aquella noche y él se estaba emborrachando. Colgué el auricular de golpe y rompí a llorar.

Aquellos recuerdos me pusieron de mal humor. La verdad era que no deseaba hablar de Calvin. Mi decisión de mantener una actitud positiva se estaba desmoronando. Me resultaría mucho más fácil fingir que era feliz si no tuviera que malgastar mi energía convenciendo a todo el mundo de que todo iba genial.

—¿No te resultará incómodo que él esté por allí? —insistió Korbie.

—¡No seas ridícula!

Ella entrecerró los ojos y me miró con actitud reflexiva.

—No utilizarás esta situación para volver a enrollarte con él, ¿no?

—¡Pero qué dices! No se te ocurra volver a mencionar algo así.

Sin embargo, aquella idea me había pasado por la cabeza. Desde luego que sí. ¿Y si Calvin intentaba enrollarse conmigo? La idea no era tan descabellada. Al fin y al cabo, Korbie y Bear estarían todo el día pendientes el uno del otro. Y esto nos dejaba a Calvin y a mí solos. No me sorprendería que intentara algo. Lo que significaba que yo tenía que decidir enseguida si iba a permitírselo.

Quizá, si pensaba que él había pasado página, conseguiría

olvidarme de él. Pero por la forma en que me había mirado en el 7-Eleven, cuando yo coqueteaba con Mason... Si su mirada no era de arrepentimiento no sabía qué significaba.

Significara lo que significase, decidí que, en esta ocasión, tendría que esforzarse para que le hiciera caso. Él me había humillado y le haría sudar para compensarme. No lo aceptaría hasta que hubiera sufrido lo suficiente. Le obligaría a tragarse una tarta de humillación coronada con una bonita cereza. Calvin sabía que yo era una persona fiel, y esto me favorecía. Primero jugaría un poco con él y, después, lo rechazaría alegando que me sentía culpable por engañar a mi falso novio.

Ya sabéis lo que dicen de la venganza, ¿no? Pues bien, Calvin lo comprobaría muy pronto.

Contenta al tener, por fin, un plan, me arrellané en el asiento con una sensación de triunfo y satisfacción y preparada para la larga semana que tenía por delante.

Korbie abrió el portacedés de Calvin, pero antes de darles una ojeada, se fijó en un papel doblado que había en el primer compartimento.

—¡Vaya, mira lo que he encontrado!

Yo miré de reojo. Korbie sostenía un mapa topográfico del parque nacional Grand Teton; el tipo de mapa que te daban en las oficinas del parque, pero aquel estaba lleno de anotaciones escritas del puño y letra de Calvin. El mapa estaba doblado en tres partes y, después, por la mitad. La tinta estaba descolorida y los bordes desgastados. Era evidente que Calvin lo había utilizado mucho.

—Calvin ha señalado los mejores caminos —comentó Korbie—. ¡Mira todos los que ha recorrido! Hay anotaciones por todas partes. Debe de haber tardado años en recorrerlos todos. Siempre le he tomado el pelo por ser un fanático de la montaña, pero esto es increíble.

—Déjame verlo.

Tomé el mapa, lo alisé sobre el volante y le di una ojeada sin perder de vista la carretera. Calvin había hecho algo más que señalar los caminos: el mapa estaba lleno de anotaciones que indicaban los caminos practicables con motonieve, las carreteras sin asfaltar, los refugios para casos de emergencia, el puesto de los forestales, los lugares con vistas panorámicas de interés, las zonas de caza, los lagos y arroyos, las rutas frecuentadas por los animales salvajes, etc. Idlewilde también figuraba en el mapa. Para un montañero perdido, aquel mapa era un recurso de supervivencia realmente útil.

Todavía estábamos demasiado lejos para localizar nuestra posición en el mapa, pero consideré seriamente utilizarlo en lugar de las notas del señor Versteeg cuando estuviéramos lo bastante cerca.

—Te guste o no te guste, tienes que devolverle el mapa a Calvin —me amonestó Korbie.

Yo volví a doblarlo y lo introduje en el bolsillo trasero de mis pantalones cortos. Aquel mapa tan detallado seguro que significaba mucho para Calvin. Se lo devolvería. Pero primero lo haría sufrir un poco.

Media hora más tarde, sonó *Every Day Is a Winding Road*, de Sheryl Crow, la última canción del CD de Korbie. La carretera se había vuelto más empinada y subía por la montaña con curvas muy pronunciadas. Los márgenes caían en picado, de modo que me incliné hacia delante y me concentré en las cerradas curvas. Si me despistaba, podíamos caer a toda velocidad por la ladera de la montaña. La idea era inquietante y sobrecogedora.

—¿A ti esas te parecen nubes de lluvia? —me preguntó Korbie con el ceño fruncido, y señaló un grupo de nubes oscuras que sobresalían por encima de las copas de los árboles en dirección norte—. ¿Cómo es posible? Antes de salir comprobé el pronóstico del tiempo y se supone que llovería en Idaho, pero no en Wyoming.

—Caerá un chaparrón durante un par de minutos y, después, el cielo se despejará.

«Si no te gusta el tiempo de Wyoming, espera cinco minutos», rezaba el dicho.

—Espero que no llueva ni un solo día mientras estemos ahí arriba —se quejó Korbie con indignación.

Me pregunté si estaba pensando en Rachel y Emilie, quienes

estarían tomando el sol en la playa de Waikiki. Yo sabía que Korbie habría deseado viajar a algún lugar de clima tropical durante las vacaciones de primavera y pensé que decía mucho de nuestra amistad el hecho de que estuviera conmigo en aquel momento. Ella y yo discutíamos, desde luego, pero nuestra amistad era sólida. No muchas amigas renunciarían a la playa para ir a caminar por la montaña.

—Leí en una guía que la lluvia se origina porque, aquí arriba, el aire caliente y el frío chocan continuamente —comenté con despreocupación y sin despegar los ojos de la carretera—. A esta altitud, el vapor de agua puede convertirse en hielo, que tiene una carga positiva. Pero la lluvia tiene una carga negativa. Cuando las cargas son lo bastante grandes, se producen los relámpagos y las tormentas.

Korbie se bajó las gafas de sol por el puente de la nariz y me miró con los ojos muy abiertos.

—¿También enciendes hogueras con palos y te guías por las estrellas?

Yo solté el volante el tiempo suficiente para propinarle un empujón en el hombro.

—¡Al menos podrías haber hojeado algunas de las guías que tu padre te compró!

—¿Te refieres a las guías que enseñan que, en caso de inanición, un ser humano puede subsistir comiendo excrementos de conejo? —Arrugó la nariz—. Esa fue la primera y la última vez que consulté una guía. De todos modos, leer cualquiera de esas guías habría constituido una pérdida de tiempo, porque mi hermano tomará el mando y nos guiará a todos.

Calvin no tomaría el mando. No en esta ocasión. Yo no me había entrenado tan duramente y durante tanto tiempo para ceder el control.

Poco después, el cielo adquirió una tonalidad gris oscura. La primera gota de lluvia cayó como si se tratara de hielo en mi brazo. Y, después, otra. Y tres más. En cuestión de segundos, las gotas de lluvia cayeron con regularidad y salpicaron el parabrisas con diminutas manchas de agua. Yo detuve el Wrangler en medio de la carretera porque no había espacio a los lados.

Korbie daba manotazos a las gotas como si se tratara de mosquitos.

—¡Ayúdame a colocar la capota! —le pedí mientras bajaba del jeep.

Levanté la lona y le indiqué a Korbie que la sujetara a la carrocería. Abrí la portezuela posterior, desenrollé la ventanilla de plástico y até las cintas. Cuando terminé, estaba totalmente empapada y tenía la carne de gallina. Enjugué el agua de mis ojos y subí la cremallera de las ventanas laterales. Por último, ajusté el velcro y, cuando volví a entrar en el coche, un intenso escalofrío recorrió mi cuerpo.

—Ahí tienes tu carga negativa —sentenció Korbie con voz inexpresiva.

Yo presioné la frente contra la fría ventana y oteé el cielo. Las negras nubes tormentosas se extendían en todas direcciones. Ya no se veía ningún trozo de cielo azul, ni siquiera una franja en el horizonte. Me froté los brazos para calentármelos.

—Será mejor que llame a Bear y le diga que espabile —declaró Korbie mientras marcaba el número a toda velocidad. Segundos más tarde, se relajó en el asiento—. No hay línea.

Apenas habíamos recorrido cuatro kilómetros más cuando empezó a llover a chorros. Un torrente de agua bajaba a gran velocidad por la carretera. La corriente se arremolinaba en las ruedas del Wrangler y me preocupó que nos arrastrara. Los limpiaparabrisas no conseguían mantener el cristal despejado con la suficiente efectividad y la lluvia caía con tanta furia que yo no veía por dónde íbamos. Decidí apartarme a un lado y parar, pero no había arcén, de modo que me acerqué lo más que pude a la parte derecha de mi carril, paré el coche y encendí las luces de emergencia confiando en que, si alguien venía por detrás, vería las luces a pesar del chaparrón.

—Me pregunto qué tiempo hará en Hawái —comentó Korbie mientras limpiaba el vaho que se había formado en su ventanilla con la manga.

Yo tamborileé los dedos en el volante y me pregunté qué haría Calvin si estuviera en mi lugar. Mi estado de ánimo mejoraría enormemente si, aquella noche, podía explicarle que había sorteado la tormenta sin problemas.

—No te asustes —susurré en voz alta.

Pensé que estas palabras eran un buen paso hacia el éxito.

—Está lloviendo mogollón, los móviles no tienen cobertura, estamos en medio de las montañas y tú me dices que no me asuste. ¡Sí, claro! —declaró Korbie.

3

La lluvia no amainó.

Una hora después seguía resbalando por el parabrisas y, a continuación, se espesaba convirtiéndose en una especie de nieve fangosa. No era exactamente nieve, pero si la temperatura bajaba unos grados más, lo sería. Seguíamos paradas en la carretera y yo había dejado el motor en marcha casi todo el tiempo. Cada vez que lo apagaba para ahorrar gasolina, tanto Korbie como yo empezábamos a temblar como locas. Nos habíamos puesto los tejanos, las botas y los chaquetones de invierno, pero, a pesar de todo, seguíamos teniendo frío. Para bien o para mal, nadie había subido por la carretera detrás de nosotras.

—Fuera hace cada vez más frío —declaré, y me mordí el labio con nerviosismo—. Quizá deberíamos regresar.

—Idlewilde no puede estar a más de una hora de aquí. Ahora no podemos volver a casa.

—Está lloviendo tan fuerte que ni siquiera distingo lo que pone en las señales de tráfico.

Me incliné sobre el volante y escudriñé la señal amarilla y de forma romboide que había un poco más adelante. Las letras, que eran negras, resultaban totalmente ilegibles. Había oscurecido con mucha rapidez. El reloj indicaba que eran las cinco pasadas, pero podría haber sido mucho más tarde.

—Creía que los Wrangler estaban hechos para circular por terrenos escarpados. Seguro que podrá con la lluvia. Solo aprieta el acelerador y subamos de una vez la montaña.

—Esperemos diez minutos más. A ver si deja de llover.

Yo no tenía mucha experiencia conduciendo en una tormenta, sobre todo en una tan intensa como aquella y con vientos racheados. Además, la creciente oscuridad acentuaba la poca visibilidad. En aquel momento, conducir, aunque fuera a una velocidad de tortuga, me parecía sumamente peligroso.

—Mira el cielo. No va a parar. Tenemos que continuar. ¿Crees que los limpiaparabrisas aguantarán? —me preguntó Korbie.

Se trataba de una buena pregunta. Las gomas estaban gastadas y la estructura metálica rascaba el cristal y producía un leve chirrido.

—Quizá deberías haber cambiado las gomas antes de salir —añadió Korbie.

¡Buen detalle que me lo comentara justo en aquel momento!

—Ahora que lo pienso, me inquieta que este tiempo sea demasiado para tu coche —continuó Korbie con voz ligeramente preocupada.

Yo mantuve la boca cerrada porque temía decir algo de lo que, después, me arrepintiera. Los cortes de Korbie siempre eran así, encubiertos. Era una maestra en el arte de meterse con los demás con aire de inocencia.

—Los vehículos todo terreno han mejorado mucho con los años, ¿no te parece? —añadió como quien no quiere la cosa—. Vaya, que la diferencia entre tu Wrangler y mi SUV es increíble.

Noté que el vello se me erizaba. Korbie estaba convirtiendo el tema de los coches en una competición. Como siempre. Yo nunca se lo contaría, pero una noche que dormí en su casa el verano anterior, eché una ojeada a su diario. Pensé que encontraría secretos acerca de Calvin; cosas sobre las que podría tomarle el pelo más tarde. Pero menuda sorpresa me llevé cuando encontré dos listas escritas en columnas paralelas en las que Korbie se comparaba conmigo. Según ella, mis piernas eran mejores y mi cintura más estrecha, pero mis labios eran demasiado finos y tenía demasiadas pecas, y, por lo tanto, solo se me podía considerar mona. Ella, por su parte, tenía unos pechos más grandes, unas cejas más bonitas y pesaba cinco kilogramos menos que yo. ¡Claro que había olvidado mencionar que era ocho centímetros más baja! Las listas ocupaban dos páginas de su diario y, por los cambios de color de la tinta, deduje que la iba elaborando a lo largo del tiempo. A cada característica le había asignado una puntuación e iba sumando los totales. En aquel momento, me ganaba por unos sólidos diez puntos, lo que resultaba ridículo, porque se había adjudicado cinco puntos más que a mí por su manicura, y siempre nos la hacíamos igual y en la misma peluquería.

Allí, en la montaña, me acordé de su lista secreta y me sentí más decidida que nunca a defender mi Wrangler. Subiríamos la montaña aunque solo fuera para no concederle más puntos en su estúpida lista. ¿Que su coche era mejor que el mío? ¡Ya lo veríamos! Yo sabía que aquella competición era ridícula. Estaba amañada y ella nunca permitiría que yo la venciera. Pero yo deseaba vencerla. ¡Vaya si lo deseaba!

En realidad, yo también había mentido cuando hablaba de mi relación con Calvin. Siempre me había esforzado un montón en convencer a todo el mundo, sobre todo a Korbie, de que nuestra relación era perfecta. ¡Y que siempre lo sería! Nunca había pensado en ello tan conscientemente, pero me di cuenta de que siempre había tenido la imperiosa necesidad de demostrarle a Korbie que mi vida era genial. Aunque quizá lo había hecho por culpa de la lista. Porque me molestaba que nos comparara, cuando, en mi opinión, ese tipo de competición era más típica de dos enemigas que de dos grandes amigas.

—¿Le pusiste neumáticos de invierno a esta cosa antes de salir? —me preguntó Korbie.

«¿Esta cosa?» Era en ocasiones como aquella cuando tenía que detenerme y recordarme por qué Korbie y yo éramos amigas. Habíamos sido inseparables desde la infancia, y aunque, en determinado momento, tomamos direcciones distintas, sobre todo el año anterior, resultaba difícil romper una relación que se había construido a lo largo de tantos años. Además, si pensaba en ello de verdad, no podía contar las veces que Korbie se había sacrificado por mí. Para empezar, cuando éramos pequeñas, me invitaba a cosas que yo no me podía permitir y lloriqueaba hasta que sus padres aceptaban que fuera con ellos de vacaciones. Siempre se aseguró de que yo no me sintiera desplazada. A pesar de que tenía un gran ego, sus pequeños detalles de amabilidad hacia mí habían conseguido que le tuviera mucho cariño.

De momento.

Definitivamente, más que amigas éramos como hermanas: nos queríamos a pesar de que no siempre nos caíamos bien. Y siempre estábamos ahí la una para la otra. Por ejemplo, Rachel y Emilie habían decidido ir a la playa en lugar de ir a hacer alpinismo a las Teton aunque sabían que yo lo necesitaba, pero Korbie no había dudado en acompañarme. Bueno, casi no había dudado.

—Se suponía que no iba a nevar —repliqué yo—. Tus padres nos dijeron que las carreteras estarían despejadas hasta Idlewilde.

Korbie exhaló un largo y quejumbroso suspiro y cruzó las piernas con impaciencia.

—Bueno, como nos hemos quedado aquí atascadas, supongo que tendremos que confiar en que Bear venga a rescatarnos.

—¿Estás insinuando que es culpa mía que estemos aquí atascadas? ¡Yo no controlo el tiempo!

Korbie se volvió hacia mí.

—Yo solo he dicho que estamos atascadas, pero tú lo estás malinterpretando. Además, aunque realmente hubiera insinuado que el Wrangler no puede con este tiempo, la verdad es que es cierto, ¿no? Simplemente estás cabreada porque tengo razón.

Mi respiración se aceleró.

—¿Quieres ver cómo el Wrangler sube la montaña?

Ella se puso chula.

—Lo creeré cuando lo vea.

—Muy bien.

—De acuerdo, como quieras. Acelera a tope.

Aparté un mechón de cabello de mis ojos con un soplido y agarré el volante con tanta fuerza que mis nudillos se volvieron blancos. Yo no quería hacerlo. No estaba segura de que el Wrangler pudiera subir contra corriente: de hecho, esto era lo que le iba a pedir que hiciera.

—Eres una falsa —declaró Korbie—. No vas a hacerlo.

Tenía que conseguirlo. No tenía más remedio. Yo misma me había metido en aquel lío.

Puse la primera, reuní coraje y dirigí con cautela el Wrangler hacia la corriente de agua que bajaba a raudales por la carretera. Tenía tanto miedo que noté cómo una gota de sudor descendía por mi espalda. Ni siquiera habíamos llegado a Idlewilde y ya teníamos problemas. Si la fastidiaba, Korbie nunca me perdonaría por haberla arrastrado a aquel viaje. Y, lo que era peor, Calvin se enteraría y comentaría que yo no debería haber organizado una salida a la montaña si no sabía conducir con mal tiempo. ¡Tenía que sacarnos de allí!

Las ruedas traseras patinaron y derraparon, pero al final se agarraron al pavimento y empezamos a subir.

—¿Lo ves? —exclamé con orgullo, pero todavía me sentía como si un puño me oprimiera el pecho.

El pie con el que apretaba el acelerador se me había quedado helado, pero tenía miedo de aflojarlo por si el Wrangler patinaba, derrapaba o, lo que era peor, se despeñaba por la ladera de la montaña.

—Ya te chulearás cuando hayamos llegado arriba.

Unos copos de nieve enormes caían sobre el parabrisas, así que aumenté la velocidad de los limpiaparabrisas. Apenas veía unos metros por delante del Wrangler y conecté las largas, pero la visibilidad no mejoró.

Seguimos avanzando a paso de tortuga durante una hora más. Al final, ya no veía nada de la carretera, solo visiones fugaces del negro asfalto entre la blanca y cegadora nieve. Cada pocos metros, los neumáticos patinaban y se quedaban bloqueados. Entonces yo apretaba más el acelerador, pero sabía que no podíamos seguir así mucho tiempo más. Una cosa era salvar mi orgullo delante de Korbie, y otra muy distinta matarnos innecesariamente.

El motor del Wrangler se paró. Yo volví a encenderlo y presioné el acelerador. «¡Vamos! ¡No te pares!» Aunque no estaba segura de si se lo decía al coche o a mí misma. El motor gimió y volvió a pararse. La empinada cuesta y la capa de hielo que se había formado en la carretera hicieron que resultara imposible seguir avanzando.

No pude ver en qué parte de la carretera nos habíamos parado y esto me asustó mucho. Podíamos estar a escasos centímetros del precipicio. Volví a encender las luces de emergencia, pero nevaba tanto que nadie las vería hasta que fuera demasiado tarde.

Saqué el mapa de Calvin e intenté orientarme, pero fue inútil. La tormenta de nieve me impedía vislumbrar ningún punto de referencia.

Permanecimos en silencio durante varios minutos mientras nuestro aliento empañaba los cristales. Me alegré de que, por una vez, Korbie no hiciera ningún comentario. No habría soportado tener que discutir con ella en aquellos momentos. Una vez más, repasé mentalmente nuestra situación. No disponíamos de comida, porque ya estaba en la cabaña. La señora Versteeg había encargado a su asistente que la comprara y la subiera a Idlewilde para ahorrarnos el trabajo. Nuestros móviles no tenían cobertura. Disponíamos de sacos de dormir, pero dormir allí, en el coche, no era una opción. ¿Y si un camión nos embestía por detrás?

—¡Vaya mierda! —exclamó Korbie.

Limpió el vaho de la ventanilla y contempló, alucinada, la tormenta. Yo no había visto nevar de aquella manera nunca. La nieve había tapado toda la carretera y seguía apilándose sin cesar.

—Creo que ahora sí que deberíamos regresar —declaré por fin.

Pero volver atrás tampoco era una opción. Conducir cuesta abajo sobre el hielo me parecía mucho más peligroso que subir la pendiente. Además, estaba agotada de tanto concentrarme para llegar hasta allí y empezaba a dolerme la cabeza.

—No podemos volver. Nos quedaremos aquí —anunció Korbie con determinación—. Bear probablemente salió una o dos horas después que nosotras y nos remolcará con su camioneta.

—No podemos quedarnos en mitad de la carretera, Korbie.

Es demasiado peligroso. Tiene que haber un área de descanso en algún lugar. Baja y empuja el coche.

—¿Perdona?

—No podemos quedarnos aquí. Estamos en mitad de la carretera.

En realidad, yo no sabía si estábamos en mitad de la carretera, porque el suelo, los árboles y el cielo eran blancos y no se distinguía dónde terminaba uno y empezaba el otro. Y, aunque no creía que debiéramos mover el coche, ya que no se veía nada, estaba cansada de las sugerencias bobas y estúpidas de Korbie y quería enfrentarla a la realidad.

—Baja y empuja —repetí.

Korbie abrió mucho los ojos y, después, los entrecerró.

—No puedes hablar en serio. ¡Ahí fuera está nevando!

—Muy bien, entonces tú conduces y yo empujo.

—Yo no sé conducir un coche con cambio manual.

Yo lo sabía, pero el hecho de que ella lo reconociera no mejoró, como yo esperaba, mi estado de ánimo. Estábamos atascadas y no tenía ni idea de cómo sacarnos de allí. Una extraña sensación oprimió mi garganta. ¿Y si la situación en la que estábamos era peor de lo que creíamos? Aparté a un lado el escalofriante pensamiento y salí del coche.

El viento y la nieve azotaron mi piel con violencia. Hurgué en mis bolsillos en busca de mi gorro de esquiar de lana. Al cabo de cinco minutos, parecería un paño de cocina mojado. En algún lugar, al fondo de la mochila, tenía una gorra de visera que Calvin me había regalado el verano anterior, pero tampoco era impermeable. La única razón de que la hubiera llevado al viaje era que pensaba devolvérsela. Así le dejaría claro que había pasado página.

Ajusté mi pañuelo rojo alrededor de mi cuello y confié en que me protegiera del frío más que el gorro.

—¿Adónde vas? —gritó Korbie a través de la puerta, que estaba abierta.

—No podemos quedarnos a dormir aquí. Si dejamos el jeep encendido durante toda la noche, nos quedaremos sin gasolina. Y sin la calefacción nos helaremos.

La miré fijamente a los ojos para asegurarme de que comprendía lo que le estaba diciendo. Aunque ni yo misma acababa de creérmelo. La idea de que pudiéramos estar realmente en peligro se retiraba continuamente al fondo de mi mente sin que yo pudiera hacer nada para evitarlo. No lograba asimilarlo. La imagen de mi padre acudía a mi mente sin cesar. ¿Sabía que estaba nevando en las montañas? Quizá ya estaba de camino para rescatarnos. No corríamos verdadero peligro porque mi padre nos salvaría. Pero ¿cómo nos encontraría?

—¡Se suponía que no iba a nevar! —exclamó Korbie con voz chillona.

Si mi padre hubiera creído que podía ocurrir algo así, no me habría dejado emprender aquel viaje y, en aquellos momentos, yo estaría sana y salva en casa. Pero estos pensamientos constituían una pérdida de tiempo. Estaba en la montaña, nevaba y teníamos que encontrar un refugio.

—¿Estás sugiriendo que durmamos a la intemperie?

Korbie señaló hacia el bosque, que se veía oscuro y amenazador entre los remolinos de nieve.

Introduje las manos en las axilas para mantenerlas calientes y dije:

—No podemos ser los únicos seres humanos en este lugar. Si caminamos un poco, seguro que veremos las luces de alguna casa.

—¿Y si nos perdemos?

Su pregunta me enojó. ¿Cómo podía saber yo la respuesta? Estaba hambrienta, tenía que ir al lavabo y estaba atrapada en la ladera de una montaña. Iba a abandonar mi coche para encontrar un refugio mejor y no sabía si lo encontraría. Mi móvil no tenía cobertura, no disponía de ningún medio para comunicarme con mi padre y el corazón me latía tan deprisa que me sentía mareada.

Cerré la puerta del Wrangler, fingí no haber oído su pregunta y coloqué las palabras «nos perdemos» al final de mi lista de cosas por las que preocuparme. Si mi padre no acudía a rescatarnos, tanto si nos quedábamos toda la noche en el Wrangler como si salíamos y no encontrábamos ninguna cabaña, moriríamos congeladas. Además, no se lo había contado a Korbie, pero ni siquiera estaba segura de dónde estábamos. Su sentido de la orientación era peor que el mío, de modo que yo me había encargado de seguir las indicaciones que nos había dado el señor Versteeg. Pero la lluvia se había congelado en los letreros de la carretera y muchos ni siquiera pude leerlos. Y, aunque había fingido conducir sin titubear, no estaba segura de haber tomado la decisión correcta en la última bifurcación. Quizás había tomado el desvío equivocado.

Bear nos seguiría en su furgoneta, pero si estábamos en otra carretera, nunca nos encontraría. Podíamos estar muy lejos de Idlewilde.

Korbie se reunió conmigo en la parte trasera del Wrangler.

—Quizá debería quedarme aquí mientras tú buscas ayuda. De esta forma, una de nosotras sabría dónde está el Wrangler.

—Si la tormenta dura toda la noche, el Wrangler no nos servirá de nada —repuse yo.

La nieve se pegaba a su cabello y su chaqueta y cada vez caía con más fuerza. Yo quería creer que pronto dejaría de nevar y también que Bear nos seguía de cerca, pero en el fondo de mi corazón, una sensación de pánico me decía que no debía contar con ninguna de esas dos posibilidades.

—Deberíamos seguir juntas —repliqué.

Me pareció una buena idea; el tipo de idea que Calvin propondría.

—Pero ¿y si viene Bear y nosotras no estamos? —protestó Korbie.

—Caminaremos durante media hora y, si no encontramos a nadie, regresaremos.

—¿Me lo prometes?

—¡Sí, te lo prometo!

Intenté que mi voz sonara serena. No quería que Korbie supiera lo preocupada que estaba. Si se enteraba de que no lo tenía todo controlado, se pondría histérica y resultaría imposible razonar con ella. La conocía lo suficiente para saber que se pondría a llorar o a gritarme. Entonces yo no podría pensar, y eso era lo que tenía que hacer. Pensar. Pensar como alguien que sabe cómo sobrevivir. Pensar como Calvin.

Tomé una linterna del maletero y nos adentramos en la tormenta.

Caminamos con dificultad por la nieve durante media hora. Y, después, lo alargamos a cuarenta y cinco minutos. Seguí la carretera para evitar que nos perdiéramos, pero estaba tan oscuro y nevaba tan intensamente que resultaba fácil desorientarse.

Llevábamos caminando cerca de una hora y yo sabía que se me estaba agotando el tiempo: Korbie pronto empezaría a quejarse y a querer volver al Wrangler.

—Venga, un poquito más —declaré por enésima vez—. Veamos qué hay allí, detrás de aquellos árboles.

Korbie no respondió y me pregunté si, finalmente, estaba tan acojonada como yo.

La nieve me hería en la piel como si se tratara de unos dientes afilados. Cada paso que dábamos resultaba doloroso y mi mente empezó a elaborar otro plan. En el Wrangler había mantas y sacos de dormir. No podíamos dormir en el coche porque estaba parado en la carretera, pero si nos poníamos varias capas de ropa, excavábamos un agujero en la nieve y dormíamos pegaditas la una a la otra para conservar el calor...

¡Una luz! Allí. Más adelante.

No se trataba de una alucinación. Era real.

—¡Luces! —grité, aunque mi voz sonó débil debido al frío que sentía.

Korbie se echó a llorar.

La tomé de la mano y juntas avanzamos con dificultad entre los árboles y sobre un suelo que estaba blando y mojado a causa de la nieve. Esta se pegaba a mis botas, lo que hacía que cada paso resultara más penoso. ¡Una cabaña! ¡Una cabaña! ¡Estábamos salvadas!

La luz que salía por las ventanas nos permitió distinguir una vieja camioneta de color marrón rojizo que estaba en la entrada, oculta debajo de una capa de varios centímetros de nieve. Había alguien en casa.

Corrimos hasta la puerta y la golpeé con los nudillos. Sin esperar a que respondieran, volví a llamar, esta vez más fuerte.

Korbie se unió a mí y aporreamos la puerta con los puños. No me permití pensar en la posibilidad de que nadie contestara, de que se hubieran ido y hubieran dejado la camioneta, de que tuviéramos que entrar por la fuerza. Pero, si era necesario, estaba convencida de que lo haría.

Segundos más tarde, se oyeron unos pasos en el interior y me sentí terriblemente aliviada. Oí el sonido apagado de unas voces que discutían. ¿Por qué tardaban tanto en abrir? «¡Deprisa! ¡Deprisa! Abrid la puerta. Dejadnos entrar», les dije mentalmente.

Las luces del porche se encendieron repentinamente y nos iluminaron como si fueran unos focos. Yo parpadeé e intenté adaptar mi visión a la luz. Habíamos caminado en la oscuridad durante tanto tiempo que el brillo de las luces me hizo daño en los ojos.

El pestillo se deslizó y la puerta se abrió con un suave crujido. Dos hombres aparecieron en el umbral. El más alto estaba situado unos pasos más atrás. Lo reconocí enseguida. Iba vestido con la misma camisa a cuadros y las mismas botas resistentes de antes. Nuestras miradas se encontraron y, durante un segundo, su cara reflejó extrañeza. Agudizó la vista y, cuando me reconoció, sus facciones se endurecieron.

—¿Mason? —pregunté.

4

—¡Dos veces en un día! —exclamé, y le sonreí mientras mis dientes castañeteaban—. O se trata de una gran coincidencia o el destino intenta decirnos algo.

Mason siguió mirándome fijamente, apretó los labios y sus ojos se ensombrecieron con frialdad. La nieve se colaba por la puerta abierta, pero no nos invitó a entrar.

—¿Qué haces aquí?

El tío que estaba apoyado en el umbral nos miró con curiosidad.

—¿La conoces?

Parecía tener aproximadamente la misma edad que Mason, veintitantos años, pero era más bajo y su cuerpo era plano como una tabla. Su ajustada camiseta revelaba un pecho huesudo. Su cabello, rubio y enmarañado, caía sobre su frente. Llevaba puestas unas románticas gafas redondas de montura negra y sus ojos eran de un color azul glacial. Lo que llamó más mi atención fue su nariz torcida, y me pregunté cómo debió de rompérsela.

—¿Cómo es que os conocéis? —me preguntó Korbie sorprendida mientras me daba un codazo.

Yo no me podía creer que me hubiera olvidado de hablarle de Mason. Si no tuviera tanto frío, me habría reído al recordar la expresión celosa de Calvin cuando Mason y yo lo convencimos de que salíamos juntos. Tenía que contárselo antes de llegar a Idlewilde para que me ayudara a continuar con la farsa delante de Calvin.

—Nos conocimos... —empecé yo, pero me interrumpió.

—No nos conocemos, pero estaba en la misma cola que yo cuando, esta mañana, paré a poner gasolina.

Los ojos cálidos y sexys de la mañana ahora eran fríos y me miraban entrecerrados. El tono de su voz era seco y enojado. Resultaba difícil pensar que se trataba del mismo tío con el que había flirteado unas horas antes. No entendía por qué ahora se mostraba tan poco amigable y por qué, de repente, no quería recordar nuestro numerito. ¿Qué había cambiado?

Nuestros ojos volvieron a encontrarse y, si se dio cuenta de que yo estaba confusa, no pareció importarle.

—¿Qué queréis? —preguntó con una voz todavía más cortante que la de antes.

—¿A ti qué te parece? —replicó Korbie mientras se abrazaba para calentarse y pateaba el suelo con impaciencia.

—Nos hemos quedado tiradas —balbuceé yo aturdida por su hostilidad—. La tormenta nos ha sorprendido y estamos heladas. ¿Podemos entrar?

—Dejémoslas entrar —sugirió el amigo de Mason—. Míralas, están empapadas.

Sin esperar más invitación, Korbie entró en la cabaña a toda prisa y yo la seguí. Cuando el amigo de Mason cerró la puerta, empecé a sentir el calor en mi piel y me estremecí aliviada.

—No pueden quedarse a pasar la noche —declaró Mason enseguida, y bloqueó el paso hacia el pasillo que conducía al interior de la cabaña con su cuerpo.

—Si no nos quedamos a pasar la noche, nos convertiremos en cubitos de hielo humanos, y no querréis ser los responsables de algo así, ¿no? —comentó Korbie.

—La situación parece grave —repuso el amigo de Mason con un brillo divertido en los ojos—. Y no, definitivamente, no queremos ser los responsables de que os convirtáis en unos cubitos de hielo humanos. Sobre todo en unos cubitos que tienen mucho mejor aspecto como humanos y con sangre caliente circulando por sus venas.

En respuesta a su flirteo, Korbie realizó una leve reverencia y esbozó una amplia sonrisa.

—¿Dónde está vuestro coche? —preguntó Mason—. ¿Dónde lo habéis dejado?

—En la carretera, más abajo de vuestra cabaña —respondí yo—. Hemos caminado una hora hasta llegar aquí.

—A estas alturas, probablemente, estará enterrado bajo una gruesa capa de nieve —añadió Korbie.

—No me lo puedo creer —murmuró Mason mientras me fulminaba con la mirada.

«¡Como si fuera culpa mía! ¡Vaya, discúlpame por no controlar el tiempo! ¡Discúlpame por pedir un poco de ayuda..., un poco de hospitalidad!»

—¿No hay nadie más con vosotras? —preguntó el amigo de Mason—. ¿Habéis venido solas? Por cierto, me llamo Shaun.

—Y yo Korbie —respondió Korbie con voz acaramelada.

Shaun estrechó la mano de Korbie y, luego, me la tendió a mí, pero yo tenía demasiado frío para sacar la mía del bolsillo, de modo que me arrebujé en la chaqueta y lo saludé con la cabeza.

—Yo soy Britt.

—Sí, estamos las dos solas —respondió Korbie—. Tenéis que permitir que nos quedemos. Os prometo que nos divertiremos —añadió con una sonrisa alegre y coqueta.

Yo ignoré el flirteo de Korbie y observé a Mason con atención. No comprendía por qué actuaba de aquella forma tan extraña. ¡Por la mañana, había hecho lo imposible por ayudarme! Miré más allá de su fornido cuerpo, hacia el interior de la cabaña, buscando una clave que explicara su repentina frialdad. ¿Acaso Korbie y yo habíamos interrumpido algo? ¿Había algo, o alguien, que Mason no quería que viéramos?

Por lo que vi, Mason y Shaun estaban solos, lo que resultaba evidente por las dos chaquetas de hombre que colgaban de unos colgadores situados a un lado del vestíbulo.

—Nos lo pasaremos bien los cuatro aquí encerrados —les aseguró Korbie—. Podemos acurrucarnos para no pasar frío —añadió con una risita tonta.

Yo desvié hacia ella mi mal humor. ¡Qué comentario tan estúpido! La verdad era que no conocíamos de nada a aquellos tíos, y ella parecía haber olvidado por completo que, minutos antes, creíamos que íbamos a morir congeladas en la montaña. Yo todavía estaba trastornada por lo que nos había pasado y verla coquetear con Shaun hizo que me entraran ganas de zarandearla. Yo me había sentido aterrorizada en el bosque. Realmente aterrorizada. ¿Qué le pasaba a Korbie? ¿Cómo podía pasar de lloriquear de miedo a reír tontamente en un abrir y cerrar de ojos?

—Solo nos quedaremos una noche —les prometí a Mason y a Shaun—. Nos iremos a primera hora de la mañana.

Shaun rodeó los hombros de Mason con un brazo y dijo:

—¿Qué opinas, tío? ¿Deberíamos ayudar a estas pobres chicas?

—No —contestó Mason de una forma automática y con el ceño fruncido, y se desembarazó del brazo de Shaun—. No podéis quedaros —me dijo.

—Tampoco podemos quedarnos fuera —repliqué yo.

Me pareció irónico que le estuviera pidiendo que nos dejara pasar la noche allí, porque, cuanto más hablábamos, menos deseaba estar en la cabaña con Mason. No lo entendía. No había ni rastro del tío relajado y divertido de la mañana en el hombre que tenía delante. ¿Por qué había cambiado de actitud?

—A veces, es mejor ignorar a Mason *el Hacha* —nos explicó Shaun con una extraña sonrisa—. Es bueno en muchas cosas, pero la amabilidad no es una de ellas.

—Ni que lo digas —comentó Korbie en voz baja.

—Vamos, Hacha, no es para tanto. Podría ser peor —declaró Shaun mientras daba unas palmaditas en la espalda de Mason—. Por ejemplo... —Se rascó la barbilla pensativamente—. En realidad, no se me ocurre nada mejor que esperar a que la tormenta amaine acompañados por estas dos atractivas jóvenes. El hecho de que se hayan perdido es lo mejor que podía pasarnos.

—¿Puedo hablar un momento a solas contigo? —le preguntó Mason con voz grave y tensa.

—Por supuesto. Después de que estas chicas se hayan calentado. Mira, están heladas. ¡Pobrecitas!

—¡Ahora!

—Vamos, supéralo —le dijo Korbie a Mason con exasperación—. No somos unas locas asesinas. Promesa de Pinkie Pie —añadió con voz juguetona dirigiéndose a Shaun.

Shaun miró a Mason, esbozó una sonrisa burlona y le dio un ligero golpe en el pecho.

—¿Lo has oído, tío? Promesa de Pinkie Pie.

Todo aquel parloteo estaba poniendo a prueba mi paciencia. Tenía tanto frío que tuve la tentación de empujar a Mason y acercarme al fuego que ardía y proyectaba animadas sombras en las paredes de la habitación que había al final del pasillo. Me imaginé a mí misma sentada lo bastante cerca de él para que sus llamas por fin me permitieran entrar en calor.

—Una noche no le hará daño a nadie, ¿no crees, Hacha? —añadió Shaun—. ¿Qué tipo de tíos seríamos si dejáramos colgadas a estas chicas?

Mason no respondió, pero los músculos de su cara se pusieron visiblemente tensos. No podía haber mostrado lo que sentía con más claridad. No quería que nos quedáramos en la cabaña. Shaun, por su parte, estaba encantado de permitir que nos quedáramos el tiempo que necesitáramos. ¿Acaso habían discutido antes de que Korbie y yo llegáramos? Percibí que la tensión que había entre ellos crujía como el mismo fuego.

—Por favor, ¿podemos discutir esto junto a la chimenea? —preguntó Korbie.

—Buena idea —contestó Shaun, y se dirigió hacia el salón.

Korbie lo siguió por el pasillo mientras se desataba el pañuelo que llevaba anudado al cuello.

Cuando me quedé a solas con Mason, vi que su cara se relajaba y reflejaba derrota, pero su expresión enseguida se endureció. ¿Debido a la rabia? ¿La hostilidad? Clavó sus ojos en los míos y pensé que quizás intentaba decirme algo. Su mirada era tan intensa que parecía contener un significado más profundo.

—¿Qué problema tienes? —refunfuñé, y di unos pasos en dirección al salón.

Mason estaba delante de mí, a la entrada del pasillo. Yo

pensaba que, al acercarme, se apartaría, pero no lo hizo, sino que siguió bloqueándome el paso. Su cuerpo estaba incómodamente cerca del mío.

—Gracias por tu cálida bienvenida —le dije—. Tan cálida que casi me he derretido.

—Esto no es una buena idea.

—¿A qué te refieres? —repliqué yo con la esperanza de que me contara por qué estaba actuando de aquella forma tan extraña.

—No deberíais estar aquí.

—¿Por qué no?

Esperé a que me contestara, pero él simplemente siguió mirándome de aquella forma sombría y hostil.

—En realidad, no teníamos elección, aunque supongo que pedirte que me salves el culo dos veces en un solo día es demasiado —añadí con calma.

—¿De qué me estás hablando? —me preguntó enojado.

—Esta mañana me cubriste las espaldas delante de mi ex novio, ¿recuerdas? Aunque, por lo visto, evitar que me muera congelada es pedir demasiado.

—¿Qué estáis murmurando vosotros dos? —gritó Shaun desde el salón.

Él y Korbie estaban sentados en un sofá tapizado con una tela a cuadros y ella tenía las piernas cruzadas en dirección a él. De modo que, prácticamente, le rozaba la pierna con la punta de su bota. Era evidente que Korbie había superado lo de esperar a Bear para que la rescatara.

—Venid aquí, que se está calentito.

Mason bajó la voz y me preguntó de forma apremiante:

—¿En serio estáis tan apuradas como dices? ¿Vuestro coche está realmente atascado? Si, más tarde, os acompaño hasta él, ¿no crees que podríais seguir adelante?

—Cualquier cosa con tal de evitar que nos quedemos aquí, ¿no? —contesté con irritación.

Yo no me merecía que me tratara de aquella forma. No después de lo que habíamos compartido antes. Quería una explicación. ¿Dónde estaba el Mason de la mañana?

—Solo responde a mi pregunta —repuso él con el mismo tono de voz bajo y apremiante.

—No. Hay hielo en la carretera y la pendiente es demasiado pronunciada. Es impensable que el coche se mueva de ahí esta noche.

—¿Estás segura?

—Deja ya de actuar como un auténtico gilipollas.

Aunque no me lo puso fácil, pasé por su lado. Él permaneció en el mismo lugar y yo le rocé el brazo mientras pasaba de lado entre él y la pared.

Cuando había recorrido la mitad del pasillo, volví la vista atrás. Mason seguía de espaldas a mí y se frotaba la cabeza con la mano.

¿Qué era lo que le preocupaba? Fuera lo que fuese, también me estaba poniendo nerviosa a mí.

Aunque Korbie y yo nos habíamos librado de la tormenta, no me sentía totalmente a salvo en aquella cabaña. Aparte de mi encuentro con Mason aquella mañana, no lo conocía de nada. Y a Shaun todavía menos. Y, aunque Korbie y yo ya no corríamos el peligro de morir congeladas, pasaríamos la noche con dos tíos en los que no sabíamos si podíamos confiar. Resultaba inquietante, de modo que, de momento, no tenía más remedio que mantenerme alerta y esperar que dejara de nevar pronto.

Me reuní con Korbie y Shaun en el salón.

—Gracias de nuevo por permitir que nos quedemos a dormir —declaré—. Este tiempo es un asco.

—Tienes toda la razón —afirmó Shaun, y levantó su vaso de plástico con agua.

—¿Tenéis teléfono fijo? —preguntó Korbie—. Nuestros móviles no tienen cobertura.

—No, no tenemos teléfono, pero sí frijoles con carne y cerveza. Y una cama extra. ¿Dónde pensabais dormir esta noche? Me refiero a antes de que estallara la tormenta —contestó Shaun.

—En Idlewilde, la cabaña de mi familia —respondió Korbie.

—Es esa cabaña enorme y preciosa que tiene las chimeneas de piedra —añadí yo para despertar su memoria.

Idlewilde era la única construcción que había cerca del lago y, en sí misma, era un punto de referencia.

—¿A qué distancia está vuestra cabaña de aquí? —intervino Mason. Su voz lo precedió por el pasillo y se detuvo en la entrada del salón—. Yo podría acompañaros allí.

Shaun le lanzó una rápida mirada de reproche y, de una forma sutil pero firme, sacudió la cabeza en señal de negación. Como respuesta, Mason apretó los dientes y percibí tensión en la oscura mirada que intercambiaron.

—Será mejor que pienses en cómo estará el camino antes de comprometerte a algo así —intervino Korbie—. Imagínate una capa de barro de varios centímetros de grosor y, encima, otra capa de veinte centímetros de nieve que va en aumento. Me temo que esta noche nadie va a ir a ninguna parte.

—Estoy de acuerdo contigo —la respaldó Shaun mientras se levantaba del sofá—. ¿Puedo ofreceros algo de beber, chicas? Tenemos agua y un bote de cacao en polvo, aunque no respondo de que no esté caducado. Ah, y dos birras.

—Yo tomaré agua, gracias —dije yo.

—Hecho. ¿Y tú, Korbie?

—Lo mismo —respondió ella.

Juntó las manos sobre la rodilla y esbozó una sonrisa llena de encanto.

—¿Y tú, Hacha?

Mason seguía merodeando cerca de la puerta del salón con una expresión turbia y casi tensa en la cara. Debía de estar concentrado pensando en algo, porque, al cabo de varios segundos preguntó:

—¿Qué?

—¿Quieres beber algo?

—Ya lo iré a buscar yo mismo.

Cuando Shaun desapareció en la cocina, Mason introdujo las manos en los bolsillos y se apoyó en la pared sin apartar la vista de nosotras. Yo lo miré y arqueé las cejas de una forma desafiante. Me dije a mí misma que era mejor ignorarlo, pero me resultaba imposible. La curiosidad me comía por dentro. ¿A qué se debía su cambio de actitud? ¿Dónde estaba el tío amigable y, por qué no decirlo, sexy de la mañana? Porque yo quería volver a verlo con una intensidad que no podía explicar. Quería que regresara más de lo que deseaba ver a Calvin en aquel preciso momento. Lo que era mucho decir.

—¡Este lugar es tan encantadoramente rústico! —exclamó Korbie mientras contemplaba las vigas de madera del techo—. ¿Quién de vosotros dos es el dueño?

Al ver que Mason no respondía, Korbie y yo lo miramos. Ella exhaló un suspiro de exasperación, se levantó del sofá y chasqueó los dedos delante de la cara de Mason.

—Se llama inglés. ¡Úsalo!

Justo entonces, Shaun regresó al salón.

—La cabaña es propiedad del Hacha —explicó—. Sus padres murieron hace poco y se la dejaron en herencia. Esta es la primera vez que venimos desde el funeral.

—¡Oh! —exclamé—. Debe de ser muy duro... Me refiero a los recuerdos... —declaré amablemente.

Mason pareció no oírme. O eligió no hacerlo. Tenía la vista clavada en Shaun, el ceño fruncido y la expresión colérica.

—Al Hacha no le gusta hablar de ello —explicó Shaun con soltura y con una mueca casi divertida—. Él es ateo, y la muerte le raya mucho. No cree en la vida después de la muerte. ¿No es así, tío?

Nadie dijo nada. Yo carraspeé y, aunque no me preocupaban mucho los sentimientos de Mason, pensé que la falta de sensibilidad de Shaun había sido excesiva.

Shaun rompió la tensión con una risa que nos confundió.

—¡Eh, chicas, sois de lo más crédulas! Deberíais veros la cara ahora mismo. La cabaña no es del Hacha, sino mía, y, antes de que lo preguntéis, sus padres están cojonudos. Están jubilados y viven en Scottsdale, Arizona.

—Eres peor que mi hermano —se quejó Korbie, y le lanzó un cojín del sofá.

Shaun sonrió abiertamente.

—Este es el precio que tendréis que pagar por dormir aquí

esta noche: aguantar mi retorcido sentido del humor. —Se frotó las manos—. Y ahora contadme: ¿qué hacéis aquí en la montaña las dos solas?

—Morirnos de hambre —anunció Korbie sin rodeos—. Es la hora de cenar y os juro que he perdido cinco kilos subiendo hasta aquí. ¿Podemos cenar y hablar luego?

Shaun nos miró a Mason y a mí y se encogió de hombros.

—Por mí de acuerdo. Voy a prepararos los mejores frijoles con carne que hayáis probado en vuestra vida. Ya veréis.

—Muy bien, adelante —lo animó Korbie, y agitó una mano—. Pero tendrás que prepararlos tú solo. Yo no realizo tareas manuales y no sé cocinar. Y no te molestes en pedirle a Britt que te ayude. Ella todavía cocina peor que yo.

Entonces me miró como si me advirtiera: «Ni se te ocurra ayudarlo. Es mío.»

Yo sabía por qué Korbie no quería que yo estuviera a solas con Shaun en la cocina, pero me sorprendió ver que Mason se ponía en estado de alerta, como si estuviera dispuesto a intervenir si yo decidía ir a la cocina con su amigo. Clavó su mirada en mí como si me lanzara una advertencia. A mí, la situación me pareció extrañamente cómica. Mason no quería que yo estuviera allí. Ni allá. Ni en ningún otro lugar. Pero, sobre todo, no quería que estuviera a solas con Shaun. Pues bien, peor para él. Si esto era lo que necesitaba para no estar ausente, yo no dejaría escapar la oportunidad.

—Korbie tiene razón, cocino fatal —le confesé a Shaun—. Pero el hecho de que sea mala haciendo algo no significa que me niegue a hacerlo —declaré lanzándole una sutil indirecta a Korbie—. De modo que me encantará ayudarte a preparar la cena.

Antes de que nadie pudiera detenerme, entré en la cocina.

5

La cocina estaba totalmente amueblada. Había una mesa de madera nudosa de pino, una alfombra de procedencia navaja y varias fotografías de la cordillera Teton en distintas épocas del año. Unas cuantas ollas y cacerolas de aluminio colgaban de una barra encima de la isla central. Una capa de polvo deslucía el brillo de los utensilios y las telarañas descendían desde la barra como si fueran cintas de seda. Evidentemente, Shaun no entraba allí a menudo.

El fuego ardía en la chimenea a dos caras que la cocina compartía con el salón y la habitación olía agradablemente a humo y madera. Me sorprendía que Shaun tuviera suficiente dinero para ser el propietario de aquella cabaña. No era, ni mucho menos, tan bonita como la de los Versteeg, claro que, la madre de Korbie hacía años que era una abogada de familia de éxito.

—¿Cómo te ganas la vida?

Tenía que averiguarlo. ¿Se había graduado ya en la universidad? ¿Era un banquero agresivo o algún tipo de genio financiero?

Él me miró y esbozó una sonrisa de autorreproche.

—Soy un loco del esquí. He dejado aparcada la universidad hasta que sepa qué quiero hacer con mi vida. Técnicamente, este lugar pertenece a mis padres, pero ellos ya no esquían, de modo que me lo han pasado a mí. Últimamente, me paso aquí la mayor parte del tiempo.

Debía de comer siempre comida precocinada, pensé yo, porque los cacharros no habían sido utilizados en años.

—Pero estás muy lejos de las pistas, ¿no?

—No me importa conducir.

Me lavé las manos en el fregadero, pero como no había ningún paño de cocina, me las sequé en los tejanos.

—¿Qué hago? Se me da fatal abrir latas.

Antes de que Shaun pudiera reaccionar, me dirigí a la despensa y abrí la puerta. Para mi sorpresa, salvo dos latas de frijoles con carne y un desgastado bote de cacao, las estanterías estaban vacías.

Shaun se acercó a mí por la espalda.

—Nos olvidamos de ir a comprar antes de venir —me explicó.

—¡Pero si no hay nada de comida! —exclamé sorprendida.

—Seguro que deja de nevar durante la noche y, por la mañana, iremos a comprar.

El supermercado más cercano estaba a kilómetros de distancia. Lo habíamos visto de camino.

—¿No comprasteis comida antes de subir a la montaña?

—Teníamos prisa —contestó Shaun de una forma casi cortante.

Yo no insistí, porque el tono de su voz dejaba claro que no quería seguir hablando del tema, pero su falta de previsión me pareció alarmante. Shaun me había dicho que se alojaba en la cabaña a menudo para ir a esquiar, pero parecía que nadie hubiera estado allí desde hacía mucho tiempo. Otra cosa me preocupaba. Algo en Shaun no encajaba. Se mostraba amigable y encantador, pero no resultaba cálido ni se lo veía auténtico.

O quizá yo empezaba a estar paranoica porque estaba atrapada en una cabaña con dos tíos a los que no conocía. Pero lo que era innegable era que Shaun nos había invitado a quedarnos y nos estaba preparando la cena. Tenía que relajarme y aceptar su hospitalidad.

Abrí las latas de frijoles con cuidado; con la sensación de que no debíamos desaprovecharlas, porque eran la única comida que teníamos para sobrevivir durante la tormenta. Además, si esta empeoraba, eran lo único con lo que contábamos para alimentarnos durante días. Yo tenía barritas de cereales en el jeep y deseé haberlas llevado conmigo. Le pasé las latas a Shaun casi titubeante. Él había colocado una olla grande en la cocina y había encendido el fuego.

Por pura costumbre, miré si tenía nuevos mensajes en el móvil. Quizá Calvin había intentado telefonearme. Él sabía que habíamos planeado llegar a Idlewilde alrededor de las seis y eran casi las nueve.

—Hasta que no desciendas un poco de altitud y te alejes de los árboles, el móvil no será más que un peso muerto en tu bolsillo.

Yo solté un gruñido. Shaun tenía razón.

—Te juro que no sé estar cinco minutos sin consultarlo. Lo sé, se trata de una mala costumbre, pero me siento inútil sin él.

—¿Tú subes a la montaña a menudo? —me preguntó él.

Yo levanté el móvil por encima de mi cabeza, pero las barras de cobertura no se iluminaron por arte de magia.

—Sí, desde luego —contesté distraídamente.

—¿Conoces bien la zona?

—Mejor que Korbie. —Me eché a reír—. Sí, lo que has percibido es un tono de orgullo, porque en realidad, es su familia la que tiene una cabaña por aquí, pero mi sentido de la orientación es mucho mejor que el de ella.

Aunque me había fallado mientras conducía bajo la tormenta. Pero guardé esa información para mí.

—Y Korbie es mejor representando el papel de damisela en apuros.

No me molesté en explicarle que, normalmente, yo también era mejor que ella en ese papel, porque el tono que utilizó al realizar ese comentario no fue, precisamente, halagador.

—¿Y ahora habéis venido aquí para pasar las vacaciones de primavera? —me preguntó él—. Deja que adivine: fin de semana de chicas en la cabaña. Con un montón de películas de Christian Bale, helados y cotilleos.

—Cambia a Christian Bale por James McAvoy y podrías trabajar de adivino —bromeé yo.

—De verdad que me gustaría saber qué habéis venido a hacer aquí a la montaña. Tú ya sabes cosas de mí, ahora me toca a mí saber cosas de ti.

Yo deseé hacerle notar que no sabía prácticamente nada acerca de él, pero me alegré de poder hablar de mí.

—Korbie y yo vamos a realizar una ruta de setenta kilómetros por la cima de las Teton. Nos hemos estado preparando para este viaje durante todo el año.

Shaun arqueó las cejas con admiración.

—¿Vais a subir a la cima? Impresionante. No te lo tomes a mal, pero Korbie no parece el tipo de tía a la que le guste el aire libre.

—¡Bueno, ella todavía no sabe lo de los setenta kilómetros! Mi comentario hizo que Shaun soltara una sonora carcajada.

—Me encantaría verle la cara cuando le sueltes la noticia.

Yo sonreí.

—¡Sí, seguro que será digna de recordar!

—Supongo que tenéis todo el equipo necesario en el coche.

—El mejor del mercado.

Korbie le había pedido a su madre que nos comprara el equipo y la señora Versteeg había pasado el encargo a su asistente, quien no tenía problemas en gastarse el dinero de su jefa. Recibimos el equipo por medio de un servicio de mensajería y procedía de la prestigiosa tienda Cabela's. Yo no pensaba quejarme de nuestra buena suerte, pero había un pequeño problema. Yo sabía que el señor Versteeg había obligado a Calvin a pagarse el equipo que se había ido comprando a lo largo de los años. Si Cal se enteraba de que sus padres nos habían pagado el nuestro, explotaría de rabia. Siempre se quejaba de que sus padres mimaban a Korbie y, cuando salíamos, me expresó su resentimiento por el hecho de que nunca fueran justos con ellos. Yo dudaba que las cosas hubieran cambiado desde que se había ido a Stanford y, para mantener la paz, tenía que recordarle a Korbie que no le mencionara cómo habíamos conseguido nuestro equipo.

—Estoy seguro de que eres una experta y conoces bien la zona —declaró Shaun.

Lo dijo con un tono de voz halagüeño y yo piqué el anzuelo.

—Vengo aquí a menudo a practicar el alpinismo —mentí sin poder evitarlo—. He estado haciendo salidas más cortas durante los fines de semana para prepararme para este viaje. —Al menos esto era verdad—. Quería estar totalmente preparada. La mayoría de mis amigas se han ido a Hawái a pasar las vacaciones, pero yo quería hacer algo que constituyera un reto para mí, ¿sabes?

—¿Y va en serio que solo estáis Korbie y tú? ¿Vuestros padres no se reunirán con vosotras en la cabaña?

Yo titubeé y estuve a punto de mencionar a Calvin y a Bear, pero cambié de opinión en el último momento. La primera norma cuando hablas con un chico es no mencionar a tu ex en la conversación. Si no, parecerá que sigues aferrada a él y que estás amargada.

—Mi madre murió cuando yo era pequeña, de modo que ahora solo tengo a mi padre. —Me encogí de hombros, con una frialdad absoluta—. Él confía en mí. Sabe que sé ocuparme de mí misma. Le dije que volvería a finales de semana. Él sabe que, si surgen problemas, sabré resolverlos.

Ahora sí que estaba mintiendo. Mi padre no me había visto solucionar un problema por mí misma en toda mi vida. La idea era impensable. Mi padre era un modelo de padre permisivo. Yo tenía la sensación de que lo hacía porque yo era una chica y, además, la menor de los dos hermanos, y porque mi madre había muerto de cáncer antes de que yo fuera lo bastante mayor para recordarla. Mi padre siempre estaba a mi lado, dispuesto a salvarme incluso del menor de los contratiempos. Lo cierto es que yo me sentía cómoda dependiendo de él..., y de cualquier otro hombre que hubiera en mi vida. Esta manera de funcionar siempre me había dado buenos resultados..., hasta que fue la causa de que se me rompiera el corazón.

Shaun sonrió de una forma extraña.

—¿Qué? —le pregunté.

—Nada. Simplemente, me sorprende. Yo os había tomado, a Korbie y a ti, por las típicas niñas tontas de instituto. Dos chicas torpes e inútiles que no paran de reír tontamente.

Yo agité las pestañas.

—¡Tantos halagos me abruman! —exclamé.

Los dos nos echamos a reír.

—Rectifico lo dicho. —Bajó la voz para que nuestra conversación no se oyera fuera de la cocina—. Nada más ver a Korbie, supe el tipo de chica que era, pero tú me resultaste más difícil de clasificar. Tú eres atractiva y, al mismo tiempo, inteligente, y esto me desconcertó. A la mayoría de las chicas guapas que he conocido les falta algo. Son alocadas y les encantan las aventuras, pero no como a ti. No hasta el punto de querer subir hasta la cima de la Teton.

Su explicación no podría haber sido más perfecta. Deseé que Calvin hubiera oído sus palabras. Todas. Deseé que Cal viera que un chico mayor que yo e incluso que él estaba interesado en mí y creía en mí. Esbocé una sonrisa tímida.

—¿Estás flirteando conmigo, Shaun?

—Creo que el honor de ser la gran flirteadora del grupo le corresponde a Korbie —repuso él.

Yo no esperaba esta respuesta y tardé unos segundos en encontrar una réplica que tampoco me comprometiera a mí.

—Korbie es buena en lo que hace.

—¿Y qué me dices de ti? —Dio un paso hacia mí—. ¿Alguna vez flirteas, Britt?

Yo titubeé. Apenas conocía a Shaun. Y, lo que era más importante, Korbie se lo había pedido primero. Pero ella tenía novio, de modo que ahora me tocaba a mí.

—En el momento correcto y con el chico correcto —declaré astutamente.

—¿Y qué me dices de este momento? —Se acercó más a mí y oí el sonido grave y susurrante de su voz junto a mi oreja—. Este momento conduce a algún lugar y ambos lo sabemos.

Me pregunté si su pulso estaba tan acelerado como el mío. Y me pregunté si lanzaba miradas furtivas a mis labios como yo hacía, descaradamente, con los suyos.

—¿Y qué pasa con Korbie? —pregunté con voz suave.

—¿Qué pasa con ella?

—Le gustas.

—Y a mí me gustas tú. —Sirvió agua en dos vasos de plástico y levantó el suyo en un brindis—. Por la tormenta de nieve. Por dejarte aquí atrapada conmigo.

Yo choqué mi vaso contra el suyo y me sentí feliz de haberlo encontrado, porque antes creía que tendría que salvarme a mí misma, pero, finalmente, me había tropezado con un hombre mayor que yo, sexy y protector.

Estaba convencida de que ninguna de mis amigas regresaría de las vacaciones de primavera con una historia mejor que la mía.

Minutos antes de que los frijoles hubieran acabado de hervir, Korbie y yo fuimos al lavabo para asearnos.

—¿Te has divertido cocinando con Shaun? —me preguntó ella con voz enojada.

—Ha estado bien —le contesté con voz neutra y sin dejar entrever nada.

A una pequeña parte de mí le gustó mantenerla en suspense como venganza por meterse con mi Wrangler.

—Me dejaste a solas con Frankenstein.

—Frankenstein es el nombre del doctor. Yo te dejé con el monstruo de Frankenstein. En cualquier caso, no tenías por qué quedarte en el salón. Podrías haber ido a la cocina y ayudarnos a Shaun y a mí.

—¿Después de decir que no sabía cocinar? ¡Ni hablar!

Yo me encogí de hombros como diciendo: «¡Tú misma!»

—¿De qué hablasteis Shaun y tú? —me interrogó ella.

—¿Y a ti qué te importa? Tú ya tienes a Bear.

—Shaun está aquí, y Bear no. ¿Y bien? ¿De qué hablasteis?

Yo acabé de enjugarme las manos, pero como no había ninguna toalla, volví a secármelas en los tejanos.

—¡Bueno, ya sabes! De lo típico. Sobre todo estuvimos hablando de nuestra salida de alpinismo.

Korbie pareció aliviada.

—¿Eso es todo? ¿Solo hablasteis de alpinismo? ¿No flirteaste con él?

—¿Y qué si lo hice? —repliqué a la defensiva.

—Yo me lo pedí primero.

—Pero tú tienes a Bear.

—Bear y yo asistiremos a universidades diferentes en otoño.

—¿Y?

—Pues que no es una relación para toda la vida. ¿Qué sentido tiene serle totalmente fiel a alguien cuando sabes que la relación va a terminar? Y no entiendo que te las des de doña Perfecta. Al fin y al cabo, Calvin y tú no erais una pareja ejemplar.

Me volví y me puse de espaldas al lavamanos para verla cara a cara.

—¿De qué me estás hablando?

—Él besó a Rachel. En mi fiesta de la piscina del verano pasado.

Yo solté un respingo.

—¿Calvin se besó con Rachel Snavely?

Korbie arqueó las cejas con chulería.

—Nadie es perfecto, Britt. Supéralo.

La imagen de Calvin besando a Rachel hizo que apretara con fuerza el borde del lavamanos. Calvin y yo empezamos a salir en abril del año anterior, y la fiesta de Korbie se celebró en julio. Yo le había sido totalmente fiel hasta que él rompió conmigo en octubre, pero estaba claro que él no había hecho lo mismo. ¿Fue lo de Rachel un desliz momentáneo? ¿O Calvin me había engañado varias veces? ¿Y qué pasaba con Rachel? ¿Cómo justificaba ella su traición?

—¿Y hasta ahora no se te había ocurrido que a mí podía interesarme saberlo?

—Ahora necesitas un toque de realidad, por eso te lo cuento. Tenemos el resto de nuestras vidas para comprometernos. En estos momentos, la vida consiste en divertirse.

¿Era esto lo que Calvin se decía a sí mismo mientras besaba a Rachel? ¿Que divertirse era más importante que su compromiso conmigo? ¿Y cómo había justificado Rachel sus acciones? Me moría de ganas de preguntárselo. Reafirmé mis anteriores planes. ¡De ningún modo me enrollaría con Calvin durante las vacaciones!

—¡La cena está lista! —exclamó Shaun desde la cocina.

Korbie me agarró de la manga antes de que yo saliera del lavabo.

—Me lo he pedido primero —insistió con más firmeza que antes.

Yo miré de reojo la mano con la que agarraba mi blusa.

—Solo lo quieres porque yo lo quiero —continuó ella ridículamente enfadada—. Siempre quieres lo que yo tengo. Y estoy harta. Deja de ser tan falsa. Deja de intentar ser como yo.

Sus palabras me hirieron, pero no porque fueran ciertas. Odiaba cuando se metía conmigo de aquella manera. Cuando lo hacía, nuestra relación me parecía tan ilógica que me preguntaba por qué seguíamos siendo amigas. Estuve a punto de hablarle de la lista secreta de su diario y de preguntarle que, si yo me esforzaba tanto en ser como ella, por qué anotaba ella todo lo que yo hacía, decía y tenía y se aseguraba de superarlo. Pero, si se lo preguntaba, implicaría admitir que había leído su diario, y yo tenía demasiado orgullo para admitirlo. Además, si le revelaba que conocía su secreto, se aseguraría de que nunca más volviera a leer el diario, y, de momento, yo no tenía ninguna intención de renunciar a eso.

Esbocé una sonrisa paciente sabiendo que eso la enfurecería. Ella quería arrastrarme a una pelea para que me pasara la noche cabreada, pero yo de ningún modo le dejaría ganar esa batalla. Flirtearía con Shaun hasta hartarme.

—Deberíamos ir a cenar; los chicos nos esperan —anuncié con voz serena y tranquila, y salí del lavabo.

Antes de llegar a la cocina, oí que Shaun y Mason discutían en voz baja y tensa.

—¿En qué estás pensando? ¡Eso si piensas siquiera! —le sermoneó Mason.

—Lo tengo todo controlado.

—¿Controlado? ¿Lo dices en serio? ¡Mira a tu alrededor, tío!

—Os sacaré de esta montaña. Todo va bien. Tengo esto.

—Nadie desea más que yo salir de esta montaña —susurró Mason.

Shaun rio entre dientes.

—Estás metido en esto tanto como yo, tío. ¡Si no fuera por el jodido tiempo! ¡Pero no podemos hacer otra cosa!

Yo fruncí el ceño y me pregunté de qué estaban discutiendo exactamente, pero ninguno dijo nada más sobre aquel asunto.

Mason no cenó con nosotros, sino que se retiró al rincón más lejano de la cocina, apoyó el hombro en el marco de la ventana y nos estuvo observando a los tres con su fría mirada. Su expresión era tan cutre como la de la cabeza de ciervo disecada que colgaba sobre la repisa de la chimenea en el salón. Cada pocos minutos, se tocaba la cabeza o se frotaba la nuca, pero aparte de esto, mantuvo las manos en el interior de sus bolsillos. Las sombras oscurecían las cuencas de sus ojos y no pude decidir si reflejaban fatiga o preocupación. No sabía por qué estaba tan alterado o por qué no quería que Korbie y yo estuviéramos en la cabaña, pero lo que sí estaba claro era que quería que nos fuéramos. Si Shaun no hubiera estado allí, probablemente, nos habría echado fuera. En plena tormenta. Justo entonces, levantó la mirada y me pilló observándolo.

Sacudió levemente la cabeza, pero yo no supe interpretar su gesto. Si tenía algo que decirme, ¿por qué no me lo decía directamente?

—¿Tienes hambre, Hacha? —le preguntó Shaun.

Shaun había puesto tazones, cucharas y servilletas en la mesa y, luego, empezó a abrir cajones y armarios al azar. Me pareció raro que no supiera dónde estaban las cosas en su propia cocina. Claro que mi hermano Ian no sabía dónde se guardaban los cacharros en la cocina de casa, y habíamos vivido allí toda la vida. Al final, Shaun encontró lo que estaba buscando: sacó un salvamanteles del cajón que había al lado del fregadero y lo dejó en el centro de la mesa.

Mason, que había estado oteando la oscuridad por la ventana, dejó caer la cortina.

—No, no tengo hambre —contestó.

—Pues más para nosotros —comentó Korbie.

Era evidente que Mason no le caía bien. Y yo no la culpaba. Él apenas había abierto la boca y su expresión, cuando ponía alguna, era entre huraña y amenazadora.

—¿Todavía nieva? —le preguntó Shaun.

—Sí, mucho.

—Bueno, no puede durar indefinidamente.

Shaun sirvió frijoles con carne en tres tazones y, cuando se sentó, Korbie ocupó rápidamente la silla que estaba a su lado.

—Entonces ¿qué hacéis vosotros aquí? Todavía no nos lo habéis contado.

—Esquiar.

—¿Toda la semana?

—Ese es el plan.

—Pero si no habéis traído comida. He mirado en la nevera y está vacía. Ni siquiera hay leche.

Shaun introdujo una cucharada de frijoles en su boca y realizó una mueca.

—Estos son los peores frijoles con carne que he probado nunca. Saben a herrumbre.

Korbie tomó una cucharada y también realizó una mueca.

—No, saben a arena. Están granulosos. ¿Has comprobado la fecha de caducidad?

Shaun soltó un gruñido de exasperación.

—A caballo regalado no le mires el dentado.

Korbie apartó el tazón a un lado.

—Pues yo prefiero morirme de hambre que comerme esto.

—No puede ser tan malo —replicó Mason.

Todos volvimos la vista hacia él. Mason miraba alternativamente y con preocupación a Shaun y a Korbie, como si temiera que algo malo fuera a suceder.

—¡Mira quién habla! Justo el tío que no lo ha probado —repuso Korbie con mala leche—. Daría cualquier cosa por comerme un lomo de salmón ahora mismo. Nosotros siempre comemos salmón cuando vamos a la cabaña. Salmón con arroz jazmín y judías verdes al vapor. Y, en verano, lo tomamos con rúcula y piñones y, a veces, mi madre prepara un increíble chutney de mango como acompañamiento.

—Muy bien, continúa, ahora cuéntanos qué tomáis de postre y para beber —se burló Shaun dejando su cuchara sobre la mesa con más energía de la necesaria.

—¿Te estás burlando de mí? —preguntó ella haciendo un mohín.

—Simplemente, cómetelos y ya está —declaró Mason desde el otro extremo de la habitación.

Me pregunté por qué había intervenido. Al fin y al cabo, había dejado claro que no quería tener nada que ver con nosotras. Seguro que tenía una larga lista de cosas que prefería hacer en lugar de deambular por la cocina.

—El riesgo de padecer botulismo parece bastante elevado —continuó Korbie con esnobismo—. Yo paso. Esto es lo que ocurre por permitir que Britt te ayude a cocinar. Ya te advertí que era una cocinera horrorosa.

Shaun se rio entre dientes, pero su risa parecía contener un trasfondo de dureza. Yo pensé que quizás estaba siendo paranoica, pero él replicó con una voz tensa e inquietante:

—No seas desagradecida, Korbie.

—Ya veo. Tú puedes criticar los frijoles, pero yo no. ¿No te parece poco serio? —se burló Korbie—. Además, yo estaba culpando a Britt, no a ti.

—Cómete los malditos frijoles —exigió Shaun.

La forma suave y amenazadora como lo dijo hizo que se me erizara el vello de los brazos.

—Esta es la razón por la que deberíais haber comprado comida fresca —repuso Korbie levantando la nariz.

—Dale un respiro —le murmuré yo a Korbie, quien, evidentemente, todavía no se había dado cuenta de la tensión que flotaba en el aire.

—Si nos levantamos en mitad de la noche con retortijones en las tripas ya sabremos de quién es la culpa —replicó ella, y me lanzó una mirada recriminatoria.

Yo dudé que fuera consciente de que, aunque se dirigía a mí, de una forma indirecta estaba siendo grosera y desagradecida con Shaun. Y resultaba evidente que su actitud lo estaba cabreando. Deseé que Korbie superara su cabreo conmigo y se diera cuenta de que nos estaba poniendo a todos de los nervios.

Lancé una mirada a Shaun. Sus facciones se habían vuelto angulosas y rígidas, y parpadeaba con rapidez. Me agité en el asiento, mi corazón se aceleró y volví a experimentar esa sensación de que algo no iba bien. La habitación entera parecía estar cargada de electricidad, aunque me extrañaba que Shaun se hubiera cabreado, simplemente, por los comentarios de Korbie. Al fin y al cabo, ella era así. Nunca sabía cuándo debía cerrar la boca. E incluso cuando lo sabía, no la cerraba. Su boca funcionaba en piloto automático. Siempre tenía que decir la última palabra. Supuse que, a aquellas alturas, Shaun ya se había dado cuenta.

—Pásame el tazón —pidió Mason rompiendo la tensión que parecía crujir alrededor de la mesa como si se tratara de una torre eléctrica.

Lanzó a Korbie una mirada sombría y reprobatoria y tomó su tazón. Korbie parpadeó un par de veces sin saber qué decir. Luego, Shaun inclinó la silla hacia atrás, entrelazó las manos por detrás de su cabeza y nos sonrió como si no hubiera pasado nada.

—Creo que ha llegado el momento de ponernos manos a la obra, Hacha.

—Si te refieres a lavar los platos, yo paso —declaró Korbie—. Yo voto porque lo haga el Hacha —añadió con un brillo vengativo en los ojos—. Al fin y al cabo, parece que se ha enamorado de mi tazón. Lo sostiene con verdadero afecto en sus manos. Dejémosle disfrutar de su ligue un poco más. Te gusta cuando no te contestan, ¿no, Hacha? Te gustan tan educadas y parlanchinas como tú.

Yo me tapé la cara y me reí sin hacer ruido. En parte por nerviosismo y, en parte, para quitarle peso a lo que estaba pasando. La tensión que flotaba en la habitación era palpable.

—¿Qué equipo habéis traído?

Tardé unos segundos en darme cuenta de que Mason se dirigía a mí. Había llevado el tazón de Korbie al fregadero y había formulado la pregunta sin volverse hacia mí.

—¿Qué equipo tenéis en el coche? —insistió—. ¿Qué habéis traído para subir a la montaña?

—¿Por qué quieres saberlo?

No entendía por qué, de repente, se interesaba por nuestro equipo.

—¿Qué habéis traído? ¿Sacos de dormir, tiendas de campaña, comida no perecedera...? ¿Algo que sea útil?

—¿Útil para quién? Vosotros ya tenéis todo lo que necesitáis en la cabaña.

—Hemos traído sacos de dormir, una tienda, un botiquín de primeros auxilios y algo de comida —intervino Korbie—. Pero está todo en el coche. Y el coche está inmovilizado en la carretera, que es la razón por la que vinimos aquí.

Pronunció las palabras lentamente, insinuando que esto ya lo habíamos explicado anteriormente y que Mason no era muy rápido de entenderas.

Mason la ignoró y me preguntó:

—¿Habéis traído cerillas?

—No, pero sí un pedernal.

—¿Brújula y mapa?

—Brújula sí.

Por alguna razón, no mencioné el mapa de Calvin, que seguía guardado en el bolsillo de mi pantalón.

—¿Linternas?

—Sí, y también linternas frontales.

—¿Piolets?

—No.

Pensé en llevar uno, pero no creí que tuviera la oportunidad de usarlo. No si tenía en cuenta en qué consistía el alpinismo para Korbie.

—¿Qué importancia tiene todo esto? —intervino Korbie exasperada.

—Tiene importancia porque el Hacha y yo también estamos atascados en este lugar. Estamos esperando a que pare la tormenta y, como no planeábamos quedarnos por aquí tanto tiempo, ni siquiera trajimos equipo de montaña. Si queremos salir de aquí antes de que la nieve se funda y las carreteras estén transitables, necesitaremos vuestro equipo. Y esto es, exactamente, lo que vamos a hacer, largarnos de esta maldita montaña lo antes posible.

Tardé un minuto en asimilar que el objeto que sacó de la cinturilla de sus tejanos era una pistola. La blandió delante de mí con frialdad y yo sentí una necesidad apremiante de echarme a reír. La imagen que veía y lo que me decía mi mente no encajaban. Una pistola. Apuntada hacia mí. Aquello no podía ser real.

—¿Shaun? —pregunté.

Tenía que tratarse de una broma; el producto de su extravagante sentido del humor. Pero él no me hizo caso.

—¡Al salón! Las dos —nos ordenó con voz fría y distante—. Lo podemos hacer fácil o de forma que acabéis muertas. Y creedme, si gritáis, os resistís o discutís mis órdenes, dispararé.

Lo miré totalmente paralizada. Aquel extraño deseo de echarme a reír siguió intentando salir de mi garganta. Entonces me fijé en los ojos de Shaun. Eran fríos e insensibles, y me pregunté cómo no me había dado cuenta antes.

—Si hay algo que tenéis que saber respecto a mí —continuó Shaun—, es que no me marco faroles. Tardarán días en encontrar vuestros cadáveres y, cuando los encuentren, el Hacha y yo habremos atravesado las montañas y estaremos lejos de aquí. No tenemos nada que perder, así que ¿qué será, chicas?

Y nos miró fijamente.

6

Un miedo helado corrió por mis venas, pero hice, exactamente, lo que nos había ordenado.

Me levanté de la mesa y, totalmente aturdida, salí de la cocina. Korbie me siguió. Oí que gimoteaba. Sabía lo que estaba pensando porque era lo mismo que yo pensaba: ¿cuánto tardaría Calvin en darse cuenta de que algo no iba bien y saldría a buscarnos?

Pero, cuando lo hiciera, ¿cómo nos encontraría en medio de toda aquella nieve? Además, si teníamos en cuenta la posibilidad de que yo me hubiera equivocado en algún desvío y el hecho de que nos habíamos alejado mucho del coche, era muy improbable que nos encontrara.

Shaun nos obligó a atravesar el salón y, después, abrió una puerta que daba a un trastero pequeño que tenía las paredes cubiertas de estanterías de plástico vacías. Al principio, me pareció distinguir una cañería de agua que iba desde el suelo al techo, pero cuando Shaun encendió la luz, vi que se trataba de un poste sólido de metal. Algo en él hizo que la habitación me resultara aterradora. Tenía múltiples muescas que podían ser el resultado del roce de unas cadenas. Un olor asqueroso a orina y perro mojado impregnaba la agobiante habitación. Me esforcé en no seguir especulando.

—Quédate aquí con Korbie y vigílala. Quiero hablar a solas con Britt —le dijo Shaun a Mason.

—¡No puedes hacernos esto! —gritó Korbie—. ¿Sabes quién soy? ¿Tienes alguna idea de quién soy?

La última palabra apenas había salido de su boca cuando Shaun le dio un golpe en la cara con la pistola y dejó un rastro rojo en su piel.

Yo solté un respingo. Mi padre nunca me había pegado ni me había levantado la voz. Aparte de las películas y la televisión, yo solo había visto a un hombre pegar a otro en una ocasión. Años atrás, Korbie me había invitado a dormir en su casa y, en mitad de la noche, me levanté de la cama para beber agua. Desde las sombras del pasillo, vi que el señor Versteeg propinaba un fuerte manotazo a Calvin en la cabeza y que este caía de espaldas al suelo. El señor Versteeg le gritó que se levantara y aceptara el castigo como un hombre, pero Calvin permaneció inmóvil en el suelo. Yo no estaba segura de si respiraba o no. El señor Versteeg le levantó un párpado y apoyó una mano en su cuello para comprobar que seguía teniendo pulso. Luego lo tumbó en la cama. Yo regresé corriendo a la habitación de Korbie, pero no conseguí conciliar el sueño. No sabía si Calvin estaba bien y quería averiguarlo, pero ¿y si el señor Versteeg me veía? Nunca le conté a Calvin lo que vi y me pasé años intentando borrar aquel recuerdo de mi mente.

Korbie gimió y se llevó la mano a la mejilla.

Yo, como aquella noche en el pasillo de su casa, sentí rabia y náuseas y, aunque quien había recibido el golpe era ella, tuve ganas de llorar.

Vi que los ojos de Mason se ensombrecían y reflejaban odio, pero enseguida parpadeó y, siguiendo las instrucciones de Shaun, condujo a Korbie al interior del trastero. Shaun me empujó con rudeza por el pasillo hasta el lavabo sin dejar de apuntarme con la pistola. Una vez allí, señaló el retrete con la cabeza y exclamó:

—¡Siéntate!

Dejó la puerta entornada permitiendo que un haz de luz entrara en la habitación. Yo esperé hasta que mi visión se adaptó a las sombras. Poco a poco, percibí el contorno de la cara de Shaun. Sus ojos eran dos agujeros negros que me estudiaban y me analizaban de una forma calculadora.

—La cabaña no es tuya, ¿no? —le pregunté en voz baja—. No te pertenece.

Él ignoró mi pregunta, pero yo ya sabía cuál era la respuesta.

—¿Forzasteis la entrada? ¿Mason y tú tenéis problemas con la ley? —seguí preguntándole.

Me preocupaba lo que podía implicar para nosotras que la policía los estuviera buscando. Nosotras podíamos identificarlos. Y también sabíamos más cosas de ellos, como el vehículo que tenían. Además, yo podía indicarles a los policías que revisaran las cámaras de seguridad del 7-Eleven y enseñarles quién era Mason. Korbie y yo éramos una carga para ellos. Nada impedía que nos mataran.

Shaun soltó una risa aguda y cruel.

—¿De verdad crees que voy a contestar tus preguntas, Britt? —Apoyó una mano en la pared del retrete y se inclinó sobre mí—. El equipo del que nos hablaste antes. Lo necesitamos.

—Está en el coche.

—¿Puedes encontrar el camino de vuelta?

Yo estaba a punto de contestarle con un rotundo no, cuando algo en el fondo de mi mente me empujó a decir:

—Sí, creo que sí.

Él asintió con la cabeza y relajó la mano con la que sostenía la pistola. Yo supe que le había dado la respuesta correcta.

—¿A cuánto está de aquí?

—Con lo que ha nevado, podríamos llegar allí más o menos en una hora.

—Bien. Ahora indícame cuál es la ruta más fácil para atravesar las montañas a pie. Nada de caminos o carreteras. No quiero salir de los bosques.

Yo me estremecí.

—¿Quieres atravesar las montañas caminando? ¿A través de los bosques?

—Saldremos esta noche. Cuando hayamos conseguido el equipo y las provisiones.

Sin duda, Shaun estaba huyendo de la policía. Si quería ir por el bosque era para evitar que alguien lo viera. No se me ocurría ninguna otra explicación. Pero atravesar los bosques de noche y en mitad de una tormenta era peligroso. No necesitaba a Calvin para saberlo. En aquel momento, el suelo estaba cubierto por una capa de nieve de varios centímetros de grosor, y caminar por ella resultaría duro y penoso. Si nos perdíamos, nadie nos encontraría.

—¿Conoces alguna ruta o no? —insistió Shaun.

El presentimiento que había estado acechando en el fondo de mi mente se abrió camino y me hizo comprender lo que Shaun estaba haciendo. Se trataba de una prueba. Primero iba yo y, después, Korbie. Él sopesaría nuestras respuestas. Necesitaba asegurarse de que podíamos conducirlo a través de las montañas, si no, no nos necesitaba para nada.

Me obligué a ser valiente y lo miré directamente a los ojos.

—Llevo viniendo a estas montañas desde hace años y las conozco bien. He recorrido distintos tramos de las rutas altas en múltiples ocasiones y he hecho alpinismo por toda la cordillera. Puedo sacaros de aquí. Será mucho más duro a causa de la tormenta, pero puedo hacerlo.

—Esto nos resultará muy útil, Britt. Buena chica. Necesito que nos conduzcas a algún lugar donde pueda robar un coche. ¿Qué me dices a eso?

Se inclinó más hacia mí y apoyó las manos en las rodillas. Su cara estaba a la misma altura que la mía y percibí, en sus ojos, que su mente trabajaba con rapidez. Si yo elegía la respuesta equivocada, estaba acabada.

—Os conduciré a través de los bosques hasta la carretera principal. Es una de las primeras carreteras que limpian.

Yo no sabía dónde estaba la carretera principal en relación a nuestra posición. Ni siquiera sabía dónde estábamos, pero tenía el mapa de Calvin. Si Shaun me dejaba sola durante unos minutos, podría consultarlo para determinar nuestra posición y averiguar qué dirección debíamos tomar. Yo quería, desesperadamente, conducir a Shaun hasta la carretera principal, porque esta significaba coches, gente, ayuda...

—¿A qué distancia de aquí está la carretera principal?

—A unos diez kilómetros —supuse yo—. Pero no tomaremos una ruta directa, así que quizás esté un poco más lejos.

—¡Esa es mi chica!

Asomó la cabeza por la puerta y llamó a Mason. Yo aproveché aquel momento para cerrar los ojos aliviada. Había superado la primera parte de la prueba, lo que nos mantendría con vida un poco más de tiempo. De acuerdo, la parte más difícil, la que consistía en que creyeran que sabía lo que hacía mientras los conducía a través de los bosques, todavía no había llegado.

—Cambio de turno. Ahora le toca a Korbie.

Cuando nos cruzamos en el pasillo, Korbie y yo no nos dijimos nada. Nuestras miradas se encontraron brevemente y vi que tenía los ojos rojos y húmedos y la nariz hinchada, y que su labio inferior temblaba. Mis manos también temblaron y las cerré apretando los puños. Realicé un gesto con la cabeza y le envié un mensaje secreto: «Calvin y Bear nos encontrarán.»

Aunque yo no me lo creí del todo.

El viento lanzaba grandes copos de nieve contra la ventana del trastero. La nieve se arremolinaba y me hizo pensar en bancos de diminutos peces blancos.

Decidí sentarme en el lugar más alejado de la pared para que el poste no estuviera en mi línea de visión. Doblé las piernas y apreté las rodillas contra mi pecho. El frío exterior se filtraba por las paredes de cemento y me enderecé.

—Tengo frío —le dije a Mason, quien estaba entre yo y la puerta, por si intentaba escapar.

La idea resultaba casi cómica. ¿Acaso creía que iba a embestirlo y salir corriendo? ¿Para ir adónde? ¿Hacia la tormenta?

—¿Al menos puedes traerme mi chaqueta? —insistí yo. Todavía llevaba puesto el pañuelo rojo, pero era insuficiente para protegerme del frío—. Creo que está en la cocina.

—Bonito intento.

—¿Qué crees que intento?

Mason no me contestó.

—Supongo que, para vosotros, sería un drama que huyera a los bosques y me perdiera, ¿no? —continué. De repente, sentí mucha rabia—. Entonces no tendríais a nadie para que os sacara de las montañas. ¿Os habéis metido en algún lío? ¿Qué habéis hecho? ¿Os persigue la policía? Sí que os persigue, ¿no?

Mason siguió sin abrir la boca.

—¿Qué pasó en el 7-Eleven? —Intenté que mi voz sonara

dura y recriminatoria, pero se me quebró en la última sílaba y reveló que me sentía dolida—. Si de verdad eres un criminal, ¿por qué me ayudaste?

Él me miró con frialdad. Aunque al menos me miró, lo que constituyó una media respuesta.

—Me seguiste el juego —continué yo—. Me ayudaste a engañar a mi antiguo novio. Y sabías cómo me llamaba. ¿Quién era ese tío?

—Tu nombre estaba impreso en tu camiseta.

—Ya lo sé —respondí con sequedad—. La cuestión es que te tomaste el tiempo de leerlo y te implicaste en la situación. Eras una persona diferente. Me ayudaste. Y ahora vas y me secuestras. Quiero una explicación.

Su expresión se volvió impasible.

—¿Shaun y tú realmente creéis que saldréis airosos de esta situación? En algún momento, la tormenta pasará y las montañas volverán a llenarse de gente. Entonces no podréis seguir manteniéndonos prisioneras. La gente, los alpinistas, los campistas y los guardas del parque nos verán y querrán hablar con nosotros. Porque eso es lo que hace la gente en las montañas. Es observadora y amigable. Y se darán cuenta de que pasa algo raro.

—Entonces mantennos alejados de esa gente.

—Sí, pero cuanto más nos internemos en los bosques, mayor será el peligro de que nos perdamos.

—Pues consigue que no nos perdamos.

—Sé que no eres como Shaun —declaré negándome a tirar la toalla—. Cuando llegamos, no querías que entráramos en la cabaña porque sabías que pasaría esto, ¿no? Sabías que Shaun nos secuestraría e intentaste evitarlo.

—Si eso fuera cierto, no lo conseguí.

—¿Crees que Shaun nos matará? ¿Por qué no me cuentas lo que ocurre?

—¿Por qué debería contártelo? —replicó enfadado—. Yo estoy en esto por decisión propia. Si te preocupa lo que pueda ocurrirte, céntrate en sacarnos de las montañas. Hazlo y os dejaremos marchar.

—¿Cómo puedo estar segura de que nos soltaréis?

Él se limitó a mirarme.

—Mientes —susurré yo. De repente, mi voz sonó ronca—. No nos soltaréis.

Sus facciones se pusieron tensas y temí que ya tenía mi respuesta.

Una idea loca acudió a mi mente. Era arriesgada, pero si Korbie y yo podíamos morir, tenía que hacer algo. Mason y Shaun no nos necesitaban a las dos para sacarlos de las montañas. Solo me necesitaban a mí. De hecho, Shaun ya consideraba que Korbie era una inútil, porque no se había preparado para aquel viaje como yo y se le notaba. Yo no me veía capaz de librarnos a las dos de aquel aprieto, pero se me había ocurrido algo que podía salvar a Korbie. Solo tenía que convencer a Shaun de que no era valiosa para ellos, que no constituía una amenaza y que estarían mejor si la dejaban atrás.

Tragué saliva con esfuerzo. Yo nunca me había considerado una persona valiente. Yo era la niña mimada de papá. Si me salía con la mía, Korbie no vendría con nosotros, pero, por otro lado, no sabía si tenía el valor suficiente para internarme sola en los bosques con Shaun y Mason.

Pero no se me ocurría otra alternativa.

—Korbie padece diabetes tipo uno —le dije a Mason—. Tiene que tomar insulina. Si no se la toma, entrará en coma, y si este dura mucho, puede resultar mortal.

Una vez, en un campamento de verano, Korbie y yo convencimos a nuestro monitor de que Korbie padecía diabetes. Le dijimos que no se encontraba bien y que no podía ayudar en los trabajos comunitarios. Mientras el resto de las chicas recogían la basura de la orilla del río, Korbie y yo robamos helados de la cocina y nos los comimos en nuestra habitación. Si Shaun o Mason le preguntaban a Korbie acerca de su diabetes, yo estaba convencida de que ella recordaría nuestra farsa, sabría que yo estaba planeando algo y me seguiría la corriente.

—Mientes.

—Toma Humalog y Lantus todos los días. Tiene que mantener los niveles de azúcar en sangre lo más cerca posible de lo normal.

Yo estaba informada acerca de la diabetes tipo uno porque Ian, mi hermano mayor, la padecía. Si Mason me presionaba para que le diera más información, yo me la sabía toda. Podía convencerlo de que era verdad.

—¿Dónde está su medicación?

—En el coche. Aunque a estas alturas, estará congelada, lo que significa que es inservible. Y Korbie no vivirá mucho sin insulina. Esto es grave, Mason. Tenéis que dejarla ir. Ya sé que a Shaun no le importa si vivimos o morimos, pero tú no querrás ser el responsable de la muerte de Korbie, ¿no?

Mason me observó atentamente.

—No lleváis aquí tanto tiempo. Puede que la medicación no esté congelada. Dime dónde está tu coche y traeré la insulina.

—Ya llevamos aquí dos horas. La insulina estará totalmente congelada.

Algo indescifrable cruzó por su cara, pero antes de que pudiera averiguar de qué se trataba, una sombra se movió junto a la puerta y vi que Shaun estaba allí. No sabía cuánto había oído de nuestra conversación, pero su mirada era atenta y penetrante, y tenía los labios fruncidos.

—¿Insulina? Eso no suena bien —comentó Shaun finalmente.

—Yo iré a buscarla —le dijo Mason—. Y, de paso, traeré su equipo. Me llevaré a Britt para que me enseñe el camino.

Aquel repentino cambio de circunstancias me aceleró el corazón. Si me iba con Mason, podía intentar localizar a Calvin. Él debía de estar buscándonos por las carreteras cercanas a Idlewilde. ¿Cuántos desvíos equivocados podía haber tomado yo? ¿Uno? No podíamos estar muy lejos de Idlewilde. Como mucho a unos ocho kilómetros.

—No —repuso Shaun—. Britt se queda aquí. Ella es nuestro billete para salir de las montañas y no quiero arriesgarme a que le pase nada. Britt, cuéntale a Mason cómo llegar hasta el coche. ¡Y nada de jueguecitos! Si no ha regresado dentro de dos horas y media, supondré que nos has mentido. —Arrugó el entrecejo—. Y, créeme, desearás no haberme mentido.

Tenía que convencer a Shaun de que me dejara ir.

—No sabrás qué buscar —le dije a Mason—. ¿Alguna vez has visto insulina o un bolígrafo de insulina?

—Ya me espabilaré.

—No recuerdo exactamente dónde la guardé...

—Estamos hablando de un coche —me interrumpió Mason—. No tardaré mucho en registrarlo todo. Tu coche es un Wrangler naranja, ¿no es cierto?

Yo me estremecí.

—¿Cómo lo sabes?

—Lo vi en la gasolinera —repuso él bruscamente. Y, antes de que pudiera seguir presionándolo, añadió—: ¿Cómo puedo llegar al coche desde aquí?

—Sería más fácil si yo fuera contigo.

—¡No! —exclamó Shaun con firmeza.

Se me empapó la piel de sudor. Mi oportunidad se me estaba escapando de las manos. Si no encontraba a Calvin antes de que nos internáramos en el bosque, probablemente moriría en la montaña. Y, lo que era igual de preocupante, Shaun averiguaría que les había mentido acerca de la insulina. Todo mi plan se estaba desmoronando.

Podía darle a Mason unas indicaciones equivocadas, pero si se pasaba horas dando vueltas, Shaun sabría que los había engañado. No tenía más remedio que decirle dónde estaba el coche.

Y tenía que inventarme una mentira para protegerme. Cuando Mason regresara sin la insulina les diría que nos habíamos olvidado de empacarla. De repente, me acordaría de que nos la habíamos dejado en la encimera de la cocina de la casa de Korbie. Quizá fuera mejor así. Si creían que no teníamos la medicación, probablemente no querrían que fuera con nosotros. Sobre todo porque pensarían que, de todos modos, iba a morir y, si moría de causas naturales, seguramente no los acusarían de asesinato.

—Si te pones mirando hacia la cabaña, nosotras llegamos por la izquierda —le expliqué a Mason—. Atraviesa el bosque hasta que llegues a una carretera. Síguela hacia abajo y encontrarás el coche.

—Supongo que podré seguir vuestras huellas la mayor parte del camino —comentó Mason—. Está nevando mucho, pero, de todos modos, se notarán vuestras pisadas.

Cuando Mason se fue, Shaun me apuntó con el índice en señal de advertencia.

—Quédate aquí y no hagas ningún ruido. Necesito pensar.

Apagó la luz del trastero, pero dejó la puerta entreabierta. Cuando estuve sola, me esforcé en no llorar. Empecé a respirar de una forma entrecortada, pero me mordí el puño para amortiguar el sonido. Una nueva preocupación creció en mi interior. ¿Y si no lograba convencer a Shaun para que dejara a Korbie en la cabaña? Si la obligaba a ir con nosotros, ella no sobreviviría. Aunque consiguiera superar el largo y peligroso trayecto hasta la carretera principal, su personalidad haría estallar a Shaun.

Parpadeé varias veces para sofocar las lágrimas y sorbí por la nariz hasta que me sobrepuse. Tenía que ser lista. Mi mejor recurso era mi mente. Tenía que emplear aquel tiempo a solas para analizar la situación.

Repasé mentalmente todo lo que sabía acerca de Shaun y Mason. Shaun tenía una pistola, lo que significaba que era el cabecilla. ¿O no? Mason no parecía un segundón. No acababa de entender su relación. Se notaba que había un tenso tira y afloja entre ellos, una continua lucha de poder. La mayor parte del tiempo, Mason dejaba que Shaun se saliera con la suya. Pero no por miedo. Me había fijado en cómo Mason miraba a Shaun cuando este no se daba cuenta. El brillo helado de sus ojos reflejaba algo más que desprecio. Quizá lo consideraba un pirado. Y, podía ser un producto de mi imaginación, pero parecía evaluar todos los movimientos de Shaun, como si buscara cualquier tipo de debilidad y retuviera esa información para utilizarla más adelante. Pero ¿por qué?

A través de la rendija de la puerta, vi a Shaun, quien paseaba de un lado a otro delante de la chimenea, que se estaba apagando. Se había puesto un sombrero vaquero negro, un Stetson, y lo llevaba inclinado sobre los ojos. Quizá se tratara de una coincidencia, pero no pude evitar acordarme de que Lauren Huntsman supuestamente había desaparecido de Jackson Hole con un vaquero que llevaba puesto un Stetson negro. La idea de que

Shaun pudiera ser aquel hombre me produjo un violento escalofrío.

Lo contemplé mientras caminaba y se mordía un padrastro del pulgar de la mano izquierda. Tenía los hombros encorvados, las piernas rígidas y los músculos de la mandíbula apretados debido a la concentración. Parecía sumamente tenso. Como si fuera a explotar en cualquier momento.

7

Me había quedado dormida.

Me puse de rodillas lentamente. Noté un dolor en el hombro que me bajaba hasta la cadera y realicé una mueca. El suelo de cemento no era cómodo ni cálido. Me sequé la saliva que brotaba de la comisura de mis labios y me estremecí violentamente. La puerta del trastero estaba cerrada y la habitación estaba a oscuras. Una corriente de aire gélido se filtraba por la ventana y se me puso la carne de gallina. Seguía nevando, pero el viento había remitido y los enormes copos de antes ahora parecían diminutos granos de arena.

Yo no sabía cuánto tiempo había pasado, pero el cielo estaba completamente negro. Ya no oía los pasos de Shaun en el salón ni los sollozos de Korbie en el lavabo.

Para mantener mi mente ocupada y no acordarme de lo asustada que estaba, repasé mentalmente la distribución de la cabaña o, al menos, lo que había visto de ella, e hice un inventario de las posibles vías de escape. Por lo que yo sabía, la puerta principal era la única salida, y estaba situada al otro extremo de la cabaña. Para poder escapar, tendría que avanzar por el pasillo, liberar a Korbie, volver sobre mis pasos, atravesar el salón y recorrer el pasillo de la entrada sin que Shaun me oyera o me viera. Además, no sabía dónde Shaun había puesto nuestras chaquetas y, sin ellas, no duraríamos mucho en la nieve. Por otro lado, aunque lo consiguiéramos, ¿adónde iríamos? Con aquel tiempo, no habría nadie en las carreteras. No encontraríamos a nadie que nos ayudara.

Me pregunté si Shaun habría salido en busca de Mason. O si se habría quedado dormido. Y me pregunté si debería aprovechar la oportunidad e intentar escapar.

Estaba a punto de apoyar la oreja en la puerta para averiguar si se percibía algún sonido, cuando esta se abrió.

Shaun sostenía una silla metálica plegable en una mano y una cerveza en la otra. Se sentó en la silla y me miró fijamente con cara de pocos amigos.

—¿Qué ocurre? —le pregunté.

Él me señaló con el dedo índice y apretó los labios enojado.

—¡No abras la boca!

Los escalofríos que había tenido hasta entonces desaparecieron y el sudor brotó de todos mis poros. Shaun torció las comisuras de los labios hacia abajo. Sus ojos entrecerrados despedían destellos de odio. Cerró la puerta de golpe y mi corazón empezó a latir con tanta fuerza que estaba convencida de que los dos podíamos oírlo.

Shaun bebió un trago de cerveza y siguió mirándome con furia.

—Mason todavía no ha regresado.

Yo no estaba segura de si quería que le contestara o no.

—¿Cuánto tiempo ha pasado? —le pregunté con cautela.

—Más de tres horas. Es más de la una de la madrugada. ¿Nos mentiste, Britt? ¿Nos mentiste acerca de dónde dejasteis el coche?

—Quizá se ha perdido —respondí enseguida—. Quizás el peso del equipo lo obliga a ir más despacio.

—Se llevó un trineo. El equipo no es el problema.

—Si me hubieras dejado ir con él...

Shaun se levantó de la silla tan deprisa que no lo vi acercarse. Me agarró por el cuello y me empujó hasta que mi espalda chocó contra la pared. Me asusté tanto, que tardé unos segundos en sentir el dolor. Arañé frenéticamente su mano, pero sus nudillos se hundieron todavía más en la parte blanda e inferior de mi mandíbula, lo que me impidió respirar. La periferia de mi visión empezó a ser borrosa.

—¡Nos mentiste!

Aflojó la presión de la mano lo suficiente para que yo tomara una bocanada de aire y este bajó con dificultad por mi garganta. Negué con la cabeza repetidas veces: «No, no, no.»

—Si Mason se ha perdido es porque tú lo has enviado en la dirección equivocada. Está buscando tu coche y no lo encontrará. ¿No es cierto, Britt? ¿Creías que así equilibrarías la balanza? Si te librabas de él, seríais dos contra uno. Quizás eres más estúpida de lo que yo creía.

Agarré sus manos e intenté separarlas de mi cuello. No podía respirar. No sabía si él iba a matarme y la idea me aterrorizó.

—Me has quitado a Mason. Quizá yo debería quitarte a Korbie.

Alarmada, abrí desmesuradamente los ojos.

—Si vamos a jugar, yo conozco unos cuantos jueguecitos. —Su cara estaba tan cerca de la mía que pude distinguir sus fríos ojos azules. El odio destellaba en lo más hondo de ellos—. Muy bien, Britt. Tú has jugado tu baza. Ahora me toca a mí, ¿no es así como funciona?

Aflojó la mano y yo me atraganté. En cuanto tragué un poco de aire, Shaun volvió a agarrarme del cuello y a presionarme contra la pared.

—¿Has enviado a Mason en una dirección equivocada? Si lo has hecho, no me gustará. Pero si me cuentas la verdad ahora mismo, podremos seguir hablando. Si me comprendes, asiente con la cabeza.

Yo estaba mareada, pero asentí con la cabeza.

—¿Estás dispuesta a contarme la verdad?

«¡Sí, sí!», afirmé de nuevo con la cabeza. El dolor me desgarraba los pulmones y sentía como si tuviera un bloque de cemento sobre el pecho.

Shaun aflojó un poco la mano y yo respiré aliviada.

—Dale a Mason otra media hora, por favor —le supliqué—. Todavía está nevando. La capa de nieve es muy gruesa y tardará en llegar al coche y volver. Además tiene que traer el equipo. Seguro que está bien, solo que va más despacio de lo que yo creía.

Esperé para comprobar si Shaun tenía otra explosión de rabia.

La puerta del trastero vibró, como si la presión de la cabaña hubiera cambiado repentinamente. Segundos después, una ráfaga de aire helado se coló por debajo de la puerta. Shaun y yo nos volvimos de inmediato hacia allí. La puerta principal se cerró de un portazo y oímos unos pasos sobre el suelo de madera del salón.

—¿Hacha? —gritó Shaun—. ¿Eres tú, tío?

La puerta del trastero se abrió. Shaun dejó caer inocentemente la mano a un lado y yo retrocedí hasta el rincón mientras deseaba atravesar la pared y desaparecer.

Mason tanteó la pared hasta que encontró el interruptor de la luz.

—¿Qué pasa aquí? —preguntó mientras nos miraba, alternativamente, a Shaun y a mí.

Tenía la piel enrojecida debido al frío y unas gotas de hielo fundido salpicaban su pelo y sus cejas. Una capa de nieve en polvo cubría los hombros y las mangas de su chaqueta.

—Solo estábamos charlando —explicó Shaun con un tono de voz absolutamente neutro—. ¿No es así, Britt?

Yo no contesté y respiré entrecortadamente. El aire me raspaba la garganta con cada inhalación. Me toqué el cuello con cuidado y los ojos se me empañaron al sentir el dolor de los morados que, con toda seguridad, tenía en la piel.

Miré a Shaun y una sonrisa inquietante se dibujó en su cara. Estuve a punto de vomitar. El recuerdo de su mano de acero apretándome la garganta seguía dominando mi mente. Cerré los ojos, pero lo único que conseguí fue vislumbrar, más vívidamente, el odio que brillaba en sus ojos.

—¿Tienes el equipo? —le preguntó Shaun a Mason.

El pánico y unas ocurrencias absurdas bombardearon mi mente. Tenía que salir de allí. Tenía que echar a correr. Quizá no moriría congelada en el bosque. Quizá sobreviviría. Con tal de escapar de Shaun, asumiría ese riesgo. Correría sin parar hasta que estuviera a salvo.

—¿El equipo es bueno? ¿Nos servirá? —apremió Shaun a Mason.

Mason no contestó enseguida. Noté su mirada clavada en

mí. Yo deseé atravesar la pared y correr hacia el bosque. Cuando tuviera la oportunidad de escapar, la aprovecharía, porque quizá no se repitiera.

—¿Qué le ha pasado en el cuello? —preguntó Mason.

—La pillé cuando intentaba estrangularse con el pañuelo —contestó Shaun mientras reía entre dientes y señalaba mi pañuelo rojo, que estaba en el suelo.

Yo me lo había quitado antes de caer dormida. Había formado una bola con él y lo había apretujado contra mi pecho buscando consuelo.

—¿Puedes creértelo? —añadió Shaun—. Si llego a entrar un par de minutos más tarde, se habría suicidado. Tendremos que vigilarla más de cerca.

Me dio unos golpecitos en la mejilla con su fría mano y me estremecí.

—No vuelvas a intentarlo, Britt. Puede que tú conozcas mejor las montañas, pero tu amiga está resultando ser una invitada más agradecida. Quizá cambie de opinión respecto a ti.

—¿Puedo hablar con Korbie? —pregunté con voz débil y ronca.

—¿Qué tipo de pregunta es esa? —replicó Shaun con enojo—. ¿Cuál crees que va a ser mi respuesta?

—Quiero asegurarme de que está bien.

—Ella está bien.

—Por favor, ¿puedo verla? No intentaré nada, te lo prometo.

Tenía que decirle a Korbie que debíamos escapar a la primera oportunidad que se nos presentara. No sabía lo que Shaun podía llegar a hacernos.

—No sé si creerte —repuso Shaun—. Ya has intentado suicidarte. Lo único que sé con certeza es que no puedo fiarme de ti.

Mason hacía rato que no decía nada. Me volví hacia él y vi que había tomado mi pañuelo y lo examinaba. Sus agudos ojos marrones estaban clavados en la tela. Quizá me lo imaginé, pero vi que su cuerpo se ponía tenso y que el contorno de su mandíbula se endurecía. ¿Se había creído la mentira de Shaun? No estaba segura, pero si el distanciamiento que había entre él y Shaun se acentuaba, podría ayudarnos a Korbie y a mí. Quizá podríamos conseguir que Mason se pusiera de nuestro lado y nos ayudara a escapar.

Una vez más, intenté descifrar su desconcertante relación. Shaun había mentido a Mason para encubrir sus acciones, lo que constituía otra pista. Una prueba más de que Shaun no ejercía todo el poder. ¿Tenía miedo de que Mason tomara represalias si me hacía daño? Yo no sabía nada acerca de Mason, al menos no lo suficiente para confiar en él, pero lo que sí sabía era que me daba menos miedo que Shaun. Ocurriera lo que ocurriese, tenía que mantenerme cerca de Mason. Si tenía razón respecto a él, seguramente no permitiría que Shaun volviera a atacarme.

—Deberíamos hacer un inventario del equipo —dijo finalmente Mason—. Tenemos que decidir qué necesitamos exactamente y qué podemos dejar aquí.

—No deberías haber traído nada que no necesitáramos —le recriminó Shaun.

—Me estaba helando y lo tomé todo y a toda prisa —replicó Mason—. ¿Has mirado por la ventana? Está nevando a tope y he tardado el doble de tiempo del necesario en ir y volver del coche. Podemos decidir lo del equipo aquí, en la cabaña.

Shaun expresó su conformidad con un gruñido.

—Está bien. Tenemos tiempo. No emprenderemos el camino hasta que haya dejado de nevar.

Mientras seguía a Shaun fuera de la habitación, Mason me miró por encima del hombro, como si acabara de acordarse de algo, y sus ojos marrones se encontraron con los míos brevemente.

—Por cierto, encontré la insulina de Korbie. No estaba congelada. Por lo visto, llegué justo a tiempo.

8

Una vez sola, me quedé paralizada. El corazón me latía de una forma irregular. Deslicé la espalda por la pared y me senté en el suelo. En esta ocasión, no me importó el frío que despedía el cemento. Repasé lo ocurrido mentalmente. En el coche no había insulina porque Korbie no era diabética. Mason debía de haberlo deducido. Había encontrado el equipo, lo que significaba que había registrado el Wrangler, pero me había mentido acerca de que había encontrado la insulina y yo no sabía por qué.

Me pregunté qué había querido decirme.

Repasé sus palabras exactas, el tono de su voz y su lenguaje corporal. Con la mano apoyada en el pomo de la puerta, había comentado lo de la insulina como por casualidad, aunque intencionadamente. Como si quisiera tranquilizarme respecto a esa cuestión. Como si quisiera decirme: «Tu secreto está a salvo conmigo. De momento.»

Sentí la necesidad urgente de hablar con él a solas. Tenía que averiguar por qué me había encubierto y qué quería a cambio. Me froté la frente con la base de la mano. Y también tenía que prepararme.

Cuando dejara de nevar, emprenderíamos la marcha. Cargaríamos con el equipo y nos guiaría por la ladera de una montaña que nunca había recorrido. Saqué el mapa de Calvin con cuidado para no romper los desgastados bordes. Luego, me agaché junto a la franja de luz que se filtraba por el borde inferior de la puerta. Estudié con atención las indicaciones del mapa: los caminos secundarios, las cuevas, los arroyos, las antiguas cabañas de cazadores de pieles que ahora estaban abandonadas; todos los lugares que Calvin había explorado y marcado en el mapa.

Localicé rápidamente Idlewilde y la carretera principal. Cuanto más estudiaba el mapa, más segura estaba de dónde estábamos. Calvin había señalado una cabaña que estaba al sur de uno de los grandes lagos, lejos de la carretera, y había anotado: «desocupada/amueblada/electricidad». Si aquella era la cabaña en la que estábamos, yo me había saltado el desvío de Idlewilde y había seguido conduciendo unos ocho kilómetros más.

Se me ocurrió una idea. ¿Y si, en lugar de guiar a Shaun y Mason hasta la carretera principal, los engañaba y los conducía hasta Idlewilde? Pero Idlewilde estaba a una altitud mayor y, si los conducía ladera arriba, ellos enseguida sospecharían de mis intenciones. De momento, tendría que llevarlos ladera abajo en dirección a la carretera principal. Lejos de Idlewilde y de Calvin.

Miré por la ventana y me dije a mí misma que, cuando dejara de nevar y el cielo se despejara, las estrellas brillarían y la oscuridad no parecería tan impenetrable y desalentadora.

Acerqué un dedo al empañado cristal y escribí: «SOCORRO». Al cabo de unos segundos, las letras desaparecieron. Me pregunté dónde estaría Calvin. Quería creer que había encontrado el Wrangler y que estaba reconstruyendo nuestros pasos. ¡Tenía que creerlo! Pero ¿nos encontraría antes de que emprendiéramos la marcha? Cerré los ojos y recé con desesperación: «Guía sus pasos. ¡Y deprisa!»

Calvin conocía aquellas montañas mejor que nadie. Y era ingenioso. Podía superar a Mason y a Shaun... si nos encontraba. En el colegio, había obtenido notas mediocres, pero solo porque no se había esforzado. Yo sabía que lo había hecho para provocar a su padre. Superó los exámenes del instituto esforzándose al mínimo y, cuanto más lo castigaba su padre, menos interés demostraba él por los estudios. Una vez, después de recibir un informe escolar realmente penoso, el señor Versteeg echó a Calvin de su casa. Calvin se alojó en un hotel durante tres días, hasta que Korbie convenció a su padre para que le permitiera volver. Cuando obtuvo un notable en el examen de final de ciclo y un excelente en las pruebas de acceso a la universidad, su padre, en lugar de sentirse orgulloso, se enfureció porque Calvin lo había hecho quedar mal y demostraba que podía acceder a una universidad de primera categoría como la de Stanford por sus propios medios.

El año anterior había circulado un rumor por el instituto según el cual el señor Versteeg había donado una sustanciosa cantidad de dinero a Stanford para comprar el acceso de Calvin a la universidad, pero Korbie juró que no era verdad. «Mi padre nunca ayudaría a Calvin. Sobre todo, después de que superara las pruebas de acceso en el último momento», me contó Korbie.

Caminé de un lado a otro del pequeño trastero mientras intentaba luchar contra el frío, que me hacía estremecer y erizaba el vello de todo mi cuerpo. Cuando llegué a uno de los extremos y estaba a punto de dar media vuelta para volver sobre mis pasos, mi mirada se posó en un arcón que estaba en la estantería más baja del rincón. Había estado tan trastornada y asustada que no lo había visto hasta entonces. Quizá contenía algo que podría utilizar como arma.

Bajé el viejo arcón al suelo con cuidado para no hacer ruido. Abrí los cierres y levanté la tapa.

Una sensación helada de aturdimiento se apoderó de mí.

Mi mente intentó asimilar lo que veía: unos palos largos y una esfera que tenía dos cavidades grandes en la zona media y una tercera, una nariz, debajo de las otras dos. Los palos estaban doblados a la altura de las articulaciones para caber en el arcón. Una piel dura y correosa y un tejido conjuntivo mantenían unido el descompuesto cuerpo.

Yo sabía que aquello o, mejor dicho, ella, porque llevaba puesto un sucio vestido negro de fiesta, no me haría daño, pero, de todos modos, me quedé paralizada y empecé a respirar rápida y superficialmente. ¡El arcón contenía los restos de una mujer! Pero lo que más me aterrorizaba era pensar que alguien había muerto en aquella habitación. Alguien como yo. Alguien a quien, previamente, habían secuestrado. Fue como si se hubiera abierto una ventana en mi mente y pudiera vislumbrar mi propio destino.

Cerré los ojos con fuerza, pero, cuando volví a abrirlos, el cadáver seguía allí. La mueca dentuda de la calavera parecía burlarse de mí y decirme: «Tú eres la próxima.»

Cerré la tapa y retrocedí. Un grito quedó atascado en mi garganta.

No podía contarles a Mason y a Shaun lo que había visto. Probablemente, ya sabían lo que contenía el arcón. Incluso era posible que fueran los autores de la muerte de aquella mujer, y yo no necesitaba saber más secretos de ellos. Mi vida ya pendía de un hilo.

Empujé la imagen del cadáver al fondo de mi mente, mordí mi tembloroso labio inferior e intenté no pensar en la muerte.

9

He oído decir que, cuando alguien está cercano a la muerte, los recuerdos pasan por delante de sus ojos. Mientras esperaba averiguar el destino que Mason y Shaun tenían reservado para mí, mi mente evocó recuerdos de Calvin y deseé con todas mis fuerzas que nos estuviera buscando.

La primera vez que fui de acampada con los Versteeg, yo tenía once años y Calvin trece. Era el mes de julio y el ambiente fresco de la montaña constituyó un alivio y un descanso respecto al calor de la ciudad. Korbie y yo por fin éramos lo bastante mayores para dormir solas en el exterior. El señor Versteeg nos ayudó a montar la tienda en el descampado que había detrás de la casa de Idlewilde. Nos prometió que no cerraría la puerta de la cocina con llave por si necesitábamos utilizar el lavabo durante la noche.

Korbie y yo habíamos extendido barras de pintalabios y vistosos tarros y estuches de colorete y sombra de ojos por el suelo de la tienda y nos maquillaríamos la una a la otra por turnos. Luego, grabaríamos nuestra propia versión del vídeo musical *Hot N Cold*. Korbie aspiraba a ser una artista y estaba ansiosa por empezar.

Korbie me estaba aplicando pintalabios rojo brillante cuando oímos que alguien imitaba unos ruidos de fantasma en el exterior y un haz de luz se deslizó erráticamente por la lona de la tienda.

—¡Déjanos solas, Calvin! —gritó Korbie.

—¡Tranquilízate! —exclamó él. Abrió la cremallera de la tienda y entró—. Os he traído la linterna. Mamá me ha dicho que os la habéis olvidado.

—Muy bien —repuso Korbie, y le arrebató la linterna—. Ahora lárgate. Ve a jugar con Rohan Larsen —añadió con un tono burlón en la voz.

Calvin le enseñó los dientes como si fuera un perro.

—¿Qué pasa con Rohan? —pregunté yo.

Korbie me había invitado a mí y Calvin a Rohan, y creí que eran amigos.

—Papá ha obligado a Calvin a invitar a Rohan —me explicó Korbie con aires de suficiencia—, pero Calvin no lo soporta.

—A mi padre le cae bien Rohan porque es inteligente, juega bien al tenis y sus padres están forrados —me explicó Calvin—. Mi padre espera que se me pegue algo de él. Ni siquiera me deja elegir a mis amigos. Ya estoy en secundaria y sigue decidiendo con quién tengo que practicar deporte. Es ridículo. ¡Mi padre es un imbécil!

Miré a Korbie con preocupación.

—¿Tu padre te obligó a invitarme?

No soportaba la idea de que Korbie y Calvin se rieran de mí a mis espaldas.

—No, solo hace estas cosas con Calvin —me tranquilizó Korbie.

—Porque tú eres su princesa —declaró Calvin con desdén—. Lo que tú hagas no le preocupa.

—¡Lárgate! —soltó Korbie y, al mismo tiempo, se inclinó y su cara quedó a pocos centímetros de la de su hermano.

—Desde luego que me largaré, pero ya sabéis qué día es hoy, ¿no? —preguntó Calvin.

—Es viernes —contesté yo.

—Sí, viernes trece —añadió él con ojos brillantes.

—Lo del viernes trece es una superstición ridícula —replicó Korbie—. Vete o me pondré a chillar y le diré a mamá que intentabas ver a Britt en ropa interior. Te castigará sin videojuegos toda la semana.

Calvin me miró y yo me sonrojé. Llevaba puestas unas desgastadas braguitas blancas con agujeros debajo de la goma. Si Calvin las veía, me moriría de vergüenza.

—Britt nunca se chivaría de mí, ¿no es cierto, Britt? —me preguntó Calvin.

—Yo paso de esto —murmuré yo.

—Si lo del viernes trece no es más que una superstición, ¿cómo es que los hoteles no tienen una planta número trece? —le preguntó Calvin a Korbie.

—¿Los hoteles no tienen una planta número trece? —preguntamos Korbie y yo al unísono.

—No. Trae mala suerte. Es en esa planta donde siempre empezaban los incendios y ocurrían los suicidios, asesinatos y secuestros. Al final, la gente se dio cuenta y eliminaron la decimotercera planta de un tajo.

—¿En serio? —preguntó Korbie con los ojos muy abiertos.

—Sí, pero no con un cuchillo, tonta, sino que le pusieron otra numeración. En lugar de la planta número trece, pasó a ser la doce A. Sea como sea, sí que deberíais tener miedo los viernes trece, porque es cuando los espíritus de los muertos salen de la tumba para transmitir mensajes a los vivos.

—¿Qué tipo de mensajes? —le pregunté mientras se me erizaba el vello de la nuca.

—Aunque te creamos, cosa que no hacemos, ¿por qué nos cuentas esto ahora? —intervino Korbie.

Calvin alargó el brazo fuera de la tienda y arrastró una bolsa de lona azul al interior. Por la forma, se notaba que contenía algo rectangular.

—Creo que deberíamos averiguar si los espíritus tienen un mensaje para nosotros.

—Le diré a mamá que intentas asustarnos —lo amenazó Korbie mientras observaba la bolsa con recelo, y se levantó.

Calvin agarró la manga de su pijama y la obligó a sentarse de nuevo.

—Si cierras la boca durante cinco segundos, te enseñaré algo increíble. ¡Muy increíble! ¿Quieres verlo?

—Yo sí que quiero —declaré yo.

Miré a Korbie y me di cuenta de que había dicho algo que

no debía, pero no me importó. Yo quería que Calvin se quedara en la tienda el mayor tiempo posible. Después de pasar varios días en Jackson Lake, su piel había adquirido un tono dorado y era casi tan alto como su padre. Korbie me había contado que Calvin había estado haciendo flexiones y ejercicios de abdominales durante el verano y se le notaba. Era mucho más atractivo que cualquiera de nuestros compañeros de clase. Parecía un hombre.

Calvin sacó un tablero de madera de la bolsa. Tenía grabado el abecedario con letras de estilo recargado. Enseguida me di cuenta de que se trataba de un tablero güija. A Ian y a mí, nuestro padre no nos permitía consultarlo y mi profesor de la escuela parroquial me dijo que esos tableros estaban poseídos por el demonio. Un escalofrío recorrió mi espalda.

Calvin sacó de la bolsa una pieza triangular con un agujero en medio y la dejó encima del tablero.

—¿Qué es eso? —preguntó Korbie.

—Un tablero güija —contesté yo.

Miré a Calvin y él asintió con la cabeza en señal de aprobación.

—¿Y para qué sirve?

—A través de él, los espíritus contestan nuestras preguntas —explicó Calvin.

—¿La gente no tiene que darse la mano mientras consulta el tablero? —pregunté yo.

Esperaba que los rumores que había oído fueran verdad y que Calvin me considerara una persona culta.

—Más o menos —contestó Calvin—. Dos personas colocan un dedo encima del puntero y supongo que es posible que las puntas de sus dedos se toquen.

Yo me acerqué a él.

—Yo no pienso tocar tu gorda y sudorosa mano —le dijo Korbie—. Si lo hago, oleré como lo hacen tus partes. Te he visto meter la mano en tu pantalón cuando crees que nadie te mira.

Korbie y yo nos tapamos la boca y sufrimos un ataque de risa, pero Calvin dijo simplemente:

—Sois unas inmaduras. Ya va siendo hora de que pueda mantener una conversación adulta con vosotras.

«A mí también me gustaría», pensé yo como en un sueño.

—¿Listas? —nos preguntó Calvin, y nos miró con expresión seria—. Solo hay una regla: nada de empujar el puntero. Tenéis que dejar que se mueva solo. Tenéis que dejar que los espíritus lo guíen, porque solo ellos pueden ver el futuro.

—¿Crees que hay un espíritu en el tablero? —murmuró Korbie mientras ahogaba más risas.

Calvin iluminó todos los rincones de la tienda con la linterna. No se trataba de una tienda grande, pero quería que comprobáramos que estábamos solos. Si el puntero se movía, sería por causas sobrenaturales.

—Preguntadle algo —nos sugirió—. Preguntadle acerca de vuestro futuro.

«¿Me casaré con Calvin Versteeg?», pensé yo.

—Si esto funciona, me haré pipí encima —comentó Korbie.

A mí me daba miedo el tablero güija y también que mi padre se enterara de que lo había consultado, de modo que me sentí aliviada cuando Calvin se ofreció a consultarlo primero.

Con una voz grave y ceremoniosa, le preguntó al tablero:

—De nosotros tres, ¿quién morirá primero?

Yo tragué saliva y miré con nerviosismo el puntero. Noté una tensión en el pecho y me di cuenta de que no estaba respirando. Korbie había dicho en broma que se haría pipí encima, pero yo era probable que me lo hiciera.

Al principio, el puntero no se movió. Miré a Korbie a los ojos y ella se encogió de hombros. Luego, poco a poco, la pieza empezó a deslizarse hacia las letras.

C.

—Yo no la estoy empujando, os lo juro —aseguró Korbie, y miró a Calvin con inquietud.

—¡Cállate! —la reprendió Calvin—. Yo no he dicho que lo hicieras.

A.

—¡Oh, Dios mío! —exclamó Korbie—. ¡Oh, Dios mío! ¡Oh, Dios mío!

L.

—Tengo miedo —declaré yo, y me tapé los ojos con las manos.

Pero no aguantaba el suspense, de modo que separé los dedos y miré a través de ellos.

—¿Y cómo muere Cal? —le susurró Korbie al tablero.

S-O-G.

—¿Sog? —pregunté yo dudando que aquello pudiera considerarse una respuesta—. ¿Ha querido decir «soga»?

Calvin me indicó con apremio que me callara.

—¿Quién me mata? —preguntó con el ceño fruncido.

P-A-P-Á.

Entonces algo sucedió en la tienda. Un músculo de la mandíbula de Calvin empezó a temblar, como si hubiera apretado los dientes con demasiada fuerza. Se echó hacia atrás, frunció el ceño y miró el tablero güija casi con odio.

—Papá nunca te mataría —dijo Korbie con voz tranquilizadora—. Solo es un juego, Calvin.

—No estés tan segura —murmuró él finalmente—. Él elige mis amigos y decide qué deportes debo practicar. Revisa todos mis deberes y me obliga a repetirlos prácticamente todos. Probablemente decidirá por mí a qué universidad debo asistir y con quién me tengo que casar. Britt tenía razón, el tablero quería decir «soga», y papá ya me está asfixiando.

No se trataba de un recuerdo agradable, pero yo no podía concentrarme en nada bueno mientras estaba atrapada en un trastero con un cadáver. Aquel recuerdo lejano hizo que decidiera ser más benevolente con Calvin. Crecer no le había resultado fácil. Puede que me hubiera engañado y que me hubiera dolido que cortara conmigo, pero no era una mala persona.

Y, si nos salvaba, me prometí que se lo perdonaría todo.

10

El cadáver del arcón seguía atormentándome cuando por fin dejó de nevar. Yo estaba acurrucada en el suelo e intentaba dormir para olvidar el frío que tenía cuando, de repente, Shaun abrió la puerta. El trastero estaba totalmente a oscuras y el haz de luz que entró en la habitación me hirió en los ojos.

—Levántate. Nos vamos.

Yo estaba grogui, entre dormida y despierta. Shaun me propinó una patada en las costillas y me levanté de golpe.

—¿Dónde está Mason? —pregunté sin pensar.

—Ha ido a buscar a Korbie. Nos encontraremos fuera. —Dejó caer mi chaqueta y una mochila abultada a mis pies—. Póntelas.

Yo intenté disimular la angustia que sentía. Habían decidido que Korbie fuera con nosotros. Yo había asumido un riesgo enorme mintiéndoles acerca de la insulina, pero no había sido suficiente para que Shaun accediera a que Korbie se quedara en la cabaña. Tenía que hacerme a la idea de que ella no conseguiría ayuda. Nadie nos encontraría, y sentí que aquella pesadilla volvía a dominar mi mente.

Me puse la chaqueta y la mochila y el peso hizo que me tambaleara. Me alegré de haber hecho excursiones con una mochila durante todos aquellos meses y de haber aumentado progresivamente el peso de esta para prepararme. Tenía que encontrar la manera de traspasar parte de la carga de Korbie a mi mochila, si no, ella no resistiría la marcha. No se había preparado conmigo porque contaba con que Bear llevaría el equipo pesado.

—Tú llevas dos sacos de dormir, las esterillas, el papel higiénico y algo de ropa que el Hacha tomó de una bolsa en tu coche —me indicó Shaun—. El Hacha y yo llevamos agua, las barritas de cereales que había en tu coche, el pedernal, las linternas de mano, las frontales, las cantimploras, las mantas y las brújulas: la vuestra y la de el Hacha. —Sus ojos se clavaron en los míos de forma amenazadora—. Si intentas escapar, no durarás mucho.

—¿Qué hora es?

—Las tres.

Las tres de la madrugada. Esto significaba que había dormido un poco. Deseé que Korbie también hubiera podido dormir. Necesitábamos tener energía para caminar por el arduo terreno.

—Tengo que ir al lavabo.

—No tardes.

Una vez en el lavabo, volví a estudiar el mapa de Calvin. Cerré los ojos y memoricé las indicaciones. Luego volví a doblarlo y lo guardé dentro de mi camisa, junto a mi corazón, donde notaría su contacto en mi piel. Me cubrí la cabeza con el pañuelo rojo e improvisé con él un pasamontañas. La suave tela rozó mi mejilla y me acordé de mi padre, que era quien me lo había regalado. Intenté acordarme de si le había dado un fuerte y largo abrazo como despedida.

Shaun y yo avanzamos con pesadez y nos sumergimos en la oscuridad del exterior. La nieve me llegaba hasta la parte alta de las botas, y los árboles parecían pintados con hielo. El viento había cesado y la luna era llena y proyectaba una luz azulada y fantasmagórica sobre la brillante superficie nevada. La nieve crujía con cada paso que daba. La capa superficial estaba helada, pero, debajo de ella, mis botas se hundían fácilmente en la nieve en polvo.

Cuando hablé, mi aliento formó nubes de vaho.

—¿Dónde están Mason y Korbie?

—Han salido antes. Ya los alcanzaremos.

—¿Ya saben en qué dirección está la carretera principal? —le pregunté intrigada.

Creía que esta era la razón por la que me necesitaban.

—Estamos comprobando las brújulas. Tú sígueme.

Shaun sostenía una brújula en la mano, pero algo no encajaba. ¿Comprobaban las brújulas estando separados? Fruncí el ceño y declaré:

—Deberíamos mantenernos juntos, como un grupo.

Shaun se volvió hacia mí bruscamente y acercó su cara a la mía.

—¡Tú no das las órdenes!

Yo me encogí de miedo. Él siguió mirándome enfurecido y, luego, rompió el tenso silencio con una extraña risa. Yo no quería viajar sola con Shaun, pero no tenía elección. De momento, lo mejor que podía hacer era no provocarlo. Pronto nos reuniríamos con Mason y Korbie. Probablemente, Shaun no me haría daño si Mason estaba cerca. No es que confiara en Mason, pero él había mentido sobre la insulina para encubrirme y esto tenía que significar algo.

Seguimos descendiendo con un ritmo lento pero constante por la ladera de la montaña. Shaun miraba alternativamente la brújula y el túnel de oscuridad que teníamos delante. Si no nevaba más, dejaríamos un rastro de huellas a partir de la cabaña y recé para que Calvin lo encontrara.

Minutos después, una figura imprecisa surgió de los árboles. Al principio, pensé que era producto de mi imaginación, pero, a medida que se acercaba, se fue perfilando el contorno de un hombre. Aquella repentina aparición me aceleró el corazón. Había alguien más, alguien que podría ayudarme. Shaun también debió de verlo, porque dirigió su linterna frontal hacia él.

—¡Nos has encontrado! —exclamó animado.

Mason se protegió los ojos de la luz de la linterna y mi corazón volvió a encogerse.

—Aparta la luz.

Shaun comparó su brújula con la de Mason.

—Ahora coinciden. Crisis superada.

Mason me lanzó una rápida mirada.

—El generador de la cabaña invertía la dirección de tu brújula, pero ahora parece que funciona correctamente.

—¿Dónde está Korbie? —pregunté de nuevo mientras sentía un atisbo de esperanza... y también de pánico.

Mason evitó mirarme. ¿Qué era lo que me estaban ocultando?

—Se ha quedado en la cabaña —me explicó finalmente Shaun.

Yo parpadeé repetidas veces. Estaba confusa.

—¿Qué?

—Andamos escasos de provisiones —dijo él de forma cortante—. Solo llevamos lo que podemos necesitar. Y a ella no la necesitamos. Sobre todo si está enferma.

Sus palabras resonaron en mi interior y me sentí cautelosamente esperanzada. No quería ilusionarme demasiado deprisa.

—Pero antes me dijiste que iríamos todos.

—Sé lo que te dije, pero he cambiado de idea. Korbie se queda en la cabaña. Ella no conoce las montañas como tú y es una carga.

Yo me detuve. Todo mi cuerpo temblaba de alivio y esperanza. ¡Habían dejado a Korbie en la cabaña! Si lograba resistir sin comer hasta que la nieve se derritiera, se salvaría y podría ir a buscar ayuda. O, lo que era mejor, seguramente Calvin vería luz en la cabaña y la encontraría. Ella se lo contaría todo y él acudiría a salvarme. Solo tenía que ser valiente un poco más... Y reaccionar a aquel cambio de planes como Shaun esperaría que lo hiciera. No podía permitir que supiera que esto era lo que yo esperaba, que tenía un plan.

—¡Tenemos que regresar! —exclamé—. Os sacaré de las montañas, pero primero tenemos que ir a buscar a Korbie. En la cabaña no queda comida y, si las cañerías se congelan, tampoco tendrá agua. Podrían pasar días antes de que alguien la encontrara. Tenemos que ir a buscarla.

Con el rabillo del ojo, vi que Shaun sacaba la pistola del bolsillo de su chaqueta. La expresión de su cara era de indiferencia.

—Cuanto antes nos saques de las montañas, antes podrás volver y salvar a tu amiga.

Aunque me daba miedo, lo miré a la cara. Me acordé de que, en determinado momento, deseé besarlo y se me revolvieron las tripas. Nunca me había equivocado tanto respecto a una persona. Noté un sabor cálido y amargo en la garganta. Cuando lo conocí, estaba tan desesperada y necesitada de afecto y tan obsesionada en competir con Korbie que me tragué su farsa.

Pero ahora empezaba a verlo todo con claridad. Shaun creía que Korbie no sobreviviría sola en la cabaña y no sentía ningún remordimiento. Cuando los ayudara a atravesar las montañas, nada le impediría adjudicarme el mismo destino. Yo había salvado a Korbie, pero nada garantizaba que pudiera salvar mi propia vida.

Me incliné y vomité.

—Déjala tranquila —le dijo Mason a Shaun—. Lo único que consigues es empeorar la situación. Necesitamos que esté centrada.

Mason tapó mi vómito con nieve y me tendió un pedazo de papel higiénico que sacó de su bolsillo. Yo no lo tomé y él me limpió la boca con delicadeza.

Cuando habló, yo esperaba que su voz sonara cortante, pero en lugar de eso, sonó cansada:

—Tómate un minuto para recuperarte y, después, guíanos hasta la carretera, Britt.

11

Calvin Versteeg fue mi primer amor. Mi enamoramiento infantil creció a lo largo de los años y se hizo sólido cuando él cumplió diez años. Me acordé de la mágica y embriagadora sensación que me producía saber que él era mi verdadero amor.

Aunque Calvin era dos años mayor que yo, solo iba un curso por delante de mí. Su cumpleaños era en agosto y sus padres lo inscribieron en el colegio un año más tarde para que fuera un poco mayor y pudiera obtener un rendimiento mejor en los deportes. Fue una decisión acertada. En segundo de secundaria, Calvin ya tenía un puesto en un equipo de baloncesto universitario, y en tercero, ya era titular del equipo.

Fuimos a Jackson Lake en el Chevrolet Suburban de los Versteeg. Calvin y sus dos amigos se pidieron, rápidamente, los asientos de atrás y Korbie y yo tuvimos que viajar en los de en medio, que estaban más cerca de los de sus padres. Cada vez que nosotras intentábamos escuchar lo que ellos decían, Calvin hacía entrechocar nuestras cabezas.

—¡Mamá! —gritaba Korbie—. ¡Calvin nos ha hecho daño!

La señora Versteeg miraba por encima de su hombro.

—Deja en paz a tu hermano. Habla con Britt o juega con tus muñecos de *My Little Pony* —le sugirió finalmente—. Están en la caja que hay debajo de tu asiento.

—Sí —se burló Calvin en voz baja—. Juega con tus ponis. Seguro que te llevas una sorpresa.

Korbie sacó la caja y la abrió.

—¡Mamáááá! —gritó tan fuerte que noté cómo vibraban mis tímpanos—. ¡Calvin les ha cortado el pelo! —Se volvió hacia atrás con las mejillas encendidas—. ¡Te mataré!

—¡Qué pasa! ¡Mamá te comprará otros nuevos! —exclamó Calvin con una mueca maliciosa.

Yo pensé que Calvin era el peor hermano mayor del mundo. Peor, incluso, que mi hermano Ian, quien se escondía en mi armario y, cuando yo cerraba la luz, salía de repente y gritaba: «¡Bu!» Que alguien hubiera dejado a tus ponis calvos era peor que llevarse un susto.

De todos modos, Calvin medio lo remedió al final del día. Después de esquiar en el lago por la tarde, él y sus amigos cazaron ranas y Calvin me permitió ponerle el nombre a la suya. Y, aunque elegí un nombre ridículo, *Smoochie*, Calvin no se lo cambió.

Más tarde, aquella noche, mientras hacíamos cola para ir al lavabo antes del largo viaje de vuelta a casa, le susurré a Calvin al oído: «No eres tan malo.» Él me pellizcó la nariz y respondió: «No lo olvides.»

Mientras subíamos al Suburban, nadie pidió un asiento concreto. Estábamos demasiado cansados. Yo, casualmente, acabé sentada al lado de Calvin. Me dormí con la cabeza apoyada en su hombro y él no me apartó.

12

—¿Estás segura de que este es el camino correcto?

Doblé el mapa de Calvin con disimulo para que no me vieran y lo deslicé por mi escote hasta el sujetador. Cerré los ojos brevemente y memoricé la topografía y las anotaciones escritas a mano mientras intentaba que la voz de Shaun no me distrajera. Cuanto más caminábamos y más puntos de referencia identificaba, más segura estaba de dónde estábamos.

Me subí los pantalones, salí de detrás del pino que me había proporcionado privacidad y respondí con suficiencia:

—Dímelo tú. Eres tú quien tiene las brújulas. ¿Nos estamos dirigiendo al sur?

—El paisaje no ha cambiado mucho —se quejó Shaun, y abrió la brújula para asegurarse de que seguíamos el rumbo establecido—. Es como si no nos hubiéramos movido.

Shaun tenía razón. Aunque hacía horas que caminábamos, según el mapa de Calvin, apenas habíamos avanzado unos milímetros.

—Creía que la carretera estaba al sureste de la cabaña —comentó Mason, y frunció ligeramente el ceño.

Un temblor de miedo recorrió mi cuerpo, pero intenté que mi expresión fuera de calma.

—Y lo está, pero tenemos que rodear un pequeño lago. Cuando lo hayamos hecho, nos dirigiremos hacia el este. Creí que no conocías la zona.

—Y no la conozco —respondió él lentamente—, pero di

una ojeada a un mapa en la gasolinera. —Frunció todavía más el ceño y una expresión de concentración oscureció sus facciones—. Aunque es posible que lo haya recordado mal.

—Bueno, ¿qué dirección debemos tomar? —soltó Shaun—. Uno de los dos ha de tener razón.

—Yo la tengo —declaré con seguridad.

—¿Y tú qué dices, Hacha? —lo apremió Shaun.

Mason se frotó la mandíbula de forma reflexiva, pero no dijo nada. Transcurrieron varios minutos antes de que yo respirara con tranquilidad, porque Mason tenía razón. La forma más rápida de llegar a la carretera principal era dirigirse hacia el sureste, pero ahora que sabía dónde estábamos exactamente, había decidido no conducirlos allí. Según el mapa de Calvin, si caminábamos hacia el sur, encontraríamos un puesto de los guardas forestales.

Según mis cálculos, llegaríamos allí antes del amanecer.

La luna había estado visible durante la mayor parte de la noche, pero, poco antes del amanecer, apareció una nueva masa de nubes y, una vez más, nos vimos envueltos en la más absoluta oscuridad. El viento también volvió a soplar; agitó las ramas de los árboles y nos golpeó en la cara.

Aunque Mason comentó que no debíamos malgastar las pilas, volvimos a encender las linternas frontales. Las instrucciones decían que las pilas durarían aproximadamente tres horas.

La espalda me dolía debido al peso de la mochila y mis piernas, que estaban entumecidas a causa del frío, daban pasos cada vez más cortos. Salvo por la breve cabezadita en la cabaña, yo llevaba casi veinticuatro horas sin dormir. Mi visión se enfocaba y se desenfocaba intermitentemente mientras intentaba concentrarme en la monótona, blanca y cristalina superficie que se extendía en todas las direcciones. Me imaginé qué sentiría si me tumbara en la nieve, cerrara los ojos y soñara que estaba en otro lugar, en cualquier otro lugar.

—Tengo que mear otra vez —anuncié.

Me detuve e intenté recuperar el aliento. No nos movíamos con rapidez, pero el peso que llevaba y el pronunciado desnivel del terreno me estaban afectando.

—Le das demasiada agua y tiene que mear al menos una vez cada hora —le reprochó Shaun a Mason. Entonces se dirigió a mí—: Ve rápida.

Mason me ayudó a quitarme la mochila y la apoyó contra un árbol. Luego se quitó la suya y giró los hombros varias veces. Me di cuenta de que el peso también lo estaba afectando.

—No le hagas caso —me dijo.

Aunque el tono de su voz no fue amable, tampoco fue de desprecio. De hecho, pareció decirlo con naturalidad. Me tendió su linterna frontal.

—Tómate cinco minutos.

Yo caminé un trecho corto y me coloqué detrás de un pino. Apagué la linterna y los observé a través de las ramas de los árboles. Shaun estaba meando al descubierto y Mason había apoyado el antebrazo en un árbol y la frente en el hueco interior del codo. Si alguien podía dormir de pie, sería en esa posición, pensé yo. Mason era el que estaba más cachas de los tres y me sorprendió que la caminata pareciera influirle tanto. Se quitó un guante y se frotó los ojos. Parecía hecho polvo.

¿Se darían cuenta si, en lugar de cinco minutos tardaba más? Podía echar a correr. La idea me tentaba desde un rincón de la mente. Me había prometido a mí misma que aprovecharía la primera oportunidad que se me presentara para huir. Podía regresar a la cabaña a buscar a Korbie y, después, ir las dos en busca de ayuda. Pero si el mapa de Calvin era correcto, el puesto de los guardas forestales estaba después del siguiente desnivel, de modo que podía echar a correr y enfrentarme sola al arduo camino de regreso a la cabaña o seguir con ellos y rezar para que hubiera un guarda en el puesto.

Seguí imaginándome la situación un poquito más. Cuando el puesto de los forestales apareciera ante nuestra vista, Mason y Shaun se sorprenderían y yo también tendría que fingir sorpresa. Tendría que convencerlos de que no había planeado encontrarlo y de que debíamos llamar a la puerta. Después tendría que comunicar disimuladamente al guarda que estaba en peligro; que los dos lo estábamos. Porque si conducía a Mason y a Shaun al puesto del guarda, lo implicaría a él en la situación. Tanto si quería hacerlo como si no. La diferencia, me dije a mí misma, consistía en que el guarda estaba entrenado para enfrentarse a situaciones arriesgadas y yo no.

Después de comprobar que ni Mason ni Shaun estaban pendientes de mí, saqué el mapa de Calvin y lo estudié atentamente a la luz de la linterna. Un poco más allá del puesto había un lago pequeño y alargado. Calvin había escrito: «Agua limpia.» Volví a guardar el mapa y regresé junto a Mason y Shaun.

—¿Cuándo podremos descansar? —les pregunté—. No podemos seguir caminando indefinidamente sin dormir.

—Descansaremos cuando haya salido el sol —contestó Mason—. Tenemos que llegar a la carretera cuando haya pasado el quitanieves.

«Para poder robar un coche antes de que la policía os encuentre», pensé yo.

—Cerca de aquí hay un lago de agua limpia, pero tendremos que desviarnos aproximadamente una hora de nuestra ruta —les expliqué—. Es nuestra última oportunidad de encontrar agua.

Mason asintió con la cabeza.

—Entonces iremos hasta ese lago, rellenaremos las cantimploras, montaremos un refugio temporal y daremos una cabezada.

Me tendió la mochila y debió de percibir mi mueca, porque esbozó una leve sonrisa de disculpa y bajó la voz de forma que Shaun no lo oyera.

—Sé que pesa, pero casi hemos llegado. Un par de horas más y estaremos en la carretera.

Yo tomé la mochila con reticencia. No sabía cómo interpretar su pequeño gesto de amabilidad. Él me había secuestrado. ¿Cómo esperaba que reaccionara? ¿Devolviéndole la sonrisa? Me acordé del cadáver del trastero e intenté hacer encajar la versión amable de Mason con la de un posible asesino. ¿Su amabilidad era auténtica? ¿Me mataría si creía que debía hacerlo?

—Un par de horas —repetí yo.

No se lo conté, pero, si las cosas salían como yo quería, todo acabaría mucho antes.

No había transcurrido ni media hora cuando el terreno se volvió más plano. Cruzamos en diagonal un grupo de árboles hasta el principio de un desnivel y entonces vi el puesto de los forestales. Se trataba de una cabaña pequeña, de dos o tres habitaciones como mucho. Tenía el techo ligeramente inclinado y un porche diminuto.

Hasta entonces, había reprimido mis esperanzas porque tenía miedo de no encontrar el puesto, pero, de repente, mi corazón se expandió en mi pecho. El alivio que sentí me impactó más que el helado viento. ¡El puesto de los forestales estaba allí delante! Y dentro había un guarda. Estaba convencida de ello. Después de todo lo que había salido mal, por fin algo saldría bien. La pesadilla estaba a punto de acabar.

Mason se detuvo, me agarró de un brazo y tiró de mí ocultándome detrás de un árbol. Shaun también se escondió dando un salto en sentido contrario. Oí que Mason respiraba con pesadez y entrecortadamente.

—El refugio de ahí abajo. ¿Sabías que estaba ahí? —me preguntó en voz baja y con un tono grave.

Yo negué con la cabeza porque pensé que mi voz podría delatarme. Una maravillosa y emocionante esperanza latía con fuerza en mi pecho y tuve miedo de que Mason la percibiera en mi voz.

—¿Así que es una coincidencia? —me preguntó con incredulidad.

—No lo sabía. Te lo juro —le dije con los ojos muy abiertos—. Piensa en ello. El refugio es minúsculo comparado con la inmensidad de los bosques. Sería más fácil no encontrarlo que encontrarlo. Tendría que tener un mapa para dar con él en la oscuridad. Se trata de una coincidencia. Simple mala suerte.

Shaun me señaló amenazadoramente con el dedo índice.

—Si sabías que estaba ahí..., si nos has conducido hasta aquí a propósito...

—No lo sabía. ¡Os lo juro! Tenéis que creerme.

¡Estaba tan cerca de conseguirlo! El puesto de los forestales estaba a poca distancia ladera abajo. Ahora no podía cagarla.

—Tú elegiste la dirección. Tú me dijiste adónde querías ir. Tú dominabas más el rumbo que yo —le dije a Shaun.

Mason juntó las puntas de sus enguantados dedos de forma reflexiva.

—Con esta oscuridad, nadie puede vernos desde el refugio. Todavía no nos han visto. Nada ha cambiado.

—Entonces daremos un rodeo —indicó Shaun—. Si es necesario, nos desviaremos un par de kilómetros.

—¿Y si está vacío? —sugerí yo—. Si las cañerías no se han congelado, habrá agua corriente. Y quizá también encontremos comida y otras provisiones. Si conseguimos agua aquí, no tendremos que ir hasta el lago del que os hablé antes y ahorraremos mucho tiempo.

Mason me miró fijamente.

—¿Estás sugiriendo que atraquemos el refugio?

—Los víveres que llevamos no nos alcanzarán hasta que lleguemos a la carretera. Tenemos que conseguir más provisiones. Sobre todo de agua.

—Mira a tu alrededor —me indicó Shaun. Y propinó una patada a la nieve—. Disponemos de un suministro de agua inagotable.

—Estamos a cero grados —declaró Mason secamente—. ¿Cómo vamos a derretir la nieve? Britt tiene razón. En el refugio debe de haber agua corriente.

—Esto no me gusta —murmuró Shaun, y, malhumorado, cruzó los brazos sobre su pecho—. Decidimos que nada de gente. Bajar al refugio es demasiado arriesgado.

—Iré yo primero —me ofrecí yo—. Miraré por la ventana. No me escaparé. He tenido muchas oportunidades de escapar y no lo he hecho. Además, ¿adónde iría?

—Si alguien va a bajar a ese refugio, seré yo —intervino Shaun—. Yo tengo la pipa.

Al oírselo decir, inhalé hondo. ¿El guarda forestal tendría una pistola? No tenía ni idea. Esperaba no haberme equivocado llevándolos hasta allí. Esperaba que, cuando todo aquello hubiera acabado, todavía pensara que conducirlos hasta allí había constituido un buen plan.

Mason miró a su amigo y asintió con la cabeza.

—Ve a ver qué encuentras.

Shaun, agachado y con la pistola en la mano, corrió ladera abajo hacia el refugio, que estaba a oscuras y se veía empequeñecido por los frondosos árboles de alrededor, cuyas copas parecían rozar el cielo.

—Estará de vuelta pronto —anunció Mason como si aquella información pudiera servirme de consuelo.

—¿Cuándo me contarás de quién huís y por qué? —le pregunté cuando estuvimos a solas.

Él apenas me miró. Yo no sabía si callaba por arrogancia o por precaución. Parecía el tipo de tío que sopesaba todas sus palabras y movimientos. Decidí que era por precaución, porque tenía mucho que esconder.

—Huís de la policía. Lo sé. De modo que ya puedes dejar de fingir que no sabes de qué te estoy hablando. Hicisteis algo ilegal y, ahora, al secuestrarme, estáis empeorando las cosas.

—¿Crees que tu padre ya se habrá enterado de que no habéis llegado a vuestra cabaña? —me preguntó él cambiando de tema—. ¿Tenías que avisarlo cuando llegaras?

—Sí, le dije que lo llamaría —admití yo mientras me preguntaba adónde quería llegar Mason.

—Tu padre no podrá llegar hasta aquí con este tiempo y, aunque lo consiguiera, no sabría dónde buscarte, pero ¿crees que habrá telefoneado al centro de información del parque y les habrá contado que no has llegado a tu destino? ¿O nos contaste la verdad cuando nos dijiste que él confiaba en que eres capaz de salir sola de cualquier apuro?

Yo lo observé con recelo.

—Lo de que mi padre sabe que puedo desenvolverme sola se lo conté a Shaun cuando estábamos en la cocina. ¿Acaso nos estabas escuchando a escondidas?

—Claro que os estaba escuchando —repuso él, y ocultó su embarazosa confesión con un tono de cabreo.

—¿Por qué?

—Tenía que saber qué le contabas a Shaun.

—¿Por qué?

Él me miró larga y detenidamente, pero no contestó.

—¿Me estabas espiando a mí o a Shaun? ¿Sois amigos de verdad?

La extraña tensión que percibía entre ellos me empujó a formularle esta pregunta. Quizá me había equivocado desde el principio. Quizá no eran amigos. Pero, entonces, ¿por qué estaban juntos? De una cosa estaba segura: tenía mucho más miedo de Shaun que de Mason. A él nunca le formularía estas preguntas ni le hablaría en aquel tono de voz.

—¿Qué te hace pensar que no somos amigos? —me preguntó Mason con la misma voz seca y enojada.

—El hecho de que te mintiera. Te dijo que yo había intentado suicidarme, pero fue él quien me produjo los morados del cuello.

La falta de sorpresa de su expresión me indicó que ya lo sabía.

—¿Tenía Shaun miedo de lo que podías hacerle? ¿Sabía que no quieres que yo sufra ningún daño y por eso te mintió?

—¿De verdad crees que me enfrentaría a él para evitar que te hiciera daño? —me preguntó Mason con sequedad—. ¿Por qué habría de hacer algo así?

La rabia que percibí en sus ojos me hizo retroceder.

—Todas las mujeres sois iguales —murmuró él con desagrado.

—¿Qué quieres decir con eso?

—Estás convencida de que te salvaré, ¿no? —me preguntó con amargura y en tono acusador.

Nos miramos a los ojos e incluso a la luz fría y rosada del amanecer percibí un profundo dolor en su mirada.

Me sentí desfallecer y cualquier resto de esperanza que albergara en mi interior se desmoronó. Mason no me ayudaría. Me había equivocado respecto a él. No era mejor que Shaun. Pasaba de mí tanto como Shaun.

Quise darle la espalda con indignación y demostrarle que no podía tratarme de aquella manera, pero no podía malgastar el tiempo que tenía a solas con él. Aparté a un lado mi desesperación y me concentré en las preguntas que quería formularle.

—¿Por qué mentiste respecto a la insulina de Korbie?

—Para encubrirte. Shaun se habría enterado de que nos habías mentido y no creo que se lo hubiera tomado muy bien. Piensa en ello, Britt, te necesito para salir de estas montañas. Muerta no me sirves de nada.

—Así que mentiste para ayudarte a ti mismo.

—Ya me he fijado en cómo me miras. Crees que te protegeré. Crees que, en una situación límite, haré lo correcto. Pues bien, yo no soy como Shaun, pero tampoco soy bueno.

Mason ya no me miraba a mí, sino a lo lejos. Tenía la mirada triste e impredecible de alguien que está atormentado por viejos fantasmas. Un frío helado se apoderó de mí. Empecé a pensar que Mason podía ser más peligroso que Shaun, que estaba esperando el momento oportuno, que jugaba al mismo juego que Shaun y que seguiría sus reglas hasta que estuviera preparado para mover su ficha...

La nieve crujió, lo que nos advirtió de la llegada de Shaun. Yo me volví sobresaltada hacia el ruido y mis ojos enseguida se dirigieron a la pistola que sostenía en la mano. No la había utilizado, si no habríamos oído el disparo. A pesar de todo, su forma de sujetarla, como si se tratara de una extensión natural de su mano, hizo que mi espina dorsal se pusiera rígida.

Shaun sonrió.

—El lugar está despejado. Parece un puesto de los guardas forestales, pero nadie ha estado ahí desde hace días.

Mis esperanzas se desvanecieron. ¿No había nadie? ¿Desde hacía días? Me sentí tan mal que deseé dejarme caer de rodillas y echarme a llorar.

—Pero lo mejor de todo es que hay muchas cosas que nos pueden ser útiles: comida enlatada, ropa de cama y, en la parte de atrás, hay madera seca protegida por una lona impermeable —continuó Shaun con un brillo codicioso en los ojos.

Mason, que estaba a mi lado, se relajó.

—Muy bien, nos aprovisionaremos y descansaremos un par de horas.

Descendimos hasta el refugio y, una vez en la puerta, Shaun nos enseñó cómo había conseguido entrar. Agitó la llave con una actitud de suficiencia.

—La encontré debajo de la alfombrilla —nos explicó—. ¡Confiados y estúpidos memos!

Mason mantuvo la puerta abierta para que yo entrara. Nada más entrar, busqué indicios que se le pudieran haber escapado a Shaun; algo que demostrara que un guarda había estado allí recientemente y que regresaría pronto.

El refugio olía a cerrado y a polvo. No había platos en las encimeras de la cocina ni el menor rastro de olor a café. Ninguna huella húmeda o restos de barro en el suelo. Una barra separaba la cocina de la salita, donde había un sofá tapizado con una tela de pana, una alfombra de procedencia sureña y un viejo baúl que servía de mesita. Allí tampoco había platos, ni ningún periódico. Al lado de la chimenea, había una vieja mecedora cubierta de una fina capa de polvo. Una puerta situada en la pared del fondo conducía a un pequeño dormitorio que tenía el techo inclinado.

Mason trajo un montón de leña, lo dejó caer junto a la chimenea y empezó a encender un fuego. Shaun se quitó las botas, guardó la pistola en la parte trasera de la cinturilla de sus tejanos y luego se dirigió tranquilamente al dormitorio y se dejó caer boca abajo sobre el colchón.

—¡Vigílala, Hacha! —gritó—. Estoy destrozado. Yo haré el segundo turno.

Yo empecé a abrir los cajones y los armarios de la cocina con despreocupación. Shaun tenía razón: comeríamos bien. Había latas de maíz, de guisantes y de carne picada y condimentada, y también leche en polvo, arroz, frijoles, aceite, azúcar, harina de trigo y de maíz y vinagre. Me puse en cuclillas delante del fregadero y abrí el armario. En el interior, había una bolsa de plástico transparente que contenía artículos de primeros auxilios y... ¡una navaja!

—El fuego está en marcha —anunció Mason por encima de mi cabeza.

Cerré el armario enseguida y me levanté. La barra de la cocina nos separaba y escondí las manos en los bolsillos para que Mason no viera que me temblaban.

—Estupendo —respondí de forma automática.

Sus somnolientos ojos enseguida se avivaron con recelo.

—¿Qué estás haciendo?

—Intentando decidir qué cocinar. Me muero de hambre.

Él siguió escudriñándome con la mirada. Rodeó la barra y empezó a abrir los armarios de la cocina lentamente. Cada vez que abría uno, me miraba, como si mi reacción pudiera darle una pista de lo que estaba tramando. En la encimera había un taco de madera para guardar cuchillos y Mason enseguida lo tomó y me observó con desconfianza.

Cuando terminó de comprobar los armarios de arriba, empezó con los que había debajo de la encimera. En cuestión de segundos, abriría el que estaba debajo del fregadero.

—Tendrás que enseñarme cómo funciona la cocina —declaré mientras jugueteaba con los mandos—. Cuando lo sepa, cocinaré algo. La cocina de casa funciona con gas y no estoy acostumbrada a las eléctricas —añadí mientras intentaba que mi voz sonara tranquila.

Mason me lanzó una última y penetrante mirada y dirigió su atención a la cocina. Giró uno de los gastados y grasientos mandos y percibí un olor a quemado. Extendí la mano por encima de la placa y noté que el calor aumentaba.

—Buena señal —comenté.

Él asintió.

—De momento hay electricidad.

—¿Qué prefieres hacer primero, comer o dormir? —le pregunté.

—Tú misma —contestó, como si a él le fuera igual y me dejara decidirlo a mí.

Sin embargo, lanzó una brevísima pero ansiosa mirada hacia el sofá dejando entrever, inusualmente, lo que de verdad quería. Yo experimenté una leve sensación de triunfo porque esto significaba que, después de todo, Mason no era perfecto, que podía tener un desliz y revelar sus secretos, y esto me dio esperanzas.

—Durmamos un poco primero. Estamos destrozados —declaré, y apagué el fuego.

Cuando Mason se durmiera, volvería a la cocina y tomaría la navaja.

Me acomodé en la mecedora y Mason se estiró en el sofá. Sentí un leve escalofrío, así que tomé una manta y me tapé hasta la barbilla. El calor humeante del fuego llenó la habitación y me quedé medio grogui. Suspiré. Después de la larga y difícil caminata, empezaba a notar el cansancio en los músculos y deseé no tener que moverme nunca más.

Permanecí con los ojos cerrados durante un buen rato mientras Mason me observaba. Yo sabía que no se dormiría hasta que estuviera seguro de que yo ya estaba dormida. Para mantenerme despierta, empecé a contar los segundos. Estaba agotada, pero aguantaría despierta más tiempo que él. Si quería la navaja, tenía que hacerlo.

El fuego fue perdiendo intensidad y la leña ardió silenciosamente en la chimenea. Al cabo de un rato, oí que Mason se movía. Se puso de espaldas a mí y su respiración se volvió más acompasada. Abrí un poco los ojos y vi que sus largas piernas estaban relajadas.

13

Era una tarde gris y lluviosa de marzo. Yo estudiaba tercero de secundaria y el Wrangler estaba en el taller con una junta rota. Mi hermano Ian me había prometido que me pasaría a buscar cuando saliera del colegio. Yo había asistido a una reunión de voluntariado del Key Club y él me llevaría a casa. Después de esperarlo durante diez minutos, le dejé un mensaje indignado en el buzón de voz. Al cabo de media hora, mis mensajes se volvieron hostiles. Cuando ya había transcurrido una hora, el portero me echó y cerró el local.

En cuestión de segundos, tenía el pelo pegado a las orejas, y el vestido, a mi cuerpo. Las gotas de lluvia caían de mis pestañas. Tenía los labios fríos y, para evitar que se me congelaran, murmuré todos los tacos que se me ocurrieron en todas las combinaciones posibles. Le propinaría un puñetazo a Ian en cuanto lo viera. Nada más llegar a casa, le daría una hostia en la nariz aunque me castigaran sin ir a la fiesta de Korbie del fin de semana siguiente.

Cuando estaba a mitad de camino de casa, me quité los zapatos planos y a lunares de seda y los eché con furia por una alcantarilla. Estaban destrozados. Esperaba que Ian tuviera ochenta dólares ahorrados, porque eso era lo que iban a costarle mis nuevos zapatos.

Estaba a punto de cruzar imprudentemente la calzada, cuando una camioneta negra dio un bocinazo. Yo volví a subir a la acera de un brinco. Calvin Versteeg bajó la ventanilla del copiloto y gritó:

—¡Sube!

Yo lancé los libros al asiento trasero de la cabina extendida de la camioneta y subí al vehículo. Noté que unas gotas de agua resbalaban por mis muslos y caían en el asiento de piel. Bajé la vista y vi mi piel a través de la tela de color lavanda de mi vestido. No me acordaba de qué color era la ropa interior que me había puesto por la mañana y una idea bochornosa acudió a mi mente: mi vestido debía de haberse transparentado durante todo el camino. Avergonzada, crucé las manos sobre mi regazo.

Si Calvin se dio cuenta, tuvo la delicadeza de no comentar nada al respecto.

—¿Alguna vez te he contado la historia de la chica que quiso ducharse en plena calle? —me preguntó sonriendo.

Yo le propiné un puñetazo en el hombro.

—¡Cállate!

Él tanteó el asiento trasero.

—Juraría que llevo una pastilla de jabón en la bolsa del gimnasio...

Yo me reí.

—Eres el tío más tonto que existe, Calvin Versteeg.

—Tonto pero cortés. ¿Adónde te llevo?

—A casa para que pueda estrangular a Ian con mis propias manos.

—¿Te ha dado plantón?

—Sí, debe de querer morirse.

Calvin puso en marcha la calefacción.

—Deberías haberme llamado.

Yo lo miré perpleja. Calvin era el hermano mayor de mi mejor amiga, pero, aparte de esto, no teníamos ninguna relación. Yo había deseado, durante años, que me viera de otra manera, pero pedirle que me llevara en su coche habría resultado extraño.

—Supongo que no se me ocurrió —contesté.

Su ofrecimiento me había desconcertado. Calvin puso en marcha la radio, pero no eligió una música estridente y ensordecedora, sino una melódica, para que sonara de fondo durante los ratos de silencio. No me acuerdo de qué hablamos durante el resto del trayecto, lo que sí que recuerdo es que miré por la ventanilla y pensé: «Estoy en la camioneta de Calvin Versteeg. Sin Korbie. Solo nosotros dos. Y él está intentando ligar conmigo.» Estaba ansiosa por contárselo a alguien. Pero entonces me di cuenta de que, por primera vez, no podía correr a explicárselo a Korbie. Ella nunca aceptaría que saliera con su hermano. Le restaría importancia a lo que yo le contara y me diría que él solo estaba siendo amable. Pero no era verdad. Calvin estaba intentando ligar conmigo y esto era lo mejor que me había ocurrido nunca.

Calvin tomó el camino de la entrada de mi casa.

—Deberíamos hacer esto más a menudo —me dijo mientras yo bajaba de la camioneta.

Yo esbocé una sonrisa insegura.

—Sí. Estaría bien.

Estaba a punto de cerrar la portezuela, cuando Calvin añadió:

—¡Eh, te has olvidado esto!

Me tendió un pedazo de papel doblado.

Hasta que la camioneta no volvió a la calle, no se me ocurrió desdoblar el papel. Si alguna vez me había preguntado cómo era la letra de Calvin, entonces lo supe.

«Llámame.»

14

Alguien aporreó con fuerza la puerta de la cabaña de los forestales y me espabilé de golpe.

En cuestión de décimas de segundo, Mason estaba acuclillado a mi lado y me tapaba la boca para ahogar mi grito de sorpresa. Se llevó un dedo a los labios y me indicó que no realizara ningún ruido.

Shaun entró rápidamente en la habitación con la pistola en la mano y la apuntó hacia la vaga silueta que se recortaba en la cortina de color café que cubría la ventanilla de la puerta.

Se oyó otro golpe.

—¿Hay alguien en casa? —preguntó una voz de hombre.

Yo deseé gritar: «¡Socorro! ¡Estoy aquí! ¡Por favor, ayúdeme!» Las palabras estaban en mi garganta, a punto de explotar.

—Contéstale. Dile que estás bien —me ordenó Shaun con un ronco susurro—. Dile que estás esperando a que cese la tormenta. Consigue que se vaya. Un solo movimiento falso, Britt, y estás muerta. Los dos lo estaréis.

Quitó el seguro de la pistola para enfatizar sus palabras y el chasquido resonó en mis oídos como si fuera un tambor.

Me dirigí a la puerta con pasos rígidos y pesados. Me sequé las palmas de las manos en los muslos. Tenía la cara bañada en sudor. Shaun se deslizó a lo largo de la pared de la cocina y en ningún momento dejó de apuntarme con la pistola. Lo miré de reojo y él asintió con la cabeza, pero no se trató de un gesto de ánimo, sino de un recordatorio de que pensaba cumplir su amenaza.

Descorrí el pestillo de la puerta y la abrí justo lo suficiente para ver a aquel hombre.

—¿Sí?

Él iba vestido con una chaqueta marrón y un sombrero vaquero y pareció sorprenderse al verme. Se recompuso y dijo:

—Soy Jay Philliber, el suplente del guarda forestal. ¿Qué está haciendo usted aquí, señorita?

—Estoy esperando a que pase la tormenta.

—Esto es un puesto de los guardas forestales y usted no tiene permiso para estar aquí. ¿Cómo ha entrado?

—Pues... La puerta estaba abierta.

—¿Abierta? —Pareció dudar de mi palabra e intentó mirar detrás de mí—. ¿Todo va bien ahí dentro?

—Sí —contesté yo con voz seca y tensa.

Él inclinó la cabeza a un lado para ver el interior de la cabaña.

—Haga el favor de abrir la puerta del todo.

En mi cabeza, me oí a mí misma decir: «Tienen una pistola, me matarán.»

—¿Señorita?

Un extraño zumbido sonó en mis oídos. Estaba mareada. Tuve la sensación de que el guarda hablaba a cámara lenta y no entendí lo que decía. Miré fijamente su boca e intenté descifrar sus palabras.

—¿... llegado aquí?

Me lamí los labios.

—Estoy esperando a que pase la tormenta.

Eso ya lo había dicho antes, ¿no? Con el rabillo del ojo vi que Shaun sacudía la pistola con impaciencia y me puse todavía más nerviosa. No recordaba qué me había dicho que le dijera al guarda.

—¿... vehículo? —me preguntó el forestal.

Sentí la necesidad imperiosa de salir corriendo. Me imaginé a mí misma saliendo por la puerta y corriendo hacia el bosque. Estaba tan desorientada que, por un momento, creí que lo había hecho.

—¿Cómo ha llegado aquí? —repitió él mientras me examinaba atentamente.

133

—Caminando.

—¿Sola?

Me pregunté, absurdamente, qué estaría pensando Calvin de mí en aquel momento. ¿Habría podido dormir por la noche? ¿Habría encontrado el Wrangler y se habría internado en el bosque para buscarnos a Korbie y a mí? ¿Estaba preocupado por mí? ¡Claro que lo estaba!

—Sí, yo sola.

El guarda forestal me enseñó una fotografía poco nítida e impresa en blanco y negro. Estaba tomada de un vídeo de seguridad y mostraba el interior de un restaurante de la cadena Subway. En la fotografía había dos hombres, el cajero, que estaba detrás del mostrador con las manos levantadas y otro hombre que estaba situado frente a él y lo apuntaba con una pistola. Se trataba de Shaun.

—¿Ha visto usted a este hombre? —me preguntó el guarda, y señaló la imagen borrosa de Shaun.

—Yo... —Unas lucecitas rojas titilaron en mi visión—. No. No me resulta familiar.

—No se encuentra usted bien, ¿no, señorita? Lo noto claramente.

Se quitó el sombrero y supe que iba a entrar en la cabaña. El zumbido de mis oídos aumentó hasta convertirse en un silbido ensordecedor.

—Estoy bien —balbuceé.

Miré alrededor desesperadamente. Los ojos de Shaun, ardientes de rabia, se clavaron en los míos.

—Por favor, quédese fuera —dije presa del pánico.

Me llevé la mano a la frente. Había dicho lo que no debía.

El guarda me apartó a un lado y entró. Shaun salió rápidamente del rincón y lo apuntó con la pistola.

El guarda empalideció.

—¡Arrodíllate! —ordenó Shaun con voz ronca—. Las manos a la cabeza.

El guarda obedeció y le murmuró a Shaun que recapacitara, que él era un agente de la ley, que podían resolver aquel asunto hablando y que debía soltar la pistola.

—¡Cállate! —soltó Shaun—. Si quieres vivir, será mejor que hagas, exactamente, lo que yo te diga. ¿Cómo nos has encontrado?

El guarda ladeó la cabeza y lanzó a Shaun una larga y retadora mirada.

—No estoy solo, hijo —declaró finalmente—. Todo el servicio de guardas forestales del país os está buscando. La tormenta nos ha obligado a movernos despacio, pero a vosotros también. Somos muchos y no escaparéis. Si quieres salir vivo de esta, será mejor que bajes la pistola ahora mismo.

—Dame la pistola, Shaun. Llévate a Britt y empezad a empacar nuestras cosas.

Como si se tratara de un látigo, la voz calmada y fría como el hielo de Mason cortó la tensión que flotaba en el ambiente. Se acercó a Shaun y alargó el brazo.

—¡Mantente al margen! —gruñó Shaun, y agarró la pistola con más fuerza—. Si quieres ser útil, ve a la ventana y averigua cómo ha llegado este tipo hasta aquí. No he oído ningún motor.

—Dame la pistola —repitió Mason en voz tan baja que apenas se oyó.

A pesar del tono calmado de su voz, lo dijo con autoridad.

Como no oía lo que decían, el guarda se puso nervioso y dijo:

—Atracasteis un restaurante y, durante la huida, disparasteis a un policía y golpeasteis a una adolescente que tuvo que ser ingresada en urgencias. Tenéis suerte de que ninguno de los dos haya muerto, pero los tribunales no os tratarán con indulgencia. Las cosas no pintan bien para vosotros, pero empeorarán mucho más si no me entregáis la pistola inmediatamente.

—¡He dicho que te calles! —rugió Shaun.

—¿Quién es usted? —me preguntó el guarda—. ¿De qué conoce a estos hombres?

—Me llamo Britt Pheiffer —declaré rápidamente antes de que Shaun me impidiera hablar—. Me retienen a la fuerza y me obligan a conducirlos hasta la carretera principal.

¡Por fin! Ahora las fuerzas de la ley sabrían que estaba en

peligro. Enviarían una partida de búsqueda y alguien le contaría a mi padre lo que había ocurrido. Me sentí tan aliviada, que estuve a punto de echarme a llorar. Entonces mi corazón se encogió. Esto solo pasaría si el guarda forestal conseguía escapar. Si Shaun no lo mataba.

Shaun me miró enfurecido con sus fríos ojos azules.

—No deberías haber hecho eso.

—Si lo atamos, no lo encontrarán hasta dentro de uno o dos días —razonó Mason—. Él seguirá con vida y nosotros tendremos tiempo de salir de las montañas.

—¿Y si se escapa? —replicó Shaun mientras se pasaba la mano por la cabeza.

Tenía los ojos muy abiertos e inyectados de sangre y su mirada era salvaje. Los cerró con fuerza, volvió a abrirlos y parpadeó repetidas veces, como si se esforzara en concentrarse.

—Matarlo no nos servirá de nada —repitió Mason con el mismo tono autoritario de antes.

Shaun se apretó el puente de la nariz con dos dedos y se secó el sudor de la frente con la manga.

—Deja ya de darme órdenes, Hacha. Soy yo quien está al mando. Yo tomo las decisiones. Te traje conmigo para que realizaras un trabajo. Céntrate en eso.

—Llevamos casi un año trabajando juntos —repuso Mason—. Piensa en todo lo que he hecho por ti. Yo quiero lo mejor para ti..., para nosotros. Ahora baja la pistola. En el porche trasero hay un baúl y, dentro, hay una cuerda. Lo ataré y, como mínimo, conseguiremos un día de ventaja.

—Ya hemos disparado a un policía. No hay vuelta atrás. Tenemos que salir de esta y haré lo que sea necesario para conseguirlo.

Había algo irracional y desesperado en la forma en que movía los ojos de un lado a otro, con la mirada extraviada. Cuando terminó de hablar, tragó saliva visiblemente y asintió con la cabeza, como si quisiera convencerse de que aquella era la mejor opción.

—Lo dejaremos aquí y seguiremos descendiendo la montaña —insistió Mason con mayor determinación.

—¡Para ya de gritarme! ¡Así no puedo pensar! —bramó Shaun.

Se volvió hacia Mason y lo apuntó brevemente con la pistola, aunque enseguida volvió a dirigirla hacia el guarda forestal. Más gotas de sudor brotaron de su frente.

—Nadie te está gritando —replicó Mason con calma—. Baja la pistola.

—Eso lo decidiré yo —gruñó Shaun—. Yo decido cuándo disparar y cuándo no. Y ahora digo que no debemos dejar cabos sueltos.

Un destello de miedo y comprensión brilló en los ojos de Mason. De una forma repentina, se lanzó hacia delante para arrebatarle la pistola a Shaun, pero este ni siquiera se dio cuenta. Su mirada estaba fija en la figura arrodillada del guarda forestal. Antes de que Mason pudiera evitarlo, se oyó el ruido ensordecedor de un disparo. El guarda cayó al suelo.

Yo solté un chillido que pareció estallar en el interior de mi cabeza y extenderse por toda la habitación.

—¿Cómo has podido...? —grité.

Había sangre por todas partes. Nunca había visto tanta sangre. Me sentí mareada y aparté la mirada. Si seguía mirando, me desmayaría. Estaba tan impactada, que me puse a temblar como una hoja. ¡Shaun había pegado un tiro al guarda forestal! ¡Lo había matado! Tenía que salir de allí. Ya no me preocupaba la tormenta. ¡Tenía que escapar!

—¿A qué ha venido eso? —estalló Mason con voz acalorada.

Parecía impactado y asqueado. Se arrodilló enseguida junto al cuerpo del guarda y apoyó la mano en su cuello para encontrarle el pulso.

—Está muerto.

—¿Qué querías que hiciera? —gritó Shaun a su vez—. Britt no lo ha convencido para que se fuera y nos había descubierto. Hemos hecho lo que teníamos que hacer. Teníamos que matarlo.

—¿Teníamos? —repitió Mason—. ¿Te estás oyendo? Nosotros no lo hemos matado. ¡Eres tú quien lo ha matado!

Tenía los ojos encendidos de cólera y parecían transmitir sus pensamientos: «Yo nunca he estado de acuerdo con esto.» Miró a Shaun con desprecio y recelo y, al ver cómo lo miraba, me di cuenta de algo. En determinado momento, debían de haber sido dos criminales en aprietos y con un mismo objetivo. Pero ya no era así. Cuanto más inestable e impredecible se volvía Shaun, más se distanciaba Mason de él. Su deseo de romper su relación con Shaun estaba claramente escrito en su cara.

Shaun agarró la fotografía de él en el Subway, la rompió en mil pedazos y los lanzó contra la pared. Luego registró los bolsillos del guarda, encontró una llave pequeña y extraña y la guardó en uno de sus propios bolsillos.

—Nos están siguiendo los pasos. Tenemos que largarnos.

De repente, habló de una forma mucho más racional, como si, al matar al guarda forestal, se hubiera liberado de la tensión que lo torturaba.

—Pronto rastrearán toda la montaña. Este tío debe de haber venido en una motonieve. El viento sopla tan fuerte que no la oímos. Casi nos pilla por sorpresa, pero ahora tenemos su motonieve y podremos movernos más rápidamente. Agárralo de un brazo, Hacha. Tenemos que esconder el cuerpo.

—Dame la pistola —declaró Mason con voz inflexible, y extendió la mano.

Shaun negó con la cabeza.

—Agárralo de un brazo. Deprisa. Tenemos que largarnos de aquí.

—Ya no piensas con claridad. Dame la pistola —repitió Mason.

—Acabo de salvarte el culo. Y sí que pienso con claridad. Eres tú quien está de los nervios. Tenemos que hacer lo que tenemos que hacer. Nunca debimos venir a la cabaña. Deberíamos haber hecho lo que yo decía y seguir caminando hacia la carretera. De ahora en adelante, yo tomaré las decisiones. Agárralo de un brazo.

Mason le lanzó una mirada furiosa, pero agarró uno de los flácidos brazos del guarda y, entre los dos, lo arrastraron fuera de la cabaña. Yo, sin pensármelo dos veces, me dirigí a la cocina. Agarré mi chaqueta, que colgaba de una de las sillas, y me la puse. Luego abrí el armario que había debajo del fregadero. Mi mente estaba ofuscada, pero el resto de mi cuerpo se movía de una forma automática y decidida, como si alguien hubiera pulsado un interruptor y ahora actuara por sí mismo. Tomé la navaja de la bolsa de plástico y la introduje en el bolsillo de mi chaqueta.

Tenía que estar preparada para huir en cualquier momento. Mi oportunidad estaba cerca. Lo notaba. Encontraría a Calvin en el bosque. Y, aunque no lo encontrara, prefería morirme congelada en la montaña que quedarme allí con Shaun.

Cuando me enderecé, vi que Mason y Shaun estaban pasando por delante de la ventana. Mason me miró y enseguida dirigió la vista a la mano que yo había metido en el bolsillo. Me observó atentamente durante varios y tensos segundos. Luego le dijo algo a Shaun y soltaron el cuerpo del guarda. Enseguida supe que Mason iba a entrar de nuevo en la cabaña. Me alejé de la ventana para que no me vieran y escondí la navaja en el único sitio seguro que se me ocurrió..., dentro de mis pantalones.

Mason entró en la cabaña.

—Quítate la chaqueta.

—¿Qué?

Él bajó la cremallera de mi chaqueta, me la quitó de un tirón y registró los bolsillos interiores y exteriores.

—¿Qué has metido en el bolsillo?

—Estás flipando —balbuceé yo.

—Te he visto esconder algo en el bolsillo.

—Hace frío y tengo las manos heladas.

Si me las tocaba, comprobaría que era verdad. Todo mi cuerpo estaba helado debido al miedo.

Me cacheó los brazos, la espalda y las piernas e incluso introdujo la mano en la goma de mis calcetines.

—¿Qué has escondido, Britt?

—Nada.

Me miró con recelo y, durante un segundo, fijó la vista en mis pechos. El sujetador era uno de los dos lugares que todavía no había registrado. La simple idea hizo que se sintiera incómodo y apartó la vista.

—¡Al lavabo! —me indicó—. Desnúdate y envuélvete en una toalla. Tienes un minuto. Cuando haya transcurrido, entraré para registrar tu ropa. No intentes esconder nada en el tocador, el retrete o el desagüe porque también los registraré. Registraré toda la habitación.

15

—No he escondido nada.

El terror me había secado la garganta. Si Mason registraba mi ropa, no solo encontraría la navaja, sino también el mapa de Calvin. Y, si tenían el mapa, no me necesitarían y me matarían.

—¡Maldito tiempo! —gritó Shaun a través de la puerta abierta de la cabaña—. ¡Está nevando otra vez! ¡Hacha, sal y ayúdame a deshacerme del cuerpo!

¿Más nieve? Miré por la ventana para confirmarlo. Grandes copos de nieve chocaban contra el cristal. Si el tiempo empeoraba, ¿cómo conseguiría huir?

—No me puedo creer que vayáis a tirar el cuerpo en el bosque —le reproché a Mason. Lo dije para despertar su conciencia, pero también para distraerlo y que se olvidara de registrarme—. Piensa en su familia. Ese hombre se merece algo mejor. Lo que Shaun ha hecho es imperdonable.

Si Mason pensaba justificarse, no tuvo oportunidad de hacerlo. Un vendaval helado hizo chocar bruscamente la puerta contra la pared y entró en la cabaña, lo que puso punto final a nuestra conversación.

Mason me miró, miró los copos de nieve que entraban volando por la puerta y tomó una decisión: salió de la cabaña dando un portazo.

Yo me acerqué a la ventana. Shaun señaló el cadáver del guarda y, luego, la nieve acumulada al borde del bosque. Cubrirían el cuerpo con nieve con la esperanza de que nadie lo encontrara hasta que ellos estuvieran lejos de allí.

Cerré los ojos e intenté controlar el mareo que empezaba a nublar mi mente. Tenía la navaja y el mapa. Me escaparía. Aquella noche, mientras ellos durmiesen. Si los conducía hasta la carretera, ya no me necesitarían y Shaun me mataría. Estaba tan segura de ello como de que el hielo era frío y el fuego caliente.

Solo tendría una oportunidad, porque si me pillaban intentado escapar, Shaun me mataría inmediatamente o me dejaría vivir el tiempo suficiente para que deseara que lo hiciera.

Me senté en el sofá y me balanceé de atrás adelante; en parte para mantenerme caliente y, en parte, para tranquilizarme. Aunque se tratara de algo frío e insensible, tenía que apartar de mi mente la muerte del guarda forestal y planear con serenidad mis pasos siguientes. Él estaba muerto y yo, viva. Había esperanza para mí, pero no podía hacer nada para cambiar su destino.

Mientras pensaba en estas palabras, la imagen de su cuerpo cayendo hacia delante cobró fuerza y eclipsó todo lo demás. Por primera vez en mucho rato, miré mis manos, que estaban apoyadas en mis tejanos. Estaban manchadas de su sangre. Una sensación de irrealidad creció en mi interior. Era como estar flotando en la marea mientras esta subía y bajaba y tener la extraña impresión de ser impotente ante una fuerza mucho mayor.

La puerta de la cabaña se abrió y se cerró de un portazo. Mason y Shaun se quitaron las mojadas chaquetas y las colgaron en los respaldos de las sillas de la cocina para que se secaran. Los dedos de sus guantes estaban cubiertos por una capa de hielo por haber cavado en la nieve.

—¿Qué estás mirando? —me preguntó Shaun con desdén mientras se dirigía a la chimenea. Lanzó un leño al fuego y numerosas chispas salieron disparadas en todas direcciones—. Quizá que nieve no sea tan malo —le comentó a Mason—. La nieve cubrirá nuestras huellas, volverá a bloquear las carreteras y necesitarán tiempo para limpiarlas. Nosotros no podemos movernos, pero ellos tampoco. Esto nos hará ganar tiempo. De momento, nos quedaremos aquí y esperaremos a que deje de nevar.

Por la noche, Mason calentó tres latas de maíz. Él y Shaun comieron en la cocina y yo lo hice junto a la chimenea. Quería acumular calor antes de internarme sola en el bosque durante la noche. Me comí el maíz, pero apenas lo saboreé. Mastiqué muy despacio mientras intentaba no oír sus voces y perderme en otro recuerdo de Calvin; uno nuevo, uno que no hubiera rememorado una y otra vez para evitar volverme loca en aquel horrible lugar.

Calvin me había hecho daño, y yo no me había olvidado de que había besado a Rachel a mis espaldas, pero durante el trauma de las últimas veinticuatro horas, curiosamente, lo había perdonado. En aquel momento, no podía centrarme en lo negativo. Tenía que estar positiva y esperanzada, aunque esto implicara aferrarme a los buenos recuerdos y bloquear todo lo demás. Necesitaba un faro al que dirigirme con determinación y, en aquel momento, el faro era Calvin. Él era todo lo que yo tenía.

Cuando Mason se acercó para tomar mi tazón, percibí una sombra de lástima en sus ojos. Yo aparté la vista para dejarle claro que rechazaba su compasión. No lo ayudaría a tranquilizar su conciencia. No le permitiría creer que algo de aquello estaba bien. Me sentía mejor si lo trataba con una hostilidad glacial. Quería hacerle más daño a él que a Shaun. A pesar de sus excusas, Mason era el mejor de los dos y esto hacía que esperara más de él.

Durante la noche, siguió nevando copiosamente. Aunque el fuego de la chimenea había calentado las tres pequeñas habitaciones, yo seguí arropada en mi chaqueta y con las botas, los guantes y el pañuelo puestos. Esto me ahorraría tiempo después, cuando tuviera que salir echando leches. También tenía la navaja en el bolsillo y esperaba saber cuál sería el mejor momento para utilizarla.

Supuse que, cuando Mason y Shaun descubrieran que había huido, deducirían que me había dirigido a reunirme con Korbie, de modo que descarté esta opción. No se trató de una decisión fácil, pero si quería que las dos sobreviviéramos, tenía que conseguir ayuda exterior. Deseé poder decirle a Korbie que iría a buscarla, que solo tenía que tener paciencia. Ni siquiera podía imaginarme lo sola y aterrorizada que debía de sentirse.

Fui al lavabo y estudié el mapa. Cuando huyera, no dispondría de una brújula; a menos que Shaun o Mason dejaran una de las suyas a la vista y a mi alcance. De todos modos, Calvin había marcado suficientes puntos de referencia en el mapa para que yo pudiera trazar una ruta hasta el centro de mando de los forestales, que se encontraba, aproximadamente, a unos diez kilómetros de allí. Podía hacerlo. ¡Tenía que hacerlo!

Regresé al salón y repasé mis planes mientras miraba por la ventana con actitud calmada, pero se trataba de una calma superficial. En el fondo, estaba cada vez más acojonada. ¿Cuánto tiempo podría aguantar a la intemperie sin agua, comida ni cobijo?

Shaun bostezó ruidosamente y se encerró en el dormitorio, y Mason y yo nos quedamos solos en la habitación.

—He encontrado unos calcetines de lana en el dormitorio —me explicó Mason mientras me enseñaba unos calcetines Wigwam de esquiar negros—. He pensado que querrías cambiarlos por los tuyos para mantener tus pies secos.

—Tú los has encontrado, así que quédatelos tú —declaré rechazando su oferta.

—Te los estoy ofreciendo a ti.

—¿Por qué habrías de ofrecérmelos?

—Porque sé lo incómodo que es tener los pies húmedos.

—No los quiero.

Yo realmente tenía los pies húmedos y fríos y habría dado casi cualquier cosa por unos calcetines secos... Casi cualquier cosa, pero no mi autoestima aceptando un obsequio del hombre que me mantenía cautiva.

—Lo que tú quieras —repuso él, y se encogió de hombros.

—Si pudiera tener lo que quiero, no estaría aquí contigo.

—Ahora puedes dormir tú en el sofá —me ofreció Mason ignorando el tono hiriente de mis palabras.

Dejó su manta sobre la mecedora, se quitó la chaqueta y se quedó con una ajustada camiseta térmica de color gris. Luego se quitó el cinturón; supuestamente, para que no se le clavara en las caderas mientras dormía. Se trató de un acto inocente, pero, de algún modo, el hecho de que se desvistiera delante de mí hizo que la atmósfera de la habitación se cargara de electricidad.

Mason giró los brazos en amplios círculos para liberar la tensión de sus hombros. Yo no quería mirarlo para no causar una impresión equivocada, pero, cuando no me veía, le lancé unas miradas rápidas y furtivas. Era más alto que Calvin y también más musculoso. Y su constitución era atlética, pero no como si fuera un loco del gimnasio. Su ajustada camiseta revelaba unos brazos bien formados y un torso amplio que se iba estrechando hasta su plano y duro estómago. Me resultaba difícil recordar lo que había pensado de él en la gasolinera, antes de saber quién era realmente. ¡El momento en que lo conocí me parecía tan lejano! ¡Y me había formado una idea tan equivocada de él!

Al final, como ocurre siempre, un recuerdo de Cal acudió a mi mente justo cuando ya me había dado por vencida. Se trataba de un buen recuerdo. De la primera excursión que hicimos a Jackson Lake como pareja. Yo estaba tumbada en la orilla sobre una toalla mientras leía un ejemplar de la revista *People*. Calvin y sus amigos se turnaban esquiando y sorteando unas boyas. Justo acababa de leer el primer artículo cuando unas gotas del agua helada del lago cayeron sobre mi espalda.

Me volví sobresaltada mientras Calvin se lanzaba juguetonamente sobre la toalla y me abrazaba. Estaba empapado. Yo solté un grito y fingí que intentaba desembarazarme de él, aunque la verdad es que estaba encantaba de que hubiera dejado a sus amigos para pasar el tiempo conmigo.

—No has esquiado mucho —comenté.

—Lo suficiente para que mis amigos estén felices. Ahora me dedicaré a hacerte feliz a ti.

Yo le di un beso lento y apasionado.

—¿Y cómo piensas conseguirlo?

Él limpió una mancha de arena de mi mejilla con su pulgar. Estábamos uno frente al otro, con los codos apoyados en el suelo, y nos miramos a los ojos con tal intensidad que me ardió la sangre. Justo antes de que se inclinara para devolverme el beso, el tiempo pareció detenerse y pensé: «¡Qué perfecto es! ¡Qué perfectos somos!»

Podría haberme quedado a vivir en aquel momento para siempre.

—Ve tú primera al lavabo —me ofreció Mason.

Sus palabras me transportaron de regreso a la pesadilla. Intenté ignorarlo. Mi mente deseaba, desesperadamente, seguir rememorando el recuerdo. Quería reproducir aquel momento perfecto una y otra vez.

Mason, que estaba poniendo una funda limpia a su almohada, se detuvo y me miró divertido. Me di cuenta de que no había borrado la expresión nostálgica de mi cara con la suficiente rapidez. Él mantenía sus emociones guardadas bajo llave y yo quería tener el mismo autodominio que él. Pero, en aquel momento, había tenido un desliz.

—¿Estás pensando en él? ¿En el chico del 7-Eleven? —me preguntó amablemente.

Yo sentí una oleada de rabia, no porque él fuera lo bastante perceptivo para adivinar la verdad, sino porque había mencionado a Calvin. Yo estaba atrapada en aquel horrible lugar y lo único que me mantenía cuerda era Calvin, los recuerdos que tenía de él y, sí, también la esperanza, porque aunque nuestra relación no había sido perfecta, yo todavía creía en nosotros. La próxima vez sería diferente. Ahora nos conocíamos mejor el uno al otro y cada uno se conocía mejor a sí mismo. Durante el último año, habíamos madurado, y esto se reflejaría en nuestra relación. Hasta que estuviera lejos de aquel lugar y de nuevo con Calvin, él era mi salvavidas secreto, mi refugio, lo único que Mason y Shaun no podían arrebatarme. Si perdía a Calvin, lo perdía todo y aquella pesadilla me engulliría por completo.

—Yo no tengo que ir al lavabo —repuse con sequedad y rechacé, de nuevo, su amabilidad.

Sí que tenía que mear, pero pensar en mi vejiga me ayudaría a mantenerme despierta. Lo peor que podía pasarme aquella noche era dormirme y perder mi oportunidad.

—Ya dormiré yo en la mecedora —añadí con frialdad—. Antes dormí muy bien.

Mason pareció titubear.

—Pues no parece muy cómoda. En serio, duerme tú en el sofá. Me sentiré mejor si lo haces. —Esbozó una sonrisa breve y burlona—. Esta es tu oportunidad de hacerme sufrir un poco.

—¿Por qué, de repente, te importa tanto mi comodidad? —le pregunté bruscamente—. Me retienes aquí en contra de mi voluntad. Me has obligado a caminar en condiciones peligrosas y en plena nevada hasta que me he quedado hecha polvo... ¿Y ahora pretendes que me crea que estás preocupado por cómo me siento? Pues te diré cómo me siento: odio estar aquí. Y también te odio a ti. ¡Más de lo que he odiado nunca a nadie!

Una sombra de emoción cruzó por su cara antes de que volviera a mostrarse impasible.

—Te retengo aquí porque fuera hay una ventisca. No conseguirías sobrevivir sola. Aunque no te lo creas, estás más segura aquí conmigo.

La rabia me invadió.

—¡No te creo! Ese es, exactamente, el tipo de mentira que quieres hacerme creer para que sea obediente y me quede cruzada de brazos. Me retienes aquí porque me necesitas para sacarte de estas montañas y punto. Te odio y, si tengo la oportunidad, te mataré. ¡De hecho, me encantaría hacerlo!

Mis palabras eran duras y yo sabía que, probablemente, nunca cumpliría mi amenaza. Aunque tuviera la oportunidad, no me veía capaz de matar a otro ser humano. Pero quería dejarle perfectamente claro lo que sentía. Todo aquello era una auténtica mierda.

Me sentía rabiosa y frustrada, pero cuanto más tiempo pasaba con Mason, más difícil me resultaba creer que fuera capaz de matar a otro ser humano. Yo había visto su expresión de horror cuando Shaun mató fríamente al guarda forestal y, aunque al principio pensé que Mason estaba involucrado en la muerte de la mujer cuyo cuerpo encontré en la otra cabaña, empezaba a pensar que él no había tenido nada que ver en ello. Quizá ni siquiera conocía la existencia del cadáver.

—Por favor, duerme en el sofá —insistió Mason con un tono de voz exasperantemente calmado.

—¡Ni pensarlo!

Estaba furiosa. Le lancé una mirada asesina, tiré su manta al suelo y me senté en la mecedora con una actitud majestuosa, como si se tratara de un trono. Las tablas curvadas del respaldo se clavaron en mi espalda y el asiento, que era de madera, no tenía cojín. No podría dormir más de veinte minutos seguidos y cada vez que me moviera, me despertaría. Mientras tanto, Mason, que también debía de estar hecho polvo, dormiría como un tronco en el sofá.

—Buenas noches, Britt —me deseó todavía vacilante, y apagó la luz.

Yo no le respondí. No quería que pensara que me estaba ablandando o que empezaba a confiar en él. No me derrumbaría. Mientras me mantuviera prisionera, lo odiaría.

Me desperté empapada en sudor. Durante varios segundos, me sentí desorientada y no supe dónde estaba. Las sombras se agitaban en las paredes. Volví la cabeza a un lado y descubrí la causa: el fuego de la chimenea. Estaba medio apagado, pero seguía dando calor. Estiré las piernas y la mecedora crujió. Entonces me acordé de lo importante que era que no hiciera ningún ruido.

Mason se movió, pero, al cabo de unos segundos, su respiración volvió a sonar con regularidad. Estaba despatarrado en el sofá, con la mejilla apoyada en la almohada y la boca entreabierta, y sus largas extremidades colgaban por los bordes del mueble. El juego de luces y sombras que la chimenea proyectaba en su cara y el hecho de que abrazara el almohadón contra su pecho hacían que pareciera distinto: más joven, juvenil, inocente.

Durante la noche, su manta había caído al suelo y pasé por

encima de ella en silencio mientras oía cómo su pecho subía y bajaba con cada respiración. Mientras me dirigía a la puerta principal, tuve la sensación de que el aire se había vuelto sólido. Sin apenas detenerme, agarré, encantada, una linterna frontal y una cantimplora que, por suerte para mí, Mason o Shaun habían dejado sobre la encimera de la cocina. La cantimplora estaba llena, lo que hizo que me sintiera todavía más afortunada.

Fui poniendo un pie delante del otro con la vista clavada en el pomo de la puerta, que, con cada paso que daba, parecía alejarse un poco más.

Segundos más tarde, lo tenía en mi mano. Se me revolvió el estómago: en parte por la alegría y, en parte, por el miedo. Ya no había vuelta atrás. Giré el pomo lentamente hasta que llegué al tope. Ahora, lo único que tenía que hacer era tirar de la puerta. La presión interior de la cabaña cambiaría levemente, pero Mason no lo notaría. Dormía profundamente. Y el fuego compensaría la ráfaga de aire frío que entraría por la puerta.

De repente, estaba en el porche, cerrando la puerta detrás de mí con extremo cuidado. Medio esperaba oír que Mason se ponía de pie y me perseguía mientras le gritaba a Shaun que se despertara, pero el único ruido que oí fue el del gélido viento, que lanzaba copos de nieve tan pequeños como granos de arena contra mi cara.

El bosque estaba negro como boca de lobo. Solo me había alejado cien pasos de la cabaña cuando miré hacia atrás y ya no la vi. La noche la había envuelto en una oscuridad aterciopelada.

El viento sacudía mi ropa y azotaba las zonas de piel que no había conseguido tapar, pero casi me sentía agradecida por ello: el frío me mantendría despierta. Además, si Mason o Shaun salían a buscarme, el potente silbido del viento, que bajaba como una exhalación por la ladera de la montaña, les impediría oír mis movimientos. Animada por estos pensamientos, me arropé más con la chaqueta, me protegí los ojos de la ventisca y empecé a subir la empinada pendiente que estaba llena de rocas y tocones que permanecían ocultos por la nieve. Las rocas eran muy afiladas y, si caía sobre ellas, podía romperme un hueso.

Un búho ululó más adelante y su grito se internó en el negro bosque mezclándose con el aullido del viento, que hacía entrechocar las ramas de los árboles de una forma inquietante. Intenté acelerar el paso, pero la capa de nieve era demasiado gruesa y, una y otra vez, caía hacia delante sobre mis rodillas. Varias veces estuve a punto de perder la linterna frontal y la cantimplora, que colgaban de mi mano. Estuve tentada de encender la linterna, pero no me atreví. Hasta que no me hubiera alejado lo suficiente de la cabaña, sería como un faro para Mason y Shaun.

Cuando llegué a la cima de la hondonada, mis pasos eran más lentos y mi respiración más fatigosa. Las piernas me temblaban debido al agotamiento y tenía unos nudos enormes en la espalda debido a la tensión. La ansiedad que había sentido durante las últimas veinticuatro horas me estaba pasando factura: nunca me había sentido tan falta de energía, tan pequeña e impotente frente a las traicioneras montañas.

Según el mapa de Calvin, si atravesaba aquel puerto de montaña y bajaba por la siguiente hondonada, llegaría al centro de mando de los guardas forestales. Pero el camino no se veía y, conforme avanzaba con esfuerzo, mis botas se hundían más y más en la nieve haciendo que cada paso resultara más difícil.

Sentí un cosquilleo cálido en la espalda y las axilas. Estaba sudando, lo que no era nada bueno. Más tarde, cuando me detuviera para descansar, el sudor se enfriaría y mi temperatura corporal descendería rápidamente. Ya me preocuparía por ello cuando llegara el momento. El centro de mando de los guardas forestales estaba a varios kilómetros de distancia y tenía que seguir avanzando. De todos modos, para no resultar herida, caminé todavía más despacio.

Tomé un poco de nieve con las manos y la introduje en mi boca. Al tragarla, sentí un dolor helado en la garganta, pero el frío me tonificó. Estaba sudando y tenía que beber líquidos. Me parecía improbable que pudiera deshidratarme en aquel clima, pero confié en lo que había aprendido durante mi entrenamiento y en los manuales de alpinismo.

El extremo de un haz de luz se agitó en el bosque delante de mí. Instintivamente, me escondí detrás de un árbol. Me pegué a él e intenté pensar con rapidez. El foco de la luz procedía del camino que yo había seguido y no estaba muy lejos. Escuché con atención y oí la voz de un hombre que gritaba. El viento distorsionaba sus palabras, pero, entre ellas, distinguí mi nombre.

—¡Britt!

No sabía si se trataba de Mason o Shaun, pero casi recé para que fuera Shaun. Si era Shaun, tenía la posibilidad de escapar. El bosque era un laberinto inmenso y él no sabría seguir mi rastro.

—¡Britt! ¡No... daño! ¡Deja... correr!

No habíamos superado la altitud a partir de la cual ya no crecían árboles, pero los bosques no eran tan densos como en la zona baja de la montaña y no me ofrecían la protección que necesitaba. Además, aunque la oscuridad era muy densa, él tenía una linterna y, cuando saliera al descubierto, me vería. Estaba atrapada.

El haz de luz se desvió a un lado y, después de reflexionar durante unos segundos, decidí echar a correr. Salí a campo abierto y corrí hacia el siguiente grupo de árboles impulsándome con el brazo que tenía libre. Cuando estaba a punto de alcanzar mi objetivo, tropecé. Instintivamente, estiré los brazos hacia delante y, un segundo antes de que la luz de la linterna volviera a iluminar aquella zona, caí de bruces sobre la nieve. Me arrastré unos centímetros más sobre los codos y las rodillas sin soltar la cantimplora y la linterna frontal y me oculté detrás de una roca que sobresalía como si fuera un iceberg en un mar de nieve.

Vi que el haz de luz recorría, intermitentemente, las ramas de los árboles que había un poco más adelante.

Él se estaba acercando. Subía por la pendiente mucho más deprisa de lo que yo lo había hecho. Apretujé la cantimplora y la linterna contra mi pecho, me levanté y corrí hacia los árboles.

—¡... yudarnos el uno al otro!

¿Ayudarnos el uno al otro? Sentí la imperiosa necesidad de echarme a reír. ¿De verdad creía que picaría el anzuelo? Él quería salir de las montañas y, cuando lo consiguiera, me mataría.

Tenía más probabilidades de sobrevivir si me enfrentaba al vendaval yo sola.

Dejé la linterna y la cantimplora en el suelo, apoyé las manos en los muslos y me incliné hacia delante durante unos segundos para recobrar el aliento. Respiraba tan fuerte que estaba convencida de que él me oiría. Con cada bocanada de aire sentía un intenso escozor en la garganta y estaba tan mareada que pensé que iba a desmayarme.

—¡Britt, soy Mason!

«¡Mierda! ¡Mierda! ¡Mierda!»

Me llamó con una voz que pretendía ser tranquilizadora, pero yo no pensaba dejarme engañar.

—¡Sé que me oyes! —continuó él—. Sé que no estás lejos. Se acerca otra tormenta. Por eso se ha levantado el viento. No puedes quedarte aquí fuera. Morirías congelada.

Yo cerré los ojos. El viento soplaba con fuerza. «¡Está mintiendo! ¡Está mintiendo!», grité para mis adentros. Sentía que mi determinación estaba flaqueando. Estaba acojonada, desesperada y helada y, para mi sorpresa, en el fondo deseaba creer lo que me decía. Quería confiar en que me ayudaría. Pero esto era lo que más me asustaba, porque también estaba convencida de que, cuando saliera de detrás del árbol, me mataría.

Vi que se agachaba a poca distancia de donde yo estaba y examinaba mis huellas. Era inevitable: aunque echara a correr, en pocos minutos me atraparía.

—¡Piensa en ello, Britt! —gritó Mason—. No creo que quieras morir aquí. Si puedes oírme, grita mi nombre.

«¡Ni lo sueñes!»

Vi que seguía mi rastro y corría hacia mi escondite. Yo sabía lo que me esperaba, pero saber que iba a morir no amortiguaba mi intenso deseo de sobrevivir. Me levanté y corrí tanto como pude.

—¡Detente, Britt! —gritó él.

—¡No! —exclamé yo.

Me volví hacia él. «¡Nunca!», pensé. No regresaría a la cabaña. ¡Lucharía! Moriría luchando antes que permitir que él me obligara a regresar.

Mason me iluminó con la linterna, pero cambió de opinión y, en lugar de cegarme con la luz, me preguntó:

—¿Estás bien?

—No.

—¿Estás herida? —me preguntó con evidente preocupación.

—No, pero el hecho de que no esté herida no significa que esté bien.

Siguió subiendo la pendiente, se acercó a mí y me observó de cerca para confirmar que no estaba herida. Su mirada se posó en los objetos que había tomado en la cabaña.

—¿Así que tienes una cantimplora y una linterna? —comentó casi impresionado.

Yo experimenté una mezcla extraña de orgullo y rabia. ¡Claro que había tomado lo que había podido! ¡No era una inútil!

Entonces su voz se volvió grave y me recriminó:

—Tres horas. Esto es lo que habrías durado a la intemperie tú sola, Britt. Y, si la tormenta empeora, todavía menos.

—No pienso regresar.

Me senté en el suelo con determinación.

—¿Prefieres morir aquí?

—De todos modos, me mataréis.

—No permitiré que Shaun te mate.

Yo levanté la barbilla.

—¿Por qué habría de creerte? Eres un criminal. Deberías estar en la cárcel. Espero que la policía te atrape y que te encierren de por vida. No impediste que Shaun matara al guarda forestal ni que disparara al policía. Y tampoco que asesinara a la mujer de la cabaña —continué antes de poder detenerme.

No pretendía contarle que había visto el cadáver de la mujer, pero ya no tenía sentido mantenerlo en secreto.

Mason frunció el ceño.

—¿Qué mujer?

Su sorpresa parecía auténtica, pero era un fenómeno mintiendo y de ningún modo pensaba caer de nuevo en sus engaños.

—En el trastero en el que me encerrasteis había un arcón que contenía un cadáver. ¿De verdad esperas que me crea que no sabes nada al respecto?

Se produjo una tensa pausa.

—¿Le contaste a Shaun que habías encontrado el cadáver? —me preguntó Mason con una voz anormalmente fría y calmada, aunque su cuerpo se había puesto sumamente tenso.

—¿Por qué quieres saberlo? ¿Acaso la mataste tú? —le pregunté mientras se me helaba la sangre.

—Ya veo que no se lo contaste.

—¡No sé por qué no lo hice! —repuse yo tan nerviosa como preocupada.

¿La había matado Mason? Yo había percibido en él gestos de amabilidad, pero quizás estaba equivocada. Quizás había permitido que aquellos gestos me impidieran distinguir su verdadera personalidad.

—Nunca pensaste dejarme con vida, ¿no? Desde el primer momento supiste que me matarías.

—Lo que te dije antes iba en serio. No te mataré ni permitiré que Shaun lo haga.

—¿Sabes lo ridícula y vacía que suena tu promesa? —le pregunté furiosa—. Shaun tiene la pistola. Él está al mando y tú no eres más que... ¡un patético segundón!

En lugar de enfadarse, Mason me observó atentamente, como si quisiera averiguar qué pensaba yo en realidad.

—Levántate —me indicó finalmente—. Se te está mojando la ropa y te quedarás helada.

—¿Y qué? Déjame morir. No os ayudaré a salir de las montañas. No pienso seguir ayudándoos y no podéis obligarme a hacerlo. No os serviré para nada, así que déjame en paz.

Mason me obligó a levantarme y sacudió la nieve de mi ropa.

—¿Dónde está la chica dura de antes? ¿La chica que quería realizar una travesía por las Teton a pesar de tenerlo todo en contra?

—Ya no soy la misma. Quiero irme a casa —repliqué con los ojos bañados en lágrimas.

Echaba de menos a mi padre y a Ian. Debían de estar muy preocupados por mí.

—Anímate —me dijo Mason—. Has superado la prueba física y ahora tienes que ser fuerte emocionalmente. Regresaremos a la cabaña del guarda forestal y fingiremos que no ha pasado nada. No le contaremos a Shaun que has intentado huir. Por la mañana, nos conducirás fuera de aquí y te dejaremos ir.

Yo negué con la cabeza.

—Si me obligas, no tendré más remedio que llevarte en brazos, pero puedes estar segura de que no permitiré que mueras aquí congelada —replicó él.

—¡No se te ocurra tocarme!

Él levantó las manos en señal de rendición.

—Entonces, empieza a caminar.

—¿Por qué no me dejas ir?

—¿Ir adónde? ¿Al interior del bosque durante una ventisca para que mueras congelada? No.

—Te odio —dije con abatimiento.

—Sí, eso ya me lo has dicho. Ahora pongámonos en marcha.

16

El camino de bajada a la cabaña del guarda forestal debería de haber sido más fácil que el de subida, pero cada paso me resultaba más penoso que el anterior. Había fracasado. Mason me había prometido que mantendría mi intento de huida en secreto, pero ¿qué garantía tenía yo de que Shaun no estuviera esperándome con la pistola preparada? Yo podía estar dirigiéndome a mi propia muerte.

Había visto a Mason intentar que Shaun no matara al guarda. Estaba segura de que era esto lo que quería hacer cuando se precipitó hacia él para arrebatarle la pistola. Y quizás era mejor persona de lo que yo creía, pero, en realidad, no importaba dónde trazaba Mason el límite entre lo bueno y lo malo, porque era Shaun quien tenía la pistola.

Y también estaba el cadáver que encontré en la primera cabaña. No sabía quién había matado a aquella mujer, pero por la reacción de Mason no me sentía muy tranquila. Por lo visto, Mason me estaba escondiendo algo, y a Shaun también.

Al final, la cabaña apareció en medio de la oscuridad. Estaba a punto de subir al porche delantero, cuando Mason tiró de mí hacia él. Su mano enguantada me tapó la boca y, por un desesperante momento, creí que intentaba asfixiarme. Sentí su aliento junto a mi oreja y su cuerpc, duro como una pared, contra mi espalda.

La puerta delantera de la cabaña estaba abierta y, a través de ella, oí la voz de Calvin.

Mi corazón se aceleró. ¡Calvin! ¡Estaba allí! ¡Me había encontrado!

—¿Dónde están? —oí que preguntaba.

—No sé de qué me hablas —contestó Shaun malhumorado.

Mason me levantó en vilo y, sin hacer caso de mis pataleos, subió los escalones del porche. A través de la ventana de la cocina, vimos a los dos hombres. Calvin debía de haber sorprendido a Shaun mientras dormía, porque lo apuntaba con una pistola. Yo no la reconocí. Calvin debía de haberla tomado de Idlewilde. Yo sabía que los Versteeg tenían armas en su cabaña. La pistola de Shaun no estaba a la vista. Vi, consternada, que habían encendido una lámpara del salón, por lo que era imposible que Calvin me viera desde el otro lado de la ventana de la cocina, porque el exterior estaba mucho más oscuro. Si miraba hacia mí, solo vería el interior de la cabaña reflejado en el cristal.

Intenté gritar su nombre, pero Mason apretó la mano contra mi boca con más firmeza. Le propiné una patada en la espinilla, pero mi talón chocó contra un duro hueso y Mason me presionó contra la pared exterior de la cabaña con una potencia asombrosa. Había subestimado su fuerza y cualquier intento de resistirme sería inútil. Agarró mis dos muñecas con su mano libre y clavó su rodilla en la parte posterior de mi muslo. Yo no pude aguantar el dolor y dejé de luchar. Él aprovechó el momento para aplastar con fiereza su cuerpo contra el mío y quedé atrapada entre él y la pared de la cabaña. Tenía la mejilla pegada al helado postigo de la ventana y ladeé la cabeza para poder ver a Calvin.

—¡Hay tres tazones en el fregadero y tres vasos en la encimera! —gruñó Calvin—. Sé que Korbie y Britt han estado aquí contigo. —Se dirigió al fregadero y deslizó rápidamente un dedo por el interior de los tazones—. Todavía están húmedos. Ellas han estado aquí hace poco. ¿Dónde están ahora?

—Quizá los he utilizado yo los tres —repuso Shaun con voz ronca.

Calvin le lanzó un vaso a la cabeza, pero Shaun se agachó y el vaso se hizo añicos contra la pared que tenía detrás. Cuando volvió a enderezarse, había empalidecido ligeramente.

—¿Las has matado? —Calvin se acercó a Shaun y lo amenazó con la pistola. Su voz temblaba de rabia, pero la mano con la que empuñaba el arma estaba firme—. Contéstame, ¿las has matado?

Shaun se frotó las manos con nerviosismo.

—No soy un asesino.

El tono exageradamente inocente de su voz hizo que resultara increíble.

—¿Ah, no? —repuso Calvin con una voz suave pero tenebrosa—. Te conozco. Te he visto por la zona. En concreto, en el bar Silver Dollar Cowboy. Te gusta emborrachar a las jóvenes y tomarles fotografías. Eres un pervertido.

Yo observé el cambio de emociones que reflejaron las facciones de Shaun. Su expresión inocente fue reemplazada por otra de miedo.

—No sé lo que viste, pero no era yo. Yo no saco fotografías a las jóvenes. Ni siquiera tengo una cámara. Y no había estado nunca antes en las montañas.

—¿Qué tipo de perversiones realizas con las fotografías? —le preguntó Calvin—. Te vi con aquella joven famosa que desapareció. Quizá debería contárselo a la policía.

—Te equivocas de tío —balbuceó Shaun.

—¿Dónde está mi hermana? ¿Dónde está Britt? ¡Empieza a hablar o se lo contaré todo a la policía! —Ahora, Calvin gritaba—. ¿Les has sacado fotografías? ¿Creías que podrías chantajear a mi familia? ¿O colgarlas en internet para acosar a mi hermana? ¿O venderlas?

Shaun tragó saliva visiblemente.

—¡No!

—No volveré a preguntártelo. ¿Dónde están las chicas?

—Tienes que creerme. Nunca quisimos hacerles daño. Las dejamos entrar porque se habían perdido y no podíamos permitir que se congelaran. La tormenta era impresionante...

—¿Quisimos?

—Yo y el Hacha, mi colega. Cuando me fui a dormir, él estaba aquí. Debe de haberse fugado con ella. Es a él a quien buscas...

—¿Ella? ¿Quién es ella?

—Britt. El Hacha se ha llevado a Britt. Ella estaba aquí con nosotros. Creo que a él le gusta, pero yo nunca la he tocado. Te lo juro por la tumba de mi madre. Registra los bosques. Quizá se la ha llevado a la fuerza porque quería estar con ella a solas. Ve y compruébalo.

—¿Y Korbie? ¿Dónde está Korbie?

—El Hacha me obligó a dejarla en la cabaña antes de venir aquí. Me dijo que no teníamos provisiones suficientes para las dos. A pesar de que el Hacha no quería, yo le dejé comida y agua. Me aseguré de que pudiera sobrevivir.

—¿Has dejado a mi hermana sola en una cabaña? —preguntó Calvin—. ¿En qué cabaña?

—A unos cuantos kilómetros de aquí. Está lejos de la carretera. Las cortinas son azules y parece abandonada. Nadie ha pasado por allí desde hace años.

—Ya sé a cuál te refieres. ¿Dónde está la llave de la motonieve que hay en la entrada?

Shaun no respondió inmediatamente. Sin duda se resistía a revelar lo sucedido.

—No lo sé. Ya estaba aquí cuando llegamos. No es nuestra —explicó—. Seguramente, el conductor se quedó sin gasolina y la dejó aquí. Dudo que sirva de algo intentar ponerla en marcha haciendo el puente.

Calvin blandió la pistola.

—No me mientas. Dame la llave. ¡Ahora!

—Estoy seguro de que no me matarás. Se enterarían de que has sido tú. Con esta tormenta, no hay nadie en la montaña, solo tú, yo, el Hacha y las chicas.

—No te preocupes, no dejaré ningún rastro.

Calvin apretó el gatillo.

El estallido penetró en mis oídos y me sobresalté. El cuerpo de Mason se tensó bruscamente. Los dos estábamos alucinados. Yo había visto a Shaun matar al guarda forestal y había visto fragmentos de tejido humano salpicar las paredes, pero no estaba preparada para ver a Calvin matar a alguien a sangre fría.

Aquello no podía estar sucediendo. Mi mente repasó aquel acto de locura e intentó encontrar algo que justificara la violencia de Calvin. ¿Por qué no había atado a Shaun y lo había entregado a las autoridades? Me parecía inconcebible que hubiera matado a Shaun sin disponer de pruebas claras de que Shaun nos había hecho daño a Korbie o a mí. ¿Estaba tan preocupado por nosotras que no pensaba con claridad?

Tenía que hablar con él. Tenía que demostrarle que estaba viva y tranquilizarlo. Juntos podríamos escapar de aquel horrible lugar.

Me revolví, con renovada determinación, contra la presión que Mason ejercía sobre mí. Él clavó sus dedos en mi carne, pero yo no experimenté ningún dolor. La única idea que ocupaba mi mente era la de conseguir que Calvin supiera que estaba allí. «¡Estoy aquí! —le grité mentalmente con todas mis fuerzas—. ¡Estoy aquí mismo!»

Calvin le propinó una patada a Shaun para asegurarse de que estaba muerto y le registró los bolsillos. Tomó, con calma, el dinero de su cartera y la llave de la motonieve. Luego, entró en el dormitorio y volvió a salir con la pistola de Shaun. La introdujo en su cinturón y se dirigió a la cocina. Examinó, rápidamente, los cajones y encontró un encendedor.

Al principio, no entendí por qué prendía fuego a las cortinas de la sala de estar, pero, después, lo comprendí. Shaun tenía razón. La policía averiguaría que lo había matado y también sospecharían que era el culpable de la muerte del guarda forestal. Tenía que destruir todas las pruebas.

Luego, Calvin prendió fuego al sofá. Una nube de humo negro se elevó en el aire y unas llamas vivas y brillantes subieron por las paredes. Me sorprendió la rapidez con que el fuego se propagó. Se extendió de un mueble a otro y un humo denso llenó la habitación.

Calvin se dirigió a la puerta de la entrada y Mason me arrastró al rincón más alejado del porche. Desde aquel escondrijo, oí el ruido de las botas de Calvin en los escalones del porche.

Se iba sin mí.

Me revolví con ímpetu para liberarme, pero Mason era demasiado fuerte y me tenía inmovilizada con sus manos de acero. No podía escapar. Ni gritar. Mis ahogados gritos eran demasiado tenues para que pudieran oírse por encima del silbido del viento y el crepitar del fuego. Pero Calvin se iba y tenía que detenerlo. No soportaba la idea de permanecer junto a Mason ni un minuto más.

La motonieve se puso en marcha con un estruendo y, en cuestión de segundos, el ruido del motor se desvaneció en la distancia.

Mason me soltó y yo me desplomé sobre la barandilla del porche. Mi corazón se rompió en fragmentos imposibles de recomponer. Apoyé la cara en los antebrazos y exhalé un profundo y agónico suspiro. Las lágrimas resbalaron por mi cara. La pesadilla volvía a engullirme y me arrastraba a una profundidad desconocida para mí.

—¡Quédate aquí! —me apremió Mason—. Entraré a buscar el equipo.

Se tapó la cabeza con la chaqueta y entró en la cabaña. Yo podría haber huido. Podría haber corrido hacia los árboles. Pero sabía que él me perseguiría. Además, él estaría equipado. Tenía razón, yo no duraría mucho sola.

Descendí lentamente los escalones del porche. El impacto de que Calvin se hubiera ido sin mí me impedía ser totalmente consciente del fuego. Contemplé, aturdida, cómo las llamas se deslizaban por el suelo y numerosas chispas caían del techo. Los chasquidos y chisporroteos del fuego se convirtieron en un potente rugido. A través del humo, vi, fugazmente, que Mason introducía todo lo que podía en nuestras mochilas. A pesar de la distancia a la que me encontraba, el calor salía por la puerta y yo tenía la cara bañada en sudor. Mason debía de estar muriéndose de calor. Al final, salió, tambaleándose y tosiendo con violencia. Dos mochilas colgaban de sus hombros. Tenía la cara cubierta de hollín y, cada vez que parpadeaba, el blanco de sus ojos destacaba visiblemente en su cara. La expresión de mis ojos debió de delatar lo monstruoso que me resultaba su aspecto, porque se pasó la manga de la chaqueta por la cara y eliminó buena parte del hollín.

La nieve caía copiosamente y limpió la mugre que cubría sus mejillas.

—La tormenta arrecia. Tenemos que encontrar un refugio antes de que sea demasiado tarde —me advirtió.

17

Mason tenía razón. Una fuerte ventisca azotaba la ladera de la montaña. Como el suelo ya estaba cubierto de nieve debido a las tormentas anteriores, los nuevos copos se acumulaban con rapidez. Los troncos de los árboles desaparecían de la vista centímetro a centímetro y las ramas se combaban bajo su peso. En aquellas condiciones, nadie subiría a la montaña. Ni la policía ni mi padre. Estábamos solos. Y no se me ocurría nada más aterrador.

Teníamos que protegernos de la tormenta. Por lo que yo sabía, no había ninguna otra cabaña cerca, lo que solo nos dejaba la opción de encontrar un árbol caído o una cueva. Caminamos con gran esfuerzo. Mason se quitó el gorro de lana y me lo ofreció. A aquellas alturas, yo desconfiaba de sus gestos de amabilidad, pero acepté el gorro con agradecimiento. Mis calcetines estaban mojados y mis dientes empezaban a castañetear. Estaba dispuesta a renunciar a mi orgullo con tal de recuperar algo de calor corporal.

—Gracias —le dije.

Él asintió con la cabeza. Tenía los labios azules y la nieve enseguida cubrió su corto cabello. Pensé que debería devolverle el gorro, pero yo también estaba helada, de modo que aparté la vista y fingí que no era consciente de su estado.

Lo inteligente en aquel caso habría sido consultar el mapa de Calvin, porque nos indicaría dónde estaba el refugio más cercano, pero no quería que Mason lo viera. Si se enteraba de su existencia, no me necesitaría. Podía arrebatarme el mapa y abandonarme a mi suerte. Además, el mapa podía mojarse y, seguramente, la tinta se correría. O, lo que era peor, el papel podía romperse o desintegrarse.

Caminamos durante largo tiempo con pasos lentos y cautelosos, asegurándonos de que había suelo firme debajo de la nieve y de que podíamos apoyar el pie con seguridad. Las nubes ocultaban la luna y, a pesar de las linternas, la oscuridad era más intensa que antes. Tenía los dedos de los pies entumecidos de frío y, aunque mantenía las mandíbulas apretadas, mis dientes no dejaban de castañetear. Entrecerré los ojos para protegerlos de las ráfagas de viento helado y fijé la mirada en las botas de Mason. A cada paso que él daba, yo me obligaba a dar otro. Su altura y sus amplios hombros me protegían parcialmente del vendaval, pero, de todas formas, parte del viento traspasaba mi ropa y me helaba la piel. Pronto, mi mente dejó de pensar y concentré toda mi energía en seguir avanzando.

Entonces mis pensamientos se dirigieron a donde se dirigían siempre. A Calvin.

18

—Voy a salir —me anunció Korbie desde el otro lado de la puerta del probador de JCPenney.

Los crujidos de su vestido de seda me indicaron que se acercaba a la puerta.

—No me mientas porque me daré cuenta enseguida.

Yo estaba sentada en el probador de enfrente y tenía la puerta abierta. Terminé de escribir el mensaje a toda pastilla, lo envié y guardé el móvil con disimulo en el bolso. Entonces sentí una punzada de culpabilidad. No me gustaba ocultarle cosas a Korbie.

—Me ofende que pienses que te mentiría —repliqué con el corazón encogido.

Korbie salió al pasillo con un vestido de cuerpo ceñido y color violeta cuya falda caía vaporosamente hasta sus tobillos y giró sobre sí misma.

—¿Y bien? ¿Qué opinas?

—Es violeta.

—¿Y...?

—Me dijiste que Bear odia el color violeta.

Ella realizó un gesto de exasperación.

—Por eso me lo pongo, para ayudarlo a cambiar de opinión. Si ve lo bien que me sienta el color violeta, le encantará.

—¿Lo obligarás a llevar una corbata a juego con tu vestido? ¿O sea, también violeta?

—Mmm... Sí —respondió ella. Y realizó una mueca en señal

de que la respuesta le parecía obvia—. Es el baile del colegio y tenemos que ir conjuntados. Nuestra fotografía quizás aparezca en el anuario.

—Las fotos del anuario son en blanco y negro.

—No estás siendo nada divertida. Al menos, pruébate un vestido —me pidió Korbie. Y tiró de mis manos para que me levantara—. El año pasado, fuimos juntas a comprarnos los vestidos del baile y las dos nos lo pasamos bien. Y quiero que este año sea igual. ¿Qué les pasa a los chicos del insti? No me puedo creer que ninguno de ellos te haya pedido ser tu acompañante.

No le había contado que Brett Fischer me había pedido acompañarme, pero que yo lo había rechazado. Yo estaba fuera del mercado porque, de una manera no oficial, salía con alguien. No sabía cuánto tiempo más podría mantener el secreto, porque de eso se trataba, de un secreto que yo había jurado mantener sin darme cuenta del daño que eso me causaría.

Mi móvil emitió un silbido.

—¿Quién te envía mensajes? —me preguntó Korbie.

—Probablemente, mi padre —declaré, y sacudí mi cola de caballo mientras fingía aburrimiento.

Una sonrisa escandalizada iluminó la cara de Korbie.

—Así que tienes un amante secreto, ¿eh? —bromeó.

—Sí —declaré con voz inexpresiva, y bajé la cabeza para que no viera que me ruborizaba.

—Bueno, espero que encuentres un acompañante pronto —añadió, esta vez en serio—, porque no me divertiré nada en el baile si sé que tú te has quedado en casa viendo una peli, tomando helado y engordándote. ¡Ah, ya lo sé! ¿Y el tío que siempre habla contigo al final de la clase de mates?

—Mmm... ¿El señor Bagshawe?

Korbie chasqueó los dedos y agitó el antebrazo de un lado a otro, como si participara en el coro de un vídeo musical.

—Exacto. ¿Así que tienes un amante viejo e ilícito? ¡Esa es mi amiga!

—Pruébate otro vestido, por favor —supliqué yo.

Cuando Korbie desapareció en su probador, saqué el móvil del bolso para leer el mensaje de Calvin.

«¿Nos vemos esta noche?»

«¿Qué tienes en mente?», escribí yo.

«Escápate hacia las once y ponte un biquini. Yo seré el tío del *jacuzzi* con una copa en la mano.»

Los Versteeg tenían una piscina y un *jacuzzi*, pero aunque tenía muchas ganas de estar con Calvin, estaba hasta las narices del estrés que implicaban aquellos encuentros nocturnos y secretos.

Calvin me había dicho que Korbie todavía no podía saber lo nuestro; que nadie podía saberlo. Me había convencido de que mantener nuestra relación en secreto hacía que fuera más excitante. Yo deseaba decirle que ya tenía diecisiete años y que ya había superado la etapa de los secretitos y los jueguecitos, pero me preocupaba que se lo tomara mal. Al fin y al cabo, él ya casi tenía diecinueve años, así que, ¿quién era yo para explicarle cómo llevar una relación?

—¡Te estoy oyendo teclear un mensaje! —exclamó Korbie con voz cantarina desde su probador. Oí que se subía la cremallera de un vestido—. Se supone que tienes que estar pendiente de mí. ¡Mierda! ¿Por qué no tenemos unos grandes almacenes de verdad en la ciudad? Tenemos un montón de McDonald's, pero ningún Macy's. Tendré que encargar el vestido por internet.

Me resultaba difícil pensar en el baile del instituto cuando sabía que no iría. En realidad, quería ir, pero Calvin no estaba preparado para hacer pública nuestra relación.

En lugar de deprimirme pensando que no acudiría al baile y que no participaría de la diversión y las conversaciones de chicas que lo precedían, me obligué a pensar positivamente. Yo salía con Calvin Versteeg. El amor de mi vida. Si lo miraba con perspectiva, ¿qué importancia tenía un estúpido baile escolar?

Habían pasado horas desde que Calvin me había dado un beso de despedida al acabar las clases. Nos habíamos colado en una clase vacía y nos habíamos estado besando hasta que oímos que el portero avanzaba por el pasillo empujando su carrito. Me mordí el labio para reprimir una sonrisa. Calvin y yo nos conocíamos de toda la vida. Prácticamente, no había pasado un día sin que nos viéramos. Cuando era pequeña, él solía tirarme de la coleta y me llamaba Britt *la Mocosa*. Pero desde que salíamos, cuando hablábamos me acariciaba afectuosamente la mejilla con un dedo, y me besaba fugazmente cuando nos veíamos a escondidas.

Tenía que admitirlo, sí que resultaba excitante.

A veces.

Pero también había un lado oscuro en nuestros encuentros secretos.

Como cuando Dex Vega, el mejor amigo de Calvin, nos pilló besándonos detrás del campo de béisbol después de que el equipo del instituto hubiera terminado el entreno. Yo estaba apoyada en la puerta del conductor de la camioneta de Calvin y él estaba pegado a mí.

Al vernos, Dex soltó el típico comentario, «Buscad una habitación», porque no era muy creativo. A los dos les gustaba practicar el atletismo y Dex era muy bueno saltando obstáculos. Pero era un desastre en todo lo demás.

—¡Bah, eso ya está superado! —exclamó Calvin, y me guiñó un ojo en señal de complicidad.

Yo sabía que a Cal no le gustaría que le llevara la contraria delante de su mejor amigo, pero en realidad todavía no nos habíamos liado.

Dex me miró de arriba abajo y la sonrisa que esbozó hizo que me sintiera sucia.

—No sabía que salías con alguien, Versteeg.

Yo era consciente de que habíamos acordado mantener nuestra relación en secreto, pero pensé que aquel era el momento ideal para contar la verdad. ¿Por qué Calvin quería mentirle a su mejor amigo? ¿Por qué me obligaba a mentirle a mi mejor amiga? Él tenía fama de ser un seductor que se negaba a comprometerse y nunca había salido en serio con una chica. Pero lo nuestro era diferente. Yo era diferente. Yo era importante para él. Estaba convencida. ¡Ojalá no me estuviera engañando a mí misma!

—No salgo con nadie —repuso Calvin.

Se rieron, se empujaron en plan de colegas y entrechocaron las palmas de las manos.

—Tienes el pelo de punta, tío —comentó Dex.

Tenía razón. Yo había estado manoseando el espeso cabello castaño de Calvin y lo había despeinado.

Pensé que Cal se reiría y restaría importancia al estado de su pelo, pero se miró en el espejo retrovisor y dijo:

—¡Maldita sea, Britt, ahora voy a cenar con mis padres!

Intentó peinarse sin mucho éxito.

—¿Y qué? —repliqué yo—. Porque te vas a duchar antes de cenar, ¿no?

Estaba hasta las narices de permanecer callada mientras Calvin y Dex actuaban como si fuera invisible.

—Te pareces a mi padre —se quejó él—. Siempre me está diciendo lo que tengo que hacer. Tú bésame y olvídate de todo lo demás. En eso sí que eres buena.

Dex le rio la gracia y se marchó.

Cuando Calvin y yo volvimos a estar solos, le pregunté en tono acusador:

—¿Por qué has permitido que Dex crea que hemos follado?

—Porque eso ocurrirá cualquier día de estos, guapa —repuso él, y me rodeó los hombros con un brazo.

—¿Ah, sí? Me haces gracia, porque yo quiero esperar. ¿Cuándo pensabas proponérmelo?

Calvin se rio, pero yo estaba hablando en serio y quería oír su respuesta.

—Dile al señor Bagshawe que me suba la nota en el próximo examen si no quiere que corra la voz de que estáis liados —bromeó Korbie, y me despertó de mis recuerdos.

Al ver que yo no le contestaba, añadió:

—No te has enfadado, ¿no? Sabes que estoy bromeando, ¿no? Ya sé que no estás liada con el señor Bagshawe. Nunca saldrías con nadie sin contármelo.

Aquello fue la gota que colmó el vaso. Cambié de idea y envié un nuevo mensaje a Calvin confiando en que no dedujera que tenía la regla. «Nada de baños esta noche», tecleé. Hacía varias semanas que salíamos juntos y lo conocía mejor de lo que conocía a cualquier otro chico, pero no habíamos llegado al punto en el que deseara que me diera ibuprofeno y una mantita eléctrica para los retortijones.

«¿Cuándo te veré en biquini? —me preguntó él—. En uno con cordones para que pueda desatarlos fácilmente.»

«Cuando dejes de mentir sobre lo nuestro», tecleé yo.

Sostuve el pulgar a escasos milímetros de la tecla de envío y, al final, borré el mensaje. No pensaba manipular a mi novio. Ya tenía diecisiete años, así que nada de jueguecitos.

19

No sabía cuánto tiempo habíamos caminado. Mason había pasado un brazo por debajo de mis axilas y tiraba de mí hacia arriba y hacia delante. Descendíamos con pesadez por la ladera de la montaña mientras buscábamos algún tipo de refugio para protegernos del clima. De repente, sacudí la cabeza, me espabilé y entonces me di cuenta de que debía de haberme dormido intermitentemente. En otras circunstancias, la cercanía de Mason me habría repugnado y me habría apartado de él, pero estaba demasiado hecha polvo para que eso me importara.

Él me dijo algo al oído y, por el tono de su voz, noté que estaba entusiasmado. Levanté mis somnolientos párpados y percibí el interminable paisaje blanco. Mason señaló hacia delante y mi corazón se llenó de alegría.

Llegamos, a tropezones, a un árbol caído. La intrincada red de sus raíces sobresalía del suelo. Los huecos estaban taponados por terrones de barro congelado y el conjunto formaba una especie de cueva, un lugar donde podríamos resguardarnos del mal tiempo. Mason me ayudó a arrastrarme al interior de la bóveda de raíces nudosas y retorcidas y, luego, entró él. Una vez protegida del viento y la nieve, me sentí menos desesperada. El árbol olía a tierra y podredumbre, pero el recinto estaba seco y, comparado con el azote de la ventisca, el efecto era casi relajante.

Mason se quitó los guantes, se calentó las manos con el aliento y las frotó con frenesí.

—¿Cómo tienes los pies? —me preguntó.

—Mojados.

Era la respuesta más larga que podía pronunciar. Los dientes me dolían de tanto castañetear y mis labios se habían convertido en dos dolorosas tiras de hielo.

Mason frunció el ceño.

—Me preocupa que sufras un principio de congelación. Deberías...

Se interrumpió en mitad de la frase, pero yo sabía lo que quería decir: debería haber aceptado los calcetines secos que me ofreció.

Yo había perdido mucha sensibilidad en los pies. Hasta el molesto hormigueo había desaparecido. Me resultaba difícil preocuparme por una posible congelación cuando no sentía el dolor..., y cuando estaba tan hecha polvo que mi cerebro no lograba tener ningún pensamiento.

—Toma, bebe un poco de agua antes de dormirte —me ofreció Mason, y me pasó una cantimplora.

Yo bebí unos cuantos sorbos, pero los párpados ya se me estaban cerrando. En aquel momento de semiinconsciencia, sentí que Ian y mi padre estaban rezando por mí. Sabían que estaba en dificultades y, arrodillados, le pedían a Dios que me diera fuerzas. Una relajante calidez recorrió mi cuerpo y exhalé un suspiro.

«No perdáis las esperanzas», les pedí mentalmente a través de la enorme distancia que nos separaba.

Este fue mi último pensamiento antes de caer dormida.

Cuando me desperté, una luz blanquecina se filtraba por las enmarañadas raíces que nos servían de techo. Se trataba de la luz del día. Había dormido durante horas..Sentí que Mason se agitaba a mi lado y me di cuenta, sobresaltada, de que había dormido acurrucada contra él. Me aparté enseguida hacia atrás, pero el aire frío llenó el vacío que había ocupado su cuerpo y me arrepentí.

—¿Estás despierta? —me preguntó él con voz somnolienta.

Me senté y mi cabeza rozó la cubierta de raíces. Entonces me di cuenta de que Mason había extendido unas esterillas impermeables sobre el suelo y nos había tapado con mantas y el saco de dormir. También me sorprendió ver mis pies calzados con sus botas. Me iban grandes, pero él había apretado los cordones al máximo y mis pies estaban calientes. Los suyos estaban cubiertos con unos gruesos calcetines de montaña de lana, pero dudé que le hubieran protegido del cortante viento.

—Tus calcetines estaban empapados —me explicó Mason.

—No tenías por qué ponerme tus botas —repuse yo, aunque me sentía muy agradecida.

—He colgado tus calcetines y tus botas para que se sequen. —Señaló unas raíces que había acondicionado como tendedero—. Pero hasta que no encendamos un fuego, por muy colgados que estén, no se secarán.

—Un fuego.

Pronuncié las palabras despacio, saboreándolas, y, al pensar en una sensación de calor de verdad, me invadió la añoranza.

—Ahora no nieva. Buen momento para salir a buscar leña.

Se inclinó por encima de mí y empezó a deshacer el lazo de sus botas. Como es lógico, las necesitaba para salir a buscar leña, pero la forma familiar y relajada como me tocó me pilló por sorpresa. El único hombre que me había tocado con tanta familiaridad era Calvin.

Mason me quitó las botas y se las puso. Yo, medio cortada, le devolví su gorro de lana.

—¿La capa de nieve es muy gruesa? —le pregunté.

—Sí, es de varios centímetros. Todas las carreteras que suben a la montaña deben de estar cerradas, así que tendremos que seguir solos durante un par de días más. Hasta que pasen las máquinas quitanieves. —De repente, me miró, como si acabara de darse cuenta de que esta noticia podía alarmarme—. No te preocupes, siempre que mantengamos la calma, estaremos bien. He sobrevivido a situaciones más duras que esta.

El hecho de que estuviera allí, extrañamente, me transmitió seguridad. Pero no pude evitar preguntarme si la razón de que estuviera tranquilo era que las carreteras estaban intransitables y la policía no podía perseguirlo. Así disponía de tiempo para planear sus próximos pasos. Esto parecía animarlo, pero a mí me destrozó. Nadie acudiría a rescatarme. Sabía que Calvin me buscaría. Después de poner a salvo a Korbie, saldría a buscarme lo antes posible, pero, de momento, no podía contar con él. Ni con mi padre. Ni con la policía. Sentí que, poco a poco, se me encogía el corazón.

—No irás muy lejos, ¿no? —le pregunté a Mason, quien estaba saliendo a rastras del refugio.

Él me observó con curiosidad durante unos instantes. Luego, una expresión divertida brilló en sus ojos.

—¿Te preocupa que no regrese?

—No, es solo que...

Sí, esa era la verdad.

Curiosamente, no hacía mucho, yo había intentado escapar de él. No me había fiado de él antes y no estaba segura de que pudiera hacerlo en aquel momento. Él todavía me necesitaba para salir de la montaña, lo que, probablemente, constituía la única razón de que siguiera con vida. ¿O no? ¿Realmente creía que Mason quería o era capaz de matarme? Si había matado a la chica cuyo cadáver encontré en la primera cabaña, entonces era capaz de volver a matar. Pero no estaba segura de a quién atribuir aquella muerte. Y, desde luego, no pensaba volver a preguntárselo a Mason. Provocarlo no me beneficiaría en nada.

—Escarbaré en busca de ramas secas en la base de los árboles —me explicó Mason—. No creo que tarde más de media hora.

—Mira a ver si encuentras resina de pino —le sugerí yo.

—¿Resina de pino?

—Sí, es pegajosa, pero puede extraerse con facilidad y, cuando se le prende fuego, arde como la gasolina.

Calvin me había enseñado este truco años atrás.

Durante unos instantes, una leve sonrisa de aprobación iluminó la mirada de Mason y suavizó su expresión seria e impenetrable.

—Muy bien, resina de pino.

Yo dormí hasta que Mason regresó. Oí que se acuclillaba a la entrada de la bóveda de raíces y, aunque estaba paralizada de frío, me incorporé para ver cómo encendía el fuego. No quería ser una pesada ni dármelas de lista, pero quizá podía enseñarle algún otro truco. No esperaba poner en práctica mi entrenamiento en unas circunstancias tan extremas, pero, de repente, me sentí sumamente contenta de haber aprendido algunas técnicas básicas de supervivencia.

Mason colocó cuatro leños uno al lado del otro y formó una pequeña plataforma. Luego colocó encima los pegajosos pegotes de resina y, mientras lo hacía, me guiñó un ojo. A continuación, colocó holgadamente unas ramitas en forma de pirámide. El proceso le llevó algo de tiempo, y también provocar una chispa con el pedernal. Al final, lo consiguió y las ramitas empezaron a soltar humo y se encendieron.

—Pronto entraremos en calor —me aseguró.

«Calor.» Casi había olvidado esa sensación.

—¿Por qué me ayudas, Mason? —le pregunté.

Él cambió de posición con una expresión de preocupación y reflexionó. Al final me explicó:

—Sé que no me crees, pero nunca quise hacerte daño. Quiero ayudarte. Quise hacerlo desde el principio, pero la situación... se me fue de las manos —declaró con voz distante.

—¿Tenías miedo de Shaun? ¿Te daba miedo enfrentarte a él?

Al principio, pensé que Shaun le tenía miedo a él, pero quizá me había equivocado.

Mason no respondió.

—No siento que haya muerto —continué yo—, pero siento que lo hayas perdido. Y siento que lo vieras morir.

Mason rio con amargura y sacudió la cabeza.

—Yo también lo siento. No te imaginas cuánto —declaró abrumado.

—Nunca me imaginé que moriría... de esa manera —añadí en voz baja.

Todavía no entendía que Calvin hubiera decidido, ilógicamente, matar a Shaun.

—Olvídate de Shaun —me indicó Mason.

Sus ojos se ensombrecieron. Se notaba que estaba contrariado. Parpadeó mientras intentaba hacerse a la idea de que Shaun había desaparecido para siempre.

—De ahora en adelante, solo estaremos tú y yo. Formaremos un equipo, ¿de acuerdo?

Me tendió la mano. Yo la miré, pero no se la estreché.

—¿Por qué habría de confiar en ti?

—Esto parece una entrevista de trabajo —comentó él—. ¿Por qué habría de contratarte? ¿Qué te hace pensar que eres la mejor persona para este puesto de trabajo?

—Lo digo en serio.

Él se encogió de hombros.

—Soy lo único que tienes.

—Esta no es una razón para que confíe en ti. Si estuviéramos atrapados en esta cueva con Shaun, yo no confiaría en él. Aunque fuera el único ser humano en cien kilómetros a la redonda.

—En realidad, más bien parece una madriguera.

Yo estuve a punto de exhalar un suspiro, pero me contuve.

—¿Para qué me necesitas? Tú sabes encender un fuego y está claro que no es la primera vez que subes a una montaña. Eres bueno siguiendo rastros. ¿Por qué no me dejas aquí y te las arreglas tú solo?

—¿Es eso lo que quieres?

—¡Claro que no! —respondí rápidamente. La idea de enfrentarme sola a la inmensidad y brutalidad de las montañas hizo que sintiera un escalofrío—. Al contrario, lo que quería decir es que las probabilidades de que sobrevivamos aumentarán si seguimos juntos.

—Eso mismo opino yo.

—O sea, que me estás utilizando.

—No más de lo que tú me utilizas a mí.

Guardé silencio. Me sentaba bien poder formularle preguntas libremente, pero sus respuestas no eran tan satisfactorias como yo esperaba. Tuve la clara sensación de que no estaba siendo franco conmigo. Sus respuestas eran muy escuetas. Me decía justo lo imprescindible y nada más.

—¿Quieres que te dé una prueba de que puedes confiar en mí? —me preguntó finalmente. De una forma sorprendente, había percibido mis pensamientos—. En realidad no me llamo Mason, sino Jude.

Yo me estremecí.

—¿Qué?

Él sacó su cartera del bolsillo trasero de su pantalón, extrajo su carnet de conducir del compartimento de plástico y me lo tendió.

Yo examiné el carnet, que estaba expedido en Wyoming a nombre de Mason K. Goertzen.

—Parece auténtico, ¿no? —comentó Mason—. Pues no lo es.

Entonces me enseñó un segundo carnet que estaba escondido detrás del primero. Aunque, en esta ocasión, tapó el apellido y la dirección con el dedo pulgar. El segundo carnet tenía la misma fotografía que el primero, pero estaba expedido en California.

—No lo entiendo —comenté yo.

—No quería que Shaun conociera mi verdadero nombre.

—¿Por qué no?

—No quería que supiera nada que pudiera darle poder sobre mí en caso de que nos peleáramos. No confiaba en él. Y, aunque tampoco estoy seguro de que pueda confiar en ti, te estoy siendo franco y espero que tú hagas lo mismo. Si te cuento mis secretos, quizá logre convencerte de que me cuentes los tuyos.

—Yo no tengo una identidad secreta. No tengo ningún secreto —repliqué yo.

Me pregunté qué tramaba, qué información quería obtener de mí.

—Eso no es cierto. Me contaste que Korbie y tú habíais venido a las montañas solas.

Yo fruncí el ceño.

—Y así es.

—¿Entonces qué hace tu ex novio aquí? Se llama Calvin, ¿no? Las carreteras están cerradas, de modo que debe de haber venido antes de que estallara la primera tormenta, o sea, hace dos días. ¿Sabías que él estaría aquí?

—¿Y qué pasa si lo sabía? —le pregunté a la defensiva.

—¿Por qué no lo mencionaste? ¿Por qué no nos contaste la verdad en la cabaña, antes de que supieras que Shaun era peligroso?

«Porque me gustaba y no quería estropearlo todo hablando de mi ex.» La verdad me resultaba demasiado vergonzosa para confesarla, de modo que le di una respuesta con la que podía vivir.

—Puede que no confiara del todo en Shaun y en ti y quisiera guardar un as en mi manga por si acaso. Y, por lo visto, di en el clavo, porque Calvin pilló a Shaun totalmente por sorpresa.

Entonces caí en la cuenta de que, si no hubiera intentado escapar de la cabaña del guarda forestal, Calvin nos habría sorprendido a todos y ahora estaría con él. La idea me cortó la respiración, como si me hubieran propinado un puñetazo en el estómago.

—¿Crees que Calvin está en Idlewilde? —me preguntó Mason.

—No lo sé.

De hecho, sí que creía que Calvin estaba en Idlewilde. Si había encontrado a Korbie, la habría llevado allí.

—¿Podrías llegar a Idlewilde desde aquí?

—Creo que sí —respondí finalmente, aunque no estaba segura de que debiera comprometerme a nada hasta que averiguara cuáles eran sus intenciones.

—¿Idlewilde está más cerca de aquí que el centro de mando de los guardas forestales?

—Sí, yo diría que un par de kilómetros más cerca.

—En ese caso, creo que deberíamos ir a Idlewilde. ¿Cómo es Calvin?

—¿Y tú me lo preguntas? —me burlé yo—. No deja que nadie se meta con él. Eso ya lo has visto. Cuando nos hicisteis prisioneras, no sabíais dónde os metíais. Calvin no se rendirá hasta que me encuentre. Ha ido a buscar a Korbie, pero volverá. Tienes toda la razón del mundo para estar acojonado, Mason —le advertí.

—Jude —me corrigió él.

—¿Es así como quieres que te llame a partir de ahora? —le pregunté cabreada—. Te he estado llamando Mason todo el tiempo y no creo que pueda verte como otra persona.

Fijó su mirada en la mía y una expresión extraña e indescifrable cruzó por su cara.

—Inténtalo.

—Jude —declaré todavía más cabreada—. Jude —repetí con más calma, mientras experimentaba con el sonido de la palabra.

En realidad, prefería el nombre de Jude al de Mason, pero a él nunca se lo confesaría.

—Es corto. Yo siempre he preferido los nombres de chico largos. Y me recuerda a la canción de los Beatles. O a Jude Law, a quien no te pareces en nada —añadí con rapidez.

Él se frotó la mandíbula y fingió que reflexionaba.

—Es verdad, no es ni la mitad de guapo que yo.

Muy a mi pesar, solté una carcajada, pero cuando vi que Mason, bueno, Jude, sonreía y se sentía satisfecho de su chiste, enseguida me arrepentí. La sonrisa iluminó su cara, suavizó sus marcados ángulos y animó sus ojos de párpados caídos y mirada distante. Durante unos instantes, me pareció sexy y atractivo, pero enseguida rechacé lo que sentía. No se trataba de algo real. Si el síndrome de Estocolmo existía, estaba segura de que la atracción que, momentáneamente, sentí hacia Jude era un síntoma temprano de ese trastorno psicológico.

A pesar de todo, decidí que lo llamaría Jude. Al fin y al cabo, si íbamos a colaborar para seguir con vida, podía resultarme útil pensar en él como si se tratara de una persona distinta. Me imaginaría que no era el tío que me había secuestrado, sino alguien con un pasado misterioso. Alguien que, aunque no lo hizo, habría deseado enfrentarse a Shaun. Alguien que, si yo lo ayudaba, me ayudaría a mí.

—Me pusieron ese nombre por el apóstol Judas Tadeo. También es conocido como el santo de las causas perdidas.

Yo lo miré con recelo.

—¿El santo de las causas perdidas? ¿Eso existe?

—¡Claro que existe! El hecho de que esté aquí contigo lo demuestra, ¿no crees?

Yo levanté la barbilla.

—¿Estás sugiriendo que soy una causa perdida?

—En realidad, opino todo lo contrario —respondió con una expresión repentinamente seria—. Creo que eres mucho más capaz de lo que la gente cree. A veces, me pregunto cómo eras antes de este viaje.

¿Se preguntaba cómo era yo? ¿Qué otras cosas pensaba sobre mí?

Su forma de mirarme me hizo sentir transparente e incómoda.

—Me fijé en cómo os relacionabais Korbie y tú y me pregunto si, en tu vida diaria, delante de tus amigos y tu familia, no ofrecerás una versión distinta de la Britt verdadera. Una versión menos competente. Pero en la montaña no eres así. Me gusta que te enfrentes a tus miedos. Y, aunque la gente no lo considere una virtud, eres una mentirosa cojonuda. ¿Cuántas veces influiste en las decisiones de Shaun gracias a tus convincentes mentiras?

La larga y fría mirada de sus ojos marrones no me gustó, así que exclamé precipitadamente:

—¡Si secuestrar no te acaba de funcionar, siempre puedes probar con la adivinación!

Él frotó los dedos índice y pulgar indicando que quería dinero.

—Lo menos que puedes hacer es darme mi primera remuneración.

—Esta es mi remuneración: la próxima vez, invéntate una historia que no sea absurda y ridícula como esta. En ese caso, tu víctima quizá te crea.

En esta ocasión, fui yo quien se sintió satisfecha al percibir un brillo de diversión en sus ojos. Podía estar atrapada en aquel inhóspito lugar, pero al menos no había perdido mi sentido del humor.

—¿No te parece extraño que Calvin disparara a un hombre desarmado? —me preguntó Jude volviendo a nuestro anterior tema de conversación.

Yo dudé. Quería defender a Calvin. En mi mente, había repasado todas las excusas posibles para justificarlo: estaba preocupado y desesperado; creía que Shaun nos había hecho daño a Korbie y a mí; dadas las circunstancias, había hecho lo mejor que podía hacer. Me había recitado a mí misma todas estas razones, pero, en realidad, la decisión de Calvin me inquietaba.

Exhalé un profundo suspiro y contesté:

—No. Él sabía que Shaun le estaba mintiendo. Calvin no es un estúpido. Sabía que Korbie y yo estábamos..., estamos en peligro y sabía que Shaun era, en parte, responsable. En cualquier caso, Shaun no era inocente. ¿Cuántas veces nos apuntó a Korbie y a mí con la pistola? Nosotras no teníamos ningún arma y, en aquel momento, a ti no pareció importarte su actitud. Estás cabreado porque Shaun era tu amigo. Si hubiera sido al revés, Shaun habría matado a Calvin sin pensárselo dos veces. No puedes decirme, sinceramente, que Shaun sintiera ningún tipo de remordimiento después de matar al guarda forestal. Y no te olvides del policía al que disparó antes de que huyerais a las montañas, o de la chica que tuvieron que ingresar en urgencias. Shaun no sentía ningún respeto por la vida. No lamento que Calvin le disparara.

Jude asintió con la cabeza, pero no como si estuviera de acuerdo conmigo, sino como si ahora comprendiera cómo funcionaba mi mente y hubiera tomado nota de ello.

—Definitivamente, creo que deberíamos ir a Idlewilde —declaró—. Suponiendo que Calvin haya encontrado a Korbie, la habrá llevado allí, lo que significa que llevarte allí para que te reúnas con tus amigos es nuestra principal prioridad.

Yo lo miré con extrañeza y volví a preguntarle:

—¿Por qué me ayudas?

Él se reclinó en la maraña de raíces, entrelazó los dedos detrás de su cabeza y cruzó los tobillos. Parecía la viva imagen de un leñador despreocupado.

—Quizá lo haga en mi propio beneficio. Me interesa poder alegar algo en mi favor cuando me encuentre con Calvin. No querría que me matara a mí también.

Aunque lo dijo de una forma relajada, yo percibí, aunque quizá me lo imaginé, un tono de desprecio en su voz.

20

Jude y yo estábamos sentados sobre las esterillas y el saco de dormir, bajo la protección de las raíces del árbol y cerca del fuego, absorbiendo todo el calor que podíamos. Jude me formuló unas cuantas preguntas más acerca de Calvin, lo que me hizo pensar que le tenía miedo, aunque el tono general de la conversación fue ligero.

Mientras Jude hablaba, me pregunté cosas acerca de él: por qué se había ido de California; cómo se había hecho amigo, o quizás era más acertado decir socio, de Shaun... Deseé preguntárselo, pero temí que él lo interpretara como un truco para obtener detalles que después utilizaría para ayudar a la policía a encontrarlo. Lo que, en parte, era verdad. Yo tenía la obligación moral de ayudar a la policía a capturarlo, aunque, en un ámbito más personal, la curiosidad que sentía hacia él era cada vez mayor. Pero no deseaba analizar la razón.

Empecé a adormilarme con el sonido grave y agradable de la voz de Jude de fondo, pero, de repente, dijo:

—Cuando lleguemos a Idlewilde, Calvin querrá entregarme a las autoridades. Fue Shaun quien tuvo la idea de haceros prisioneras, pero yo no se lo impedí. —Frunció el ceño—. Puede que Calvin incluso utilice la fuerza física para intentar retenerme.

Yo temí que Jude cambiara de idea y no quisiera llevarme a Idlewilde, así que sugerí rápidamente:

—Podemos contarle que no estabas de acuerdo con Shaun y que me ayudaste a escapar.

—Tu historia no encajaría con la de Korbie.

—Le contaremos a Calvin que te volviste contra Shaun después de dejar a Korbie. Que, al principio, te acojonaba enfrentarte a él porque era el cabecilla y tenía la pistola, pero que, cuando viste lo mal que me trataba, decidiste tomar cartas en el asunto.

Jude sacudió la cabeza. No estaba muy convencido.

—Esto no hace desaparecer el hecho de que, al principio, participara en vuestro secuestro. Calvin no me parece el tipo de tío que perdona. Para él, los errores no existen. Querrá tomar represalias.

¿Los errores no existen? Pensé que Jude estaba hablando como lo haría el padre de Calvin.

—Yo hablaré con él —le aseguré—. A mí me escuchará.

—La verdad, no me dio la impresión de que Calvin escuche a nadie —declaró con un tono de voz extrañamente inexpresivo—. Lo que está claro es que pasó, absolutamente, de lo que Shaun le dijo.

La conversación se había descontrolado. Tenía que convencer a Jude de que Calvin no le haría daño, pero la verdad es que no sabía cómo reaccionaría Calvin cuando llegáramos a Idlewilde. Sobre todo, después de ver cómo mataba a Shaun. No quería creer que también fuera capaz de matar a Jude a sangre fría, pero no podía descartarlo.

—Incluso en el improbable caso de que consigas contener a Calvin, ¿qué me dices de la policía? —continuó Jude—. Tendrás que informarles de lo ocurrido y todo se sabrá, incluso mi papel en el secuestro.

—¡No! —respondí yo con firmeza—. No les hablaré de ti.

—Quizá no lo hagas a propósito, pero tendrás que hablarles de mí, Britt. Te acribillarán a preguntas y se sabrá la verdad. Tú te has visto involucrada en este asunto por accidente. No tienes nada que esconder. No tienes por qué encubrirme y los dos lo sabemos.

—Esto no es cierto. Escúchame: la idea de hacernos prisioneras fue de Shaun. Si me prometes que me vas a ayudar, mentiré por ti. Haré..., ¡haré lo que quieras! —terminé con desesperación.

Jude se volvió y clavó en mí su penetrante mirada.

—¿Crees que te ayudaré solo porque espero conseguir algo a cambio?

Yo no sabía por qué me ayudaba y esta era la única razón que tenía cierta lógica para mí. Hasta aquel momento, había evitado imaginar lo que tendría que hacer para sobrevivir en las montañas, pero, fuera lo que fuese, lo haría. No quería morir allí. Haría lo que tuviera que hacer. Y, si tenía que viajar mentalmente a otro lugar mientras lo hacía, lo haría y punto.

Jude se movió repentinamente y yo me eché hacia atrás mientras soltaba un grito ahogado. Enseguida me di cuenta, aunque demasiado tarde, de que él solo había cambiado de posición buscando una postura más cómoda.

Soltó un resoplido de indignación y me preguntó:

—¿Me crees capaz de pegarte? ¿O de hacerte algo peor? Se te ha ido la olla al intentar adivinar qué horribles cosas podría exigirte a cambio de ayudarte a llegar a Idlewilde. No te molestes en negarlo, la repugnancia se refleja en tu cara. Pues bien, no tienes por qué estar acojonada. No pienso obligarte a hacer nada en contra de tu voluntad e intentaré olvidar que has tenido en cuenta esa posibilidad. Siento que te vieras implicada en esta locura, pero te recuerdo que intenté evitar que sucediera. Y, ahora que hablamos de mi carácter, te diré, para que te quedes tranquila, que nunca he estado con una mujer que no deseara estar conmigo —terminó con cierto resentimiento.

—Yo no te conozco —balbuceé—. Así que discúlpame por dudar de tus motivos.

Tenía los nervios de punta, no solo por su perspicacia, sino también por el tema de la conversación. Yo no quería hablar de sexo con Jude, solo quería salir de allí con vida.

Jude tenía un comentario sarcástico en la punta de la lengua, lo noté en la mirada ardiente y furiosa de sus ojos, pero, en el último momento, la tensión desapareció de su cara y guardó un sombrío silencio.

Yo apoyé la cabeza entre las rodillas. Deseé que mis calcetines se secaran rápidamente. No podía estirarme por completo en nuestro diminuto refugio sin tocar a Jude. Estaba tan cerca, que lo oía respirar. Y respiraba agitadamente.

—¿Por qué rompiste con tu ex? —me preguntó inesperadamente.

No me miró a la cara, pero percibí que intentaba sonar amigable. Bueno, no amigable, sino más bien no ofendido. Como yo, probablemente era consciente de que estábamos atrapados juntos y de que, lo más sensato, era ser lo más civilizados posible.

—Lo llamaste varias veces mientras dormías.

En lugar de sentirme avergonzada, me molestó no acordarme del sueño. La mayoría de las veces, soñaba que Calvin y yo no habíamos roto, que vivíamos a pocas manzanas de distancia y que podía telefonearlo o pasar por su casa siempre que quería. Soñaba que todavía íbamos al instituto juntos y que él guardaba sus libros y gafas de sol en mi taquilla. Nunca soñé sobre la parte oscura de nuestra relación, sobre las veces que Calvin estaba de malhumor después de haberse peleado con su padre y se negaba a hablar conmigo; como si quisiera castigar a su padre a través de mí. En aquellas ocasiones, Calvin estaba convencido de que el mundo entero estaba en contra de él. Yo intentaba no acordarme de aquellas ocasiones, sobre todo en aquel momento, cuando necesitaba aferrarme a algo esperanzador.

—Fue él quien rompió conmigo.

—¡Qué tonto! —exclamó Jude.

Inclinó la cabeza para que lo mirara y sonrió. Me di cuenta de que solo intentaba que me sintiera mejor.

—Calvin no es tonto. En realidad, es muy inteligente. Y un alpinista excelente. Conoce las montañas realmente bien...

Dejé que una amenaza quedara en suspenso. «Si no vamos a Idlewilde, puedes estar seguro de que me encontrará.»

—¿Viene a menudo a las montañas?

—Solía hacerlo. Antes de ir a la universidad.

—¿Está en primer curso?

—Sí, en Stanford.

Jude absorbió la información y guardó silencio. Luego, soltó un silbido.

—Tienes razón, sí que debe de ser inteligente.

—Lo suficiente para seguir nuestro rastro hasta la cabaña

de los guardas forestales. Lo suficiente para que Shaun no lo engañara.

—Sí, y lo mató. Por mentirle y secuestraros. Debe de tener muy mal genio.

—Calvin no tiene mal genio, es, solo, que... —¿Cómo explicarlo?—. Tiene un profundo sentido de la justicia.

—¿Y por eso mata a hombres desarmados?

—Shaun mató al guarda forestal, quien también estaba desarmado. Así que, a Calvin, no se le puede reprochar nada.

—¿Recuerdas, por casualidad, qué puntuación obtuvo Calvin en las pruebas de acceso a la universidad?

Yo solté un respingo.

—¿Por qué me lo preguntas?

—Solo por saber si superó mi puntuación; por saber si es más inteligente que yo.

—Obtuvo un excelente —declaré con orgullo.

«¡A ver si lo superas!», pensé. Jude, impresionado, aplaudió.

—Vaya, no me extraña que se haya inscrito en Stanford.

—Calvin sacó unas notas horribles en el instituto, pero lo hizo para vengarse de su padre, quien daba mucha importancia a las notas escolares. Pero después sacó excelentes en las pruebas de aptitud. Eso es típico de Calvin —añadí—. Tiene que hacer las cosas a su manera. Especialmente, en todo lo relacionado con su padre. No tienen una buena relación.

—¿Fuiste a visitar a Calvin a Stanford? ¿Comiste en el Kirk's, aquel restaurante del centro que tiene las paredes pintadas de verde? Sirven las mejores patatas fritas del mundo.

—No, rompimos pocas semanas después de que Calvin terminara la secundaria. ¿Cómo es que conoces Palo Alto? ¿Has estado allí alguna vez?

—Yo crecí en la zona de la Bahía de San Francisco.

—Pues estás muy lejos de tu casa.

Jude realizó un gesto, como si quisiera quitarle importancia a aquel hecho.

—Me cansé de aquel clima tan perfecto. Todo el mundo necesita una ventisca de vez en cuando; una aventura a vida o muerte... Ya sabes.

—¡Muy gracioso!

Hurgué en mi mochila con la esperanza de que Jude, al tomar ropa del Wrangler, hubiera incluido...

¡Sí! ¡Allí estaba! La gorra de béisbol de Stanford que Calvin había conseguido cuando él y su padre visitaron Stanford el año anterior, cuando Calvin todavía no se había decidido por Stanford o Cornell. Pocos días antes de que se fuera definitivamente a Stanford, le pedí si podía quedarme la gorra mientras él estuviera fuera. Quería tener un recuerdo de él. Pero ahora no tenía intención de devolvérsela. En realidad, ni siquiera se trataba de un intercambio justo; al fin y al cabo, yo le había entregado mi corazón. Todo mi corazón.

—Calvin me regaló esta gorra justo antes de irse a la universidad. Es lo más cerca de Stanford que he estado nunca.

—¿Calvin te la dio?

Yo se la tendí, pero Jude no la tomó de inmediato. Se quedó rígido, como si no quisiera tener nada que ver con el pasado de Calvin ni con el mío. Al final, la tomó titubeante y la examinó atentamente desde todos los ángulos sin pronunciar una palabra.

—Por lo que veo, la llevabas puesta mientras pintabas —comentó mientras rozaba, con el pulgar, una mancha de color amarillo que había en la parte superior de la gorra.

—Debe de tratarse de mostaza de algún bocadillo que comió durante un partido de béisbol. —Rasqué la mancha con la uña del pulgar y esta desapareció—. A Calvin le encanta el béisbol. Su padre nunca le permitió jugar porque los entrenamientos coincidían con sus clases de tenis y las competiciones de atletismo, pero él siempre asistía a los partidos. Dex, su mejor amigo, era el lanzador del equipo del instituto. Cuando Calvin era pequeño, le contaba a todo el mundo que jugaría en las grandes ligas. En cierta ocasión, me llevó a ver jugar a los Bees en Salt Lake.

Reviví aquel recuerdo e, inesperadamente, mi voz se quebró. Cada vez que los Bees anotaban una carrera, Calvin se inclinaba hacia mí y me besaba. Mientras el resto del público se levantaba y vitoreaba, nosotros permanecíamos sentados y disfrutábamos de aquellos momentos de intimidad.

Hundí la cara en las manos. Añoraba a Calvin más que nunca. Si estuviera allí, me ayudaría a salir de la montaña. Yo no tendría que descifrar su mapa porque él me guiaría. Me froté los ojos para no echarme a llorar, aunque, en realidad, era eso lo que quería hacer: soltarme y llorar a gusto.

—Lo echas de menos, ¿no?

Sí, sí que lo echaba de menos. Sobre todo en aquellos momentos.

—¿Lo has visto desde que se fue a la universidad? —me preguntó Jude—. Me refiero a antes del día de la gasolinera. ¿Pudisteis hablar y cerrar la relación?

—No, Calvin no regresó a casa desde que empezó el curso. Salvo la vez que nos vimos, dos días atrás, no lo había visto desde hacía ocho meses.

—¿Ni siquiera en Navidad? —me preguntó Jude mientras arqueaba las cejas.

—No, y no quiero seguir hablando de Calvin. Ni de mí.

Tampoco quería hablar de Jude, pero eso me parecía más seguro que jugar al peligroso juego de desear que Calvin estuviera allí.

Jude volvió a ofrecerme su cantimplora, pero yo no tenía ganas de beber un agua que no tenía nada de fresca. Quería una Coca-Cola, cereales, puré de patatas con carne picada y una tostada con mantequilla de verdad en lugar de margarina. De repente, me di cuenta de que no había comido desde la noche anterior. Tenía dolorosos retortijones y me pregunté cómo sobreviviríamos Jude y yo a la larga travesía hasta Idlewilde sin nada más que agua.

Jude, que era muy observador, adivinó mis pensamientos.

—Contamos con tres cantimploras de agua y dos barritas de cereales, pero creo que deberíamos guardar estas últimas hasta que realmente las necesitemos.

—¿Dónde está la cuarta cantimplora? Cuando nos fuimos de la cabaña, Shaun comentó que teníamos cuatro.

—Le dejé una a Korbie. —Se llevó un dedo a los labios—. No se lo cuentes a Shaun. Será nuestro pequeño secreto.

Yo lo miré fijamente. Su sentido del humor morboso no me

187

hizo gracia, pero su generosidad me emocionó. Deseé apretarle la mano y llorar al mismo tiempo.

—¿De verdad hiciste eso? —conseguí decir finalmente.

—Le dejé una cantimplora y dos barritas de cereales. Será suficiente para que sobreviva a la tormenta. Dentro de uno o dos días, podrá salir y llegar a la carretera. Korbie seguro que está bien. Sé que estás preocupada por ella, Britt, pero teniendo en cuenta las dos opciones que tenía a su alcance: quedarse a cubierto en la cabaña, aunque fuera sola, o venir con nosotros arriesgándose a pasar hambre, acabar exhausta o sufrir un accidente, creo que la primera era la mejor para ella. Cuando mentiste sobre lo de que padecía diabetes, probablemente le salvaste la vida. Antes te dije que te encubrí para ayudarme a mí mismo, pero lo dije porque estaba cabreado y, en la exaltación del momento, perdí los papeles. Pero la verdad es que deduje cuáles eran tus intenciones y tu ingenio y valentía me impresionaron. Debí de decírtelo entonces, pero no lo hice, así que te lo digo ahora. Deberías sentirte orgullosa de lo que hiciste.

Yo apenas presté atención a sus halagos porque estaba concentrada en lo primero que me había contado.

—Pero... ¿por qué hiciste eso por Korbie?

—¿Te sorprende descubrir que no soy un malvado criminal? —me preguntó con expresión de cansancio.

Hasta entonces, aquel era el mayor acto de bondad que había realizado y no supe qué decir. Aunque mi primera reacción había sido volverle la cara, me sentí incapaz de hacerlo. Estaba harta de levantar muros. Parpadeé para secar mis lágrimas, exhalé un suspiro tembloroso y dije:

—Gracias, Jude. No sabes lo agradecida que te estoy.

Él aceptó mi gratitud con una rápida sacudida de la cabeza y realizó una leve mueca que parecía indicar que le molestaba que lo adularan. Para liberarlo de la incomodidad, decidí cambiar de tema.

—¿Crees que mis calcetines y mis botas ya se habrán secado? Tengo que ir a mear.

Aparte de esto, también quería consultar el mapa de Calvin, sobre todo si íbamos a ponernos en marcha pronto.

Me até las botas y salí del pequeño refugio. No me alejé mucho, solo lo suficiente para disponer de algo de intimidad. Me escondí detrás de un árbol y saqué el mapa. Calvin había señalado una choza de cazadores de pieles abandonada que estaba a menos de cuatrocientos metros de distancia. En el lugar indicado, había escrito: «Techo parcialmente decente. Buena protección contra el viento.» Lástima que no hubiéramos encontrado la choza la noche anterior, en plena tormenta.

Calvin había pintado un punto verde al lado de la choza y, en el mapa, había dos puntos verdes más. Uno, al lado de la cabaña donde encontramos a Jude y a Shaun. El tercero parecía indicar otro refugio y Calvin había escrito junto a él: «Ventanas rotas.» Seguramente, también estaba abandonado, pero se encontraba entre donde estábamos e Idlewilde, de modo que podríamos cobijarnos en él.

Confiando en que podría encontrar algo útil en la choza de los cazadores, como un pedazo de papel que pudiéramos utilizar como combustible, y como estaba muy cerca, decidí ir a inspeccionarla. Jude no se preocuparía si tardaba unos minutos más.

Utilicé el mapa como guía y atravesé un grupo de árboles. Las ramas se enganchaban a mi ropa y me hicieron pensar en unos dedos huesudos que intentaban agarrarme. Aparté esta imagen de mi mente con un escalofrío y, de repente, deseé haber ido con Jude.

Al final, el bosquecillo se aclaró y apareció una sencilla choza de troncos desvencijada y sin ventanas. Parecía llevar allí más de cien años. La puerta era tan baja y estrecha que tendría que agacharme para atravesarla.

De todos modos, estaba convencida de que el tamaño de la puerta no se debía a un error de cálculo de quienes la construyeron. Cuando los primeros cazadores de pieles llegaron a Wyoming y Idaho, aquella zona estaba densamente poblada de osos pardos. Todavía quedaban algunos, pero muchos menos. Los tramperos habían construido las puertas de las chozas muy pequeñas para que los osos no pudieran entrar por ellas. De este modo, tanto las pieles de castor como sus propias vidas estaban a salvo de los osos. Yo debía este pequeño detalle histórico a Calvin, quien, junto con Dex, había tenido que protegerse de un temporal, la primavera anterior, en una choza similar a aquella.

Mientras me acercaba, un pedazo de cinta amarilla enganchado en un arbusto de artemisa llamó mi atención. Se trataba de cinta policial. Tuve una extraña sensación de familiaridad, como si aquello me sonara, y un escalofrío recorrió mi espalda.

El viento hizo crujir la puerta de la choza.

Empecé a retroceder. De repente, sentí frío y tuve un mal presentimiento. Se me puso la carne de gallina. Mantuve los ojos clavados en la puerta, porque temía que, si me volvía de espaldas, algo terrible saldría por ella.

Entonces se me aclararon las ideas.

¡Yo conocía aquella choza! Había aparecido en las noticias el mes de octubre anterior, cuando una joven local, Kimani Yowell, fue encontrada en su interior. Asesinada.

21

Kimani Yowell. La joven belleza descendiente de los indios shoshona y bannock. La ganadora del concurso de belleza del instituto Pocatello High, que fue asesinada en octubre. Su muerte no apareció tanto en las noticias como la de Lauren Huntsman porque su familia no era rica. La noche que murió, se había peleado con su novio durante una fiesta que se celebraba en Fort Hall, Idaho. Se fue sola y él la siguió. La llevó a la montaña, la estranguló y escondió el cadáver en una choza de cazadores de pieles. Si unos excursionistas no se hubieran tropezado con sus restos, su novio habría salido impune del asesinato.

Kimani estudiaba en el instituto Pocatello High, el instituto rival al mío, de modo que su historia me traumatizó mogollón. Pero en aquel momento, realmente me aterrorizó. ¡Kimani había muerto allí! ¡En los mismos bosques en los que yo intentaba sobrevivir!

La puerta de la choza volvió a crujir y algo vivo y oscuro salió por ella. Avanzaba con pesadez y sus grandes zarpas se hundían en la nieve. El animal era más grande que un perro y estaba cubierto por una espesa capa de pelo marrón. Se detuvo y olisqueó el aire con el hocico. Mi presencia lo sobresaltó. Sus pequeños ojos negros brillaron, hambrientos, en su plateada cara y diversos gruñidos y bufidos sonaron en su garganta.

Yo había oído contar historias de glotones. Eran unos mamíferos feroces; capaces de atacar a presas tres veces mayores que ellos.

El glotón avanzó hacia mí. Su forma de caminar se parecía, inquietantemente, a la de los osos. Me volví y eché a correr.

Oí que el glotón me perseguía por la nieve. Presa del pánico, volví la cabeza para mirarlo y resbalé. La nieve fangosa se filtró por la tela de mis pantalones. Curvé los dedos de las manos para agarrarme a algo y poder levantarme. Encontré algo y lo miré estupefacta. Se trataba de un hueso largo marcado con las huellas de unos dientes. Solté un grito y lo lancé lejos de mí.

Me levanté y eché a correr hacia el contorno impreciso de los árboles que tenía delante. El único pensamiento claro que acudió a mi mente fue el nombre de Jude.

—¡Jude! —grité mientras rezaba interiormente para que me oyera.

Las ramas de los árboles golpearon mi cara y la gruesa capa de nieve engulló mis piernas. Me arriesgué y volví a mirar hacia atrás. El glotón me seguía de cerca y sus negros ojos reflejaban una cruel determinación animal.

Avancé esquivando los árboles mientras intentaba orientarme desesperadamente. ¿En qué dirección estaba Jude? Miré hacia la helada nieve del suelo. ¿Dónde estaban mis anteriores huellas? ¿Acaso me estaba alejando de él?

Volví a gritar su nombre. Mi voz rebotó en los árboles y subió hacia el inmenso cielo. Ningún pájaro emprendió el vuelo. Jude no me oía. Nadie me oía. Estaba sola.

Tenía las manos manchadas de sangre debido al roce de las afiladas hojas de las piceas, pero no sentía dolor. Noté que los puntiagudos dientes y las gruesas y curvadas garras del glotón se clavaban en la parte posterior de mis piernas.

De repente, me agarró por detrás. Yo me revolví y pataleé mientras intentaba, desesperadamente, liberarme y mantenerme en pie. Si me caía, sería mi fin. Nunca volvería a levantarme.

—Tranquila, Britt. No voy a hacerte daño.

Al oír la voz grave y tranquilizadora de Jude, la presión que sentía en el pecho cedió. Me apoyé en él y exhalé un gemido de alivio.

Jude me soltó poco a poco, mientras se aseguraba de que me sostenía por mí misma.

—No voy a hacerte daño —repitió.

Me volvió hacia él y me observó con ojos inquietos y preocupados.

—¿Qué ocurre?

Yo contemplé mis manos, que estaban ensangrentadas y llenas de arañazos. No conseguía pronunciar ninguna palabra.

—Te he oído gritar y pensé que un oso...

Exhaló un suspiro.

De repente, presioné la cara contra su pecho. El llanto intentaba salir por mi garganta. Solo quería que alguien me abrazara. Aunque ese alguien fuera Jude.

Él se quedó tieso. Mi abrazo lo sorprendió. Al ver que no lo soltaba, subió con cautela las manos por mis brazos. Al principio, me los tocó con incomodidad, pero luego me los acarició de una forma tranquilizadora. Me alegré de que no me tocara como si fuera de cristal. Necesitaba saber que él era sólido y real. Luego, apoyó mi cabeza en su pecho y murmuró algo en un tono relajante. Yo no pude contener las lágrimas durante más tiempo, escondí la cara en su chaqueta y rompí a llorar.

—Estoy aquí —me calmó él—. No me iré. No estás sola.

Apoyó la barbilla en la parte superior de mi cabeza y, de una forma instintiva, me acerqué más a él. ¡Tenía tanto frío! Estaba helada. Helada hasta los huesos. Me sentó bien permitir que me abrazara.

A pesar del frío que hacía, Jude se quitó la chaqueta y la puso sobre mis hombros.

—Cuéntame qué ha ocurrido.

Yo no quería recordar lo que había sucedido. A él le parecería ridículo. Uno no se pone a llorar por culpa de un glotón, por muy feroz que sea. Claro que podía haber sido peor. Podía haberse tratado de un oso pardo. Yo respiraba demasiado deprisa y me estaba mareando.

—Toma.

Jude me ofreció un botellín que sacó de uno de los bolsillos de su chaqueta. Yo estaba tan nerviosa que apenas sentí el ardor del líquido mientras descendía por mi garganta. Estaba frío como el agua, pero su sabor era amargo. Bebí un poco más entre toses y carraspeos y pronto el calor se extendió por mi cuerpo y mi respiración se relajó.

—Al principio, creí que se trataba de un oso. —Cerré los ojos con fuerza y mi respiración volvió a acelerarse. Incluso con los ojos cerrados, seguía viendo el amenazante hocico del glotón—. Se trataba de un glotón y me atacó. Creí que iba a matarme.

—Debió de oírme llegar, se dio cuenta de que estaba en desventaja y se largó, porque, cuando llegué, ya no estaba —me explicó Jude mientras seguía abrazándome con fuerza.

Cuando recobré el aliento, bebí un trago largo del botellín y continué:

—Estaba escondido en una choza de cazadores de pieles. Creo que fue allí donde el pasado octubre encontraron a una chica muerta. Me acuerdo de que vi una choza similar en las noticias cuando encontraron el cadáver. Y también he visto, junto a la choza, un pedazo de cinta amarilla. Del tipo que utiliza la policía para rodear el escenario de un crimen. Estaba enganchado en un arbusto. Creo que se trata de la misma choza. También he encontrado un hueso. No puede ser de ella, ¿no crees? La policía debió de asegurarse de retirar todos sus restos, ¿no? ¡Por favor, dime que no crees que sea de ella!

Recordé lo ligero que me había parecido el hueso. Una cavidad de muerte. Me hizo pensar en el cuerpo descompuesto y correoso del trastero de la primera cabaña. Sentí que la muerte me acosaba desde todos los rincones de la montaña. ¿Qué me había empujado a ir a aquel horrible lugar?

Jude me agarró por los hombros y estudió mi cara atentamente. Su mirada era sombría y tenía los labios apretados.

—¿Qué chica?

—Kimani Yowell. ¿No lo viste en las noticias? Estaba en el último curso del instituto Pocatello High y ya era concertista de piano. Incluso la habían invitado a dar conciertos por todo el país. Era tan buena que todo el mundo comentaba que estudiaría en el conservatorio Juilliard. Pero su novio la mató. La estranguló y escondió el cuerpo aquí, en la montaña.

—Me acuerdo de ella —comentó Jude con voz distante y mientras miraba a lo lejos.

—¿Qué tipo de persona mata a su novia?

Jude no contestó, pero algo oscuro y desagradable cruzó por su cara.

22

Mientras regresábamos al refugio, Jude caminó más cerca de mí de lo habitual. Me costaba creer que, solo dos días antes, yo había coqueteado desvergonzadamente con él en el 7-Eleven y que lo había considerado una especie de ángel que me salvaba de la humillación. En dos días, había pasado de adorarlo a despreciarlo y a...

En aquel momento, no sabía qué sentir ni qué pensar.

Nuestras mangas se rozaron accidentalmente, pero Jude no se apartó ni se disculpó. De hecho, pareció importarle tan poco que me pregunté si se había dado cuenta. Yo sí que me había dado cuenta. Su cercanía hizo que sintiera una extraña calidez. Lo miré disimuladamente. A pesar de que había dormido poco y estaba sin afeitar, seguía siendo atractivo. Como un modelo de aspecto duro de la academia REI. Solía pasar tiempo al aire libre: se le notaba en el tono bronceado de su piel y en las puntas de su pelo, que estaban descoloridas por el sol. Unas leves arrugas surcaban los extremos de sus ojos. El tipo de arrugas que se forman al entrecerrar los ojos para protegerse del sol. Y el bronceado era menor alrededor de sus ojos, lo que indicaba que solía llevar gafas de sol. Pero en lugar de patético, este hecho lo hacía parecer más sexy.

A pesar del agotamiento, caminaba con la espalda recta y con determinación. Y, debajo de sus oscuras cejas, sus ojos miraban el mundo con presencia y decisión. Su mirada era entre crítica y calculadora. Pero, por debajo de la superficie, percibí cierta inquietud. Me pregunté de qué tenía miedo; qué era lo que más lo acojonaba. Pero, fueran cuales fuesen sus miedos, los mantenía escondidos en lo más hondo de su ser.

Jude vio que lo miraba y aparté la vista enseguida. Me horrorizó que me hubiera pillado mirándolo. Más que nunca, me mosqueó sentir cualquier tipo de atracción hacia él. Jude era mi secuestrador. Me retenía en contra de mi voluntad. Y, aunque se mostrara amable, este hecho no cambiaba. Tenía que seguir recordándome quién era en realidad.

Pero ¿quién era Jude realmente? Nunca me pareció que él y Shaun encajaran como socios. Jude, o Mason, nunca había sido cruel. E intentó evitar que Korbie y yo entráramos en la primera cabaña. Suspiré. Estaba hecha un lío. Nada relacionado con Jude tenía sentido.

—Lo más importante, en estos momentos, es que entres en calor —comentó él—. Después, saldremos a buscar comida. Es demasiado pronto para que haya bayas, de modo que tendremos que cazar algún animal.

Durante los últimos dos días, había desconfiado de la aparente preocupación que Jude sentía por mi bienestar, pero, en aquel momento, me pregunté, realmente, acerca de sus motivos. Cuando Calvin empezaba a interesarse por mí, me hacía numerosos cumplidos, me tomaba el pelo con cariño y se inventaba excusas para verme. Todos estos detalles hicieron que me sintiera halagada, pero la prueba más importante de que yo le gustaba fue su repentino interés en cuidar de mí. Cuando helaba, él quitaba el hielo de las ventanillas de mi coche. Cuando íbamos al cine, siempre se aseguraba de que tuviera el mejor asiento. Cuando mi Wrangler estaba en el taller, insistía en acompañarme a donde fuera. Quizás estaba malinterpretando los gestos de Jude, pero me pregunté si su preocupación por mí se debía a algo más que a la simple amabilidad.

¿Sentía algo por mí?

Me repetí, una y otra vez, que eso no tenía ninguna importancia, porque yo nunca correspondería sus sentimientos. Tanto si eran reales como imaginados.

—Cuando nos conocimos en la gasolinera, ¿cómo sabías

que el Wrangler era mío y que a mi padre le encanta la pesca con mosca? —le pregunté repentinamente mientras pasaba por encima de un árbol caído y parcialmente oculto en la nieve.

—En el aparcamiento había dos vehículos: un Wrangler naranja antiguo y un BMW X5. Cuando entré en la tienda, enseguida relacioné a tu ex novio con el BMW y a ti con el Wrangler —me explicó—. El jeep tenía dos viejas pegatinas en el parachoques que decían: «Mi otro vehículo es un bote a remos» y «Me paro cuando encuentro un remanso de agua». Deduje que el Wrangler era de tu padre y que te lo había regalado.

No era del todo cierto, pero había tenido suerte. En realidad, las pegatinas fueron una de las razones por las que mi padre compró el Wrangler. Le encantaba pescar y, aunque era absurdo, confiaba más en los pescadores que en cualquier otra persona.

—¿Por qué pensaste que el BMW no era mío? —insistí yo.

No estaba segura de si debía sentirme halagada o insultada.

—Tus gafas de sol eran de los grandes almacenes Target, y las de tu ex novio eran de importación. La mayoría de la gente que le gusta ser ostentosa compra cosas de importación.

Yo intenté acordarme de la última vez que fui tan observadora.

—¿En las gasolineras, siempre relacionas a las personas con los coches? —bromeé yo.

Jude se encogió de hombros.

—Es como un acertijo. Me gusta resolver enigmas.

—Interesante. Tú eres un enigma para mí.

Jude me miró a los ojos y, luego, apartó la vista.

Para cambiar la extraña energía que flotaba entre nosotros, ladeé la cabeza y le pregunté:

—Entonces ¿eres una especie de genio?

Su expresión se volvió hermética de golpe, como si se hubiera entrenado para no revelar ningún dato personal. Al cabo de unos segundos, se relajó y una leve sonrisa flotó en sus labios.

—Quizá te impresionaría saber que mi profesor de tercero de primaria hizo que me presentara a una prueba de memoria fotográfica.

Yo agité la mano en el aire, como si pensara que no tenía importancia.

—¡Nooo, en absoluto!

Él se rascó la cabeza y amplió la sonrisa.

—No pasé la prueba, pero por poco.

Yo conté sus habilidades con los dedos de la mano.

—De modo que, prácticamente, tienes una memoria fotográfica. Y unas habilidades excelentes para la supervivencia en la naturaleza. ¿Algo más que deba saber? Como, por ejemplo, a qué universidad vas. Porque vas a la universidad, ¿no?

—Dejé la universidad el año pasado.

Yo no me lo esperaba. Jude parecía una persona seria y estudiosa, no alguien que dejaba las cosas a medio hacer.

—¿Por qué?

—Tenía que ocuparme de algo.

Metió las manos en los bolsillos y encorvó los hombros. Evidentemente, se sentía incómodo.

—¡Vaya, eso lo aclara todo!

Sus labios se pusieron tensos y pensé que había dado en el clavo.

—Todos necesitamos tener secretos. Los secretos nos hacen sentirnos vulnerables —me explicó Jude.

—¿Por qué querría nadie sentirse vulnerable?

—Para no bajar la guardia y, así, evitar sufrir daños.

—No lo entiendo.

—Si tienes una debilidad, tienes que estar alerta para protegerla. No puedes despistarte.

—¿Cuál es tu debilidad?

Jude se rio, pero no porque le hiciera gracia.

—¿De verdad crees que te lo voy a contar?

—Merecía la pena intentarlo.

—Mi debilidad es mi hermana. La quiero más que a nada en el mundo.

El hecho de que me respondiera me dejó totalmente alucinada. Con aquella simple respuesta, fue como si eliminara una coraza y me dejara ver a un Jude más sensible. Por fuera, era un hombre duro y hábil que le obligaba a una a permanecer alerta, pero en el interior había un hombre tierno y bondadoso.

—Esto no me lo esperaba —contesté al cabo de unos segundos—. Ella debe de significar mucho para ti.

—Mi padre murió cuando yo era un bebé y mi madre volvió a casarse. Mi hermana nació pocos meses antes de que yo cumpliera tres años y me acuerdo de que, al principio, pensé que era lo peor que podía ocurrirme en la vida. —Sonrió—. Pero me superé a mí mismo rápidamente y me di cuenta de lo equivocado que estaba.

—¿Ella está en California?

—No la he visto desde que me fui de casa.

—Debes de echarla de menos.

Jude volvió a reírse y, en esta ocasión, su risa estaba cargada de emoción.

—Me tomé el papel de hermano y protector muy seriamente. Juré que nunca le pasaría nada malo.

Exhalé con lentitud. La tristeza y la añoranza me invadieron interiormente. Jude no lo sabría nunca, pero yo creía comprender cómo se sentía su hermana. Mi padre y mi hermano Ian siempre me habían protegido. Yo contaba con ellos para todo. Sentía que era el centro de su mundo y no me avergonzaba de ello. En aquel momento, no estaban conmigo, pero Jude sí que estaba allí y, de una forma extraña e inexplicable, sentí celos de su hermana. Celos de que estuviera pensando en ella cuando yo quería que pensara en mí.

—¿Y tú? —me preguntó Jude—. ¿Cuáles son tus secretos?

—Yo no tengo secretos.

Pero sí que los tenía. Guardaba un secreto realmente importante en relación con él, pero ni siquiera me permitía a mí misma pensar en ello porque estaba mal. ¡Muy mal! De repente, sentí que no podía mirarlo a los ojos porque, si lo hacía, me sonrojaría.

—¿Cómo os hicisteis amigos Shaun y tú? —le pregunté.

—No éramos amigos —me corrigió Jude—. En esto tenías razón. Trabajábamos juntos. Eso es todo.

—De modo que nunca te cayó bien... —insistí yo.

—No teníamos nada en común.

—¿En qué trabajabais?

—Hacíamos trabajitos aquí y allá.

—¿Qué tipo de trabajitos?

—Nada de lo que pueda sentirme orgulloso.

La forma en que lo dijo dejó claro que no pensaba contarme nada más sobre aquella cuestión.

—Shaun tenía cosas que yo necesitaba y viceversa —declaró por fin.

—¿Qué ocurrió en la tienda Subway? ¿Aquello fue un trabajo? ¿Un trabajo que salió mal?

Jude soltó un respingo.

—Aquello fue un atraco. Simple y llanamente —replicó.

Su respuesta me sorprendió. No esperaba que fuera tan explícito. Quizás él también estaba harto de levantar muros.

—Después de que te conociera en el 7-Eleven, me reuní con Shaun en el motel —continuó Jude—. Teníamos que resolver un asunto en Blackfoot y nos dirigimos allí en su camioneta. Por el camino, Shaun quiso parar para comer algo. Al menos eso me dijo. Entró en el Subway, apuntó al cajero con la pistola y, cuando entró el policía, le entró el pánico.

—¿Dónde estabas tú mientras tanto?

—En la camioneta —respondió Jude con un rencor mal disimulado—. Oí el disparo y bajé de la camioneta. No sabía qué había pasado. Shaun salió del Subway corriendo y me gritó que volviera a subir a la camioneta. Si no lo hubiera hecho, Shaun habría huido sin mí y me habrían arrestado a mí. Además, la pistola que utilizó era mía, de modo que subí a la camioneta y huimos a las montañas con la confianza de despistar a la policía, pero la tormenta nos sorprendió y nos vimos obligados a buscar refugio y esperar a que amainara. Fue entonces cuando nos encontrasteis.

—¿Por qué tenía Shaun tu pistola?

Jude rio con desdén.

—La semana anterior, Shaun me pidió que lo acompañara a cobrar un dinero que un tío le debía. Yo tenía que presionar al tío. No le avisamos de que nos dirigíamos hacia allí, pero alguien debió de chivarse. Solo llevábamos allí un par de minutos, cuando oímos las sirenas. Corrimos hacia un callejón y la policía nos persiguió. Tenía que deshacerme de la pistola y, antes de que nos separáramos, Shaun me vio echarla en un contenedor de basura. Esquivamos a los polis, pero cuando regresé a por mi pistola, ya no estaba. Shaun la había cogido antes y no quiso devolvérmela. Se me ocurrieron unas cuantas ideas para recuperarla, pero requerían tiempo. Si hubiera sabido que, días más tarde, la utilizaría para disparar a un policía, se la habría arrebatado antes.

—¿Lo que ocurrió te hace sentir mal?

—Claro que sí.

—¿Entonces esperas que crea que eres un buen tipo?

Jude echó la cabeza atrás y soltó una carcajada.

—¿Un buen tipo? ¿Eso crees realmente?

Yo no quería contarle lo que pensaba de él. Hacía que sintiera un cálido cosquilleo en la piel. Él me había confesado que era peligroso y, aunque sus oscuros ojos escondían secretos, yo había visto más allá de ellos. Sabía que, debajo de la superficie, había ternura y amabilidad, y esto me atraía. Me acordé de su cuerpo musculoso y ejercitado. Lo vi cuando se desvestía en la cabaña del guarda forestal. A su lado, Calvin parecía un niño. Lo miré con disimulo y mis ojos se dirigieron, automáticamente, a la misteriosa y decidida línea de su boca. Me pregunté cómo sería...

La simple idea hizo que me atragantara y tosiera.

Jude me miró de una forma rara.

—¿Qué te pasa?

—Debo de estar resfriándome —le expliqué mientras señalaba mi garganta con un dedo.

—Tienes la cara muy roja. ¿Quieres un poco de agua?

¿Por qué no? Estaba claro que necesitaba algo que me refrescara.

Antes de que pudiera tomar la cantimplora que colgaba de su cadera, Jude se detuvo. De una forma instintiva, me agarró del brazo y me impidió seguir adelante. Escudriñó el bosque y percibí en sus ojos una chispa de pánico.

—¿Qué ocurre? —susurré con el estómago encogido.

Durante varios segundos, el cuerpo de Jude permaneció tenso. Hasta que, finalmente, aflojó la mano con la que me sujetaba.

—Lobos grises. Eran tres.

Yo seguí la dirección de su mirada. Escudriñé las sombras, pero no percibí ningún movimiento.

—Ahora ya no están —me explicó Jude—. Han venido para acecharnos.

—Creía que los lobos tenían miedo de los humanos.

Calvin me había contado que había avistado lobos durante sus travesías, pero que, antes de que sacara la cámara, habían desaparecido.

—Lo tienen. No nos atacarán a menos que estén muertos de hambre o los provoquemos. —Me miró significativamente—. Lo que me preocupa son los osos. A menudo, siguen a los lobos e intentan arrebatarles las presas. Son carroñeros. Sobre todo durante la primavera, cuando están hambrientos después de la hibernación.

—En otras palabras, donde hay un lobo, hay un oso.

Me estremecí, pero no de frío.

El estómago me rugía de hambre.

No me imaginaba matando a un animal, pero tenía un hambre atroz y la necesidad hizo que superara mi resistencia y accediera a acompañar a Jude a cazar algo para el desayuno. Hacía tiempo que mi cuerpo había quemado el maíz que había tomado para cenar en la cabaña y no podía seguir caminando si no comía algo antes. El hambre acechaba en todos los rincones de mi cabeza y, al final, no pude pensar en ninguna otra cosa. Quería llegar a Idlewilde lo antes posible, pero no lograríamos sobrevivir a la larga y extenuante caminata sin comida.

Jude me dio unas lecciones básicas sobre la caza. Entre ellas, cómo seguir el rastro de animales pequeños y cómo construir una trampa con ramitas y una piedra.

—Tenemos que mantenernos lejos de las partes más densas del bosque —me explicó—. Los animales merodean por los lugares donde hay agua, comida y cobijo. El sol no alcanza las profundidades del bosque y, en consecuencia, allí hay poca comida.

—Yo sé dónde hay un río —le indiqué.

Jude me miró y titubeó.

—Lo encontraré igual que supe conduciros a ti y a Shaun hasta la cabaña del guarda forestal.

Él me observó con atención.

—¿Nos condujiste allí intencionadamente?

—Mmm... ¡Sí! —declaré, y me sentí orgullosa al demostrarle de nuevo que podía ser útil.

Me desabroché la chaqueta y saqué el mapa de Calvin. No estaba segura de estar haciendo lo correcto, pero decidí correr el riesgo. Jude seguiría pensando que conocía el terreno y, además, me necesitaba tanto como necesitaba el mapa, porque este era un caos de anotaciones casi inteligibles escritas de la mano de Calvin. Además, si hubiese querido abandonarme, ya lo habría hecho, porque había tenido mogollón de oportunidades. En aquellos momentos, el mejor plan consistía en combinar nuestras fuerzas y llegar lo antes posible a Idlewilde.

Le tendí el mapa y él lo estudió en silencio durante largo rato.

—¿De dónde lo has sacado? —me preguntó finalmente.

—Es de Calvin. ¿Has visto cuántas anotaciones ha hecho? Es impresionante, ¿no crees? Te dije que es un experto en la zona.

—¿Calvin ha dibujado este mapa?

—Se lo robé del coche antes de venir a las montañas. Sin él, probablemente, ya estaría muerta.

Jude no contestó, solo siguió estudiando el mapa con interés.

—Esta zona de aquí es, aproximadamente, donde estamos ahora —declaré mientras señalaba una zona cercana a uno de los múltiples lagos glaciales menores que había en la cordillera—. Esta es la cabaña del guarda forestal. Está a menos de dos kilómetros de aquí. ¿Puedes creerlo? Después de tanto caminar bajo la tormenta, ni siquiera hemos recorrido un par de kilómetros. Y esto es Idlewilde. Si tenemos en cuenta lo poco que hemos avanzado, podríamos tardar un día entero en llegar.

—¿Qué representan los puntos verdes? No hay ninguna anotación junto a ellos.

—Este indica la choza de los cazadores de pieles. Y el que está más al norte señala la cabaña donde Shaun nos hizo prisioneras.

—¿Y este otro?

—Supongo que debe de tratarse de otro refugio. Probablemente, estará abandonado. Pasaremos por él camino de Idlewilde. Espero que podamos descansar allí y entrar en calor. Y quizá disponga de agua corriente.

Jude siguió examinando el mapa. Estaba totalmente concentrado. Lo agarraba con fuerza, casi con avaricia y, durante unos instantes, temí que lo rompiera.

—Yo te creí cuando me dijiste que nos habíamos tropezado con la cabaña del guarda forestal accidentalmente. Me engañaste.

Yo fingí una expresión de autosuficiencia.

—Fue fácil.

—Este mapa podría salvarnos la vida. ¿Puedo quedármelo? —me preguntó—. Conmigo estará más seguro.

Yo me mordí el labio, incapaz de ocultar la ansiedad que sentía. Esperaba no haberme equivocado al enseñarle el mapa.

—No huiré con él —declaró Jude con voz tranquilizadora—. Solo quiero estudiarlo y ver si encuentro algún atajo para llegar a Idlewilde.

—Puedes quedártelo un rato —repuse yo titubeante—. Yo también quiero estudiarlo —añadí, y confié en que no creyera que sospechaba de él.

Porque no sospechaba de él. Al menos, eso creía yo. Pero el mapa era mi seguro de vida. Era mi salvavidas y un símbolo físico de la presencia de Calvin, en quien sí que confiaba plenamente.

—Trato hecho.

Jude guardó el mapa en su chaqueta. Un brillo misterioso e intenso iluminaba sus ojos.

23

Cuando empezamos a comer, casi había anochecido. Cazar sin los medios adecuados constituye una tarea laboriosa y frustrante. Entonces valoré de verdad a los granjeros y pioneros que colonizaron Wyoming y Idaho y las horas que debieron de dedicar a cubrir sus necesidades básicas. Si conseguía volver a casa, nunca volvería a dar por sentadas las comodidades modernas.

Jude y yo cazamos cinco conejos, los despellejamos y los asamos en la hoguera. Normalmente, yo comía poco y creí que se me revolvería el estómago al tener que comer un animal que había visto vivo menos de una hora antes, pero el hambre ganó y devoré tanta carne que conseguí que me doliera el estómago.

En el bosque, anochecía pronto, y Jude y yo decidimos aplazar la caminata a Idlewilde hasta el amanecer. No sabíamos cuánto durarían las pilas de las linternas y nos pareció una locura arriesgarnos a tener que caminar en la más absoluta oscuridad.

Jude reunió ramas de hoja perenne y las colocó debajo de las esterillas para crear una cama más confortable. Una sola cama que compartiríamos.

Mi sentido práctico sabía que dormir juntos era lo más inteligente, ya que así conservaríamos mejor el calor corporal, pero conforme avanzaba la tarde, me pregunté si Jude estaba tan nervioso ante esta perspectiva como yo. Lo pillé lanzándome miradas furtivas con sus ojos de largas y oscuras pestañas e intenté adivinar sus pensamientos. Pero su cara siempre estaba cubierta por una máscara de amabilidad.

—¿Dónde aprendiste a cazar? —le pregunté, y me tumbé de espaldas.

Unos fantasmagóricos rayos lunares de color azul se filtraban por la enmarañada red de raíces. Al estar a cubierto y abrigada con la chaqueta y los guantes, el cielo nocturno no me parecía tan inhóspito y glacial.

Jude se frotó la nariz y esbozó una misteriosa sonrisa.

—¿Tienes la botella de licor casero que te di antes?

Licor casero. ¡Claro, se trataba de una bebida alcohólica! Yo no la había probado nunca antes y no supe identificar de qué se trataba, pero debería de haberlo adivinado por el rastro de escozor que dejó en mi garganta. Mi padre había impuesto dos reglas en nuestra casa. La primera y más importante era que no podíamos practicar el sexo, y, la segunda, que no podíamos beber alcohol. Estas reglas, que habían gobernado mis fines de semana durante los años de instituto, resultaban inútiles en la desolada y salvaje naturaleza.

Le tendí el botellín a Jude y lo contemplé mientras bebía un largo trago.

Él cerró los ojos mientras el alcohol descendía hasta su estómago y, luego, contestó a mi pregunta:

—El verano de mi penúltimo año de instituto asistí a un campamento de supervivencia en la naturaleza para chicos marginados.

Su confesión me pilló desprevenida. Eché la cabeza hacia atrás y solté una carcajada.

—¿De modo que eras un alborotador y una amenaza para la sociedad mucho antes de ahora? —bromeé—. Bear, el novio de Korbie, también tuvo que asistir a uno de esos campamentos.

—¿Bear? ¿«Oso» en inglés? ¿Así se llama?

Yo me reí y sacudí la cabeza.

—No, Bear es su apodo. En realidad, se llama Kautai. Su familia se mudó de Idaho a Tonga durante el primer año de instituto. No hablaba ni una palabra de inglés, pero era un chico robusto y de aspecto brutote, de modo que nadie se metía con él. Más tarde, se incorporó al equipo de fútbol. Gracias a él, el equipo fue seleccionado para participar en el campeonato juvenil nacional de fútbol que se celebraba en Las Vegas. Fue entonces cuando le pusieron el apodo. No solo porque parecía un oso, sino porque, en el campo de juego, era como un animal. En cualquier caso, un día se vio involucrado en una pelea callejera y, entonces, sus padres lo enviaron a uno de esos campamentos para niños rebeldes. Su madre, que es superestricta, estaba convencida de que bebía alcohol y creyó que, si pasaba unas cuantas semanas en uno de esos campamentos, dejaría la bebida. ¿Y cuál es tu historia? ¿Qué hiciste para que te enviaran a un campamento de chicos malos?

Jude sonrió.

—Mi caso es diferente. Asistí a un instituto de la zona rica de San Francisco. Mis compañeros de clase eran hijos de congresistas, abogados famosos y diplomáticos extranjeros. La mayoría de ellos pasaban las vacaciones de verano en Ibiza o Saint Barts. Mi madre quería que pasara mi último verano de instituto viajando por Europa con ella y mi hermana. Yo crecí convencido de que pasarse el verano yendo de un hotel de cinco estrellas a otro era lo normal. Pero, en aquel momento, yo tenía diecisiete años y me rebelé. Le conté a mi madre que no pensaba acompañarlas y que me había inscrito en un campamento de supervivencia. Creo que quería demostrarme a mí mismo que, aunque no podía evitar ser rico, no era un gamberro pasota y mimado. El campamento era mi campaña personal para distanciarme del estilo de vida de mi familia.

Tomé el botellín de sus manos y, entre tos y tos, bebí varios sorbos. Sabía que, técnicamente, el licor no me haría entrar en calor, pero me sirvió para olvidarme del frío que tenía. Y también me relajó. Ni siquiera estaba segura de querer que Calvin me rescatara. Me gustaba estar con Jude y conocerlo mejor. Él era un misterio y yo quería resolverlo. Al menos, esto es lo que me dije a mí misma. Pero, en el fondo de mi mente, una voz preocupada me recordó la posibilidad del síndrome de Estocolmo. ¿Era eso lo que yo sentía? ¿Una atracción falsa que había surgido de la necesidad de sobrevivir?

—¿Qué dijo tu madre? —le pregunté.

Jude realizó una mueca y aceptó el botellín que yo le tendía.

—Deberías de haber visto su cara cuando le dije que no asistiría a un campamento de supervivencia cualquiera, sino a Impetus.

—¿Qué es Impetus?

—Se trataba de un programa de entrenamiento exclusivo para adolescentes problemáticos. Utilizaban castigos crueles, insultos y lavados de cerebro para corregir lo que ellos consideraban malos comportamientos. Lo cerraron y antiguos participantes los han demandado por abusos deshonestos. Seguramente, tendrán que pagar unos veinte millones de dólares en concepto de indemnizaciones. Cuando tenía diecisiete años, me pareció el lugar perfecto para rebelarme contra mi entorno cultural. —Se rio con nostalgia—. Mis padres estaban furiosos. Al principio, mi padre me prohibió ir. Me amenazó con quitarme el Land Rover y me dijo que no me costearía los estudios universitarios. Mis padres no creían que lograra sobrevivir a la experiencia, lo que demostró ser una preocupación sensata, porque dos chicos de mi grupo murieron.

Yo me tapé la boca con una mano.

—¿Qué dices, murieron?

—Uno de frío y el otro de hambre. Se esperaba que construyéramos nuestros propios refugios y que cazáramos nuestra propia comida. No había ningún salvavidas. Si no te espabilabas y aprendías a cazar conejos y a protegerte del mal tiempo, tenías que aguantarte.

—¡Eso es horrible! En serio, no me puedo creer que fuera legal.

—Nos hicieron firmar un extenso documento según el cual asumíamos toda la responsabilidad.

—Me cuesta creer que un niño rico rebelde como tú lograra superar con éxito las pruebas.

—¡Eres peor que mis padres! —exclamó él, y me alborotó el pelo en plan juguetón.

Yo me quedé de piedra. Me había prometido a mí misma que no me sentiría atraída hacia él, pero, cuando me tocó, el muro que había levantado entre nosotros se debilitó. Si Jude notó lo flipada que estaba, no lo demostró.

—Al principio, no lo pasé nada bien, pero después de la primera semana, que fue muy dura, me puse las pilas rápidamente. Seguía a los mejores cazadores del grupo y observaba cómo construían sus trampas. Al final del verano, no le tenía miedo a nada. Había aprendido a cazar, a entablillar huesos rotos, a distinguir qué insectos y plantas podían comerse y a encender un fuego con unos recursos mínimos. Me enfrenté a situaciones de hipotermia, a infecciones y a gorrones. Esto fue lo más duro, tener que enfrentarme a mis compañeros de campamento para proteger lo que yo había construido o matado con mi propio esfuerzo. Pasarme días con el estómago vacío no me inquietaba. Si miro hacia atrás, sufrí una transformación impresionante en apenas tres meses.

Bebió otro trago largo del botellín, se tumbó de lado junto a mí y apoyó la cabeza en su mano. Yo experimenté un torbellino de excitación por aquella cercanía prohibida. Su barba de dos días le daba un aire pícaro y atractivo. Durante toda la tarde, una leve sonrisa había curvado sus labios mientras yo me volvía loca intentando adivinar sus pensamientos. El fuego había calentado nuestro pequeño refugio y empecé a sentirme mareada y somnolienta. Y atrevida. Estiré los brazos por encima de mi cabeza como quien no quiere la cosa y me volví hacia Jude.

—¿Cuándo ocurrió eso?

—Hace cuatro años. Ahora tengo veintiuno. —Sonrió en plan fardón—. Y no soy ni la mitad de chulo y terco que entonces.

—Mmm... Seguro que no. ¿Cómo pasaste de ser un niño bien a un delincuente de Wyoming?

Se rio con pasotismo.

—Quizá soy un clásico: niño rico cuyos padres no están nunca y que, al final, se va al otro extremo.

—No te creo.

Su expresión se volvió sombría.

—Me peleé con mis padres. Les dije cosas de las que ahora

me arrepiento. Los culpé de muchos de los problemas a los que mi familia ha tenido que enfrentarse, sobre todo últimamente. Todas las familias pasan por momentos difíciles, pero la forma en que mis padres se enfrentaron a los nuestros... —Se interrumpió. Su intensa y decidida mirada flaqueó y reflejó vulnerabilidad—. Siempre esperaron lo mejor de mí y de mi hermana. Nos presionaron mucho. Pensé que, si me iba de casa durante un tiempo, me calmaría y encontraría la manera de arreglar las cosas.

—¿Estás seguro de que no estás huyendo de tus problemas?

—Eso parece, ¿no? Estoy convencido de que eso es lo que creen mis padres. ¿Y tú? ¿Qué te llevó a interesarte en el alpinismo?

Me di cuenta de que no quería seguir hablando de sí mismo y decidí respetar su decisión.

—Calvin fue la primera persona que conocí que había alcanzado la cima del Grand Teton —le expliqué con cautela. Se trataba de una historia larga y compleja y no sabía si quería contársela toda—. Yo siempre lo admiré. Incluso cuando era pequeña y venía a la montaña con su familia, lo observaba y aprendía los trucos que él me enseñaba, como el de utilizar la resina de pino para encender un fuego. Mi padre también me llevaba a la montaña cuando iba a pescar, de modo que, para mí, las montañas son como la extensión del jardín de mi casa. Para prepararme para este viaje, me leí todas las guías de montaña que encontré en la biblioteca, realicé varias excursiones de dificultad media con Ian, mi hermano, levanté pesas y otras cosas por el estilo. Además, como ya te he contado antes, he hecho alpinismo en estas montañas más veces de las que puedo contar, de modo que también tengo experiencia —mentí.

Jude asintió y exhaló un suspiro. Yo bebí varios sorbos más del ardiente licor. Jude tomó el botellín, miró el contenido, que casi se había agotado, y se lo guardó en el bolsillo.

—¡Eh, yo no he terminado! —exclamé.

Jude ignoró mi protesta y me miró de una forma penetrante.

—¿Por qué le dijiste a Shaun que eras una alpinista experta? ¿Por qué le mentiste?

Me sonrojé y empecé a ponerme nerviosa.

—¿De qué me estás hablando?

—¿Has practicado el alpinismo alguna vez? Yo creo que no.

—Solo porque no sepa tanto de supervivencia como tú no significa que sea una inútil —repliqué a la defensiva.

Jude me empujó suavemente.

—A mí no tienes por qué mentirme, Britt. Yo no te juzgaré.

No sabía si me estaba poniendo a prueba o se trataba de una broma. En cualquier caso, si le contaba que nunca había hecho alpinismo en las Teton, sabría que era una inútil. No me necesitaría. Se llevaría el mapa y me abandonaría.

—¿Que no me vas a juzgar? Pues eso es, exactamente, lo que parece... ¡Ahora vas de chulo!

—No te pongas histérica —repuso él con calma—. A mí puedes contármelo todo. Ahora formamos un equipo.

—Si somos un equipo, ¿por qué evitas responder a mis preguntas todo el rato? ¿Por qué no me has contado cómo acabaste trabajando con Shaun? No te pareces en nada a él. ¿Qué podía ofrecerte él?

Jude esbozó una sonrisa de autorreproche e intentó cambiar de tema.

—Ya vuelves a hacer lo mismo. Piensas que solo me asocio con personas que pueden darme algo a cambio.

—¡Quiero una respuesta directa!

La sonrisa de su cara se desvaneció.

—Vine aquí buscando a alguien. Mis padres me preocupan y les hice una promesa. Intento cumplir esa promesa y pensé que Shaun podía ayudarme.

—¿A quién estás buscando?

—No es asunto tuyo, Britt —respondió él con una brusquedad inesperada.

Me sentí tan dolida, que no supe qué contestar. Él miraba a lo lejos con actitud impasible. Su repentina brusquedad había herido mis sentimientos. Me puse a cuatro patas y salí del refugio lo más deprisa que pude. Mi guante rozó, accidentalmente, las cenizas de la hoguera y se chamuscó. Uno de mis dedos quedó a la vista. Maldije entre dientes y me dirigí, furiosa, a la helada oscuridad.

Oí que, detrás de mí, Jude soltaba un gruñido.

—¡Britt! ¡Espera! No pretendía herirte. Lo siento. Deja que me explique.

Yo me interné en el bosque con paso decidido. Mis pensamientos cruzaban por mi mente a toda pastilla. ¿Cómo podía salvar la situación? ¿Cómo podía convencerlo de que me necesitaba?

—¡Britt!

Me volví y crucé los brazos sobre mi pecho con determinación.

—¡Me has llamado mentirosa!

—Escúchame durante un seg...

—¡Y qué si le mentí a Shaun! ¡Tenía que hacerlo! Si no me necesitaba, me habría matado. Mira lo que le hizo a Korbie: la dejó convencido de que no sobreviviría. ¿Es eso lo que vas a hacer tú conmigo ahora que sabes que no soy una experta en la zona y que me he guiado todo el tiempo por el mapa? ¿Te irás y me dejarás para que me las arregle yo sola?

Jude alargó el brazo hacia mí, pero yo aparté su mano. Respiraba con pesadez y el corazón me latía con fuerza en el pecho. Si él me dejaba, yo nunca lo conseguiría. Moriría en la montaña.

—Fuiste lo bastante inteligente para engañar a Shaun —replicó él—. Y lo bastante lista para llevarte la cantimplora y la linterna cuando huiste de la cabaña. Además, has sido capaz de descifrar el mapa de Calvin, que es un caos incomprensible de anotaciones y señales. No todo el mundo podría haberlo descifrado con tanta exactitud. —Apoyó las manos en las caderas y bajó la cabeza hacia el suelo—. Me gusta... —empezó. Se interrumpió, inhaló hondo y continuó—: Me gusta que estés aquí, Britt. Esa es la verdad. No te abandonaré. Aunque fueras un incordio, seguiría contigo porque es lo correcto, pero da la casualidad de que, además, te encuentro agradable e interesante, y, aunque no me alegro de que tengas que pasar por esto, me alegro de que nos tengamos el uno al otro.

Yo lo miré fijamente. Me había pillado desprevenida. Aquello no me lo esperaba. ¿Le gustaba que yo estuviera allí? ¿Aunque no pudiera ofrecerle nada a cambio?

Alargó el brazo hacia mí por segunda vez y apoyó con cautela la mano en mi hombro. Pareció sentirse aliviado al ver que yo no me apartaba inmediatamente.

—¿Hacemos las paces?

Deslicé la mirada por su cara. Parecía sincero. Asentí con la cabeza y me alegré de que nuestra pelea hubiera acabado bien. No estaba sola. Todavía lo tenía a él.

Jude inhaló hondo y su expresión se relajó.

—Ya es hora de dormir. Mañana será un día largo y duro. Saldremos al amanecer.

Yo tragué saliva con esfuerzo.

—La razón de que realizara este viaje es Calvin. Quería impresionarlo. En determinado momento, creí que volveríamos a estar juntos. Pensé que, si yo realizaba este viaje, él se apuntaría. Me entrené a saco, pero siempre creí que, de todos modos, podría contar con él. Porque eso es lo que hago siempre: espero que los hombres de mi vida me salven. —Los ojos se me llenaron de lágrimas y me escocieron—. Mi padre, Ian, Calvin... Siempre he dependido de ellos y la verdad es que nunca me preocupó. Pero ahora... —Se me cerró la garganta—. Mi padre debe de creer que he muerto. Ni se imagina que su niñita pueda sobrevivir sola en las montañas. —Mi labio inferior tembló descontroladamente y cerré los ojos. Unas lágrimas calientes gotearon de mi barbilla—. Ya está. Esa es la verdad. Esa es mi patética verdad.

Jude había dicho que necesitábamos guardar secretos para sentirnos vulnerables, pero estaba equivocado. Yo me había sincerado con él; le había abierto mi corazón. Si esto no era vulnerabilidad, no sabía qué lo era.

—Britt —declaró él con voz tierna—. Mira a tu alrededor. Estás viva. Lo estás haciendo muy bien para sobrevivir. Y nos has salvado la vida un par de veces. Volverás a ver a tu padre y a tu hermano. Te diría que yo me encargaré de que así sea, pero no tengo por qué hacerlo. Tú lo conseguirás por ti misma. Porque eso es lo que has estado haciendo desde el principio.

Me sequé las lágrimas con los guantes.

—Si hubiera sabido lo que iba a suceder, me habría entrenado más a fondo. Habría aprendido a ocuparme de mí misma. Pero supongo que de eso se trata, ¿no? Uno nunca sabe a qué va a tener que enfrentarse, de modo que, más vale estar preparado.

Jude estaba a punto de asentir, cuando apartó la mirada de mi cara y maldijo en voz baja.

24

Oí al oso antes de verlo.

Resoplaba, gruñía y pateaba el suelo a menos de doce metros de nosotros. A la luz de la luna, su espeso pelaje brillaba con mechones plateados. Se levantó sobre sus cortas y robustas patas traseras y olisqueó el aire. Ladeó la cabeza para vernos mejor.

Emitió un gruñido gutural y se puso a cuatro patas. Luego, giró las orejas hacia atrás como advertencia de que nos habíamos acercado demasiado a él, sacudió la cabeza a uno y otro lado y chasqueó los dientes con agresividad.

Repasé, mentalmente, todas las guías de montaña que había leído. Todos los párrafos, frases, pies de foto, listas de recomendaciones y resúmenes acerca de cómo actuar frente al ataque de un oso.

—Corre hasta el refugio —me indicó Jude en voz baja—. Ponte al otro lado de la hoguera y, si puedes, enciende una antorcha. Yo gritaré y haré ruido para alejarlo de ti.

Agarré su mano y la apreté para mantenerlo a mi lado.

—No —repliqué en voz igualmente baja y temblorosa.

«Correr provoca el ataque del oso.» «Gritar provoca el ataque del oso.» Yo sabía que Jude solo intentaba protegerme, pero su plan podía hacer que el oso nos matara.

—Britt... —me advirtió Jude.

—Tenemos que hacer lo que es más conveniente.

«Quédate quieto.» «No lo mires a los ojos.»

—Retrocede poco a poco y habla bajito... —le indiqué yo.

El oso cargó contra nosotros. Bufó, rugió y corrió hacia donde estábamos. Sus músculos se ondularon debajo de su pelaje satinado. Se me encogió el estómago y se me secó la garganta. Resultaba difícil calcular el tamaño del oso en la oscuridad, pero, definitivamente, era mucho más grande que el glotón, que, en aquel momento, me pareció una mascota inofensiva.

—¡Corre! —insistió Jude, y me propinó un empujón.

Yo le apreté más la mano y me acerqué a él. El corazón me latía tan a saco que notaba el hormigueo de la sangre en las piernas. El oso corría a todo trapo hacia nosotros mientras sus enormes zarpas lanzaban nieve al aire.

Pasó por mi lado y rozó la manga de mi chaqueta mientras soltaba un potente rugido. Al notar el contacto de su pelaje, se me puso la carne de gallina. Cerré los ojos e intenté borrar de mi mente la imagen de sus ojos negros.

—Vuélvete hacia él —le indiqué a Jude con una voz apenas audible.

«Nunca le des la espalda.»

Cuando nos volvimos hacia él, el oso nos miró fijamente y, entre gruñidos y soplidos, cargó de nuevo contra nosotros. En esta ocasión, cuando llegó delante de Jude, se detuvo súbitamente y agitó el hocico delante de su cara para captar su olor. Jude se puso tenso, respiró entrecortadamente y empalideció.

El oso sacudió una de sus zarpas y lo echó al suelo. Yo me mordí el labio para no soltar un grito. Lentamente, me tumbé cabeza abajo a su lado y entrelacé las manos en mi nuca. Ni siquiera noté la nieve que se coló por el cuello de mi chaqueta y por la abertura de mis guantes. El frío era una preocupación secundaria. En mi mente, solo oía una advertencia: «No te dejes llevar por el pánico.» «No te dejes llevar por el pánico.» «No te dejes llevar por el pánico.»

El oso soltó un rugido. Incapaz de contenerme, levanté la mirada hacia él y vi que sus colmillos brillaban a la luz de la luna. Su pelaje marrón y plateado se onduló y el oso pateó el suelo con impaciencia.

«Protégete la cabeza», pensé, y deseé poder transmitir mi

pensamiento a Jude. Bajé la barbilla y confié en que él me imitara.

El oso olisqueó y empujó con el hocico mis brazos y mis piernas. Con un único y potente zarpazo, me volteó.

—Si le doy una patada y corro en la dirección contraria para alejarlo de aquí, ¿regresarás al refugio? —me preguntó Jude en un susurro.

—Por favor, haz lo que yo te diga —respondí con voz temblorosa—. Tengo un plan.

El oso rugió a pocos centímetros de mi cara. Me quedé paralizada mientras su aliento me azotaba como si fuera una húmeda ráfaga de viento. El oso se balanceó de un lado a otro y, de vez en cuando, levantó la cabeza. Estaba muy agitado.

—Tu plan no funciona —susurró Jude.

—Dios mío, dime lo que tengo que hacer —murmuré en un tono tan bajo que ni siquiera Jude me oyó.

«Un oso puede fingir que ataca varias veces antes de retirarse. Mantente firme.»

El oso volvió su enorme cuerpo hacia Jude y golpeó la nieve repetidas veces con sus zarpas delanteras, como si lo retara a pelear con él. Jude permaneció inmóvil. El oso le propinó un golpe para provocarlo. Lo agarró por la pierna con los dientes y lo zarandeó, pero el mordisco no debió de ser muy profundo, porque Jude no se movió ni emitió ningún sonido.

Entonces, milagrosamente, ya fuera por aburrimiento o porque ya no nos percibía como una amenaza, el oso se alejó con un caminar pesado y desapareció en el bosque.

Yo levanté la cabeza con cautela y escudriñé la oscuridad en la que había desaparecido. Mi cuerpo temblaba como un flan. Me pasé la mano por la mejilla y entonces me di cuenta de que estaba empapada de babas de oso.

Jude me ayudó a levantarme y me abrazó. Apoyó mi cabeza contra su pecho y oí que el corazón le iba a tope.

—¡Tenía tanto miedo de que te atacara! —me dijo al oído con voz áspera y emocionada.

Yo me relajé en sus brazos. De repente, me di cuenta de que estaba hecha polvo.

—Sé que querías que saliera huyendo y me salvara, pero si te murieras, Jude, si te ocurriera algo y yo me quedara aquí sola...

Me interrumpí. Era incapaz de terminar.

El peso de esa terrible posibilidad me cortó la respiración: la soledad, la desesperanza, los peligros...

—No te preocupes, tú tenías razón —declaró Jude con voz ronca, y me apretó con más fuerza—. Me has salvado la vida. Formamos un equipo. Estamos en esto juntos. —Soltó una breve risa de alivio—. Ahora somos tú y yo, Britt.

Una vez en el refugio y al calor del fuego, Jude subió la pernera de su pantalón hasta la rodilla y descubrió su herida.

—¡Estás sangrando! —exclamé—. Necesitas primeros auxilios. ¿Tenemos un botiquín de primeros auxilios?

Jude realizó una mueca y alargó el brazo hacia su mochila.

—Tenemos licor y una venda. Seguro que estaré bien.

—¿Y si se infecta?

Jude me miró directamente a los ojos.

—Entonces no estaré bien.

—Necesitas atención médica.

Nada más decirlo, me di cuenta de lo ridículo que era mi comentario. ¿Dónde encontraríamos un hospital? ¿O un médico?

—Si tenemos en cuenta el daño que el oso podría haberme hecho, creo que he tenido bastante suerte.

Echó lo que quedaba del licor sobre la herida y unos riachuelos de sangre bajaron por su pantorrilla. Luego se envolvió la pierna con la venda y la sujetó con dos alfileres.

—Me gustaría poder ayudarte —declaré. Me sentía una inútil—. ¡Ojalá pudiera hacer algo!

Jude lanzó una rama al fuego.

—Puedes distraerme. Juguemos a algo.

—No querrás que juguemos a Verdad o Reto, ¿no, Jude?

Lo dije para distraerlo del dolor y, como énfasis, arqueé una ceja. Él resopló con una expresión divertida en la cara y dijo:

—Cuéntame cuál es el lugar más caluroso en el que has estado. El más caliente que se te ocurra.

—¿Psicología inversa? —le pregunté.

—Valía la pena intentarlo.

Yo di unos golpecitos en mi barbilla con el dedo en actitud reflexiva.

—Parque Nacional de Arches, Utah. El verano pasado. Pasé una semana allí con mi familia. Imagínatelo: un sol espatarrante que cae a plomo sobre una tierra seca y resquebrajada. El cielo más azul que hayas visto nunca sobre un desierto de rocas rojas. Estas se han erosionado formando arcos, torres y muros de arenisca que surgen del suelo como estatuas misteriosas. Es como una escena de una novela de ciencia ficción. Mucha gente dice que los desiertos no son bonitos, pero es porque no han estado en Moab. Muy bien, te toca.

—Cuando éramos más jóvenes, mi hermana y yo buceábamos para pescar orejas marinas en una playa del parque estatal Van Damme de California. Allí no hace tanto calor como en un desierto, pero después de bucear, nos tumbábamos cara arriba en la arena gris y no nos movíamos hasta que nos quedábamos totalmente hechos polvo. En cada ocasión, jurábamos que no volveríamos a repetirlo, pero siempre acabábamos haciendo lo mismo. Después, íbamos a un tenderete cercano, comprábamos cucuruchos de helado y nos los tomábamos sentados frente al aire acondicionado. Al final, acabábamos temblando de frío y nos dolía la cabeza por culpa de la insolación.

El recuerdo le hizo sonreír.

Intenté imaginarme a Jude con su hermana, con sus seres queridos, con un pasado. Hasta entonces, nunca me lo había imaginado como un ser completo. Solo lo había percibido como era en aquel momento, como el tío que me había secuestrado. Pero su relato me abrió una nueva puerta y deseé mirar a través de ella. Quería conocer otras versiones de Jude.

—¿Ahora estás más calentito? —bromeé.

Deseaba conocer más historias de su vida, pero no quería parecer demasiado interesada. No estaba preparada para dejarle ver que mi opinión sobre él estaba cambiando.

—Un poco.

—¿Qué es una oreja marina?

—Una especie de caracol marino comestible.

Yo realicé una mueca de asco. No me gustaba mucho el marisco y, todavía menos, el marisco viscoso.

—¡Ah, no! —exclamó Jude al ver mi expresión, y sacudió la cabeza en señal de censura—. Nunca podrás ser una entendida en comida si no has probado las orejas marinas. Si logramos salir de estas montañas, lo primero que haré es llevarte a comerlas. Incluso las cocinaré yo mismo. En la playa, sobre una hoguera, para que puedas saborearlas al estilo tradicional.

Lo dijo en plan simpático, pero sus palabras me entristecieron. Si lográbamos salir de las montañas, yo no volvería a verlo. Él debía de saberlo. Lo buscaba la policía, mientras que yo...

Yo quería que mi vida volviera a la normalidad.

—En realidad, no resulta nada fácil pescarlas —continuó Jude—. El mejor lugar para encontrarlas es debajo de las rocas del fondo, frente a la costa. También se pueden pescar a lo largo de la orilla, pero nosotros preferíamos hacerlo practicando la apnea, que consiste en bucear y contener la respiración tanto como puedas.

—¿Es peligroso?

—Aunque sepas lo que estás haciendo, quedarte atrapado en la corriente oceánica puede desorientarte. El constante ir y venir del agua te impide mantener el equilibrio o la posición. Estás en constante movimiento y a muchos buceadores les cuesta relajarse en esas condiciones. Son pocas las personas que se someten voluntariamente a una fuerza mucho más poderosa que ellas. Muchos buceadores que practican la apnea sufren de vértigo. En esos casos, resulta peligroso. Si no sabes dónde está la orilla o, todavía peor, dónde está la superficie del agua, puedes tener problemas. Para empeorar las cosas, aquella zona está llena de algas Kelp y, como el agua es turbia, las enormes algas parecen cabellos ondulantes. Innumerables veces, creí que una persona flotaba a mi lado cuando, en realidad, se trataba de las algas, que fluían con el ir y venir de la corriente.

—Lo creas o no, solo he estado una vez en el océano. Solo

por eso, debería haber elegido Hawái en lugar de las montañas para pasar las vacaciones de primavera —declaré, y solté una risa contenida.

—El año que viene —sugirió Jude con optimismo, y su sonrisa iluminó su cara.

Yo estudié su expresión, relajada y abierta, y comparé esa versión de él, la del buceador libre de preocupaciones, con el Jude que creía conocer. A pesar de cómo nos habíamos conocido y a pesar de las circunstancias que nos habían obligado a permanecer juntos, durante los últimos tres días, él me había protegido y respetado. La opinión que tenía de él estaba cambiando de verdad. Quería saber más cosas de él. Y que él supiera más cosas de mí.

Sin pensármelo dos veces, le di una palmada en el muslo y dije:

—¿Sabes qué? Yo sí que he entrado en calor.

Enseguida aparté la mano y me arreglé el cabello, como si no hubiera pasado nada extraordinario, como si nuestras barreras siguieran separándonos como antes.

Me desperté sobresaltada. Contemplé las raíces nudosas y enmarañadas que había sobre mi cabeza y respiré entrecortadamente. Había tenido una pesadilla. Mi cabello estaba pegajoso y, con todas las capas de ropa que llevaba puestas y las mantas, tenía demasiado calor. Me senté, me quité la chaqueta, me sequé la cara con ella y la dejé a un lado. Luego, inhalé hondo varias veces mientras intentaba volver a respirar con normalidad.

Moví la cabeza alrededor del cuello y traté de volver a la realidad. Quería eliminar el recuerdo de lo que había sentido mientras soñaba que el cuerpo alto y musculoso de Jude se tendía encima del mío y me daba un húmedo beso.

Se trataba de un sueño. Yo lo sabía. Pero el corazón me dolía y estaba temblando.

Al cabo de varios minutos, exhalé un suspiro y volví a tumbarme, pero no cerré los ojos. Tenía miedo de volver a dormirme. ¿Y si soñaba otra vez lo mismo? De una forma inexplicable, esta idea me atrajo de tal manera que me sentí al mismo tiempo sumamente viva y terriblemente asustada.

Solté un gemido de frustración y me volví de lado.

Jude tenía los ojos abiertos y me observaba.

—¿Qué te pasa? —murmuró con voz somnolienta.

—He tenido una pesadilla.

Nuestras caras estaban a escasos centímetros de distancia. Doblé una rodilla para estar más cómoda y, accidentalmente, rocé la pierna de Jude. Una intensa descarga eléctrica recorrió mi cuerpo.

Jude se apoyó en un codo y me tocó el brazo.

—Estás temblando.

—El sueño parecía muy real —susurré.

Nuestros ojos se encontraron en medio de la oscuridad. Nos contemplamos en silencio. Mi pulso latía con fuerza.

—Cuéntamelo —me pidió él en voz baja.

Me desplacé hasta que estuve en su mitad de la cama y bajo la protección de su cuerpo, que estaba medio incorporado. Se trató de algo audaz e incluso insensato. En algún lugar lejano de mi mente, la vocecita de la razón me presionaba para que recapacitara. Yo todavía no me había dado cuenta, pero mi mente había perdido la batalla y mi cuerpo había asumido el mando. Me acordé del beso húmedo y sensual que Jude me había dado en mi sueño y sentí la urgente necesidad de comprobar si podía provocar en mí la misma respuesta apasionada ahora que estaba despierta.

—Empezaba así —declaré igualmente en susurros.

«Conmigo tumbada debajo de ti.»

Él apartó un mechón de cabello de mi mejilla y mantuvo la mano allí durante unos instantes, debatiéndose. Una mirada indescifrable brillaba en sus ojos marrones. Yo no tenía ni idea de qué estaba pensando o cuál sería su próximo movimiento. Me imaginé que deslizaba las manos por sus musculosos brazos, pero permanecí inmóvil, sin apenas respirar y cuestionándome mi atrevimiento. Perdí el valor y decidí regresar a mi mitad de la cama, pero entonces su voz rompió el silencio.

—Britt.

Sus ojos buscaron los míos, como si necesitara saber si aquello era lo que yo realmente quería.

Yo lo quería. Hacía ya algún tiempo que lo quería. Esa era la verdad, aunque constituyera un error.

Enrollarme con Jude era una locura. Lo sabía, pero la experiencia cercana a la muerte que había vivido había despertado en mí una necesidad imperiosa de sentirme viva, y, en aquel momento, el roce de la mano de Jude era lo único que me hacía sentir viva.

Jude cubrió mi mejilla con la palma de su mano y acarició, delicadamente, mi ceja con el pulgar.

—¿Era una pesadilla?

Yo tragué saliva ostensiblemente.

—Sentí miedo.

—¿Y ahora sientes miedo?

Puse mi mano en su nuca y deslicé los dedos por su corto y oscuro cabello. Tiré de su cabeza hasta que su boca casi tocó la mía. Noté que su pecho subía y bajaba con respiraciones hondas. Yo apenas me atrevía a respirar y percibí el hipnótico ritmo de los latidos de mi corazón. Aquel momento me pareció irreal, de ensueño.

—Britt... —dijo él con voz grave.

Apoyé el dedo índice en sus labios.

—No digas nada.

Lo dije más para mí que para él, porque, si hablábamos, me pondría a pensar. Y si pensaba en lo que estaba haciendo, me daría cuenta de que se trataba de un error. Me gustaba la extraña y turbia sensación de tener la cabeza llena de nubes. Al no pensar, me sentía emocionada, peligrosa y capaz de cualquier cosa.

Los labios de Jude rozaron los míos y mi cuerpo pareció volverse líquido, receptivo e imparable. Jude acentuó el beso, pasó un brazo por debajo de mi cuerpo y me acercó a él. Yo subí las manos por su pecho. Él se estremeció y los músculos de su pecho se pusieron tensos. Deslicé las manos hasta sus omoplatos y lo abracé con fuerza mientras me perdía en la intensa sensación de su beso.

Él me besó en la oreja y en el cuello mientras yo permanecía tumbada y con los ojos cerrados y sentí que el suelo daba vueltas debajo de mí. Jude me incitó con los dientes, me mordisqueó y succionó mi piel. Introdujo la rodilla entre mis piernas para separarlas. De algún modo, percibí el calor de la hoguera, pero era insignificante comparado con el calor que me hacían sentir las manos de Jude. Me tocó y me acarició con la misma pasión e impulsividad que yo sentía. Clavé las uñas en su carne y lo acerqué más a mí.

Jude me levantó hasta ponerme de rodillas y quedamos frente a frente en la humeante oscuridad. Nuestras bocas se besaron de una forma insensata y desvergonzada, hasta que noté que mis labios estaban hinchados y sensibles. Me subí a las caderas de Jude y arqueé la espalda contra sus fuertes manos. Él mantuvo una en mi espina dorsal y deslizó delicada y seductoramente la otra por mi esternón. Finalizó el recorrido dándome un beso debajo de los pechos y me estremecí de placer.

Le desabroché la chaqueta, la bajé por sus brazos y la eché a un lado. Luego, deslicé los dedos por su duro y plano estómago y toqué el frío botón de metal de sus tejanos. Sin previo aviso, aquel gesto me recordó a Calvin, a cuando tocaba su cuerpo. Su fantasma invadió mis pensamientos y fue como si estuviera allí, con nosotros.

Jude aplastó su boca contra la mía, pero yo me aparté en busca de aire. No podía hacerlo. No podía besar a Jude mientras pensaba en Calvin.

El cuerpo de Jude se puso rígido. Pensé que había percibido la razón de mi rechazo y busqué una forma de explicárselo. Cal era el primero. Era el único otro hombre con el que me había enrollado. No me resultaba fácil olvidarlo.

Oí que Jude jadeaba y, con el cuerpo tenso, volvía la cabeza hacia la entrada de nuestro escondrijo. Escuchó con atención y fue entonces cuando me di cuenta de que pasaba algo más.

—¿Qué ocurre? —susurré, y, asustada, me abracé a él.

Cuando habló, sus labios rozaron mi oreja.

—Voy a salir para comprobar que todo está bien. Quédate aquí.

—Jude... ¿Y si...?

No pude terminar la frase porque el miedo me atenazó la garganta.

—No tardaré —me aseguró, y agarró su linterna frontal.

Permanecí acurrucada en nuestro escondrijo mientras los minutos transcurrían lentamente. Me entró frío, pero no me atreví a acercarme al fuego. La hoguera estaba fuera, donde algo había asustado a Jude.

Después de lo que me pareció mucho tiempo, oí el crujido de sus botas en la nieve. Entró con la espalda curvada en el refugio y enseguida supe que algo no iba bien.

—Hay huellas de oso —me explicó con voz sombría—. El fuego debe de haberlo disuadido, pero creo que nos está acechando.

25

—¡Tenemos que irnos de aquí! —exclamé mientras tanteaba los oscuros rincones del refugio en busca de mi mochila.

Jude me agarró de la muñeca y, delicadamente, me obligó a detenerme.

—¡Para! No pasa nada, Britt. No te pongas nerviosa —me dijo con voz tranquilizadora—. Tenemos que mantener la hoguera encendida. Por muy hambriento que esté o por mucha curiosidad que sienta, el oso no la atravesará. Esta mañana reuní más leña. Será suficiente para mantener el fuego encendido durante toda la noche. Mañana por la mañana, seguiré sus huellas, averiguaré dónde está y nos dirigiremos a Idlewilde dando un rodeo para evitarlo.

—Tengo miedo —murmuré.

Desde que bebí el licor casero, me había sentido alegre y relajada, pero ni siquiera eso podía evitar que el miedo me helara la sangre. Un oso pardo. Si el fuego se apagaba..., si nos veíamos obligados a salir huyendo..., si el oso nos perseguía, inevitablemente, nos atraparía.

Jude me rodeó con sus brazos. Después se sentó detrás de mí, yo apoyé la espalda en su pecho y él extendió sus largas piernas a ambos lados de las mías. Me acunó con su cuerpo y me abrazó de una forma protectora.

—¿Te sientes mejor? —susurró en mi oreja.

Recliné mi cabeza en su hombro.

—Me alegro de que estés aquí, Jude. Me alegro de que nos tengamos el uno al otro.

Su aliento agitó mi cabello.

—Yo también me alegro.

—Puede que te parezca raro, pero, contigo a mi lado, me siento más capaz. Realmente siento que estamos juntos en esto. Si es que esto tiene algún sentido.

—Tiene mucho sentido.

Si, en lugar de Jude, hubiera sido Calvin quien estuviera allí, no habría podido decir lo mismo. Yo siempre había permitido que Calvin cuidara de mí. Cuando salíamos, aunque fuera con mi coche, siempre conducía él. Calvin pagaba nuestras cenas. Y, si llovía y yo me había olvidado la chaqueta, lo presionaba hasta que me dejaba la suya. Yo quería que me adorara, me protegiera e hiciera lo imposible por mí. Si no lo hacía, yo me hacía la inútil para obligarlo a prestarme atención. Sin embargo, con Jude, yo confiaba en mi propia capacidad para cuidar de mí misma. Me sentía segura, no desesperada. Estaba convencida de que nuestros puntos fuertes se complementaban.

Jude apartó mi cabello de mi hombro y me besó en la nuca.

—Dime en qué estás pensando.

Yo estiré el cuello invitándolo a que volviera a besarme. Cerré los ojos y, al sentir la suave presión de sus labios, noté un hormigueo en la piel.

—¿Cómo sabes que no te estoy seduciendo para que me ayudes a llegar a Idlewilde? —lo provoqué.

Me di cuenta de que estaba flirteando con él, pero como el licor me había relajado, no me importó.

Jude me rozó la nuca con los labios.

—Cuando mientes, te tiembla la ceja izquierda. Y no te ha temblado en toda la noche. Además, ya te he dicho que te acompañaré a Idlewilde. No tienes que hacer nada para conseguirlo.

Yo me aparté de él. Estaba indignada.

—¡A mí no me tiembla la ceja izquierda!

Jude me observó y esbozó una leve sonrisa, como si analizara si era sensato seguir hablando de aquella cuestión.

—Cuando algo te divierte, tu boca se curva, como con picardía —continuó él como si estuviera reforzando su anterior comentario—. Cuando estás enfadada, aprietas los labios y aparecen tres finas arrugas en tu entrecejo.

Yo me arrodillé y puse los brazos en jarras con determinación.

—¿Algo más? —pregunté acaloradamente.

Jude se tocó la nariz y se esforzó en no sonreír.

—Cuando besas, emites un ronroneo en lo más hondo de tu garganta. Es tan leve, que, para oírlo, tengo que estar tocándote.

Me puse roja como un tomate.

—Deberíamos besarnos otra vez y averiguar qué otras observaciones puedo hacer —sugirió él.

—¿Después de que me hayas insultado? ¡Ni lo sueñes!

—Quieres hacerme creer que te sientes insultada, pero tu ceja izquierda está temblando. Es mentira.

Yo lo miré con exasperación y él se encogió de hombros y abrió las manos como si dijera: «No puedo evitarlo.»

Me di cuenta de que Jude debía de haberme observado mucho y muy atentamente para llegar a aquellas conclusiones. Mi mente regresó a los momentos en los que lo pillé observándome. Antes, pensaba que lo hacía para asegurarse de que no me escapaba, pero, en aquel momento, me pregunté si no había estado reuniendo información para hacerse una idea de cómo era yo porque yo le interesaba. La idea aceleró mi respiración.

—Muy bien —dije al final—. Digamos que te permito besarme otra vez.

Me puse a cuatro patas delante de él y le sonreí seductoramente. Aunque todavía estaba ligeramente colocada por el alcohol, mi mente estaba despierta. Tenía calor y me sentía viva y un poco temeraria.

—Primero tenemos que establecer unas normas básicas —declaré.

—Tienes toda mi atención.

—¿Cuándo fue la primera vez que supiste que querías besarme?

—¿Esa es tu norma básica?

—Antes de fijar las normas, quiero tener cierta información.

—¡Vaya, vaya! ¡Pues sí que eres exigente! Que si esto..., que si aquello... Y quién sabe qué más.

Yo sonreí más abiertamente.

—Contesta mi pregunta.

Jude se reclinó y se rascó la cabeza, como si le costara mucho acordarse del momento preciso.

—Tómate tu tiempo —declaré con voz dulce—. Cuanto más tardes, más tardaremos en besarnos.

—La primera vez que deseé besarte fue en el 7-Eleven —declaró reflexivamente mientras se frotaba la barbilla—, justo cuando me enteré de que le habías dicho a Calvin que salías conmigo. El resentimiento que reflejó su cara fue memorable, pero tu expresión no tenía precio. Nunca he visto a nadie esforzarse tanto en ocultar su nerviosismo. Nos tenías a los dos en tus manos. Deseé besarte y, si no recuerdo mal, lo hice.

Yo fruncí el ceño e intenté recordar aquel momento.

—¿Te refieres a aquel beso? Fue tan puritano como un coro de monjas.

—No quería parecer descarado.

Dudé de que fuera verdad. Cuanto más lo conocía, menos tímido me parecía. Estaba convencida de que quedaba mucho en él del chico arrogante y fanfarrón que alegaba haber dejado atrás en la adolescencia.

—No soy el tipo de chica que se lía con un perfecto desconocido —comenté yo—. Todavía no sé por qué viniste a Wyoming ni por qué te asociaste con Shaun.

Jude me examinó en silencio durante unos instantes.

—Hay cosas que deseo contarte pero que no puedo. Sé que no es una buena respuesta, pero, por ahora, no puedo explicarte nada más. Me preocupo por ti, Britt. Te deseo lo mejor. Siento que te vieras implicada en este lío y haré todo lo que pueda para sacarte de aquí sana y salva.

Ninguno de los dos habló de lo que ocurriría después. Jude era un hombre buscado por la ley. Como mínimo, era un cómplice. Y si Calvin había rescatado a Korbie, era posible que ella ya le hubiera contado a la policía que Jude era uno de los secuestradores. No había forma de saber lo grave que era la situación a la que se enfrentaba. En aquel momento, no quise pensar en lo peor. No quise pensar en el después y punto.

—¿Tienes novia?

Jude no me parecía el tipo de hombre que engañara a las mujeres, pero mi pregunta era apropiada. Él sabía que yo no estaba con nadie y, si iba a cometer un error con él esa noche, y tenía que reconocer que, aun en contra de mi buen sentido común, estaba considerando esa posibilidad, quería saber que no estaba implicando a nadie más en nuestra historia.

—No.

—¿Eso es todo? ¿Solo «no»? ¿Nada de explicaciones?

—Me has formulado una pregunta simple y, dadas las posibles respuestas: «sí», «no» y «es posible», creí que estarías contenta con el no.

—Te estás burlando de mí.

Jude sonrió.

—No tengo novia, Britt. Mi última relación seria se acabó hace un año. Nunca he engañado a las chicas con las que he salido. Si sintiera la necesidad de engañarlas, esto me indicaría que algo no iba bien en la relación. Y, si no podía arreglarlo, pondría punto final a la relación. No creo en hacer daño a la gente.

—Muy buena respuesta, señor Jude...

Vi que titubeaba y que me analizaba mentalmente.

—Van Sant. Jude Van Sant. Así es cómo me llamo realmente.

Alargó el brazo hacia mí, agarró mi muñeca y realizó un lento círculo en la base de la palma de mi mano con el pulgar. Se inclinó hacia mí para besarme y apoyé un dedo en sus labios.

—No tan deprisa —declaré—. Me gusta esta faceta nueva y franca de ti. Quiero conocer más secretos tuyos.

—Algunas cosas tendrás que averiguarlas por ti misma.

Y tiró de mí tumbándome encima de él.

26

La luz del sol que se filtraba por las raíces del árbol y el hecho de que los efectos del alcohol ya habían desaparecido hicieron que recordara con una claridad aterradora lo que había ocurrido la noche anterior. Permanecí en la cama rígida y horrorizada mientras todos los detalles de lo que había hecho pasaban por mi mente.

Me había liado con Jude. ¡El hombre que me tenía prisionera! El hecho de que fuera sexy y atractivo y se mostrara protector conmigo era irrelevante.

Aunque oí que Jude se movía a mi lado, mantuve los ojos cerrados y fingí seguir dormida durante unos minutos más. Revisé, mentalmente, distintas formas de romper el hielo, pero ninguna me pareció apropiada. ¿Cómo se me había ocurrido beber alcohol? Esto me había llevado a besar a Jude...

No. Jude ya me atraía cuando estaba sobria al ciento por ciento. Podía intentar convencerlo de que la culpa había sido del alcohol, pero no podía mentirme a mí misma. Me había liado con él porque quería hacerlo. Resultaba vergonzoso, pero era la verdad.

Me froté la frente con la palma de la mano y realicé una mueca. No tenía más remedio que enfrentarme a la incómoda mañana del día siguiente.

—Respecto a lo de ayer por la noche... —empecé.

Me senté y sentí un terrible dolor de cabeza. Me di cuenta, impactada, de que estaba experimentando mi primera resaca.

Era suave, pero estaba claro que se trataba de una resaca. Lo único que me consolaba era que mi padre no sabía hasta qué punto lo había decepcionado. Por desgracia, no podía evitarme a mí misma esa decepción.

Fingí estar muy concentrada atándome las botas y evité mirar a Jude directamente a los ojos.

—Lo que hicimos fue una estupidez. Está claro. Fue un error. —«Un error descomunal»—. Bebí demasiado y no pensaba con claridad. ¡Ojalá pudiera volver atrás!

Jude no hizo ningún comentario.

—Estaba medio desmayada cuando... hicimos lo que hicimos. Apenas me acuerdo de lo que pasó.

Ojalá fuera verdad, pero mi mente me atormentaba recordándome lo ocurrido con pelos y señales.

—Ocurriera lo que ocurriese entre nosotros —continué—, yo no quería que pasara. Vaya, que mi yo real no hizo esas cosas.

Como Jude seguía sin responder, lancé una mirada nerviosa hacia donde estaba. Me observaba atentamente y me analizaba, pero no logré interpretar la expresión de su cara. Estaba convencida de que sentía lo mismo que yo. ¿No? ¡Había tantas preguntas que quería formularle! Pero me contuve. No pensaba racionalizar mi comportamiento. Lo que Jude pensara no tenía importancia. Lo que hice estuvo mal y punto. Y él era el último tío con el que debería haber cometido aquel terrible error.

Jude enderezó el torso y se desperezó relajadamente, como un gato. Luego se puso de rodillas, se abrochó el cinturón y me lanzó una mirada maliciosa.

—¿Cuánto tiempo has tardado en preparar este discurso? Yo fruncí el ceño.

—No se trata de ningún discurso, sino de algo espontáneo.

—Ya. Eso explica por qué ha sido una mierda.

—¿Una mierda? ¿Perdona?

—No ibas pedo, Britt. Sí que estabas un poco contenta, pero no te olvides de que yo me bebí la mitad de la botella. Intentaré no sentirme ofendido por el hecho de que creas que te forcé mientras estabas borracha. Y, si es así como besas cuando vas pedo, me muero de ganas de ver cómo lo haces cuando estás totalmente sobria.

Lo miré boquiabierta. No supe qué contestar. ¿Me estaba tomando el pelo? ¿En un momento como aquel?

—¿Cuándo fue la última vez que alguien te besó? —continuó él con despreocupación—. Y no me refiero a los besos superficiales que no significan nada y que uno olvida nada más darlos.

Yo desperté de mi aturdimiento el tiempo suficiente para soltar:

—¿Como el que nos dimos ayer por la noche?

Jude arqueó una ceja.

—¿Ah, sí? Entonces me pregunto por qué, cuando te quedaste dormida, gemías mi nombre.

—¡No es verdad!

—¡Ojalá hubiera tenido una cámara de vídeo! ¿Cuándo fue la última vez que te besaron de verdad? —repitió.

—¿En serio crees que te lo voy a decir?

—¿Fue tu ex? —propuso él.

—¿Y qué si lo fue?

—¿Fue tu ex quien te enseñó a sentirte avergonzada e incómoda en la intimidad? Tomaba de ti lo que quería, pero no respondía a tus necesidades, ¿no es cierto? ¿Qué quieres, Britt? —me preguntó repentinamente—. ¿De verdad quieres fingir que lo de ayer por la noche no sucedió?

—Lo que ocurrió entre Calvin y yo no es asunto tuyo —repliqué yo—. Para que lo sepas, era un amante fantástico. ¡Oja... Ojalá estuviera con él ahora mismo! —exclamé, pero era mentira.

Mi comentario hizo que Jude se estremeciera, pero se recuperó rápidamente.

—¿Calvin te quiere?

—¿Qué? —pregunté con nerviosismo.

—Si lo conoces tan bien, no debería ser una pregunta tan difícil. ¿Está enamorado de ti? ¿Alguna vez lo estuvo?

Yo eché la cabeza hacia atrás con altanería.

—Ya sé lo que estás haciendo. Intentas menospreciarlo porque... tienes celos de él.

234

—Tienes toda la razón, tengo celos de él —gruñó Jude—. Cuando beso a una chica me gusta saber que ella está pensando en mí y no en el imbécil que la dejó plantada.

Le di la espalda. El hecho de que hubiera adivinado la verdad me hizo sentirme humillada. Podía negarlo, pero él se daría cuenta de que le mentía. El aire que nos separaba estaba cargado de electricidad. Me quedé allí sentada y lo odié por hacerme sentir culpable. Y me odié a mí misma por permitir que las cosas hubieran ido tan lejos entre nosotros. Había un nombre para las personas que se enamoraban de sus secuestradores. La atracción que sentía por él no era real. Me había lavado el cerebro. Deseé volver atrás y retirar los besos que le di. Deseé volver atrás y no haberlo conocido.

Jude ató los cordones de sus botas con energía.

—Voy a poner unas cuantas trampas. Espero traer comida para el desayuno. No tardaré más de un par de horas.

—¿Y qué pasa con el oso?

—Acabo de poner dos leños en la hoguera. No la atravesará.

—¿Y tú?

Intenté que el tono de mi voz sonara indiferente. Él me miró y esbozó una fría sonrisa.

—¿Estás preocupada por mí?

Como no se me ocurrió nada malicioso que decirle, le saqué la lengua.

Jude sacudió la cabeza.

—¿Más ejercicios de lengua? Creía que ya habías tenido suficiente con los de anoche.

—¡Vete al infierno!

—Lo siento, cariño, pero ya estamos ahí.

Sin decir nada más, se dirigió al nevado bosque.

Cuando se fue, decidí hacer un inventario de nuestros recursos. Así mi mente estaría ocupada y no analizaría mis besos con Jude. No quería saber qué sentía realmente por él. No quería admitir que aquello me superaba.

La travesía hasta Idlewilde duraría un día y quería saber con qué suministros contábamos por si estallaba otra tormenta o nos enfrentábamos a algún obstáculo inesperado. Abrí la mochila de Jude y empecé a organizar su contenido en tres grupos: artículos de cama, comida y utensilios.

Cuando llegué al fondo de la mochila, encontré una pequeña bolsa de lona que contenía varios objetos, pero no tenía cremallera ni ninguna otra abertura visible. De hecho, era como si la hubieran cosido por todos lados. El contorno angular de alguno de los objetos hacía que la tela estuviera en tensión, pero no tenía forma de averiguar de qué se trataba.

No debería de sorprenderme que Jude escondiera algo, porque ya me había comentado lo importante que era para él guardar secretos. De todos modos, cuando abrí la bolsa con la navaja que tomé de la cabaña del guarda forestal y vi lo que contenía, fue así como me sentí, sorprendida.

No, no sorprendida, sino mareada, incrédula y alucinada. Y también asqueada.

Saqué la fotografía de una chica. Se la habían tomado inadvertidamente, desde la distancia, aunque parecía ser extrañamente consciente de que se la estaban tomando. Su amplia y altiva sonrisa parecía burlarse de la cámara, y sus ojos reflejaban desdén, como si estuviera retando al mundo entero con su penetrante mirada.

Se trataba de Lauren Huntsman, la joven de la alta sociedad que había desaparecido en abril mientras estaba de vacaciones con sus padres en Jackson Hole.

¿Por qué Jude tenía una fotografía de ella? Y no una fotografía cualquiera, sino una tomada sin su permiso. Era como si la hubiera estado espiando.

Volví a hurgar en la bolsa y, en esta ocasión, saqué unas esposas. Se me revolvió el estómago. ¿Por qué tenía Jude unas esposas? Solo se me ocurría una explicación. Y no era nada buena.

A continuación, saqué el diario de Lauren. No me sentí bien leyendo sus pensamientos íntimos, pero pasé las páginas mientras intentaba localizar el nombre de Jude. Tenía que averiguar qué conexión había entre ellos, pero los retortijones de mis entrañas me indicaban que ya la conocía.

Esta noche saldré de fiesta. ¡Prepárate, Jackson Hole! Será una de esas noches. Plan A: pillar una taja. Plan B: hacer algo de lo que luego me arrepienta. Plan C: conseguir que me arresten. Puntos extra si consigo llevar a cabo los tres. Estoy impaciente por ver la expresión que pondrá mamá mañana. Sabré que he fallado si no rompe a llorar al menos una vez durante la cena. Bueno, ¡ahí voy! ¡Deséame suerte!

Muacsss,

LAUREN

Eso era todo. El diario de Lauren se acababa, repentinamente, el 17 de abril del año anterior. En ningún momento mencionaba a Jude.

Cuando saqué el último artículo de la bolsa, mis manos empezaron a temblar de verdad. Se trataba de un medallón de oro con forma de corazón. Me acordé, vagamente, de una de las conferencias de prensa relacionadas con la desaparición de Lauren. Su padre enseñó por televisión el dibujo de un medallón de oro con forma de corazón que, según dijo, Lauren llevaba siempre puesto, desde que era una niña. Su padre afirmó, categóricamente, que lo llevaba puesto la noche que desapareció.

Entonces comprendí por qué Jude había procurado que nadie viera el contenido de la bolsa. Las pruebas eran irrefutables.

Recordé una conversación que mantuvieron Shaun y Jude y que yo escuché por casualidad. Cuando los oí, sus palabras me inquietaron, pero ahora que las situaba en su contexto, me helaron la sangre.

«Soy yo quien está al mando, Mason. Te traje conmigo para que realizaras un trabajo. Céntrate en eso.» Y, a continuación, la inquietante respuesta de Jude: «Llevamos casi un año trabajando juntos. Piensa en todo lo que he hecho por ti.»

Lauren Huntsman desapareció un año atrás. ¿Había tenido Jude algo que ver? ¿La había asesinado él? ¿En eso consistía su trabajo, en asesinar? ¿Antes de matarla, la había seducido como había hecho conmigo?

La cabeza empezó a darme vueltas y noté un sabor amargo en la garganta. Me acordé de cuando Jude y yo nos besamos y me sentí como si me hubieran echado encima un vaso de agua helada. Me acordé de cuando nos liamos, presionada debajo de su cuerpo, casi abrumada por su cercanía. Me acordé de cuando sus manos se deslizaron por debajo de mi jersey y me acariciaron todo el cuerpo. Entonces me estremecí y lo mismo hice ahora. Me sentí sucia. ¿Y si había planeado enrollarse conmigo y, después, matarme?

Nunca debí confiar en él.

Cinco minutos más tarde, cuando acabé de meter las pertenencias de Lauren y los suministros de Jude en mi mochila, todavía estaba conmocionada. Busqué el mapa de Calvin por todas partes, pero Jude debía de habérselo llevado. Era igual. Yo sabía que Idlewilde estaba a menos de seis kilómetros de allí, al otro lado de dos lagos glaciales que estaban conectados por un estrecho canal. El agua estaría helada, de modo que podría cruzarlo a pie. Me asustaba atravesar el bosque sola, pero no podía permanecer allí ni un segundo más. No disponía de medios para volver a coser la bolsa de lona y Jude se enteraría de que había descubierto su secreto. Y esto lo cambiaría todo.

Me colgué la mochila a la espalda. Quería irme deprisa, pero algo me detuvo cuando estaba a punto de salir del refugio. Me fijé en las ramas aplastadas sobre las que habíamos dormido y se me encogió el corazón. Me acordé de las múltiples y sutiles maneras en que Jude me había ayudado durante los últimos días, sobre todo cuando Shaun estaba vivo. Lo había calmado cuando estaba enojado y a mí me había animado cuando estaba a punto de desfallecer. Había hecho todo lo posible para que yo estuviera cómoda. ¿Alguien era capaz de ser tan amable y, al mismo tiempo, tan violento? ¿De verdad creía que Jude había matado a Lauren Huntsman?

Entonces volví a acordarme de las pruebas. Si, a pesar de las pruebas, intentaba exculpar a Jude, sin duda padecía el síndrome de Estocolmo. Me había engañado a mí misma creyendo que lo conocía. No había tenido en cuenta al cruel criminal y me había inventado a un héroe romántico y torturado que necesitaba salvación. ¡Qué tremendo error de juicio!

Se acabaron las excusas. Las pruebas eran definitivas.

Tomé, rápidamente, la dirección contraria a la que había visto tomar a Jude. Él tenía el mapa, pero yo tenía los suministros. Él era un rastreador experto, pero no duraría mucho sin agua, mantas, el pedernal y las linternas. Además, todavía tardaría mucho en regresar. El día anterior, nos costó mucho cazar los conejos. Si le sacaba suficiente ventaja, llegaría a Idlewilde antes que él.

Una vez allí, llamaría a la policía y les contaría que Lauren Huntsman no se había ahogado en un lago, sino que había sido brutalmente asesinada. Y yo estaba bastante segura de dónde estaban sus restos.

27

Las montañas nunca me habían parecido tan inhóspitas y hostiles. El aire helado se filtraba por los árboles y envolvía el paisaje en una capa de hielo. El denso bosque impedía la llegada de la luz solar y, en aquella fría oscuridad, las retorcidas siluetas de los desnudos árboles formaban imágenes fantasmagóricas. Me pareció ver esqueletos que alargaban sus brazos hacia mí y caras enfurecidas en los sombríos troncos. Un viento gélido soplaba a ras del suelo y levantaba capas de nieve que parecían manadas de caballos fantasmales y desenfrenados. Las plantas de hojas perennes se agitaban de una forma perturbadora, como si supieran algo que yo desconocía.

Una mano agarró mi chaqueta por detrás. Yo me volví mientras soltaba un grito ahogado, pero solo se trataba de un arbusto de ramas espinosas y retorcidas que se había enganchado en la tela de mi chaqueta. Me solté con nerviosismo y seguí avanzando lo más deprisa posible mientras apartaba con frenesí las ramas que obstaculizaban mi camino. Tenía la sensación de que me seguían de cerca. La niebla se pegaba a mi piel y me estremecí convulsivamente.

Osos y lobos. Pensé en ellos mientras avanzaba con dificultad por la nieve que el viento de la noche anterior había amontonado aquí y allá. Cada masa de nieve me recordaba a una ola que se hubiera congelado justo después de haberse formado la cresta. Las incesantes ráfagas de viento y la lúgubre bruma hacían que la visibilidad fuera escasa, de modo que mantuve la brújula a mano y la consulté con regularidad. De vez en cuando, los aullidos del viento hacían que me detuviera y mirara por encima del hombro con el vello erizado.

Pronto, mis músculos acusaron el cansancio. La última comida que había tomado había sido el día anterior y el hambre hacía que me sintiera débil y desorientada. Me resultó fácil imaginarme que cerraba los ojos, pero sabía que, si me detenía para descansar, caería en un profundo sueño del que nunca despertaría.

Mis guantes estaban mojados. Y mis botas y mis calcetines, también. Y los dedos de mis manos y mis pies estaban tan helados que me parecían quebradizos, como si pudieran romperse en cualquier momento. Cerré las manos para que la sangre fluyera a ellas y las calentara. Después, las froté una contra la otra, pero no sabía por qué me molestaba en intentarlo. A la larga, el dolor se transformaría en un leve hormigueo y, después, no sentiría nada...

Me rebelé contra esta idea y agradecí el agudo dolor que sentía, porque significaba que estaba despierta. Y viva.

Mis pies resbalaban sobre la nieve y las rocas y, cuando perdía el equilibrio, caía de espaldas. Cada vez me costaba más volver a levantarme y, una y otra vez, sacudía la nieve de mi ropa. Pero este esfuerzo también era inútil, porque, de todos modos, estaba helada.

Cada vez que llegaba a la cima de una pendiente boscosa, aparecía otra. Y otra. Detrás de la densa capa de nubes, una débil esfera solar recorría, lentamente, el cielo. Alcanzó la cumbre de su trayectoria y, luego, empezó a descender hacia el oeste. Yo llevaba caminando todo el día. ¿Dónde estaba Idlewilde? ¿Había pasado la casa de largo? No sabía si continuar o volver atrás.

Poco a poco, mis esperanzas se transformaron en desesperación. La montaña me parecía interminable. Soñaba con tropezarme con un refugio cualquiera. Soñaba con paredes gruesas y un fuego encendido. Soñaba con escapar de los vientos de fuerza huracanada que me azotaban sin cesar.

¡Había tanto de lo que escapar! Del viento. Del frío. De la nieve. Del hambre.

De la muerte.

28

Por lo que yo recordaba, la noche que Calvin nos enseñó a Korbie y a mí cómo funcionaba el tablero güija, fue la primera vez que me quedé a solas con él. Quizás estuvimos solos otras veces, pero aquella noche me sentí como si fuéramos las dos únicas personas del mundo. Yo quería a Calvin Versteeg. Él era mi mundo. Todas las miradas que me lanzaba, todas las palabras que me dirigía quedaban grabadas para siempre en mi corazón.

—¡Tengo que hacer pis! ¡Se me escapaaaa! —gritó Korbie. Y descorrió la cremallera de la tienda de campaña—. No llegaré a casa a tiempo. Quizá tenga que mearme en tus zapatillas, Calvin.

Calvin puso los ojos en blanco mientras Korbie saltaba teatralmente de un pie a otro y se apretaba la entrepierna con una mano. Calvin había dejado sus deportivas junto a la entrada de la tienda, al lado de mis chanclas. El señor Versteeg no nos permitía ir calzados dentro de la casa. Yo no creía que le importara que ensuciáramos la tienda con los zapatos, pero se había convertido en un hábito: nada de calzado en el interior.

—¿Por qué la aguantas? —me preguntó Calvin cuando Korbie se alejó dando traspiés.

La oímos chillar como una histérica mientras corría hacia la casa.

—No está tan mal —repuse yo.

—¡Está como una cabra, en serio!

Yo no quería hablar de Korbie. Por fin Calvin y yo estábamos a solas. Estaba tan cerca de él que podría haberlo tocado, simplemente, alargando la mano. Habría dado cualquier cosa por saber si salía con alguna chica o no. Seguro que sí. Cualquier chica se sentiría afortunada de salir con él.

Carraspeé y dije:

—No creerás de verdad que los espíritus se comunican con nosotros a través de la güija, ¿no? Porque yo no lo creo —añadí, y levanté la barbilla con la confianza de parecer mayor y enterada.

Calvin agarró una hoja de hierba que habíamos introducido en la tienda accidentalmente y empezó a romperla a lo largo formando unas cintas que se ensortijaban.

—Cuando pienso en espíritus, me acuerdo de *Beau* y de dónde está ahora —comentó sin mirarme.

Beau era el perro labrador de color chocolate de los Versteeg. Se murió el verano anterior. Yo no sabía cómo porque Korbie no me lo quiso contar. Ella lloró su muerte durante una semana entera, pero se negó a hablar de él. Yo le pregunté a mi hermano de qué podían morirse los perros y él me dijo: «O los atropella un coche o pillan el cáncer y, al cabo de un tiempo, tienen que sacrificarlos.»

Beau había muerto repentinamente, de modo que no fue de cáncer.

—Está enterrado en el jardín trasero de casa —me explicó Calvin—. Debajo de un melocotonero.

—Debajo de un melocotonero es un buen lugar para enterrar a un perro —comenté yo.

Deseé abrazar a Calvin, pero temí que me rechazara. De todos modos, mi peor miedo consistía en que se fuera y yo perdiera la oportunidad de conectar con él. Me acerqué más a él.

—Sé que querías mucho a *Beau*.

—Era un buen perro guardián.

Apoyé mi temblorosa mano en la rodilla de Calvin y esperé, pero él no se apartó ni retiró mi mano, sino que me miró directamente a la cara. Sus verdes ojos estaban vidriosos y reflejaban dolor.

—Mi padre le pegó un tiro.

Yo no me lo esperaba. No encajaba con la escena que había imaginado, la de un coche frenando bruscamente y el cuerpo de *Beau* tendido sin vida en la calle.

—¿Estás seguro?

Calvin me miró con frialdad.

—¿Por qué habría de pegarle un tiro tu padre? ¡Era un perro increíble!

Lo dije en serio. Yo le había suplicado a mi padre que me comprara un perro y quería un labrador de color chocolate como *Beau*.

—Una noche, no paraba de ladrar y los Larsen telefonearon para quejarse. Yo estaba durmiendo, pero me acuerdo de que el teléfono sonó. Mi padre colgó y me gritó que encerrara a *Beau* en el garaje. Era más de media noche. Oí lo que me dijo mi padre, pero me dormí inmediatamente. Más tarde, oí los disparos. Fueron dos. El ruido fue tan fuerte que, durante un segundo, creí que mi padre había disparado el rifle en mi dormitorio. Corrí hacia la ventana. Mi padre le dio una patada a *Beau* para asegurarse de que estaba muerto y lo dejó allí. A la intemperie.

Yo me llevé la mano a la boca. En el interior de la tienda, hacía calor y el aire estaba cargado, pero, aun así, empecé a temblar. El señor Versteeg siempre me había intimidado, pero, en aquel momento, se transformó para mí en un monstruo aterrador.

—Yo enterré a *Beau* —continuó Calvin—. Esperé hasta que mi padre se acostó y tomé una pala. Me pasé la noche cavando un hoyo. *Beau* pesaba tanto que tuve que transportarlo en una carretilla.

Al saber que Calvin había tenido que enterrar a su propio perro, sentí deseos de llorar.

—Odio a mi padre —dijo él con una voz tan ronca que me puso la carne de gallina.

—Es el peor padre del mundo —confirmé yo.

Mi padre nunca mataría a un perro. Desde luego, no por ladrar y, por supuesto, no si yo lo quería.

—A veces, me pregunto si el espíritu de *Beau* sigue por aquí —comentó Calvin—. Me pregunto si me habrá perdonado por no encerrarlo en el garaje aquella noche.

—Claro que sigue por aquí —corroboré yo para darle esperanzas—. Me apuesto cualquier cosa a que, ahora mismo, está esperándote en el cielo. Seguramente, sostiene una pelota de tenis en la boca para que se la tires y así poder jugar contigo. Solo porque uno muera, no significa que deje de existir.

—Espero que tengas razón, Britt —murmuró Calvin, y añadió en tono vengativo—: Y espero que, cuando mi padre se muera, vaya al infierno y sufra allí durante toda la eternidad.

29

Al anochecer, vi el humo de una chimenea por encima de las copas de los árboles. Había caminado durante todo el día sin comer ni beber y, en un estado delirante, avancé con pesadez hacia él. Vislumbré una cabaña a través de la turbulenta nieve y pensé que se trataba de un espejismo. Era demasiado bonita para ser real, con sus ventanas iluminadas y una espiral de humo que surgía de la chimenea.

Me tambaleé, intenté mantener el equilibrio frente al potente viento y caminé hacia la cabaña, hipnotizada por la idea de obtener calor y descanso. Subí la nevada pendiente de la entrada y solté un respingo cuando me di cuenta de que mi mente me había engañado. No se trataba de una cabaña cualquiera, Idlewilde se elevaba frente a mí con toda su grandeza.

Unos carámbanos gruesos como mis brazos colgaban de los tejados que, como las glaciales cumbres del fondo, se elevaban hacia el cielo. Una capa de nieve de varios centímetros de grosor cubría el tejado. Miré con ansia hacia la casa.

El oscuro contorno de un hombre se acercó a los ventanales y miró, distraídamente, hacia el exterior mientras se llevaba una taza a los labios.

Calvin.

Me oí pronunciar su nombre, pero mi voz no fue más que un sonido ahogado y helado. Corrí a trompicones hacia la casa. Resbalé y avancé como pude por la nieve sin apartar la mirada de la puerta. Me aterrorizaba pensar que, si dejaba de mirarla aunque solo fuera durante un segundo, Idlewilde y Calvin se desvanecerían en la creciente oscuridad.

Aporreé la puerta. Tenía las manos tan heladas que creí que se me romperían en mil pedazos. Arañé infructuosamente la sólida puerta de madera mientras lloraba y me estremecía de dolor. Intenté darle patadas mientras, entre sollozos, pronunciaba el nombre de Calvin.

La puerta se abrió y Calvin me miró fijamente. Durante un rato largo, su cara reflejó confusión y me di cuenta de que no me reconocía. De repente, abrió los ojos sobresaltado:

—¡Britt!

Tiró de mí hacia el interior y, sin perder tiempo, me quitó la mochila, los empapados guantes y la chaqueta.

Yo estaba demasiado hecha polvo para hablar. Lo siguiente que supe fue que me había llevado hasta el salón y me había tumbado en el sofá junto al fuego. Percibí, levemente, que hurgaba en mis bolsillos. Probablemente, buscaba alguna pista que le indicara dónde había estado, pero no encontró nada. Me quitó las botas y me masajeó los pies. Me envolvió con unas mantas secas y cálidas y me puso un gorro. Después me soltó una serie de preguntas que se embrollaron en mi congelada mente.

«¿Me oyes?» «¿Cuántos dedos ves?» «¿Cuánto tiempo llevas caminando?» «¿Has venido sola?»

Yo levanté la cara, contemplé sus ojos verdes y la firmeza de su mirada me tranquilizó. Deseé echarme en sus brazos y llorar mientras él me abrazaba, pero no podía mover el cuerpo. Una lágrima resbaló por mi mejilla y deseé que Calvin comprendiera las palabras que yo, debido al cansancio, no podía pronunciar. Estábamos juntos. Todo iría bien. Él cuidaría de mí.

Calvin me propinó un par de bofetadas.

—¡No puedes dormirte!

Yo asentí obedientemente, pero el sueño me dominaba. Calvin no lo comprendía. Yo había utilizado toda mi energía en llegar hasta allí. Estaba agotada. Tenía que dormir. Había estado caminando y congelándome en el exterior mientras él estaba en la casa. ¿Por qué no había ido a buscarme?

Mientras perdía y recobraba la conciencia intermitentemente, Calvin salió de la habitación varias veces. Pero siempre regresaba enseguida para rayarme y zarandearme. Percibí, levemente, que introducía un termómetro debajo de mi lengua. La siguiente vez que volvió, colocó bolsas de agua caliente en mis axilas y algo que debía de ser una manta eléctrica sobre mi vientre. Me ordenó que bebiera una infusión de hierbas e incluso me ofreció golosinas, pero yo negué con la cabeza. Eso podía esperar. Lo único que deseaba era que me dejara sola para poder dormir profundamente.

—... quedarte conmigo, Britt.

«No puedo», pensé yo, pero las palabras se disolvieron en mi garganta.

Calvin me agarró la cabeza y me obligó a mirarlo directamente a los ojos.

—No... dormir. No... dejarme solo. Concéntra... en mí.

Sus palabras sonaban débiles, como si hubieran recorrido un largo túnel antes de llegar a mí.

«¡Oh, Cal!»

Suspiré e intenté desembarazarme de sus manos. Él volvió a abofetearme. Empecé a cabrearme y deseé que dejara de incordiarme. Si hubiera tenido algo de fuerza, lo habría empujado.

—Déjame —dije arrastrando la voz, y golpeé débilmente sus manos.

—... seguir luchando. Quédate... Entrar en calor.

Me agarró de los hombros y me zarandeó sin parar hasta que se me agotó la poca paciencia que me quedaba y solté cabreada:

—¡Para, Cal! ¡Déjame en paz!

Después de esta explosión, me dejé caer de nuevo en el sofá. Estaba hecha polvo y sin aliento, pero totalmente despierta.

Calvin, que estaba inclinado sobre mí, se relajó. Sonrió y me acarició la mejilla afectuosamente.

—¡Eso es! Enfádate todo lo que quieras, si es eso lo que necesitas para permanecer despierta. No permitiré que te duermas hasta que tu temperatura corporal supere los treinta y cinco grados y medio.

—¿A santo de qué? —me quejé débilmente con desdén.

—¿Ahora vas a discutir conmigo? ¿En serio?

La mirada de Cal se suavizó y apartó mi húmedo cabello de mi cara. Deslizó la mano por debajo de las mantas y me apretó, con fuerza, la mía, como si temiera perderme si me soltaba.

—¡Estaba tan preocupado por ti, Britt! Korbie me lo ha contado todo. Sé lo de Shaun y el Hacha.

Yo parpadeé varias veces. Pensé que no lo había oído bien. Mi mente repasó esta información a cámara lenta.

—¿Korbie?

—Está arriba. Durmiendo. La encontré en la cabaña. La dejaron allí para que se muriera, Britt. Yo la encontré justo a tiempo. No tenía comida. Se recuperará, pero esto no ha terminado. Han intentado asesinar a mi hermana y a mi... chica. —Al pronunciar la última palabra, le tembló ligeramente la voz—. Si os hubiera ocurrido algo a alguna de vosotras...

Se interrumpió y, antes de que volviera la cara a un lado, vi que sus ojos ardían de rabia.

Calvin había encontrado a Korbie. ¡Claro que sí! Cal era Cal. Él quería con locura a Korbie. Y a mí, también. Haría lo que fuera necesario para salvarnos.

Pero si yo era su chica y me quería, ¿por qué no había salido a buscarme?

Me incorporé en la almohada. Mis miembros estaban entumecidos, pero, aun así, me esforcé en liberarme de las mantas.

—Tengo que ver a Korbie.

—La verás por la mañana —me aseguró Calvin—. La he encontrado hoy y estaba muy mal. Deliraba y estaba presa del pánico. Y estaba herida. Había resbalado en las escaleras y se había hecho daño en la espalda y en el codo. No me dejaba tocarla. No paraba de chillarme y me llamaba Shaun. Le di un somnífero para que se relajara. Necesita descansar y dormir toda la noche de un tirón. Y lo mismo te digo a ti. ¿Quieres un somnífero? Mi madre se los dejó aquí el verano pasado y todavía no han caducado.

—No, solo quiero ver a Korbie.

Calvin intentó que volviera a tumbarme, pero yo me resistí. Tenía que ver a Korbie. Necesitaba comprobar, por mí misma, que estaba bien.

—De acuerdo, puedes verla —accedió él—. Pero deja que la traiga aquí. Tú tienes que descansar. Te preparé algo de cena y, después, iré a buscarla. —Se le humedecieron los ojos y se pasó las manos por la cara—. Me había imaginado lo peor, Britt. Cuando la encontré, pensé que se había producido un milagro y que no tendría la suerte de que se produjera otro y encontrarte a ti. Creí que... Mi vida... Sin ti...

Las lágrimas descendieron por mis mejillas y se me hizo un nudo en la garganta.

Calvin me quería. Nada había cambiado. En aquel momento, me resultó fácil olvidar el dolor y la frustración del pasado. Lo perdoné totalmente. Aquello era... nuestro nuevo comienzo.

—Tengo miedo, Cal. —Me acerqué a él—. Él..., el Hacha está ahí fuera.

No me esforcé en llamarlo Jude. Explicar lo del cambio de nombre no haría más que complicar las cosas.

Calvin asintió de forma cortante.

—Lo sé, pero no permitiré que te haga daño. Cuando las carreteras sean transitables, os sacaré de aquí. Iremos a la policía y se lo contaremos todo.

Yo sacudí la cabeza para indicarle que eso no era todo.

—El Hacha mató a...

Me humedecí los labios. No me esperaba que aquellas palabras me resultaran tan difíciles de pronunciar. Me costaba admitir que Jude había matado a Lauren Huntsman porque demostraba mi evidente error de juicio. Yo había confiado en Jude. Lo había besado. Había permitido que sus manos recorrieran mi cuerpo. Las mismas manos que habían asesinado, cruelmente, a una chica inocente. Resultaba humillante y repulsivo. Si había algo en mi pasado que deseara cambiar, era eso, no haber percibido, desde el principio, el carácter revulsivo de Jude.

—¡Chisss...! —murmuró Calvin, y apoyó, delicadamente, el dedo índice en mis labios—. Conmigo estás a salvo. Has vivido una pesadilla, pero ya se ha acabado. No permitiré que te haga daño. Pagará por haberte secuestrado. Irá a prisión, Britt. No tendrás que volver a verlo nunca más.

Intenté permitir que la confianza de Calvin me consolara y me obligué a apartar a un lado el recuerdo del beso excitante y apasionado de Jude. Fuera lo que fuese lo que hubiera pasado entre nosotros, era una mentira. Él me había engañado. No debía olvidarlo. Cualquier sentimiento persistente que experimentara hacia él, estaba basado en una mentira y tenía que eliminarlo como si se tratara de un cáncer.

—El Hacha asesinó a una chica aquí, en la montaña, y tengo pruebas de ello.

Ya estaba. Ya lo había soltado. Y, aunque me dolía, había hecho lo correcto. No debía proteger a Jude.

—Asesinó a Lauren Huntsman. Mira en mi mochila. Las pruebas están ahí.

Calvin me miró fijamente. La incredulidad enturbiaba sus facciones.

—¿Que mató a... Lauren? —balbuceó.

Evidentemente, estaba tan sorprendido como yo lo estuve cuando me enteré.

—Lauren desapareció en Jackson Hole el año pasado. ¿Te acuerdas? Apareció en las noticias.

Me alivió traspasar a otra persona el peso del secreto de Jude.

—Sí que me acuerdo —contestó Calvin. Todavía estaba alucinado—. ¿Estás segura?

Yo cerré los ojos. Volvía a sentirme mareada y aturdida.

—Mira en mi mochila. En ella encontrarás todo lo necesario para demostrar su culpabilidad. El medallón de Lauren, su diario y una fotografía que demuestra que la acosó antes de asesinarla.

Calvin, consternado, asintió con la cabeza.

—Está bien, examinaré las pruebas, pero tú échate y tómatelo con calma, ¿me oyes?

Calvin se dirigió a la ventana y observó los nevados bosques que rodeaban Idlewilde. Se apretó, reflexivamente, la nuca. Noté que estaba intranquilo y volví a sentir una opresión en el pecho. Antes, no sabía que nos enfrentábamos a un asesino.

—¿Tienes mi mapa? —me preguntó sin volverse hacia mí—. Korbie me contó que me lo habías quitado. No estoy cabreado, pero necesito que me lo devuelvas.

—No, lo tiene el Hacha. Está ahí fuera y me busca, Cal. Tengo las pruebas que demuestran que mató a Lauren Huntsman y no permitirá que me escape. Idlewilde está señalada en el mapa y creo que vendrá a buscarme.

—Si viene, no conseguirá entrar —comentó Calvin con voz grave.

—Gracias al mapa, no tendrá que preocuparse por perderse y podrá avanzar rápidamente.

Deseé abofetearme por haberle entregado el mapa a Jude. ¡Qué gran error! ¿En qué estaba yo pensando para confiar en él tan fácilmente?

—¿Qué armas tiene?

—Va desarmado, pero es fuerte, Cal. Y listo. Casi tan listo como tú.

Calvin se dirigió al escritorio que había al otro lado del salón y abrió el cajón superior. Sacó una pistola, introdujo un cargador en la recámara y la sujetó en su cinturón. Yo sabía que los Versteeg guardaban armas en Idlewilde. El señor Versteeg tenía permiso de armas y Calvin había cazado desde pequeño.

Clavó su mirada en la mía.

—Casi tan listo.

30

Para cenar, Calvin me llevó caldo de pollo y pan. Después, se fue a buscar a Korbie. Cuando la vi al final de las escaleras, no pude contenerme. Dejé la bandeja de la cena encima de la mesa, aparté a un lado las mantas y corrí hacia ella. Cuando me vio subir las escaleras a toda prisa, su mirada, que estaba vidriosa debido al somnífero, se volvió clara. Cuando la rodeé con los brazos, ella ya lloraba desconsolada y sonoramente.

—¡Creí que iba a morir! —balbuceó—. ¡Y estaba segura de que tú ya estabas muerta!

—Nadie ha muerto —anunció Calvin.

Yo, prácticamente, noté cómo ponía los ojos en blanco al ver nuestra explosión emocional.

—No tenía nada para comer —me explicó Korbie—. Me dejaron en aquella cabaña para que me muriera y, si Calvin no me hubiera encontrado, me habría muerto.

—¡Claro que te encontré! —indicó Calvin.

—El Hacha me dijo que te había dejado dos barritas de cereales y una cantimplora.

Korbie lanzó a su hermano una mirada rápida de culpabilidad, lo que reveló que le había escondido esta información.

—¡Sí, pero era muy poca cosa! Lo que me dejó ni siquiera alcanzaba para un par de días. Además, las barritas de cereales estaban pasadas y tuve que esforzarme mucho para comérmelas.

En aquella ocasión, su dramatismo no me importó. La abracé con fuerza.

—¡Estoy tan contenta de que estés viva y a salvo!

—Calvin y yo intentamos llamar a la policía, pero no hay línea y el móvil de Calvin no tiene cobertura —me contó Korbie—. Así que Calvin saldrá a buscar a Shaun y al Hacha y los arrestará él solo. Arresto ciudadano, ¿verdad, Calvin? Ellos van a pie y él tiene una motonieve. Le he contado a Calvin que piensan robar un coche y huir a través de las montañas. Él saldrá por la mañana temprano y patrullará la zona. No escaparán.

—Pero Shaun... —empecé, aturdida.

—¡Haré lo que sea necesario para detenerlos! —exclamó Calvin—. Una cosa está clara. No saldrán de las Teton a menos que vayan maniatados en la parte trasera de mi camioneta.

Yo miré a Calvin y parpadeé varias veces. ¿Por qué hablaba como si Shaun estuviera vivo? Él lo había matado de un disparo y había quemado el cuerpo. Yo lo había visto hacerlo.

—Calvin encontró la motonieve abandonada junto a la carretera. Menuda suerte, ¿no crees? —continuó Korbie—. ¡Tenía las llaves puestas y todo! También tenía una radio y Calvin cree que pertenecía a un guarda del parque. Intentó pedir ayuda por radio, pero alguien la había destrozado.

—Sí, menuda suerte —murmuré yo.

Un leve escalofrío recorrió mi espina dorsal. Calvin había encontrado la motonieve en la cabaña del guarda forestal. ¿Por qué no corregía a su hermana? ¿Por qué estaba mintiendo? ¿Por qué fingía que no había matado a Shaun? Sin duda, la policía lo entendería. Shaun era un criminal. Además, Calvin lo había matado en defensa propia.

Pero esto no era cierto.

Como Jude me había recordado innumerables veces, cuando Calvin apretó el gatillo, Shaun estaba desarmado.

Cuando me metí en la cama, estaba aterida, pero no de frío. Calvin me había estado controlando todo el tiempo y, fiel a su palabra, no me permitió irme a dormir hasta que mi temperatura corporal alcanzó un nivel aceptable. Aunque vi que cerraba con llave todas las puertas, la oscuridad me daba miedo, y también que algo o alguien me atacara mientras dormía. Jude estaba ahí fuera, en el bosque, y, aunque la cerradura de una puerta podía retrasarlo, no lo detendría. Su futuro dependía de que consiguiera destruir las pruebas que demostraban que era un asesino. Tuve el presentimiento de que Jude estaba decidido a recuperarlas.

Calvin me condujo al dormitorio que estaba decorado con osos; el mismo en el que había dormido las otras veces que había estado en Idlewilde. Estaba situado en la primera planta, al final de las escaleras. La señora Versteeg había utilizado un motivo decorativo en cada dormitorio, y el mío tenía una cama con una cabecera de troncos, una colcha con un estampado de osos, una alfombra artificial de piel de oso y fotografías enmarcadas de osos colgadas en las paredes. Una de las fotografías era de una osa negra que jugaba con dos cachorros, pero la otra era de un oso pardo que rugía y enseñaba los dientes. Deseé dormir en la habitación de Korbie, cuya decoración giraba en torno a la pesca. No quería recordar el encuentro con el oso pardo de la noche anterior... ni lo que ocurrió a continuación en el refugio, con Jude.

Permanecí tumbada en la cama mientras oía que Calvin iba de un lado a otro en la planta baja. No había encendido la televisión y prestaba atención a todos los sonidos. También había apagado las luces interiores y había dejado las exteriores encendidas para que todas las posibles entradas a la casa estuvieran bien iluminadas. Me juró que nadie se acercaría a la casa sin que él lo viera.

Empezaba a adormecerme cuando alguien llamó a la puerta del dormitorio.

—¿Cal? —pregunté.

Me incorporé de golpe y me tapé con la sábana hasta la barbilla.

Calvin abrió un poco la puerta.

—¿Te he despertado?

Yo me tranquilicé y exhalé un suspiro.

—No. Entra.

Di unas palmaditas en el colchón, junto a mí. Calvin dejó la luz apagada.

—Solo quería asegurarme de que estás bien.

—Estoy un poco acojonada, pero contigo me siento segura.

Por muy hábil y decidido que fuera Jude, Calvin lo superaba. Si Jude encontraba Idlewilde e intentaba entrar en la casa,
Calvin lo detendría. Esto era lo que me decía a mí misma.

—Nadie entrará en la casa —me aseguró Calvin.

Me reconfortó que, como en los viejos tiempos, leyera mis
pensamientos.

—¿Tienes alguna otra pistola? —le pregunté—. Quizá debería tener una a mano. Por si acaso.

Calvin se sentó en el colchón y este se hundió bajo su peso.
Llevaba puesta una raída sudadera roja y blanca del instituto. Yo
se la había pedido prestada numerosas veces durante el año anterior y me la llevaba a la cama para inhalar su cálido olor salado
mientras dormía. No se la había visto puesta desde que se fue a
Stanford, ocho meses atrás. Me pareció raro que no se pusiera
una de Stanford. Quizá la tenía en la lavadora. O quizá no estaba preparado para dejar atrás el pasado y a quienes habíamos
significado mucho para él. Este pensamiento me reconfortó.

—¿Sabes usar un arma? —me preguntó Calvin.

—Ian tiene una, pero nunca he disparado.

—Entonces será mejor que no te dé ninguna. Te debo una
disculpa, Britt...

Se interrumpió, bajó la vista hacia su regazo y exhaló poco
a poco.

Yo podría haberle restado importancia al asunto con un
comentario banal o gracioso, pero decidí no salvarlo del apuro.
Me merecía su disculpa y había esperado mucho tiempo para
oír aquellas palabras.

—Siento haberte hecho daño. No era esa mi intención
—declaró con expresión emocionada. Volvió la cara a un lado
y se enjugó las lágrimas a toda prisa—. Sé que dio la impresión
de que salía huyendo a toda pastilla. Como si quisiera alejarme
de la ciudad y de ti rápidamente. Pero, lo creas o no, me daba
miedo ir a la universidad. Mi padre me presionaba mucho y
tenía miedo de fallarle. Tenía que cortar con el pasado y empezar una nueva vida. Quería impresionar a mi padre. Tenía que
demostrarle que me merecía el dinero de los estudios. Él me
había dado una maldita y extensa lista para que controlara si,

realmente, daba la talla —añadió con amargura—. ¿Sabes cuáles fueron sus últimas palabras antes de que me fuera? Me dijo: «No te atrevas a sentir añoranza. Solo los débiles miran atrás.» Lo decía en serio, Britt. Por eso no fui a casa para las fiestas de Navidad y Acción de Gracias, para demostrarle que era un hombre y no necesitaba correr a casa cuando las cosas se ponían difíciles. Por eso y porque no quería verlo.

Le tomé la mano y se la apreté. Para animarlo, le levanté la cara y esbocé una sonrisa pícara.

—¿Te acuerdas de que, cuando éramos pequeños, le hicimos vudú con un muñeco y nos turnamos para clavarle una aguja?

Calvin resopló, pero su voz siguió siendo monótona.

—Le robé un calcetín de su cómoda, lo rellenamos con algodón y dibujamos su cara con un rotulador negro. Korbie tomó la aguja del costurero de mi madre.

—Ni siquiera me acuerdo de lo que hizo para que nos cabreáramos tanto.

Calvin apretó las mandíbulas.

—En séptimo curso, fallé un tiro libre durante un partido de baloncesto. Cuando llegamos a casa, me obligó a practicar encestes y me dijo que no me dejaría entrar en casa hasta que hubiera encestado mil tiros libres. Yo solo llevaba puestos unos pantalones cortos y una sudadera y me estaba congelando. Tú y Korbie me observasteis desde la ventana llorando. Cuando lo conseguí, ya casi era la hora de acostarse. Cuatro horas —murmuró con desaliento—. Dejó que me congelara a la intemperie durante cuatro horas.

Yo me acordé de aquel día. Al final, Calvin entró en la casa. Tenía la piel enrojecida, los labios azules y los dientes le castañeteaban. Durante aquellas cuatro horas, el señor Versteeg no asomó la cabeza por la puerta para ver cómo estaba su hijo ni una sola vez. Se quedó sentado en su despacho, tecleando en el ordenador y de espaldas a la ventana que daba a la canasta que tenían en la entrada.

—Esto me lo agradecerás —declaró el señor Versteeg mientras daba una palmadita en el helado hombro de Calvin—. En el próximo partido, no fallarás ni una. Ya verás.

31

—Siento que tu padre fuera tan duro contigo —le dije a Calvin, y entrelacé los dedos de mi mano con los suyos para demostrarle que estaba de su parte.

Él seguía sentado en mi cama. Con los hombros rígidos, lanzó una mirada furiosa a la pared, como si estuviera viendo su desgraciada infancia proyectada en ella. El sonido de mi voz pareció sacarlo del trance y se encogió de hombros.

—¿Que lo fuera? Todavía lo es.

—Al menos, este año has podido largarte a California —comenté con optimismo, y le tiré de la manga en plan juguetón.

Me acordé de que, en cierta ocasión, Calvin me dijo que era capaz de sacarlo de sus estados sombríos y meditabundos con una simple broma o un beso. Me sentí obligada a demostrarle que algunas cosas no cambiaban nunca.

—Seguro que la distancia ha servido para algo, porque su cinturón no llega tan lejos —añadí.

—Sí —confirmó él con voz apagada—. Pero no quiero seguir hablando de mi padre. Quiero que las cosas vuelvan a ser como antes entre nosotros. Bueno, no entre mi padre y yo —rectificó rápidamente—, sino entre tú y yo. Quiero que vuelvas a confiar en mí.

Sus palabras me impactaron. Nuestra conversación se parecía, de una forma increíble, a la que había imaginado días atrás, cuando me dirigía hacia allí en el Wrangler; antes de que supiera los peligros que me esperaban. Entonces me imaginé que Calvin quería que volviéramos a salir, y me juré que no me ablandaría hasta que hubiera pagado por el daño que me había hecho. Pero ya no me sentía vengativa. Quería permitir que me quisiera. Estaba harta de jueguecitos.

Calvin me agarró de la barbilla y acercó mi cara a la suya.

—En la residencia, pensaba en ti todas las noches. Me imaginaba que te besaba. Y que te tocaba.

¡Cal había soñado conmigo! A kilómetros de distancia y en una pequeña habitación que yo nunca había visitado. Cal había compartido mi fantasía secreta. ¿No era eso lo que yo quería?

Juguetonamente, me agarró por la nuca.

—Estoy a gusto contigo. Te quiero, Britt.

Calvin quería estar conmigo. Debería haber sido un momento romántico. Debería haber oído violines en el corazón, pero mi mente regresaba, continuamente, a lo que había vivido durante los últimos días. Horas antes, había llegado a la puerta de Idlewilde congelada y medio muerta. Todavía no me había recuperado. ¿Por qué Calvin quería enrollarse conmigo en aquel momento? ¿No le preocupaba cómo estaba yo?

—¿Es tu primera vez? —me preguntó—. Solo duele un poco. —Noté que sonreía junto a mi mejilla—. Al menos, eso me han dicho.

Yo siempre había querido que Calvin fuera el primero. Me pasé la infancia imaginando que, algún día, recorrería el pasillo de la iglesia y me reuniría con él en el altar. Haría el amor por primera vez durante nuestra luna de miel. En la playa, después de anochecer, y las olas balancearían nuestros cuerpos. Calvin sabía que yo quería esperar. ¿Por qué me presionaba en aquel momento?

—Dime que me quieres, Britt —me susurró.

Resultaba ridículo, pero se me ocurría todo menos una respuesta. Calvin no estaba vigilando las puertas de la casa. ¿Estábamos a salvo? ¿Yo realmente quería aquello?

Calvin me besó con más pasión, apartó la almohada y me presionó contra la cabecera de la cama. Sus manos parecían estar en todas partes al mismo tiempo: me subían el camisón, masajeaban la blanda carne de mis caderas, acariciaban mis muslos. Me eché hacia atrás y levanté las rodillas para hacer que fuera más lento y tener tiempo para pensar, pero él se rio y malinterpretó mi gesto.

—¿Quieres jugar a hacerte la dura? Eso me gusta.

Se abalanzó sobre mí y aplastó su boca contra la mía. Mi corazón se aceleró, pero no porque estuviera excitada. La palabra «no» luchaba por salir de mi garganta.

De repente, vi los oscuros ojos de Jude delante de los míos. La imagen fue tan real que me pareció que era él y no Calvin quien estaba frente a mí.

Me quedé horrorizada. Miré a Calvin y me sequé la boca con el dorso de la mano. La imagen de Jude había desaparecido, pero seguí mirando a Calvin totalmente agobiada. Me aterrorizaba la idea de que la cara de Jude volviera a aparecer. ¿Presentía que estaba cerca? ¿Era eso posible?

Lancé una mirada hacia la puerta. Medio esperaba ver a Jude entrar por ella. Extrañamente, casi deseé que lo hiciera. Él detendría a Calvin.

«¡No!» Me di asco a mí misma y borré aquel pensamiento de mi mente. ¡Yo no quería a Jude! ¡Él era un criminal, un asesino! Pensar que se preocupaba por mí era una mentira.

Calvin me agarró y soltó un gruñido de impaciencia.

—Ahora no me hagas parar.

Yo puse los pies en el suelo. Quería que Calvin saliera de mi habitación y Jude de mi cabeza.

—No, Calvin —declaré con firmeza.

Él tiró de mí bruscamente y me sentó en su regazo.

—Seré todo un caballero.

Sus labios buscaron los míos.

—¡No!

Mi voz por fin acabó con su expresión ensoñadora y me miró extrañado.

—Me habías hecho creer que querías que nos enrolláramos —me dijo en tono acusador.

¿Eso había hecho yo? Lo había invitado a entrar en la habitación, pero solo quería cariño y hablar. Yo no esperaba aquello.

—No me estarás rechazando por tu novio, ¿no? —refunfuñó, y se pasó las manos por la cabeza—. Todo el mundo se da el salto en el instituto, Britt.

«¿Como me hiciste tú con Rachel?», deseé preguntarle.

—No se lo contaré —me aseguró—. Y tú tampoco se lo cuentes. De este modo, nadie saldrá perjudicado.

Entonces me di cuenta de que Calvin no sabía que el Mason del 7-Eleven, en realidad, no era mi novio. Y tampoco sabía que aquel Mason era el mismo Mason, o el Hacha, que nos había secuestrado a Korbie y a mí. No se había enterado de esa parte de la historia.

Pero aquel no era el momento adecuado para contársela. Los celos y el acoso de Calvin me hicieron temer qué podía hacer a continuación. Había matado a Shaun y había mentido al respecto. Y, ahora, estaba en mi habitación y me agobiaba para que hiciera algo que yo no quería hacer. Mi relación con él ya no era la misma que antes. Algo había cambiado, aunque yo no sabía exactamente qué. Lo único que sabía era que, después de ocho meses, él parecía haberse olvidado de todo respecto a mí.

—¿No piensas decir nada? —me preguntó, enfadado—. ¿Pasas de mí? ¿Así, sin más?

—No quiero discutir contigo —repuse con calma.

Calvin se levantó. Sus penetrantes ojos verdes me examinaron durante unos segundos más.

—Está bien, Britt, lo que tú quieras —declaró con una voz apagada que yo interpreté que reflejaba fracaso y decepción.

32

Una ráfaga de aire frío me despertó. Antes de dormirme, me había olvidado de cerrar las cortinas. Me dirigí a la ventana y solté los cordones que las sujetaban. Como ya estaba levantada, me quedé un rato frente a ella y escudriñé el bosque. Deseé poder localizar a Jude en la inmensa oscuridad. Estaba allí fuera, en algún lugar, y venía a por mí. Estaba segura.

Un hueco en forma de arco conducía a un lavabo que compartía con la habitación de Korbie. Me lavé la cara. Me dolían los músculos a causa de la larga y ardua caminata hasta Idlewilde y, cuando me miré en el espejo, vi, horrorizada, que mi aspecto era espantoso. Estaba pálida como el papel, o más bien gris. Tenía unas ojeras enormes y mi pelo, apelmazado y sin brillo, estaba sucio.

Trastornada por la visión, me volví de espaldas al espejo. Me quedé unos instantes sobre el frío suelo de baldosas, sin saber qué hacer. Abrí con cuidado la puerta del dormitorio de Korbie y, sin encender las luces, me acerqué a su cama. Ella estaba durmiendo cabeza abajo y el ruido de su respiración, rítmica y profunda, estaba parcialmente ahogado por la almohada. Sentí la imperiosa necesidad de acariciarle el pelo, pero sabía que, si la despertaba, Calvin no me lo perdonaría. Me tumbé en la cama junto a ella y lloré silenciosamente.

«Lo siento mucho —pensé dirigiéndome a ella—. Yo insistí en venir a las montañas, pero nunca quise que sufrieras. Ni ahora ni cuando salía con Calvin. ¡Ojalá te hubiera contado que salía con él! Me equivoqué manteniéndolo en secreto.»

Calvin y yo salimos durante menos de seis meses. Como lo conocía de toda la vida y había estado enamorada de él casi todo ese tiempo, supongo que ese período me pareció más largo de lo que fue. Él siempre había formado parte de mi vida, incluso cuando no salíamos oficialmente.

Yo quería hacerlo feliz, por eso accedí a mantener nuestra relación en secreto, pero, en el fondo, me dolió que no quisiera anunciar, públicamente, que era su novia. También me dolió mentir a mis amigas. Sobre todo a Korbie. Entre otras cosas, porque era su hermana. Para sentirme mejor, me dije a mí misma que las relaciones exigían acuerdos. Yo no podía tener todo lo que quería. Esto formaba parte de convertirse en adulto y de aceptar que el mundo no giraba alrededor de mí.

Entonces, Korbie lo descubrió. Se enteró el verano anterior, durante su fiesta de la piscina. La misma fiesta en la que Calvin besó a Rachel. Calvin y yo habíamos acordado que actuaríamos como siempre. Él estaría con sus amigos y yo con mis amigas. Si nos cruzábamos, nos saludaríamos, como habíamos hecho durante años, pero nada de cariños.

Yo me había comprado un bañador negro con agujeros a los lados para la fiesta. Las otras chicas llevarían biquini y yo quería destacar. Sabía que Calvin se fijaría en mí. Antes de que empezara la fiesta, me puse el bañador en el dormitorio de Korbie y, cuando ella lo vio, supe que había elegido bien.

—¡Impresionante! —comentó con esa deseable mezcla de admiración y envidia.

Korbie me había convocado una hora antes para que la ayudara en los preparativos, así que nos vestimos y nos dirigimos a la cocina. Le dije que tenía que ir al lavabo, pero seguí por el pasillo y entré en la habitación de Calvin. Tomé un pedazo de papel de su impresora y le escribí una rápida nota que llevaba elaborando mentalmente desde hacía horas. Todavía no la había terminado, pero no disponía de más tiempo.

Esta noche, cuando veas que me acarició el brazo, significará que estoy pensando en ti. Y cuando veas que sumerjo los pies en la piscina, significará que me imagino que estamos solos y que yo estoy sentada en tu regazo mientras tú me besas.

Muacs,

BRITT

Antes de que pudiera arrepentirme, doblé el papel y lo medio escondí debajo de su almohada. Luego, corrí a reunirme con Korbie en la cocina.

Cuando los invitados empezaban a llegar, Korbie se dirigió al jardín, donde yo estaba abriendo las sombrillas, y agitó, enfadada, la nota delante de mi cara.

—¿Qué es esto?

—Yo... Solo es... —tartamudeé—. ¿Dónde la has encontrado?

—¡A ti qué te parece! ¡Bajo la almohada de Calvin!

—No tendrías que haberla visto.

Yo llevaba meses temiendo que llegara aquel día. Había tenido mucho tiempo para preparar mis disculpas, pero en aquel momento, no encontré las palabras.

Korbie se echó a llorar. Tiró de mí hacia la parte de detrás de un arbusto de lilas. Nunca la había visto tan cabreada.

—¿Por qué no me lo habías contado?

—Lo siento muchísimo, Korbie.

De verdad que no sabía qué decir. Me sentí fatal.

—¿Cuánto tiempo lleváis juntos?

—Desde abril.

Korbie se enjugó las lágrimas.

—Deberías habérmelo dicho.

—Lo sé. Tienes razón. Lo que he hecho está mal y me siento fatal.

Ella sorbió por la nariz.

—¿No me lo contaste porque creías que me cabrearía?

—No —le contesté con sinceridad—. Es que Calvin no está preparado para hacerlo público.

—¿Crees que te está utilizando?

Yo noté que me sonrojaba. ¿Por qué me preguntaba eso?

¿Y precisamente esa noche, cuando yo ya me sentía insegura respecto a Calvin y a mí?

—Creo que no. No lo sé —contesté abatida.

—Si tuvieras que elegir entre nosotros dos, me elegirías a mí, ¿no?

—¡Claro! —respondí rápidamente—. Tú eres mi mejor amiga.

Korbie bajó la vista y me agarró la mano.

—No quiero compartirte con él.

Korbie no sabía que no tendría que compartirme durante mucho tiempo más. Cuando Calvin se fue a Stanford, fue el principio de nuestro final.

Dejé a un lado aquel recuerdo y regresé al presente. No quería salir de la cama de Korbie, pero Calvin no tardaría en subir para ver cómo estábamos. Le tapé los hombros con la manta y, al salir, cerré la puerta detrás de mí.

Estaba a punto de meterme en mi cama, cuando mi mente percibió algo fuera de lo común junto al armario. Una figura humana de gran tamaño estaba pegada a la pared y se confundía con las sombras. Antes de que yo pudiera reaccionar, se abalanzó sobre mí, me tumbó en la cama y sofocó mi grito de auxilio con su mano fría como el hielo.

—No grites, soy yo, Jude —susurró.

Yo me revolví todavía con más violencia para demostrarle que su información no me tranquilizaba en absoluto. Conseguí doblar una rodilla e intenté propinarle un rodillazo en la entrepierna, pero fallé por pocos centímetros y solo le di en el muslo.

Jude dirigió, momentáneamente, la vista a mi objetivo, arqueó las cejas irónicamente y volvió a centrarse en mí.

—Por poco.

Para prevenir más riesgos, se colocó rápidamente encima de mí y me aplastó con su cuerpo grande, húmedo y helado. Hubiera entrado como hubiera entrado en la casa, debía de haberlo hecho hacía poco. Tenía nieve en la chaqueta y su oscura barba de varios días estaba salpicada de gotitas de hielo que se estaban fundiendo.

Me quejé del peso de su cuerpo con una exclamación de

enojo, pero Jude me tapaba la boca con la mano y dudé que Calvin me hubiera oído aunque hubiera estado en el pasillo con la oreja pegada a mi puerta. Lo más probable era que estuviera en la planta baja, yendo de la puerta principal a la trasera y viceversa y ajeno al peligro que ya había entrado en la casa.

—¿Sorprendida de verme? —me preguntó Jude mientras se inclinaba hacia mí para evitar que alguien más lo oyera.

Olía como yo lo recordaba, a plumón, savia de pino y leña quemada. Aunque la última vez que habíamos estado tan cerca, yo no sabía lo que ahora sabía y estaba junto a él de buen grado.

—Aunque seguro que no estás ni la mitad de sorprendida que yo cuando, esta mañana, regresé al refugio y descubrí que te habías ido. Deberías haberme dicho que pensabas irte y me habrías ahorrado el esfuerzo de cazar un conejo para ti.

La rabia contenida que reflejaba su voz hizo que me estremeciera interiormente. No quería creer que pensaba hacerme daño, pero había matado a Lauren Huntsman y era un experto ocultando su verdadera personalidad. La mayoría de los psicópatas eran expertos en eso. Me hizo pensar en los vecinos de asesinos en serie, que siempre declaraban: «¡Pero si era un hombre muy agradable!»

—No se te ocurra gritar, Britt —me indicó con una voz contenida y letal—. Quiero que me escuches y, después, me dirás dónde están las cosas que me has robado.

Durante un instante, la ira superó al miedo y, sin pensarlo, arqueé las cejas de un modo desafiante. «¿De verdad crees que no gritaré, psicópata? —le dije mentalmente con furia—. ¡Aparta la mano de mi boca y gritaré tan alto que te quedarás sordo!»

—Como tú quieras —replicó Jude al ver que yo me revolvía—. Yo hablaré y tú me escucharás mientras el mamón de tu amigo sigue mirando por las ventanas del salón. ¡Como si yo fuera a colocarme a la luz de los focos que iluminan el jardín y saludarlo con la mano!

Al oír que insultaba a Calvin, me revolví indignada. Recé para que Calvin subiera a comprobar si yo estaba bien y le pegara un tiro a Jude en medio de sus dos odiosos ojos. Aunque quizá fuera mejor que infravalorara a Calvin. Ansiaba ver su expresión de sorpresa cuando se diera cuenta de que nunca debería haberse enfrentado a Calvin. Si Jude había venido para matarme ahora que yo sabía que había asesinado a Lauren Huntsman, Calvin se pondría hecho una furia. ¡Ya vería!

—Dijiste que confiabas en mí y, luego, registraste mis objetos personales. Deberías haberme pedido que me explicara en lugar de sacar conclusiones precipitadas y salir corriendo —declaró Jude con voz fría y cabreada—. Aunque, la verdad, es que no estoy seguro de que, en algún momento, yo te importara algo. Te juzgué equivocadamente, Britt. Te mereces un premio por conseguir que bajara la guardia. Pocos lo han conseguido. Me has engañado bien. ¿Tenías la intención de registrar mis cosas desde el principio? ¿Me sedujiste con engaños para asegurarte de que te ayudaría a llegar a Idlewilde? Pues bien, perdiste el tiempo —continuó cada vez más furioso—. Y también tu integridad, porque era sincero cuando te dije que te ayudaría sin esperar nada a cambio.

Lo miré directamente a los ojos y levanté la barbilla con altivez. «Exacto, estaba fingiendo. Mis besos eran falsos.» Me sentó bien decírselo aunque solo fuera mentalmente y no darle la satisfacción de creer que alguna vez me importó. Sobre todo si iba a matarme allí mismo.

Pero los ojos se me llenaron de lágrimas y arruinaron la determinación de mi mirada. Intenté volver la cara a un lado antes de que él se diera cuenta. Odiaba la idea de que percibiera mi debilidad. No sabía si lloraba por el miedo a morir o porque sus palabras habían abierto una herida. Mientras nos enrollábamos la noche anterior, yo no fingía. Me enrollé con él porque quería hacerlo. Confiaba en él, y la traición que sentí cuando averigüé la verdad acerca de quién era, me partió el corazón.

—Vaya, ¿ahora lloras? Eres mejor actriz de lo que creía —gruñó Jude con amargura—. Puedes llorar todo lo que quieras, Britt, pero no te soltaré. No después de lo que me ha costado seguirte hasta aquí. Y no me iré hasta que me devuelvas lo que me has robado. ¿Dónde están mis cosas? —me preguntó, y me zarandeó bruscamente—. ¿Dónde está el medallón y el diario?

Yo negué con la cabeza enérgicamente. Resoplé por la nariz y le lancé una mirada cargada de odio para transmitirle mi mensaje. Nunca en mi vida había deseado tanto maldecir. Las palabrotas más ordinarias y malsonantes que conocía cruzaron por mi mente y deseé tener la gran satisfacción de poder soltárselas a la cara.

—¿Dónde están mis cosas? —gruñó de nuevo mientras me aplastaba, todavía más, contra el colchón.

Cerré los ojos con fuerza y pensé que había llegado mi fin. Jude me tapaba la boca con una mano y, con la otra, me sujetaba la cabeza por detrás. Solo tenía que retorcerme el cuello y se acabó. Yo respiraba entrecortadamente y con ansiedad. Sabía que era vergonzoso haber esperado al último momento para rezar, pero estaba desesperada. «Querido Dios, consuela a mi padre y a Ian después de mi muerte. Y, si ha llegado mi hora, por favor, que Jude lo haga de una forma rápida e indolora.»

Pero Jude no me mató y, al final, me atreví a abrir de nuevo los ojos. Su cara estaba muy cerca de la mía y la dureza y la rabia de sus facciones se estaban desmoronando. Sacudió la cabeza y su expresión reflejó cansancio e indignación hacia sí mismo. Me soltó, se sentó y se frotó los ojos inyectados en sangre con las palmas de las manos. Sus hombros se curvaron, todo su cuerpo empezó a temblar y se derrumbó mientras lloraba en silencio.

No me había matado. No estaba muerta.

Me quedé tumbada en la cama, incapaz de hacer nada salvo llorar como él. Mis hombros se convulsionaron silenciosamente.

—¿La mataste? —le pregunté.

—¿Tú crees que lo hice?

—Tenías sus pertenencias.

—¿Y eso me convierte en su asesino? —me preguntó con un deje de amargura en la voz—. ¿Te resultó fácil llegar a esa conclusión y condenarme o primero titubeaste un poco? Después de lo que compartimos ayer por la noche, espero que dedicaras un par de minutos a reflexionar sobre mi carácter.

—Vi al padre de Lauren Huntsman en la televisión. Aseguró que ella llevaba puesto el medallón la noche que desapareció.

—Así es.

Yo tragué saliva con dificultad. ¿Se trataba de una confesión?

—¿Y por qué tenías unas esposas?

Jude se encogió y pensé que había confiado en que me habría olvidado de ellas. Pero ¿cómo iba a olvidarme de algo así? ¿Qué tipo de persona iba por ahí con unas esposas?

—¿Esposaste a Lauren? —continué yo—. ¿La esposaste para que no pudiera escapar? ¿Para poder dominarla?

—Está claro que me crees capaz de hacer cosas horribles —comentó Jude entre cansado y hastiado—. Pero no soy el monstruo que te imaginas. Intento hacer lo correcto, por esto estoy aquí ahora. Intento atrapar al auténtico asesino y, para conseguirlo, necesito las pertenencias de Lauren.

Más explicaciones enigmáticas. Me estaba cansando de ellas. No sabía qué pensar. Lo único que sabía era que, si volvía a cometer el error de confiar en Jude, no solo demostraría que era una imbécil, sino que, seguramente, acabaría muerta. Él podía estar engañándome para después matarme y eliminarme como testigo.

—¿Qué relación tenías con Lauren?

Jude se frotó la cara con las manos y vi que le temblaban. Se inclinó, encorvó los hombros y hundió la cabeza entre ellos como si los recuerdos lo acosaran, como si fueran objetos embrujados que lo machacaran dolorosamente.

—Yo no maté a Lauren —declaró con voz inexpresiva.

Se sentó en el borde de la cama y miró fijamente la pared en sombras. Incluso en la penumbra, vi que tenía la mirada ausente.

—Pocas horas antes de desaparecer, dejó un mensaje en mi buzón de voz. Me contó que iba a salir de copas. Yo sabía que, como había hecho cientos de veces antes, me estaba advirtiendo. Quería que la detuviera. Cuando oí su mensaje, mi avión acababa de aterrizar en Jackson Hole. Yo quería darme una ducha y comer algo. Estaba harto de dejarlo todo para ir a rescatarla, de modo que ignoré su llamada. Por una vez, decidí dejar que ella saliera sola de su propio atolladero. —Contuvo el aliento y me miró con ojos vacíos y torturados—. Lauren era mi hermana, Britt. Se suponía que debía cuidar de ella y le fallé. No pasa un día sin que me imagine cómo habrían sido las cosas si yo no hubiera sido tan egoísta.

¿Lauren era su hermana?

Antes de que pudiera hacerme a la idea, Jude continuó:

—La policía abandonó la búsqueda, pero yo nunca lo hice. Tenía su diario y lo leí entero en busca de pistas. Acudí a todos los bares, clubs, salas de juegos y hoteles de Jackson Hole que ella podía haber visitado. Antes de que yo llegara, mi familia llevaba allí una semana de vacaciones, de modo que ella había tenido un montón de tiempo para pasear por el pueblo. Alguien tenía que haberla visto. Alguien tenía que haber visto algo. Critiqué a la policía por no realizar ningún progreso, pero yo disponía de un recurso del que ellos carecían: mi familia tenía dinero. Pagué a la gente para que hablara y una persona, un camarero, se acordó de que había visto a Lauren salir del bar con un vaquero. Más tarde, el camarero reveló a los medios que había visto a Lauren salir del Silver Dollar Cowboy con un hombre que llevaba puesto un Stetson negro. Yo me enfurecí, porque no quería poner sobre aviso al hombre que perseguía.

»A partir de la descripción del camarero, sabía que buscaba a un hombre de veintipocos años, delgado, de estatura media, con la nariz rota, el pelo rubio y los ojos azules, y, posiblemente, con un Stetson negro. Regresé a aquel bar todas las noches durante semanas hasta que, un día, Shaun entró. Encajaba en la descripción. Averigüé cómo se llamaba, me informé acerca de sus antecedentes y descubrí que no hacía mucho que se había trasladado a Wyoming desde Montana, donde tenía un largo historial de delitos menores como hurtos, agresiones leves y alteración del orden público. Estaba convencido de que había encontrado al hombre que buscaba.

»Dejé los estudios, me despedí de mis amigos y mi familia y me mudé a Wyoming. Una vez allí, me dediqué en cuerpo y alma a ganarme la confianza de Shaun. Me conseguí una identidad falsa, cometí pequeños delitos y presioné a sus enemigos para que confiara en mí. Habría hecho cualquier cosa con tal de conseguirlo. Esperaba que, a la larga, Shaun me confesara que había asesinado a Lauren. Entonces, cuando estuviera seguro de que él era el asesino, lo mataría. Despacio —añadió con un tono de voz frío y amenazador y los ojos encendidos.

Yo me había recuperado lo suficiente para apartarme de él en silencio por encima de la cama. Su historia era muy sentimental y conveniente. Quizá se había dado cuenta de que amenazarme no servía de nada y ahora intentaba otra estrategia. Además, su historia no explicaba que tuviera el medallón y aquella fotografía tomada de lejos. Los padres de Lauren estaban seguros de que ella llevaba puesto el medallón cuando desapareció. Jude debía de estar presente cuando la mataron y debió de quitarle el medallón una vez muerta. Bajé un pie de la cama con cuidado, pero el suelo de madera crujió bajo mi peso y me delató.

Jude se volvió hacia mí sobresaltado. Yo me quedé paralizada. Podía gritar, pero, para cuando Calvin llegara, Jude habría tenido tiempo de asestarme un golpe mortal en la cabeza y escapar por la ventana.

—Continúa —lo animé amablemente mientras intentaba que mi voz no reflejara el nerviosismo que sentía.

Para mi sorpresa, Jude parpadeó y, casi como si estuviera en un trance, me obedeció.

—Si Shaun había asesinado a Lauren, mi objetivo era matarlo. Había empezado a alardear de algunos de sus delitos, como chantajear a mujeres casadas y ricas con fotografías que les tomaba cuando estaban borrachas. Un poco más y estaba convencido de que me hablaría de Lauren.

»Pero, entonces, atracó el Subway y disparó al policía. Shaun estaba fuera de sí. Nunca lo había visto tan acojonado. Sabía que estaba en un serio apuro. Cuando salió huyendo del Subway, estaba tan histérico que empujó a una niña que cruzaba la calle. No creo ni que la viera. Su reacción debería de haberme hecho reconsiderar la idea de que había matado a alguien anteriormente, pero quería estar seguro. —Arrugó la frente con una expresión de dolor—. Llevaba demasiado tiempo persiguiendo al asesino de Lauren para volver a empezar de cero.

»Cuando Shaun disparó al policía, nos vimos obligados a

salir huyendo. Para empeorar las cosas, tú y Korbie aparecisteis en la cabaña en la que nos ocultamos. En lugar de poner vuestra seguridad por encima de todo, yo estaba furioso porque habíais estropeado mis planes. Era como si hubiera perdido mi humanidad. La rabia y las ansias de sangre me dominaban y lo único que me importaba era conseguir la confesión de Shaun. Todo se reducía a aquel único objetivo. Si Shaun había matado a mi hermana, yo le devolvería el favor, y si eso me acarreaba consecuencias, ¡a la mierda con ellas! Sabía que me condenarían por ello, pero ya me parecía bien. Quería morirme. Le había fallado a Lauren y no merecía otra cosa.

Jude apoyó los codos en sus rodillas, agachó la cabeza y entrelazó las manos en su nuca. Estaba más cerca de la puerta que yo, pero si yo seguía avanzando hacia ella con pasos cortos y silenciosos...

—Cuando tú y yo unimos fuerzas para salir de la montaña vivos me ocurrió algo. La rabia se esfumó. Por primera vez en meses, tenía alguien a quien aferrarme que no fuera el fantasma de Lauren. Quería estar ahí para ti, Britt. Me dije a mí mismo que era más valioso vivo que muerto. Tenía que seguir luchando porque tú me necesitabas. Y cuando nos besamos...

Se frotó los ojos con el dorso de las manos.

Yo me detuve bruscamente. No me esperaba que hablara de mí con tanta emoción. Un intenso dolor se apoderó de mí. Tragué saliva con esfuerzo y luché contra el dulce y peligroso recuerdo de la noche anterior. No podía regresar a aquel momento. Lo sabía, pero no era lo bastante fuerte como para evitarlo.

Cerré los ojos brevemente y sentí una sensación creciente de añoranza. Me acordé, con indudable anhelo, de la suavidad de su piel y del juego de la luz de la hoguera en sus facciones. Todavía podía sentir sus lentas y deliberadas caricias. Jude sabía cómo tocarme. El tacto de sus manos estaba grabado para siempre en mi piel.

—¿Así que lo de anoche también significó algo para ti? —me preguntó él en voz baja y mientras me observaba con una mirada que, ahora, era totalmente presente.

Yo no sabía lo que sus besos habían significado para mí. En

aquel momento, no podía decidirlo. No sabía si creía en su historia. ¿Qué tipo de persona abandonaba la universidad para realizar un trabajo que le correspondía a la policía? Aunque Lauren fuera su hermana, no estaba segura de que eso justificara la radicalidad de sus actos. ¿Los delitos que había cometido para conseguir la confianza de Shaun estaban justificados? Si realmente quería justicia, le habría entregado a la policía el diario y el medallón de Lauren y habría confiado en el sistema.

—¿Cómo conseguiste el medallón de Lauren? —le pregunté.

—Lo encontré en la camioneta de Shaun justo después de que os hiciéramos prisioneras. Antes de ir a buscar vuestro equipo de alpinismo al Wrangler, registré de arriba abajo la camioneta de Shaun. Sabía que podía ser mi única oportunidad para descubrir qué guardaba en ella. Encontré el medallón de Lauren en una caja metálica que escondía debajo del asiento. También encontré la fotografía de Lauren. Había fotografías de otras mujeres, pero en lo único en lo que podía pensar era en que por fin había encontrado lo que estaba buscando. Pruebas que demostraban que conocía a Lauren, que ella era su objetivo y que la había estado observando y fotografiando durante días.

»Guardé el diario, las esposas, que ya estaban en mi poder, y el medallón y la fotografía en una bolsa de lona y la cosí para que Shaun no pudiera acceder a aquellos objetos. Esto me tomó tiempo, por esto tardé en regresar con el equipo.

Yo todavía no sabía si creer o no lo que me decía. Jude me había demostrado que era sumamente listo e inteligente. ¿Y si me estaba engañando?

—Si te cuento dónde están el diario y el medallón, ¿me juras que se los entregarás a la policía? —le pregunté.

—Por supuesto —contestó él con impaciencia—. ¿Dónde están?

Lo observé atentamente e intenté adivinar los escurridizos pensamientos que pasaban velozmente por sus ojos. Sus excesivas ansias por conseguir aquellos objetos me intranquilizaron.

—No los tengo —le confesé finalmente—. Se los di a Calvin. Y no tienes que preocuparte porque él los entregará a la policía.

Jude empalideció.

Al verlo tan alterado, mi corazón empezó a latir con fuerza. Su reacción solo podía significar una cosa. Era culpable. Había intentado engañarme para que le devolviera las cosas de Lauren. Era un genio del crimen. Se había inventado una complicada historia que hacía que pareciera un héroe trágico para que le entregara las pruebas de su culpabilidad como una niña obediente.

Me aparté de él.

Él, desconcertado, sacudió la cabeza, como si le costara creer que sus mentiras se estuvieran desmoronando y que yo hubiera descubierto la verdad.

—No deberías habérselos dado a Ca... —empezó.

Alguien llamó a la puerta y los dos nos volvimos hacia allí. La expresión de desconcierto de Jude desapareció. Se levantó de la cama y se escondió, silenciosamente, junto a la puerta, con las manos listas para pelear. No llevaba armas. Si Calvin entraba, Jude lucharía con los puños.

—¿Britt? Solo quería asegurarme de que estás bien —dijo Calvin con suavidad.

Los ojos oscuros de Jude se clavaron en los míos y sacudió la cabeza significativamente. Quería que me deshiciera de Calvin.

No disponía de tiempo para pensar. Apenas conocía a Jude. Confiar en él era muy arriesgado. Además, Calvin era una opción sólida: siempre había cuidado de mí. Me sentí dividida por dentro y miré alternativamente la puerta y la figura que estaba agazapada junto a ella y dispuesta a luchar. La mente me decía que confiara en Calvin, pero mi corazón quería creer a Jude.

Una palabra mía y Calvin se iría o entraría impetuosamente. Al final, fue mi indecisión, mi silencio, lo que reveló mis dudas a Jude.

Y lo que empujó a entrar a Calvin.

33

Calvin levantó el brazo de forma refleja para contrarrestar el puñetazo que Jude le lanzó cuando cruzó la puerta. De todos modos, el impacto hizo que Calvin retrocediera un paso y estuviera a punto de perder el equilibrio. Jude no esperó a que lo recuperara y se abalanzó sobre Calvin con los puños tan apretados que las venas de su cuello se marcaban en su piel. Pero Calvin había desenfundado la pistola antes de entrar y disparó a Jude.

La bala atravesó el hombro de Jude. Milagrosamente, después de una breve sacudida, él siguió impulsándose hacia delante y avanzó hacia Calvin con una determinación casi sobrehumana. Dio tres pasos tambaleantes más y, entonces, Calvin le cruzó la cara con la empuñadura de la pistola. El golpe hizo caer a Jude violentamente de espaldas.

Permaneció tumbado en el suelo, totalmente inmóvil, mientras un charco de sangre crecía debajo de su hombro. Yo estaba tan impactada que no conseguí emitir ningún sonido. Contemplé, boquiabierta e incrédula, el cuerpo sin vida de Jude. ¿Calvin lo había matado?

Calvin contempló a su oponente con retorcida admiración... Hasta que lo reconoció.

—¿Qué está haciendo él aquí? —me preguntó.

Sin duda, había reconocido al Mason del 7-Eleven.

—¡Lo has matado! —exclamé horrorizada y casi sin respiración.

—No está muerto. —Calvin le propinó un golpe en el vientre con el pie—. No apunté a matar. Además, he utilizado una bala de bajo calibre para minimizar los daños. Pero este es el tío de la gasolinera. Tu novio. ¿Qué está haciendo aquí?

—Tú... le has disparado —balbuceé yo.

La cabeza seguía dándome vueltas.

—El Hacha... o sea, Mason..., el tío que os secuestró y que, ahora, tiene mi mapa... Deduzco que, en realidad, no es tu novio —comentó secamente.

—¡Si no hacemos algo, se desangrará y morirá!

—Cállate o despertarás a Korbie —me riñó Calvin. Rodeó el cuerpo de Jude lentamente sin dejar de apuntarlo con la pistola—. Está en estado de *shock*. Ayúdame a atarlo antes de que se despierte.

—¿Atarlo? ¡Tenemos que llevarlo a un hospital!

—Tenemos que retenerlo hasta que podamos contactar con la policía. Esto es un arresto ciudadano. Cuando lo hayamos atado, le curaré la herida. No pongas cara de acojone. ¿Qué es lo peor que podría suceder?

—Podría morirse.

—¿Y eso sería tan malo? —continuó Calvin con una voz que me pareció excesivamente calmada incluso para él—. Abandonó a Korbie en una cabaña para que se muriera de hambre y de frío y te obligó a conducirlo por las montañas en medio de la tormenta. ¡Estuviste a punto de morir, Britt! Y ahora tenemos pruebas de que, el año pasado, asesinó a una chica. ¡Míralo! No es una víctima. Es un asesino. Esta noche ha entrado por la fuerza en la casa para matarte. Y, probablemente, también a mí y a Korbie. Le he disparado en defensa propia.

—¿En defensa propia? —repetí mientras sacudía la cabeza con incredulidad—. Él no iba armado. Y no sabemos seguro que quisiera matarnos.

Pero Calvin no me escuchaba.

—Ve al garaje y tráeme una cuerda. Está en la estantería que hay a la izquierda de la puerta. Tenemos que atarlo antes de que recupere la consciencia.

El plan de Calvin parecía lógico, pero mis pies siguieron

anclados en el suelo. No podía atar a Jude, quien podía estar muriéndose. Tenía la cara pálida y parecía estar más muerto que vivo. Si no fuera por su respiración, que era corta y superficial, habría encajado bien en un ataúd.

Intenté adaptarme a la forma de pensar de Calvin. Jude se lo merecía. Pero mi corazón me decía lo contrario. ¿Y si se moría de verdad? Jude no merecía morir. La idea de que desapareciera para siempre me destrozó. Yo tenía preguntas, muchas preguntas, y quizá no consiguiera nunca las respuestas. No me podía creer que aquel fuera el final de nuestra historia. No habíamos tenido la oportunidad de dejar las cosas claras, de entendernos.

Calvin dejó de observar a Jude y me miró con una expresión de paciencia infinita en la cara.

—¡La cuerda, Britt!

Salí temblando de la habitación.

Calvin tenía razón. No podía dejarme llevar por las emociones. Teníamos que inmovilizar a Jude.

Una vez en el garaje, me puse de puntillas para tirar de la cuerda, que estaba en el estante superior. De nuevo me pregunté si era realmente necesario atar a Jude. No era probable que escapara. Vi que la cuerda tenía una mancha rojiza entre las fibras. ¡Se trataba de sangre! Arrugué el entrecejo y me pregunté si Calvin la había utilizado anteriormente durante una partida de caza. Saqué la sangre seca con la uña. ¿La cuerda era lo bastante higiénica para atar con ella a un hombre que tenía una herida abierta?

Volví a dejar la cuerda en el estante y tomé otra que estaba más al fondo. La examiné rápidamente y decidí que, aunque tenía polvo, estaba más limpia que la primera.

Subí al dormitorio. Calvin había cerrado la puerta. La abrí y el intenso olor ácido de la sangre fresca me echó para atrás. Calvin había puesto varias toallas en el suelo para no resbalar y había subido a Jude a la cama. Las sábanas se estaban empapando de sangre.

Le tendí la cuerda a regañadientes.

Calvin registró los bolsillos de Jude por si tenía alguna arma, pero no encontró ninguna. Luego, ató las muñecas de Jude a los postes de la cabecera de la cama. Después ató sus tobillos a los postes de los pies de la cama. Jude quedó estirado en forma de estrella, como un prisionero del siglo XVIII antes de ser desmembrado.

—¿Y, ahora, qué? —le pregunté mientras intentaba contener las náuseas que sentía.

—Detendré la hemorragia y esperaremos a que se despierte.

No había pasado media hora cuando una maldición proferida a gritos me despertó. Yo me había dormido en el sofá del salón, con la cabeza apoyada en el regazo de Calvin. No recordaba haberme deslizado de lado hasta quedarme apoyada en él. Nada más oír el grito, que procedía de mi dormitorio, Calvin se puso de pie y dejó sin miramientos mi cabeza sobre el cojín de piel del sofá.

Se dirigió con pasos largos y decididos hacia las escaleras.

—Tú no subas —me indicó, y me lanzó una mirada de advertencia por encima del hombro—. Quiero hablar con él a solas.

El deje de su voz me inquietó. Si le propinaba una paliza a Jude, a la policía no le parecería bien. Y la policía se enteraría. Si no aquella noche, quizás el día siguiente. Con un poco de suerte, el sol derretiría la nieve de las carreteras y podríamos salir a buscar ayuda.

Yo sabía que a Calvin no le gustaría que le llevara la contraria, pero él no pensaba lógicamente. La rabia lo dominaba. Había matado a Shaun y yo tenía miedo de que hiciera lo mismo con Jude. No podría justificar las dos muertes, y el hecho de que actuara como si pudiera hacerlo, demostraba que no razonaba con claridad. Tenía que ayudarlo a reflexionar y recobrar el sentido común.

—No lo toques, Calvin —le aconsejé.

Calvin se detuvo en las escaleras y me lanzó una mirada de reojo mientras apretaba las mandíbulas con furia. Se lo veía tan rígido que me recordó a una estatua de piedra.

—Le hizo daño a mi hermana. Y a ti también.

—A mí no me hizo daño.

—¿Te estás oyendo? —se burló Calvin—. Él te secuestró. Y te obligó a recorrer las montañas en plena tormenta mientras te mantenía prisionera.

¿Cómo podía convencer a Calvin de que Jude me había salvado la vida sin que pareciera que me había lavado el cerebro? Jude me había tratado de manera humanitaria. Me prometió ayudarme a llegar a Idlewilde cuando, en realidad, le habría resultado más fácil abandonarme en la nieve y huir solo. Incluso después de que le diera el mapa, se quedó conmigo. Si yo no hubiera huido, él habría permanecido conmigo hasta el final. Estaba segura.

—No te inmiscuyas en esto —declaró Calvin—. Has vivido situaciones muy duras y no piensas con claridad.

—Está claro que he vivido situaciones muy duras, Calvin —declaré mientras me señalaba con el dedo—. Solo yo sé lo que he tenido que pasar en la montaña. Pero te pido que no le hagas nada. Deja que la policía se encargue de él.

Calvin, desconcertado, me observó con la cabeza ligeramente ladeada.

—¿Por qué lo proteges?

—No lo protejo. Solo te pido que dejes que la policía se encargue de todo. Para eso está.

—Él te secuestró, Britt. ¿Me oyes? Lo que hizo es ilegal y peligroso. Y demuestra una falta total de respeto hacia la vida humana. Creía que podría huir y salirse con la suya. Te utilizó y seguirá utilizando a personas como tú a menos que alguien se lo impida.

—¿Personas como yo? —repetí con incredulidad.

Calvin agitó las manos con impaciencia.

—Sí, personas desvalidas, inocentes. Eres el tipo de chica del que los tíos como él se aprovechan. Y él es un depredador. Percibe la debilidad y la incompetencia del mismo modo que los tiburones perciben una gota de sangre a kilómetros de distancia.

Me sonrojé. Shaun y Jude no me habían secuestrado porque fuera incompetente. De hecho, la razón de que Shaun me hubiera elegido a mí en lugar de a Korbie, era que me consideraba una mochilera resistente y capaz. Y porque yo fui lo bastante inteligente para convencerlo de que Korbie padecía diabetes y debía quedarse en la cabaña.

Me levanté de golpe del sofá.

—¡Eres estúpido, Calvin! Crees que lo sabes todo. Quizá deberías averiguar por qué Shaun y Mason me llevaron a mí y dejaron a Korbie en la cabaña.

—Porque Korbie no es tan sumisa ni desvalida como tú —contestó él sin titubear—. Te has movido por la vida convencida de que tu padre, Ian, yo y, seguramente, muchos otros tíos que desconozco, te salvarían. No sabes hacer nada por ti misma y lo sabes. Mason y Shaun te miraron y enseguida vieron en ti a un blanco fácil; a una chica crédula y con la autoestima baja. Korbie nunca habría permanecido con ellos tanto tiempo como tú. Habría luchado. Se habría escapado.

—¡Yo me escapé! —protesté yo.

—Te explicaré por qué te eligieron —continuó Calvin con calma—. Porque querían aprovecharse de ti.

Su calma todavía avivó más mi malhumor. No soportaba su actitud distante ni su mirada condescendiente. En aquel momento, me pregunté qué había visto en él antes. No era el tipo de hombre adecuado para mí. Me había pasado ocho meses de mi vida lamentando la pérdida de un gilipollas egoísta y presuntuoso. Lo más irónico de todo era que Calvin se había pasado aquellos ocho meses intentando escapar de su padre, pero no veía lo que yo estaba viendo: que se estaba convirtiendo en su padre. En aquel momento, me resultaba difícil distinguir si estaba hablando con Calvin o con el señor Versteeg.

—Algunos tíos, tíos como Mason, se crecen dominando a las chicas —prosiguió Calvin—. De este modo, se sienten invencibles. Mason te necesitaba para sentir que tenía el control.

Solté un gruñido furioso de desacuerdo. Jude no era así. Él nunca había intentado dominarme. Shaun sí, pero Jude no. Calvin nunca me creería, pero, en la montaña, yo no había dependido totalmente de Jude. Él no me lo había permitido. Yo había sobrevivido porque él había confiado en que yo era capaz de salir adelante por mí misma. Yo había madurado más en los últimos días que en los cuatro años de instituto.

—¿Y a mí me llamas estúpido?

—¡Cállate! —exclamé yo.

Mi voz temblaba de rabia.

—Nadie te está echando la culpa, Britt. Él te lavó el cerebro. Si pudieras ver la situación desde fuera y de una forma objetiva, dejarías de disculpar a ese criminal. A la menor oportunidad, te has puesto de su parte. Si no te conociera bien, creería que estás colada por él.

Aquello no me lo esperaba. Abrí la boca para discutírselo, pero no tenía argumentos para defenderme. Sentí que mi cara enrojecía. El calor subió por mi cuello y me hizo cosquillas en las puntas de las orejas. Calvin se dio cuenta y su actitud de sobrado desapareció. Frunció el ceño intrigado y una sombra oscureció su cara. Durante un instante, temí que hubiera descubierto mi secreto, pero él sacudió la cabeza y cualquier sospecha que creí percibir en su mirada desapareció.

—Quiero estar diez minutos a solas con él —declaró rotundamente, y siguió subiendo las escaleras.

Yo me dejé caer en el sofá, abracé mis rodillas y me balanceé de atrás adelante. A pesar de que el fuego de la chimenea ardía a pocos centímetros de mí, de repente, sentí frío. Una extraña neblina ofuscaba mi mente. ¡Si, al menos, pudiera pensar! Tenía que evitar que Calvin fuera demasiado lejos. Pero ¿cómo? Korbie sí que podía convencer a su hermano, pero estaba bajo los efectos del somnífero y Calvin perdería lo que le quedaba de paciencia si yo la despertaba. Además, aunque se despertara, yo dudaba que ella quisiera ayudar a Jude. Korbie lo conocía por el Hacha, uno de los dos hombres que la habían abandonado en la cabaña confiando en que muriera.

Me sentía intranquila, de modo que me dirigí a la cocina. Si no podía apartar de mi mente lo que estaba sucediendo en la habitación de la planta superior, al menos mantendría mis manos ocupadas. Ordené la cocina y tomé la bolsa de basura para tirarla en el cubo que había en el exterior, junto a la puerta de la cocina. Cuando levanté la tapa, me sorprendió ver que, en el interior, había varias bolsas. Por el olor, debían de llevar allí varias semanas. Por lo que yo sabía, los Versteeg no habían estado en Idlewilde durante el invierno y era imposible que Calvin hubiera generado tanta basura en los dos días que llevaba allí. ¿Se habían olvidado los Versteeg de llevarse la basura la última vez que estuvieron en Idlewilde, a finales de verano? Esto sería muy raro, porque el señor Versteeg contrataba un servicio de limpieza después de cada estancia y la casa siempre quedaba impecable.

Preocupada, regresé al interior y empecé a abrir los armarios de la cocina. Estaban llenos de provisiones. La mayoría consistían en comida basura del tipo que le gustaba a Calvin: cereales Lucky Charms, cecina de buey, donuts, galletas saladas y mantequilla de cacahuete. Yo sabía que, el fin de semana anterior, la señora Versteeg había ordenado a su asistente que llevara cajas de comida a Idlewilde para Korbie y para mí, pero estas estaban en la entrada, donde la asistente las había dejado.

Aquello no tenía sentido. ¿Por qué dejarían los Versteeg la casa aprovisionada durante el invierno si no pensaban subir a la montaña? Si no me resultara imposible de creer, pensaría que alguien había vivido allí durante varios meses.

Un escalofrío recorrió mi espina dorsal. Aquello no era lo único que no tenía sentido. Algunas cosas me habían rondado por la cabeza últimamente. Justo antes de que Calvin matara a Shaun, le dijo que lo había visto por allí, pero ¿cómo era esto posible? Jude me contó que Shaun se había mudado a Wyoming hacía, más o menos, un año, y Calvin había estado todo ese tiempo en Stanford. ¿Cómo podía haber visto a Shaun?

Una sospecha alucinante surgió en mi mente, pero la borré inmediatamente. No podía dudar de Calvin y no lo haría. ¿Cómo podía desconfiar de él? No tenía ninguna razón para hacerlo.

Pero eso fue, precisamente, lo que hice a continuación: buscar razones, explicaciones, pruebas que demostraran que aquella inquietante idea era totalmente falsa.

Examiné los papeles que había en el escritorio del salón en

busca de indicios que demostraran que alguien había estado viviendo allí durante los últimos meses: facturas de agua y electricidad, correo, revistas, periódicos, pero no encontré nada.

El lavabo era otra historia. En el retrete había un rastro amarillento que demostraba que había sido utilizado numerosas veces y que nadie lo había limpiado. En la encimera y el lavamanos había restos de pasta de dientes seca. El espejo estaba salpicado de gotas de agua antiguas... Yo estaba convencida de que los Versteeg habían encargado a alguien que limpiara la casa al final del verano. Pero alguien había estado allí después del Día del Trabajo. Alguien había estado viviendo allí durante el invierno. Tragué saliva con dificultad. No quería imaginar quién había sido.

Regresé al salón y examiné los cajones más a fondo. Un pedazo de papel en concreto llamó mi atención. Se trataba de un resguardo de la empresa de deportes de aventura Snake River. El resguardo era del 15 de septiembre anterior y figuraba a nombre de Calvin. Pero se suponía que, en aquella fecha, Calvin ya llevaba semanas en la universidad.

Cerré los ojos y revisé la horrible sospecha que me torturaba. ¿Cal? ¡No, no, no!

Macie O'Keeffe, la guía de *rafting* que desapareció en septiembre, trabajaba para la empresa Snake River. ¿Fue así como la conoció Calvin? ¿Era ella la razón por la que Calvin dejó de llamarme y, después, rompió conmigo? ¿Habían salido juntos, se pelearon y él...?

No pude terminar de formular aquel pensamiento. Era inconcebible. Cal llevaba ocho meses en la universidad. No podía haber matado a Macie en septiembre. ¡No podía haber matado a nadie!

Presioné el puente de mi nariz para aclarar mi mente. Una sensación de irrealidad se apoderó de mí. Aquella posibilidad era tan enrevesada y visceral como una pesadilla. ¿Cómo podía ser Calvin un asesino?

Hurgué más a fondo en los cajones y encontré un letrero arrugado con la palabra «DESAPARECIDA» en la parte superior. Alisé las arrugas y vi la sonriente cara de Lauren Huntsman.

Un agujerito en la parte superior me hizo pensar que había estado clavado en un árbol o un poste. Seguramente, las partidas de búsqueda habían peinado Jackson Hole y los alrededores buscándola y habían colgado letreros como aquel. Mucha gente la había buscado incansablemente y Calvin se había guardado el letrero como recuerdo.

Como recuerdo de lo que había hecho.

¡Era verdad!, pensé medio aturdida. Calvin se había ocultado en Idlewilde. No me extrañaba que intentara disuadirnos a Korbie y a mí de que realizáramos aquel viaje, porque allí ocultaba sus secretos.

Aquella idea pareció engullirme. Calvin era un mentiroso y un desconocido para mí.

Calvin era un asesino.

34

Tenía que sacar a Jude de Idlewilde.

Tenía que sacarnos a todos de allí. No estábamos a salvo con Calvin.

Calvin.

Los terribles crímenes que había cometido... Pero, no, ¡tenía que ser un error! Tenía que haber una explicación. Tenía que haber un motivo. Tenía que existir algún dato esencial que yo desconocía. No era demasiado tarde para ayudarlo.

Subí las escaleras y vi que la puerta del dormitorio estaba ligeramente entreabierta. A través de la rendija oí que Calvin le hablaba a Jude con rabia contenida.

—¿Dónde está el mapa?

Estaba sentado en la cama junto a Jude, de espaldas a mí. A la tenue luz de la vela que había en la mesilla de noche, vi que Jude temblaba intensamente, lo que provocaba que las cuerdas que mantenían sus extremidades estiradas se agitaran. Calvin le había vendado el hombro, pero nada más, y había abierto la ventana. La corriente de aire se filtraba por debajo de la puerta y se arremolinaba en mis tobillos. En cuestión de minutos, haría tanto frío en la habitación como en el exterior. Tuve la escalofriante sensación de que aquello no era más que el principio del sufrimiento que Calvin pensaba causarle a Jude.

—¿Por qué te interesa tanto el mapa? —preguntó Jude débilmente.

Su voz temblaba de dolor y su respiración era irregular y entrecortada.

Calvin rio entre dientes con aspereza y se me puso la carne de gallina.

—No eres tú quien formula las preguntas.

Me asomé por la rendija de la puerta y vi que Calvin inclinaba la vela sobre la camisa abierta de Jude, quien soltó un respingo que terminó en un gemido de dolor.

—Te lo preguntaré una vez más, ¿dónde está el mapa?

Jude arqueó la espalda e intentó liberarse, pero era inútil, la cuerda era de buena calidad.

—Lo he escondido.

—¿Dónde?

—¿De verdad crees que te lo voy a decir? —replicó Jude.

Teniendo en cuenta que estaba a merced de Calvin y que debía de sufrir mucho, su actitud desafiante me pareció admirable. Pero, admirable o no, su respuesta no fue la adecuada. Calvin volvió a inclinar la vela y la cera ardiente goteó sobre el pecho desnudo de Jude. Su cuerpo se puso rígido y gimió. Su frente y su cuello estaban empapados en sudor, pero el resto de su cuerpo seguía convulsionándose.

—Los tres puntos verdes del mapa —jadeó Jude con voz áspera—. Te olvidaste de anotar qué señalaban.

En esta ocasión, fue la espalda de Calvin la que se puso rígida. No respondió, pero el movimiento de su respiración, que se reflejó en sus hombros, me indicó que el comentario de Jude lo había puesto nervioso.

—Tres puntos verdes. Tres refugios abandonados. Tres chicas muertas. ¿Ves la conexión? —dijo Jude.

El tono inflexible de su voz dejó claro que no se trataba de una pregunta.

—¿Así que, ahora, el secuestrador intenta achacarme unos cuantos asesinatos? —preguntó, finalmente, Calvin.

—Uno de los puntos verdes señala la choza donde unos excursionistas encontraron el cadáver de Kimani Yowell. Los otros dos puntos señalan cabañas abandonadas. Y ya que estamos teorizando, ahí va otra teoría. No creo que el novio de Kimani la estrangulara. Y tampoco creo que a Macie O'Keeffe la mataran unos vagabundos junto al río en el que trabajaba como guía. Y tampoco creo que Lauren Huntsman se emborrachara y que, accidentalmente, se ahogara en un lago. —Cuando pronunció el nombre de su hermana, le tembló la voz, pero disimuló la emoción que sentía con una mirada oscura y penetrante—. Estoy convencido de que las mataste a las tres y escondiste sus cadáveres donde nadie pudiera encontrarlos.

Calvin no dijo nada. Enderezó la espalda y su respiración se aceleró. La sorpresa lo había dejado sin habla.

—¿Qué clase de asesino idiota deja pruebas físicas contra sí mismo? —preguntó Jude.

—¿Le has contado tu teoría a Britt? —preguntó Calvin finalmente y esforzándose para que su voz sonara normal.

—¿Por qué me lo preguntas? ¿Hasta dónde estás dispuesto a llegar para mantener tu secreto? ¿Si Britt lo supiera, la matarías?

Calvin se encogió de hombros.

—Es igual. Ella nunca te creería a ti antes que a mí.

Mi cuerpo estaba sumamente tenso. Presioné la espalda contra la pared y temblé de miedo. Sentía náuseas. Aquel no era el Calvin que yo conocía. ¿Qué le había ocurrido?

—No estés tan seguro. Mi historia es muy convincente —continuó Jude—. Al principio, creía que Shaun era el asesino. Cuando le disparaste, mi primera reacción fue de desesperación porque pensé que había perdido a la única persona que podía darme respuestas. Mi segunda reacción consistió en preguntarme por qué lo habías matado. No venía a cuento. Podrías haberlo atado y entregado a las autoridades, pero, en lugar de eso, le pegaste un tiro. Ni siquiera parpadeaste. Me di cuenta de que no era la primera vez que matabas a alguien. Entonces empecé a sospechar de ti, pero no supe nada seguro hasta que vi la gorra de los Cardinals que le diste a Britt. Y el mapa.

El suelo se abría debajo de mis pies. Y las piernas me flaqueaban. Tenía que salir de la casa. Tenía que ir a buscar ayuda. Pero la idea de regresar al helado, oscuro y tenebroso bosque me ponía los pelos de punta. ¿Cuánto podría caminar? ¿Dos o tres kilómetros? Me moriría congelada antes de que se hiciera de día.

—¿Quién eres? —preguntó Calvin intrigado—. No eres un representante de la ley, porque, si lo fueras, llevarías un arma y una insignia. —Se levantó para infundir miedo a Jude—. ¿Quién eres?

Jude realizó un movimiento brusco e incorporó el torso. Los músculos de su hombro bueno y del cuello se hincharon mientras tiraba de las cuerdas. Los postes a los que estaba atado crujieron y el sonido pareció animarlo. Hizo más fuerza e intentó juntar las manos y romper el armazón de la cama. Calvin dejó la vela en la mesilla rápidamente y agarró la pistola que llevaba en la cinturilla del pantalón, la cual constituía un medio de intimidación mucho más efectivo.

Apuntó a Jude y le exigió:

—Estate quieto o te hago otro agujero.

Jude no le hizo caso y tiró con más fuerza de las cuerdas. Su cara estaba tensa debido al esfuerzo y al odio intenso que sentía, y el sudor resbalaba abundantemente por su piel. Los postes de la cama se combaron y produjeron un crujido todavía más agudo. Calvin disparó al aire en señal de advertencia.

Jude se hundió en el colchón y jadeó de una forma superficial y entrecortada. Exhaló un gemido gutural de impotencia y sus extremidades volvieron a relajarse en la posición de estrella.

—¡Eres un cobarde! —le dijo a Calvin—. No me extraña que tu padre se esforzara tanto para conseguir que salieras adelante; porque sabía que no había nada en lo que apoyarse. No tenía que preocuparse por Korbie, porque ella sabe cómo conseguir lo que quiere, pero tú debiste decepcionarlo enormemente. Nunca saldrías adelante. Tu padre lo sabía y, en el fondo, tú también.

Calvin enderezó la espalda.

—Tú no me conoces.

—No hay mucho que conocer.

Calvin blandió la pistola frente a la cara de Jude. Todo su cuerpo temblaba.

—Puedo hacer que dejes de hablar.

—Tú mataste a aquellas chicas. Las asesinaste. Dilo. Deja de esconderte y sé un hombre. Esto es lo que hacen los hombres, Calvin, se responsabilizan de sus acciones.

—¿A ti qué te importa si las maté? —preguntó Calvin furioso—. A ti no te importan las personas. Abandonaste a mi hermana a una muerte segura.

Jude respondió con una voz ronca y grave que apenas resultó audible.

—Si hubiera sabido que Korbie era tu hermana, la habría mantenido con vida el tiempo suficiente para asegurarme de que estuvieras presente cuando le cortara el cuello.

Un músculo de la mandíbula de Calvin tembló de ira y el dedo con el que rozaba el gatillo de la pistola se puso tenso.

—Debería matarte ahora mismo.

—¿Antes de que te diga dónde está el mapa? No te lo aconsejo. Antes de venir, ya suponía que tú habías matado a esas chicas. Tenía que asegurarme de que, si no conseguía matarte, la pena de muerte se encargara de hacerlo. En Wyoming utilizan la inyección letal. No suelo lamentarme, pero me sabrá muy mal no estar allí cuando te aten a la camilla y te cagues encima. He escondido el mapa en un lugar donde las autoridades lo encontrarán. Esto es lo único que te diré.

—¡Mientes!

Calvin quiso restarle importancia a la amenaza de Jude, pero algo en su voz dejó entrever que estaba preocupado.

—Me has registrado y sabes que no he traído el mapa conmigo. La única razón de que no lo lleve encima es que no quería arriesgarme a que lo recuperaras, porque sabía que señalaba dónde habías ocultado a tus víctimas.

Jude consiguió mantener un tono de voz desapasionado e inflexible, pero los temblores de su cuerpo y el sudor que cubría sus pálidas y tensas facciones revelaba que padecía un dolor realmente intenso. Un círculo rojo y amplio se extendía por la sábana debajo de su herida.

—Te ofrezco un trato —declaró Calvin al final—. Dime dónde está el mapa y te mataré de un disparo en la cabeza. Pero sigue jugando conmigo y te mataré de una forma lenta y creativa.

—No pienso decírtelo. Si me matas, ya sea rápida o lentamente, te acusarán de cinco asesinatos en primer grado y, con tanta sangre en tus manos, te resultará imposible escapar a la pena de muerte.

Calvin lo observó con verdadera curiosidad.

—¿Quién eres? —volvió a preguntarle con asombro.

Jude levantó la cabeza y sus ojos brillaron de un modo salvaje.

—Soy el hermano mayor de Lauren Huntsman. El último tío con el que querrías haberte cruzado.

Calvin perdió la compostura, pero la recuperó rápidamente. Echó la cabeza hacia atrás y soltó una carcajada.

—¿De qué va esto? ¿Has deducido que maté a tu hermana y has venido para qué? ¿Para tomar represalias? ¿Para vengarte? Déjame adivinar, en realidad no te llamas Mason, jodido cabrón —añadió con una extraña mezcla de admiración y desdén.

Yo me apoyé en la pared para no caer al suelo. Había cometido un terrible error. Jude me había dicho la verdad. Abandonó la universidad para vengar la muerte de su hermana. Me acordé de que me había comentado que estaban muy unidos y que ella lo significaba todo para él. ¡Claro que quería hacer justicia! Me pregunté si sus padres sabían lo que estaba haciendo. Si se lo había contado a sus amigos. ¿Qué excusas y mentiras les había contado cuando se fue? Empezaba a percibir la enormidad de su sacrificio. Había renunciado a todo para atrapar al asesino de su hermana y, ahora, estaba a punto de renunciar a lo único que le quedaba: la vida.

Porque Calvin nunca lo dejaría salir vivo de allí.

Calvin se encogió de hombros y dijo con expresión seria:

—Supongo que *El padrino* tenía razón: la familia es la familia y está por encima de todo.

Jude cerró los ojos, pero, antes de hacerlo, realizó una mueca de dolor.

—Ya sabes que no pararé hasta que consiga el mapa —declaró Calvin.

Rodeó la cama y se detuvo al otro lado. Luego, levantó la mirada y miró, directamente, hacia la puerta.

Me quedé paralizada. El pasillo estaba a oscuras. Seguro que no podía verme. Él siguió mirando hacia la puerta, pero yo estaba convencida de que lo hacía con la mirada perdida. Era imposible que distinguiera mi silueta en la oscuridad que me rodeaba. Se frotó la mandíbula con energía. Yo sabía que aquel gesto significaba que estaba reflexionando sobre cuál sería su próximo movimiento.

Cuando volvió a dirigir la vista hacia Jude, yo aproveché la oportunidad. Bajé sin hacer ruido a la cocina. Descolgué el teléfono, pero, como había dicho Korbie, no había línea. O la ventisca había provocado una avería o Calvin había cortado el cable telefónico.

Cal había dejado su móvil sobre la encimera, pero no tenía cobertura. Registré los cajones en busca de una pistola. Nada. Me fui al salón y registré los cajones del escritorio, pero Calvin ya había tomado la pistola que estaba allí. Cada vez estaba más desesperada y aterrada. Miré debajo de los cojines del sofá y estuve a punto de lanzar el último contra la pared movida por la frustración. El padre de Calvin coleccionaba armas. Tenía que haber varias en la casa. Rifles, pistolas, escopetas... ¿Dónde estaban?

Me dirigí a toda prisa al baúl que había contra la pared del fondo. Era mi última esperanza. Levanté la tapa con el corazón encogido.

En el fondo del viejo baúl acanalado había una pequeña pistola. La introduje en uno de los bolsillos de mi pijama con dedos temblorosos.

Me levanté y tuve la sensación de que el peso del arma tiraba de mí hacia abajo. ¿Podría dispararle a Calvin? Si no tenía más remedio, ¿podría matar al chico dulce y vulnerable que siempre estuvo sometido a su padre? ¿Al chico del que me había enamorado? Nuestra historia empezó muchos años atrás y su vida estaba tan entrelazada a la mía que era imposible encontrar dos hilos separados. ¿Quién era aquella versión deformada de Calvin? Sentí que el Cal que conocía se alejaba de mí, que nuestra relación se enfriaba más y más, y la pérdida me hirió en lo más hondo.

Me volví y vi que estaba detrás de mí.

35

—¿Estás buscando algo? —me preguntó Calvin.

Tardé demasiado en responder.

—Una manta. Tenía frío.

—Hay una doblada en el respaldo del sofá. Como siempre.

—Tienes razón. Ahí está.

Observé su turbia mirada e intenté adivinar sus pensamientos. ¿Sabía que yo había oído la conversación que había mantenido con Jude? Sus ojos se deslizaron de mi cara a mis manos y a la inversa. Él me observaba con la misma atención que yo a él.

—¿Lo besaste? —me preguntó.

—¿Que si he besado a quién? —repliqué yo, pero sabía a quién se refería perfectamente.

—¿Te enrollaste con Mason? —insistió extrañamente tranquilo—. Cuando estabais solos en la montaña, ¿follaste con él?

No permitiría que me pusiera nerviosa. Intenté actuar de la forma más normal posible y lo miré perpleja.

—¿De qué me estás hablando?

—¿Eres virgen o no?

No me gustó el brillo perspicaz y obsesivo de sus ojos. Tenía que cambiar de tema.

—¿Quieres que te prepare una taza de café? Encenderé la...

—Calla. —Apoyó el dedo índice en mis labios—. Dime la verdad.

En sus ojos se percibía una energía contenida que esperaba

ser liberada y, a pesar de que yo estaba en estado de alerta, sentí que el valor me fallaba. Sabía que Calvin odiaba discutir, de modo que preferí guardar silencio. Él siempre quería decir la última palabra.

Calvin sacudió la cabeza con decepción.

—¡Creía que eras una buena chica, Britt!

Lo que más me enfureció fue su pretensión de superioridad moral. Durante un breve instante, la ira superó al miedo. ¿Cómo se atrevía a juzgarme? ¡Él había matado a tres chicas! De repente, todo lo que siempre había odiado de Calvin me pareció más acentuado: sus defectos, su chulería, su encanto superficial, su falta de sinceridad..., y, por encima de todo, la forma fría e insensible en que rompió conmigo. Todos aquellos aspectos eran indicios de su lado oscuro y yo siempre había sido consciente de ellos, pero no había reaccionado. Calvin hacía daño a la gente, aunque yo nunca imaginé hasta qué punto.

—Lo que hice con Jude no es asunto tuyo.

Las comisuras de sus labios se curvaron hacia abajo.

—Sí que es asunto mío. Él te hizo daño a ti y a Korbie y yo intento hacerle pagar por eso. ¿Cómo crees que me siento cuando te pones de su lado? ¿Cuando intentas ayudarlo a mis espaldas? Eso me duele, Britt. Y me cabrea.

Apretó los puños y yo retrocedí un par de pasos. Calvin abrió y cerró los puños de una forma automática e inconsciente. Yo había visto al señor Versteeg hacer lo mismo y, cuando lo hacía, Korbie y yo sabíamos que había llegado el momento de salir corriendo de la habitación y escondernos en su armario para que no nos encontrara.

—Mientras yo pasaba frío y hambre en la montaña y os buscaba sin descanso a Korbie y a ti, tú coqueteabas con un tío al que ni siquiera conoces. Permitías que te metiera la lengua en la boca, lo mantenías calentito por las noches y le enseñabas mi mapa. —Enfatizó la palabra «mapa» propinándose un puñetazo en el pecho—. Lo condujiste hasta aquí, a mi casa —puñetazo—. Pusiste a mi hermana en peligro —puñetazo—. ¿Sabes lo que me habría hecho mi padre si Korbie hubiera muerto en aquella cabaña? ¿Si hubiera muerto mientras estaba a mi cargo?

Estás sumamente preocupada por Mason, Jude, o como se llame, pero ¿y yo? Lo trajiste hasta aquí. Me jodiste. Le diste el mapa. ¡Me jodiste! —gritó.

Su cara había adquirido un color morado y apretó los labios con rabia.

Yo saqué la pistola y apunté hacia su pecho. Las manos me temblaban, pero, a aquella distancia, nerviosa o no, era difícil que fallara.

Al ver la pistola, Calvin se quedó alucinado.

—No te acerques a mí —le advertí.

Apenas reconocí mi voz. Pronuncié las palabras con firmeza, pero el resto de mi cuerpo estaba al borde de la histeria. ¿Y si no me hacía caso? Yo nunca había disparado un arma. El frío metal me resultaba extraño, pesado y aterrador al contacto con mi mano. Y las palmas me sudaban, lo que hacía que lo sujetara todavía menos firmemente.

Calvin sonrió con la mirada.

—No me dispararás, Britt.

—Ponte de rodillas.

Parpadeé con fuerza para aclarar mi visión e intenté centrarla en Calvin. Él se inclinó a la izquierda y a la derecha. ¿O quizás era la habitación la que daba vueltas?

—Esto es una gilipollez. Déjalo ya —declaró Calvin en tono autoritario—. Tú no sabes manejar una pistola, tú misma me lo confesaste. Mira, tu pulgar está junto al percutor. Cuando dispares, el percutor saltará bruscamente hacia atrás y te hará daño. Estás nerviosa, de modo que, cuando aprietes el gatillo, sacudirás el arma y fallarás el tiro. El ruido del disparo hará que te sobresaltes y dejarás caer el arma. Ahórranos a los dos tantos problemas y deja ya la pistola en el suelo.

—Te dispararé. Te lo juro.

—Esto no es Hollywood, Britt. No es fácil dar en el blanco. Ni siquiera a esta distancia. Te sorprendería saber cuántas personas errarían el tiro. Si me disparas, será el fin. Alguien saldrá herido. Pero podemos evitarlo. Dame la pistola y buscaremos una solución. Tú me quieres y yo te quiero. No lo olvides.

—¡Has matado a tres chicas!

Calvin sacudió la cabeza con determinación y con las mejillas encendidas.

—No lo dirás en serio, ¿no, Britt? ¡No pensarás tan mal de mí! Nos conocemos de toda la vida. ¿De verdad crees que soy capaz de matar a alguien a sangre fría?

—¡No sé qué creer! ¿Por qué no me lo dices tú? ¿Qué te hicieron aquellas chicas? Lo tienes todo a tu favor. Eres inteligente, atractivo, atlético, rico, y has conseguido una plaza en Stanford.

Calvin agitó un dedo hacia mí. Percibí su frustración en las arrugas que surgieron alrededor de sus tensos labios. Todo él empezó a temblar y su expresión se oscureció de nuevo.

—¡Yo no tengo nada! Rechazaron mi solicitud de ingreso en Stanford. ¡No lo conseguí! No sabes lo que es sentirse impotente, Britt. Yo no tenía nada y ellas lo tenían todo. Esas chicas... ¡Yo debería tener lo que ellas tenían! Yo podría haberlo tenido... —declaró desconsoladamente.

—¿Por eso las mataste? ¿Porque tenían lo que tú querías tener?

Yo estaba horrorizada. Horrorizada y asqueada.

—¡Solo eran chicas, Britt! ¡Y me habían superado! ¿Cómo podía vivir con eso? Mi padre nunca lo habría aceptado. La situación ya era bastante penosa en casa. Mi padre lo convertía todo en una competición entre Korbie y yo y amañaba las reglas a favor de ella. Korbie no tenía que hacer absolutamente nada para vencerme. Mi padre no esperaba nada de ella porque es una chica. Pero lo esperaba todo de mí.

Calvin habló sin remordimiento. Yo quería que estuviera arrepentido y acojonado. Quería que reconociera que estaba destrozado. Pero él no se culpaba a sí mismo de nada. Se sentía amenazado por las chicas que había matado. Se sentía humillado por ellas. Me acordé de la cuerda del garaje y de la sangre seca. A Kimani Yowell la habían estrangulado. ¿Habían muerto Macie y Lauren de la misma manera? Calvin no solo las había matado, sino que había hecho de ello algo personal. Las había matado con las manos. No se trataba de ellas, sino de él.

—¡Mataste a Lauren cuando salías conmigo! ¿También me

habrías matado a mí si hubiera accedido a una buena universidad?

Calvin me miró a los ojos.

—Yo nunca te habría hecho daño.

—¡Yo confiaba en ti, Cal! Creía que tú eras el hombre de mi vida. Quería protegerte y hacerte feliz. Odiaba la forma en que te trataba tu padre. Incluso cuando descargabas en mí la rabia que sentías hacia él, nunca te culpé. Creía que podía ayudarte a ser mejor persona. Creía que eras bueno y que solo necesitabas que alguien te quisiera.

—Puedes seguir confiando en mí —declaró él sin entender lo que le estaba diciendo—. Siempre seré tu Cal.

—¿Te estás oyendo? Te descubrirán e irás a prisión. Tu padre...

Calvin volvió a apretar los puños.

—¡No lo metas en esto! Si quieres ayudarme, no lo nombres.

—Ya no creo que pueda ayudarte.

Un destello de rabia cruzó por su mirada, pero, en el fondo de sus ojos, percibí una profunda tristeza.

—Nunca era lo bastante bueno. Ni para él ni para ti, pero, sobre todo, para él. Podría haberme matado, Britt. Si le hubiera contado que no conseguí acceder a la universidad, él habría preferido matarme que sufrir semejante humillación, de modo que tuve que mentiros a todos acerca de Stanford y esconderme aquí, en Idlewilde. No quería hacerlo y, desde luego, no quería matar a Lauren. No había planeado matarla. Una noche, estaba caminando por la montaña y me tropecé con Shaun, quien estaba tomándole fotografías. Ella llevaba puesta una gorra de los Cardinals y algo estalló en mi interior. Ella estaba borracha y esto todavía me enfureció más. ¡En Stanford habían aceptado a una borracha, pero a mí me habían rechazado! Deseé arrebatarle Stanford, pero no podía hacerlo, de modo que, cuando Shaun salió de la cabaña, yo le arrebaté a ella la vida.

—¡Oh, Cal! —susurré.

Lo miré con lástima y repulsión. Shaun debió de regresar a la cabaña y vio que Lauren estaba muerta. Debió de sentir pánico y escondió el cadáver en el arcón. Seguramente, pensó que el medallón tenía algún valor y lo tomó, algo que Cal no habría hecho, porque para él el dinero no era importante. Ahora que conocía toda la historia, comprendí que Jude pensara que Shaun era el asesino.

Pero el asesino era Cal, y lo miré con desprecio.

Él percibió cómo lo miraba y algo se rompió en su interior. Su cara se convirtió en una máscara distante e inaccesible. Fue en aquel momento cuando realmente pareció convertirse en otra persona. Nunca me había parecido tan duro e insensible. Dio un paso hacia mí.

—No te acerques, Calvin —declaré con voz aguda.

Él dio otro paso.

Llevaba tanto rato apuntándolo con la pistola, que los hombros me dolían, tenía los codos rígidos y estaba perdiendo la sensibilidad de las manos. Cuando me di cuenta de esto, mis manos empezaron a temblar de verdad.

Calvin dio otro paso hacia mí. Si daba otro, estaría lo bastante cerca para arrebatarme el arma.

—¡No te muevas, Calvin!

Él se abalanzó sobre mí y, en aquel momento, el instinto me empujó a actuar. Apreté el gatillo y, como Calvin había predicho, sacudí el arma. Se oyó un chasquido hueco. Calvin resopló, abrió desmesuradamente los ojos e hincó una rodilla en el suelo.

¿Le había dado? ¿Dónde estaba la sangre? ¿Había errado el tiro?

Calvin soltó una risita amenazadora y, segundos después, volvió a levantarse. La frialdad de sus ojos me cortó la respiración. No quedaba nada del Calvin que yo conocía. Ahora era clavado a su padre.

Apreté el gatillo una y otra vez y, en cada ocasión, se produjo un chasquido sordo y hueco.

—Lo siento por ti —dijo mientras me arrancaba la pistola de la mano.

Me agarró rudamente por el codo y me arrastró hacia la puerta principal. Yo clavé los talones en el suelo e intenté soltarme. Sabía lo que Calvin iba a hacer porque era lo peor que podía hacerme en aquellos momentos. Yo no llevaba puesta la chaqueta ni las botas.

—¡Korbie! —grité.

¿Me oiría? Si no detenía a su hermano...

—¿Calvin? ¿Qué pasa aquí?

El sonido de la voz de su hermana en las escaleras hizo que Calvin se volviera hacia ella sobresaltado. Los somnolientos ojos de Korbie nos miraban, alternativamente, a Calvin y a mí.

—¿Por qué le haces daño a Britt? —preguntó ella.

—Korbie, Calvin mató a aquellas chicas —le expliqué yo mientras las lágrimas resbalaban por mis mejillas—. Las chicas que desaparecieron el año pasado. Y también mató a Shaun. Y quién sabe si a alguien más. Y me matará a mí. Tienes que detenerlo.

—Está mintiendo, Korb —replicó Calvin con calma—. Es obvio que miente. Está delirando, lo que es una reacción normal debido a la hipotermia y la deshidratación que sufrió en el bosque. Vuelve a la cama. Yo me encargo de ella. Le daré un somnífero y la llevaré a su cama.

—Korbie —sollocé yo—. Te estoy diciendo la verdad. Mira en los armarios de la cocina y en el cubo de basura de la parte de atrás. Calvin ha estado viviendo aquí durante todo el invierno. Nunca fue a Stanford.

Korbie frunció el ceño y me miró como si me hubiera vuelto loca.

—Sé que estás cabreada con él porque rompió contigo, pero esto no significa que sea un asesino. Calvin tiene razón. Necesitas dormir.

Yo realicé un sonido de desesperación e intenté soltarme con furia.

—¡Suéltame! ¡Suéltame!

—Ven, Korbie —pidió Calvin, y rechinó los dientes mientras me agarraba con más fuerza—. Ayúdame a meterla en la cama.

Acercó la boca a mi oreja y susurró:

—¿De verdad creías que mi hermana se pondría en contra de mí?

—¡Ve a buscar ayuda! ¡Busca a la policía! —le grité a Korbie.

Presa del pánico, vi que ella descendía las escaleras.

—No te preocupes, Britt, sé cómo te sientes —dijo Korbie—. A mí me pasó lo mismo cuando Calvin me encontró en la cabaña. Yo también estaba deshidratada y veía cosas que no eran reales. ¡Confundí a Calvin con Shaun!

—¡Ve a buscar a la policía! —grité—. ¡Por una vez haz lo que yo te digo! ¡Esto no tiene nada que ver con que Calvin rompiera conmigo!

—Agárrala de las piernas —le indicó Calvin.

Korbie se arrodilló junto a mí. Calvin le propinó un golpe en la base del cráneo con la culata de la pistola. Sin producir ningún ruido, Korbie cayó al suelo.

—¡Korbie! —grité yo, pero ella estaba inconsciente.

—Cuando se despierte, le diré que le propinaste una patada en la cabeza —gruñó Calvin, y me arrastró hacia la puerta principal.

—¡No puedes hacerme esto! —grité con voz histérica y revolviéndome para liberarme.

Él me rodeó con los brazos y noté que me presionaba los huesos.

—¡No puedes hacerme daño, Calvin!

Calvin abrió la puerta y me lanzó al porche. Yo tropecé y caí de bruces sobre la nieve.

—Quédate cerca —me indicó Calvin—. A Mason no le importa su propia vida, pero quizá le importe la tuya. Cuando me diga dónde ha escondido el mapa, te dejaré entrar.

—Cal... —supliqué yo.

Me arrastré hacia sus pies, pero él me cerró la puerta en las narices.

Envuelta en una neblina de incredulidad, oí que corría el pestillo.

36

Me puse de pie y sacudí la nieve de mi pijama. Mi mente apenas lograba funcionar debido a la impresión que había sufrido, pero, en un lugar más profundo, repasé, de una forma automática, los siguientes y decisivos pasos que debía dar. Tenía que mantenerme seca y encontrar cobijo.

Contemplé el inicio del oscuro bosque, donde los altos árboles se balanceaban al viento. El bosque parecía estar vivo y encantado. Los árboles se agitaban con inquietud.

Al caer, me había cortado las manos y me sangraban. Las observé de una forma distante y pensé que no podían ser mis manos. Aquello no podía estar sucediéndome. No podía volver a estar a la intemperie y enfrentarme a la muerte. Calvin no me haría algo así. Cerré los ojos con fuerza y volví a abrirlos con la confianza de que la niebla se disipara y pudiera volver a la realidad. Porque aquello no podía ser real.

Levanté la mirada hacia la casa. Desde el exterior, parecía diferente. Se veía más grande y amenazadora, como las montañas que la rodeaban, y tan fría e impenetrable como un castillo esculpido en el hielo. Golpeé los ventanales con los puños y contemplé, ávidamente, el cálido interior mientras el viento agitaba mi pijama y los fríos tablones del porche absorbían mi calor a través de las plantas de mis pies.

No localicé a Calvin y miré hacia lo alto de las escaleras. Cuando Calvin me echó de la casa, la puerta de mi dormitorio estaba abierta, pero, ahora, estaba cerrada. De repente, volví a ser consciente de la realidad. Detrás de la puerta, Calvin le explicaba a Jude sus alternativas: revelar dónde había escondido el mapa o dejar que Britt muriera congelada.

«Me moriré congelada —pensé—. Jude no le contará a Calvin dónde está el mapa. Él quiere que Cal pague por la muerte de su hermana y está dispuesto a renunciar a su vida, y a la mía, con tal de conseguirlo.»

La gravedad del pensamiento me despertó de mi impotencia. Jude no acudiría a salvarme. Estaba sola. Mi supervivencia dependía exclusivamente de mí.

No sabía de cuánto tiempo disponía. Como mucho, de una hora. Mi temperatura corporal descendería y yo sabía lo que me ocurriría: perdería la sensibilidad de las manos y los pies. Si caminaba, mis pasos serían lentos y faltos de coordinación. Después, empezarían las alucinaciones. Debido a la oscuridad, empezaría a ver cosas que no eran reales. Soñaría con una hoguera ardiente y me sentaría frente a ella para calentarme. Pero, en realidad, seguramente estaría tumbada en la nieve, y entraría en un sueño profundo del que nunca despertaría.

El dolor que me producía la nieve al filtrarse por mis calcetines hizo que apretara las mandíbulas. Doblé la esquina y una ráfaga de viento me golpeó. Los ojos se me humedecieron y solté un grito silencioso. Agaché la cabeza y avancé con dificultad hacia la zanja.

La zanja. Formaba parte de mis recuerdos de Idlewilde casi tanto como la casa. Calvin y Korbie me la enseñaron años atrás, durante mi primera visita a Idlewilde. El señor Versteeg había hecho construir una pasarela que atravesaba la profunda zanja que recorría el límite posterior de la finca. Debajo de la pasarela, había un protegido rincón que Calvin, con poca imaginación, había bautizado con el nombre de «la zanja». Korbie había colocado un pedazo de moqueta en el suelo, lo que le había dado un toque acogedor, y Calvin había clavado unos palos en la pared para que pudiéramos subir y bajar con seguridad. La última vez que fui a Idlewilde con los Versteeg, Korbie y yo descubrimos un cartón de cigarrillos y unas revistas pornográficas que Calvin había escondido debajo de la moqueta. A cambio de nuestro silencio, le exigimos que nos pagara cincuenta dólares a cada una. ¡Qué no daría yo por volver al pasado y delatarlo!

Bajé a la zanja, pero el corazón se me encogió cuando descubrí que apenas ofrecía protección. Las fibras de la moqueta estaban cubiertas de escarcha y el viento soplaba con fuerza a lo largo de la zanja.

Respirar me resultaba doloroso y, con cada inhalación, una ola de frío recorría el interior de mi cuerpo. Me sentí totalmente sola. No podía llamar a mi padre para que acudiera a socorrerme. No podía pedirle insistentemente a Ian que me ayudara. En cuanto a Jude, estaba atado a una cama mientras sufría las torturas que le infligía Calvin. Tenía que encender un fuego y la enormidad de la tarea me superaba. Pero, si fallaba, nadie me salvaría. Estaba total y absolutamente sola.

Me apoyé en la zanja y lloré.

Entonces un curioso recuerdo acudió a mi mente: yo era muy pequeña y, un frío día de invierno, salí descalza a la calle para jugar al corre que te pillo con Ian y sus amigos. Los pies se me helaron y me dolían al contacto con el suelo, pero no quería perder ni cinco minutos en calzarme, de modo que borré la sensación de frío de mi mente y seguí jugando. Deseé poder hacer lo mismo ahora y concentrarme en alguna tarea que distrajera mi mente del crudo, penetrante e implacable frío.

«Escarba alrededor de los árboles en busca de ramitas», oí que me indicaba Jude colándose en mis pensamientos.

«No puedo —respondí con desaliento—. No puedo caminar por la nieve porque no llevo zapatos. Y no puedo escarbar porque no llevo guantes.»

«Busca resina de pino. Arde como la gasolina, ¿recuerdas?» insistió la voz de Jude.

«¿Y perder la poca energía que tengo buscándola?», repliqué yo.

Deslicé mis temblorosas manos por las rígidas fibras de la moqueta y me pregunté cuánto tardaría en estar como ellas: rígida y congelada. Entonces me acordé: ¡los cigarrillos de Calvin!

Levanté el borde de la moqueta y, allí, en un hueco recubierto de hierbas secas había un cartón de cigarrillos y un estuche de cerillas del Holiday Inn. Las cerillas estaban frías pero secas. Era posible que se encendieran.

Esta pequeña victoria me animó a actuar. Por mucho que me costara caminar por la nieve en busca de ramas secas, tenía que hacerlo. Elaboré, precipitadamente, un plan antes de que pudiera volverme atrás.

Podía construir una plataforma con la leña que el señor Versteeg almacenaba cerca de la puerta de la cocina. Había visto un nido de pájaros caído cerca de un árbol. Podía deshacerlo y utilizar las ramitas para encender el fuego. Y también podía conseguir piñas y corteza de árbol. Y utilizaría las uñas para obtener resina de pino.

Con los dientes rechinándome de frío, salí de la zanja y el viento me paralizó. Las heladas ráfagas me zarandearon. Adelanté con dificultad los pies uno tras otro y me concentré en un único objetivo: reuniría las cosas que necesitaba para encender un fuego o moriría en el intento.

Dejé de resistirme al inaguantable frío. Estaba helada, pero lo acepté. Concentré mi energía en escarbar alrededor de los árboles con mis quebradizos dedos en busca de piñas, corteza de árbol, ramitas u hojas secas. Apretujé todos aquellos tesoros en mis bolsillos. Solo me detuve de vez en cuando para intentar recuperar la sensibilidad de los dedos y, luego, volví a rascar, hurgar y escarbar.

Cuando tuve los bolsillos llenos, regresé tambaleándome a la zanja. Mis manos y pies se movían lentamente. Mi mente también funcionaba a cámara lenta, como si se tratara de una maquinaria oxidada que se resistiera a ponerse en marcha.

Yo sabía que lo primero que tenía que hacer era construir una plataforma, pero elegir los elementos adecuados entre los recursos que había reunido me resultó extremadamente difícil. Notaba que perdía la concentración. Utilicé los puños para juntar los leños más grandes.

Mi cansancio aumentaba a gran velocidad. Las manos me temblaban de frío y, con gran esfuerzo y frustración, intenté formar un tipi con las ramitas. Al cabo de varios minutos, había conseguido colocar seis o siete ramitas en posición vertical. Deshice el nido de pájaros y coloqué con cuidado las fibras leñosas entre las inestables ramitas que formaban el tipi. Mis nudillos chocaron con una de las ramitas y la estructura se derrumbó. Solté un grito de desesperación y caí de rodillas.

Me chupé los dedos de las manos para descongelarlos y volví a empezar. Ramita tras ramita, levanté el tipi. En esta ocasión, me salió mejor. No era perfecto, pero recé para que aguantara. Froté una cerilla en el raspador y un pequeño hilo de humo se elevó en el aire. Seguí frotando la cerilla una y otra vez hasta que se desgastó. Arranqué otra cerilla y volví a intentarlo. Repetí el proceso con otra cerilla. Las manos me temblaban de una forma incontrolable. Si una de las cerillas no se encendía pronto, no tendría las fuerzas suficientes para seguir raspando. De hecho, mi mano izquierda ya estaba demasiado agarrotada para utilizarla.

—¡Mierda! —exclamé.

Entonces se me ocurrió que podía raspar la cerilla contra una roca. No sabía por qué no se me había ocurrido antes. Claro que mi capacidad de raciocinio disminuía a gran velocidad. Mis dedos no eran la única parte de mi cuerpo que estaba rígida y se negaba a funcionar. Por suerte, la pasarela había mantenido una roca seca. Mi mente se esforzó en ordenar toda la información.

Roca. Cerilla. Frotar. Deprisa.

Al ver que la cerilla se encendía, me quedé alucinada. Contemplé, maravillada, la oscilante llama con los ojos llenos de lágrimas. Con sumo cuidado, acerqué la llama a las ramitas. Poco a poco, se formó una nube de humo y, luego, el fuego prendió en las ramas. Al cabo de unos segundos, las llamas crecieron. Cuando vi que los leños también ardían, me llevé las manos a la cara y sollocé de alivio.

Un fuego.

¡No me moriría congelada!

37

Me acurruqué junto al fuego y froté las manos para que entraran en calor. Me tentó la idea de tomarme un descanso, pero sabía que no tenía tiempo. No podía quedarme allí toda la noche. Tenía que sacar a Jude de la casa. Había superado un obstáculo, pero no había acabado.

Me imaginé lo que estaría sucediendo en el interior de la casa y me estremecí. Calvin no pararía hasta que recuperara el mapa. Sabía cómo hacerle daño a Jude y acabar con él. Si esperaba más tiempo, quizá sería demasiado tarde.

Entonces se me ocurrió una idea. Sorprendida, me enderecé. Jude había encontrado la forma de entrar en Idlewilde sin utilizar la puerta trasera o la delantera. Tenía que averiguar por dónde había entrado.

Disfruté del calor por última vez y me preparé para enfrentarme al paralizante frío. Salí de la zanja y recorrí el perímetro de la casa mientras intentaba abrir las ventanas que estaban a mi alcance. Una de ellas tenía que estar abierta. Era la única forma en que Jude podía haber entrado. Entonces lo descubrí: una de las ventanas del sótano estaba rota.

Me agaché junto a la ventana. Los objetos que Jude había utilizado estaban en el suelo: una piedra y un leño. Había utilizado la piedra para romper el cristal y el leño para eliminar los cortantes restos que habían quedado atrapados en el marco.

Realicé un plano mental de Idlewilde. Mi dormitorio estaba en el otro extremo de la casa. Jude debió de vigilar la casa durante un tiempo y, después de determinar mi posición y la de Calvin, entró lo más lejos posible de nosotros para minimizar el riesgo de que oyéramos el ruido que produjo al romper la ventana.

Fue un buen plan. Pero ahora implicaba que yo tenía que cruzar prácticamente toda la casa sin que Calvin me descubriera.

Atravesé a toda prisa el frío sótano, que estaba a oscuras. Subí las escaleras y abrí levemente la puerta que comunicaba con la cocina. Las luces estaban apagadas. Atravesé a hurtadillas la cocina, me pegué a la pared y examiné el salón. Vi que Korbie estaba tumbada en el sofá. Seguía inconsciente, pero Calvin la había tapado con una manta. De todos nosotros, ella era la que corría menos peligro. A pesar de lo que Calvin le había hecho, estaba convencida de que él nunca mataría a su hermana. Decidí que sacaría a Jude de allí, iría a buscar ayuda y regresaría a por ella.

Mi chaqueta y mis botas estaban cerca de la puerta principal. Las tomé antes de subir a la planta superior. Mis pasos producían leves crujidos que me parecían ruidos ensordecedores. Me detuve frente a la puerta del dormitorio y escuché. No oí nada y abrí la puerta.

El aire apestaba a sangre y sudor. La vela titilaba en la mesilla de noche y proyectaba una luz tenue en la figura inmóvil que estaba tumbada en la cama. Las extremidades de Jude estaban atadas pero relajadas, y tenía la cabeza ladeada hacia el hombro sano. Durante un instante aterrador, pensé que estaba muerto, pero, cuando me acerqué, percibí que su pecho se hinchaba levemente. Estaba dormido. O inconsciente. Si tenía en cuenta la cantidad de sangre que empapaba las sábanas, supuse que era lo segundo.

Corrí hasta la cama. La ventana estaba cerrada, pero el aire de la habitación seguía siendo frío. No quería que volviera a sufrir, pero tenía que despertarlo. Al apartar la sábana, sentí náuseas. La causa de que las sábanas estuvieran empapadas en sangre apareció a mi vista.

La sangrienta imagen me revolvió el estómago. Me tapé la boca con una mano y contuve las ganas de vomitar. El pecho de

Jude estaba salpicado de morados y ampollas. Pero las heridas de su cuerpo no eran nada comparadas con sus ojos hinchados y los cortes abiertos de sus pómulos. Tenía la nariz rota y la carne de alrededor estaba abultada y amoratada. Respiraba con dificultad y, al exhalar, producía un leve ronquido que confirmaba que le habían roto la nariz. Solo su boca permanecía intacta. Evidentemente, Calvin no quería que su boca sufriera ningún daño, pensé con amargura, porque necesitaba que Jude hablara. Necesitaba recuperar el mapa.

—¿Britt?

Al oír la débil voz de Jude, le apreté la mano con fuerza.

—Sí, soy yo. Te pondrás bien. Estoy aquí contigo. Todo saldrá bien —terminé con determinación.

No debía hablarle con voz temblorosa y asustarlo acerca de su estado.

—¿Dónde está Calvin?

—No lo sé. Podría regresar en cualquier momento, así que tenemos que darnos prisa.

—Gracias a Dios que estás sana y salva —murmuró él—. ¿Te ha dejado entrar?

—No. Si dependiera de él, me habría dejado morir —declaré con un hilo de voz—. He entrado por la ventana del sótano.

—Eres una mujer fuerte y decidida, Britt. —Exhaló un suspiro de cansancio—. Sabía que lo conseguirías.

«Yo no soy fuerte —deseé decirle—. Estoy acojonada y me da miedo de que muramos los dos.» Pero, en aquel momento, Jude necesitaba que yo fuera fuerte y lo sería por él.

—¿Cómo estás? ¿Necesitas que te haga un torniquete?

La sangre seguía extendiéndose por el vendaje de su hombro. Yo había aprendido cómo hacer un torniquete en un campamento, pero no estaba segura de acordarme exactamente. Jude tendría que guiarme.

—No —repuso con voz áspera—. La bala solo me ha rozado, que es lo que Calvin quería.

Yo lo miré fijamente.

—Tiene buena puntería —comenté finalmente.

—La mayoría de los asesinos la tienen.

Yo no conseguí reírme de su broma.

—A dos kilómetros de aquí hay otra cabaña. Con un poco de suerte, habrá alguien. Si no, podemos forzar la entrada y utilizar el teléfono para avisar a la policía.

Me sentí orgullosa de la confianza que conseguí imprimir a mi voz, pero una preocupación nublaba mi mente. Jude no estaba en condiciones de caminar. Y mucho menos, con aquel clima.

Aunque toda su cara estaba tensa a causa del dolor, Jude logró volver la cabeza hacia mí y me miró a los ojos.

—¿Ya te he dicho lo increíble que eres? Eres la mujer más valiente, inteligente y guapa que conozco.

Sus cariñosas palabras hicieron que se me llenaran los ojos de lágrimas. Me enjugué la nariz con el dorso de la mano y asentí con entusiasmo para transmitirle confianza. Aparté de mi mente mi verdadero estado emocional, que era de inseguridad, desesperanza y miedo para que no lo percibiera en mis ojos.

—Vamos a salir de aquí —lo animé mientras deshacía el nudo de una de sus muñecas.

Primero le desaté las muñecas, y contuve un respingo al ver las marcas encarnadas que la cuerda había dejado en su piel. Después le solté los tobillos. Uno de ellos estaba sumamente hinchado. Tenía el tamaño de una pelota de tenis.

—Britt —me llamó Jude. Cerró los ojos y me di cuenta, alarmada, de que estaba perdiendo energía rápidamente—. Déjame aquí. Ve a buscar ayuda. Yo te esperaré aquí.

—No pienso dejarte aquí con Calvin —le anuncié con firmeza—. Quién sabe lo que sería capaz de hacerte, y puede que yo no regresara a tiempo.

—No puedo caminar. Me hice daño en el tobillo cuando intentaba liberarme. Creo que me lo he torcido. No te preocupes por mí. Calvin me dijo que tardaría algo de tiempo en volver.

Me lo dijo de una forma tan convincente que estuve a punto de hacerle caso. Pero lo conocía bien. Él había renunciado a salvarse y ahora pretendía asegurarse de que yo me fuera antes de que Calvin regresara. Y eso ocurriría pronto. Estaba segura. Calvin no dejaría a Jude solo más de unos cuantos minutos.

—Utilizaré una sábana para arrastrarte y te sacaré de aquí.

—¿Por las escaleras? —preguntó él. Y sacudió la cabeza—. No lo conseguiré. Ve a buscar ayuda. Calvin ha dejado una pistola en la mesilla de noche. Llévatela.

Abrí el cajón, tomé la pistola y la introduje en mi bolsillo. Esperaba no tener que usarla, pero, en caso necesario, dispararía contra Calvin. Y, esta vez, no vacilaría.

—Te pondré las botas —le dije.

Deslicé su pie izquierdo en su bota con tanto cuidado como me fue posible. Jude soltó un respingo cuando el cuero rozó su tobillo. Después, se quedó inmóvil y con los ojos cerrados. Pero, esta vez, no volvió a abrirlos. Su respiración era superficial y regular.

Se había desmayado.

Me sentí mareada. No estaba preparada para aquel golpe de mala suerte. Pero no pensaba rendirme sin luchar. Sacaría a Jude de allí. Aunque tuviera que arrastrarlo por el suelo centímetro a centímetro.

Le abroché la camisa e introduje su pie derecho en la otra bota. Lo agarré por las piernas y tiré de él hacia el borde del colchón, pero apenas conseguí desplazarlo unos centímetros. Fui más efectiva cuando introduje los dedos en la cinturilla de sus tejanos y tiré hacia atrás con todo mi peso. Al final, saqué los extremos de la sábana de debajo del colchón y, después de empujarlo y tirar de él con esfuerzo, lo bajé de la cama. Su cuerpo cayó al suelo produciendo un ruido sordo y, por primera vez, me alegré de que se hubiera desmayado, porque así no había sentido nada.

Jude gimió.

Al menos no había sentido nada conscientemente.

Yo tenía la cara empapada en sudor y tiré de la sábana con esfuerzo para arrastrar a Jude hasta la puerta. Miré hacia allí con cautela. Sabía que Calvin estaba en algún lugar al otro lado de la puerta, pero no había otra salida. No podía tirar a Jude por una ventana de una primera planta.

Me detuve y agarré mi chaqueta y mis botas.

Inhalé hondo, exhalé un largo suspiro y abrí la puerta.

38

Examiné ambos lados del pasillo. Ni rastro de Calvin. Miré por encima de la barandilla y vi que tampoco estaba en la planta baja.

¿Adónde había ido? ¿A buscar el mapa por su cuenta?

Arrastré a Jude hasta el pasillo. Examiné las empinadas escaleras de madera y me di cuenta de que Jude tenía razón. No podría bajarlo sin hacerle daño. La sábana no amortiguaría los golpes que se daría contra los afilados bordes de los escalones y no tenía tiempo de colocar una almohada debajo de su espalda.

—Despiértate, Jude —le susurré.

Me arrodillé a su lado y lo abofeteé con firmeza.

Él se agitó y murmuró palabras incoherentes.

—Bajaremos las escaleras juntos.

Aunque se hubiera torcido el tobillo, si apoyaba parte de su peso en mí y la otra parte en su pie bueno, podríamos bajar las escaleras.

—¿Britt?

Dejó caer la cabeza a un lado y le abofeteé las mejillas con más fuerza para despertarlo.

—Quédate conmigo, Jude.

Él se estremeció. Por suerte, abrió los ojos. Yo tomé su cara entre mis manos y lo miré fijamente a los ojos mientras deseaba poder transmitirle parte de mi energía.

—Vete, Britt. Antes de que vuelva Calvin. —Esbozó una

valiente sonrisa—. Te prometo que yo no me iré a ninguna parte.

Acuné su cabeza en mi regazo y acaricié su húmedo pelo con manos temblorosas. Tenía que convencerlo de que podía hacerlo. Sus palabras me asustaban. Se estaba rindiendo y yo no conseguiría escapar sin él.

—Somos un equipo, ¿recuerdas? Empezamos esto juntos y ahora tenemos que terminarlo juntos.

—Yo te estoy retrasando. Y la verdad es que quizá no lo consiga...

—¡No digas eso! —le susurré mientras me tragaba las lágrimas—. Te necesito. No puedo hacer esto sola. Prométeme que te quedarás conmigo. Te pondrás de pie y bajaremos las escaleras juntos. A la de tres.

La expresión de Jude se relajó como me imaginé que ocurría con los cuerpos en el momento de morir; justo antes de que el dolor se acabe y cuando el descanso está a la vista. Se desplomó en mi regazo. Estaba más pálido que antes.

Me enjugué las lágrimas con el dorso de las manos. Tenía que encontrar otra forma de sacarlo de allí.

Entonces se me ocurrió una idea. Lo hice girar sobre sí mismo de forma que quedara boca abajo. Introduje los brazos por debajo de sus hombros y lo arrastré hasta las escaleras. Conforme me bajáramos, se daría golpes en las piernas con los escalones, pero mejor que se golpeara las piernas que la cabeza.

Bajé los escalones de espaldas, con cuidado y de uno en uno. Yo respiraba con pesadez. Jude debía de pesar unos noventa kilos. Por suerte, al arrastrarlo de esta manera, la mayor parte de su peso recaía en las escaleras. Por desgracia, la herida del hombro quizá se le volvería a abrir y le produciría mucho dolor. Pero, por muy horroroso que esto fuera, tenía que sacarlo de la casa. Ya me preocuparía por los daños que le causara más tarde. Era mejor que yo le produjera alguna herida a dejarlo allí y que Calvin lo matara. Cuando llegamos a la planta baja, el pulido suelo de madera hizo que me resultara más fácil arrastrarlo hasta la puerta principal.

La abrí y curvé los hombros para protegerme del viento

helado. El todoterreno de Calvin estaba aparcado en el camino de la entrada. Calvin no se había ido. Observé ansiosamente el bosque mientras intentaba adivinar dónde estaría.

Como si quisiera responder a mi pregunta, la nieve que tenía junto a los pies salpicó el aire. Un segundo después, se oyó el agudo estallido de un disparo. Solté una serie de tacos y tiré más deprisa de Jude hacia la protección de los árboles.

Se oyeron cuatro disparos más. Arrastré el pesado cuerpo de Jude con las mandíbulas apretadas. Nada más entrar en las sombras del bosque, los disparos cesaron.

—¿Britt? —murmuró Jude.

Yo me arrodillé junto a él. Jude tenía la cara bañada en sudor y los ojos inyectados en sangre. Miró con nerviosismo en todas direcciones.

—¿Dónde está? ¿Dónde está Calvin?

—Entre los árboles que hay al otro lado de Idlewilde. He visto los destellos de su pistola. Es demasiado oscuro para que nos vea. Si quiere vernos con claridad, tendrá que acercarse mogollón.

—Si es listo, vendrá a por nosotros ahora. Él no puede vernos, pero nosotros tampoco podemos verlo a él, lo que le permitirá acercarse a hurtadillas y tomarnos por sorpresa. —Reflexionó durante unos instantes—. Me dijiste que hay una cabaña a unos dos kilómetros de aquí. Ve allí.

—No pienso irme y dejarte solo.

Jude me miró fijamente y con preocupación y se sentó con esfuerzo.

—Desde luego que te irás. Esta es tu oportunidad. No es gran cosa, lo reconozco, pero es lo mejor que vas a tener. Cuanto más tardes, más probable es que Calvin nos encuentre y nos mate o te separe de mí.

Sin pensármelo dos veces, lo agarré y lo besé.

Jude había encorvado su hombro bueno para protegerse del frío, o quizá para amortiguar el dolor. En cualquier caso, cuando lo besé, noté que se relajaba. Esperaba que intentara apartarme de él y convencerme de que me fuera, pero me necesitaba tanto como yo lo necesitaba a él. Nos enfrentábamos a la muerte. Esta era la dura y terrible realidad. En aquel momento, no sentíamos deseo, sino una imperiosa y ardiente necesidad. Una confirmación de vida. Jude me apretó rudamente contra él. Si esto empeoraría su herida, no pareció importarle. Me devolvió el beso apasionadamente. ¡Estábamos vivos! Y el hecho de estar a las puertas de la muerte hacía que cobrara más importancia.

—Siento no haberte creído antes —dije con voz entrecortada—. Me equivoqué. Cometí un gran error. Pero ahora te creo y confío en ti, Jude.

Me miró con expresión de alivio.

—¿Estás segura de que no podré convencerte de que te vayas a esa cabaña? —me preguntó mientras presionaba su frente contra la mía.

Resopló levemente, pero tuve la sensación de que no lo hacía para aliviar el dolor de sus heridas. Parecía más despierto, como si se estuviera preparando para la lucha. La expresión de su cara reflejaba una determinación que ningún tipo de dolor podía superar.

Yo negué con la cabeza y suspiré hondo. Su beso había sido para mí como una descarga de adrenalina. Aunque estaba acojonada, ahora tenía una razón para vivir, y esta me miraba directamente a los ojos.

39

—Calvin no me matará hasta que le diga dónde está el mapa —reflexionó Jude con serenidad—. Él cree que debe encontrarlo antes de que lo haga un guarda forestal o cualquier otro agente de la ley.

—¿Dónde está el mapa?

—Esta mañana, cuando volví de cazar y vi que te habías ido, supe que te dirigías hacia aquí. Sabía que Calvin era un asesino y que tenía que encontrarte lo antes posible. No tenía tiempo de ir al centro de mando de los forestales y dejar allí el mapa, de modo que lo escondí en nuestro refugio. A Calvin, le mentí. Nadie encontrará el mapa sin nuestra ayuda, y, aunque alguien lo encontrara, no sabría cómo interpretarlo y es más probable que lo tire a la basura que lo entregue a un forestal. Pero no permitiré que Calvin lo sepa. Tenemos que asegurarnos de que se siente amenazado por la posibilidad de que caiga en manos de la ley. Me aseguraré de que salgas de aquí con vida, Britt, y tú deberás conducir a la policía hasta el mapa.

—Los dos saldremos de aquí con vida —lo corregí yo con firmeza.

—Calvin podría matarte para no dejar testigos, pero no creo que lo haga —continuó Jude sin hacer caso de mi corrección—. Tú eres su última moneda de cambio. Si te mata, sabe que yo no le diré dónde está el mapa. Su plan es el mismo de antes: utilizarte para obligarme a hablar. Por eso debemos permanecer juntos e ir a por él. Intentaremos sorprenderlo por detrás y yo lo desarmaré. Después, lo único que tendremos que hacer es retenerlo hasta que podamos entregarlo a la policía.

—¿Y si es él quien nos sorprende a nosotros por detrás?

Jude apenas me miró, pero yo conocía la respuesta. Como mucho, teníamos el cincuenta por ciento de probabilidades de vencerlo.

Jude me dio un beso rápido. Su abrazo me transmitió calor y seguridad y deseé que no me soltara nunca más. Deseé que pudiéramos quedarnos allí, abrazándonos. No necesitábamos nada más para vivir.

—No tenemos por qué ir a por Calvin —le sugerí con voz suave—. Es más seguro ir a la cabaña que hay más abajo y llamar a la policía.

—Calvin mató a mi hermana —replicó Jude—, y no pienso salir huyendo. Lo llevaré ante la justicia. Dame la pistola.

Las sombras que nublaron su vista me preocuparon. Apoyé la mano en su brazo.

—Quiero que me hagas una promesa, Jude. Prométeme que no lo matarás.

Él clavó sus ojos en los míos.

—Me he pasado el último año de mi vida pensando en matarlo.

—Calvin no merece morir.

Yo ya no estaba enamorada de Calvin, pero lo conocía de toda la vida. Había visto lo bueno y lo malo de él. Era demasiado tarde para ayudarlo, pero no quería destruirlo. Era el hermano de Korbie. Y mi primer amor. Había demasiadas historias entre nosotros.

Pero, por encima de todo, no quería que Jude fuera como él. Un asesino.

—Se merece lo peor —afirmó Jude.

—Él pensó que matar era la respuesta y quiero demostrar que hay otras maneras de hacer las cosas.

—¿Me estás pidiendo que deje al asesino de mi hermana con vida? —me preguntó Jude con voz tensa.

—Lo encerrarán en una prisión. Durante mucho tiempo. Si lo piensas, eso no es vida. Por favor, prométeme que no lo matarás.

—No lo mataré —cedió él finalmente con voz sombría—. No lo mataré por ti, pero querría hacerlo.

Le tendí la pistola con la esperanza de no estar cometiendo un error.

Jude comprobó que estuviera cargada.

—Cuando esto haya acabado, le daré a Lauren un entierro como Dios manda. Con toda la familia y sus seres queridos. Ella se lo merece.

Yo bajé la vista hacia el suelo.

—El cadáver del trastero... La chica llevaba puesto un vestido negro de fiesta. Creo..., creo que se trataba de Lauren.

Las lágrimas empañaron los ojos de Jude. Levantó la vista hacia el negro cielo y parpadeó varias veces para secarlas. Él supuso que se trataba de su hermana desde que le dije que había encontrado el cadáver, pero fue allí, en el bosque, cuando sus hombros temblaron y su respiración se aceleró. Jude había contenido su dolor porque tenía que ser fuerte. Por mí. Si hubiera estado concentrado en su hermana, no habría podido protegerme.

—Ella ya te ha perdonado, Jude. Puedes estar seguro de eso. Fue ella quien decidió salir de marcha. Y fue ella quien decidió irse con Shaun. Lo que le ocurrió después es inexcusable y espantoso. No digo que mereciera que la mataran, porque, desde luego, no se lo merecía; nadie merece morir así, pero tarde o temprano tenía que dejar de depender de ti y salvarse ella sola.

En muchos más sentidos de los que nunca podría explicar, le hablé desde el fondo de mi corazón. Hasta que no lo conocí, no me di cuenta de lo dependiente que era de mi padre, de Ian y de Calvin. Jude me había ayudado a comprender que tenía que cambiar. Había estado a mi lado mientras yo daba esos temerosos primeros pasos. Y, ahora, estaba en mis manos decidir lo que iba a hacer con mis recién descubiertas fuerza e independencia.

Jude realizó un sonido grave y atormentado que surgió de lo más hondo de su garganta.

—¡Si pudiera perdonarme a mí mismo! No dejo de preguntarme por qué la mató Calvin. —Se enjugó los ojos con la manga de la chaqueta—. Quiero saber la razón porque mi mente necesita encontrar una explicación lógica; aunque sé que no hay nada lógico en la mente de un asesino que mata a sangre fría.

—A Calvin le molestaba que Lauren hubiera entrado en Stanford y a él lo hubieran rechazado. Su padre le había enseñado, durante toda su vida, que las mujeres son inferiores y no soportaba pensar que alguien inferior a él hubiera llegado más lejos.

Mientras se lo explicaba, me di cuenta de lo absurda que era aquella razón y que de ningún modo explicaba la violencia de Calvin.

Jude me miró atentamente.

—¿La mató porque la aceptaron en una universidad a la que ni siquiera quería asistir? —Sacudió la cabeza entre dolorido y alucinado—. ¿Por eso le robó la gorra de los Cardinals?

—¿A qué te refieres?

—A la gorra de béisbol de los Cardinals que Calvin te dio. Era de Lauren. La mancha amarilla no era de mostaza, sino de pintura. Yo estaba con ella cuando se la hizo. Pintamos su habitación de color amarillo entre los dos. Amarillo con rayas negras —declaró con voz calmada, aunque percibí angustia en sus ojos—. Calvin debió de quitarle la gorra como símbolo de que había triunfado sobre ella y había recuperado lo que le correspondía.

¡La gorra no era de Calvin! Me había pasado casi todo un año aferrada a ella porque no estaba preparada para separarme de él. Creía que la gorra era de Calvin y la necesitaba para sentir que él estaba conmigo. Pero me había aferrado a algo que no era real. Me dolió, pero, curiosamente, también hizo que me resultara más fácil alejarme de él para siempre.

De repente, Jude volvió la cabeza hacia el cielo.

—¿Lo has oído?

Yo presté atención y percibí el zumbido lejano de un motor. Se aproximaba a nosotros.

—¿Qué es? —pregunté.

—Un helicóptero.

—¿Será de la policía? —pregunté en un susurro.

No quería albergar esperanzas demasiado pronto.

—No lo sé. —Jude me miró—. Puede que alguien encontrara tu jeep y avisara a la policía. Podrían estar buscándoos a ti y a Korbie. —Se interrumpió—. Aunque me cuesta creer que os busquen de noche y con este tiempo.

—¡Es de la policía!

Me dije a mí misma que tenía que serlo. No soportaba la idea de que no se tratara de alguien que acudía a ayudarnos. Hundí la cara en el hombro bueno de Jude.

—Es la policía. O un equipo de rescate. Nos encontrarán. Todo saldrá bien.

Su postura rígida e insegura me indicó lo cansado que estaba. Al final, me acarició la cabeza de una forma tranquilizadora, pero su voz expresó duda.

—Aunque veamos el foco del helicóptero, no podemos salir a campo abierto y advertirles de nuestra presencia. No sé si Calvin nos dispararía en presencia de testigos, pero no quiero arriesgarme. Hasta que atrapemos a Calvin, permaneceremos escondidos en el bosque, ¿entendido?

Avanzamos por la profunda capa de nieve, sorteando los árboles y dando un amplio rodeo por detrás de la casa. Aunque Jude iba a solo un paso por delante de mí, me sentía sola. El bosque estaba agobiantemente oscuro. Cualquier cosa podía acecharnos en la oscuridad. Sentí que los árboles me observaban. ¿Y si Calvin también nos estaba observando?

De repente, oí el leve crujido de unos pasos detrás de mí. Me volví y vi que Calvin corría agazapado hacia mí.

—¡Jude! —grité.

Jude se volvió y apuntó a Calvin con la pistola. Calvin se paró en seco y me apuntó a mí con la que él llevaba.

—Si me disparas, le dispararé a ella —amenazó Calvin.

—Ya oyes el helicóptero —declaró Jude—. Es de la policía. Todo ha terminado, Calvin. Han encontrado el mapa y vienen a por ti. Estás acabado.

—Solo es un helicóptero de vigilancia —alegó Calvin quitándole importancia—. Probablemente, se trata de un equipo de rescate. Alguien debe de haber encontrado el jeep de Britt y habrá avisado a los forestales. Pero no pueden vernos. Buen intento, pero no estoy acojonado.

—¡Desde luego que estás acojonado! —replicó Jude—. No de que te arresten, sino de no dar la talla. Tienes miedo al fracaso. Por eso elegiste a las chicas que elegiste. ¿Qué clase de hombre se crece controlando a chicas indefensas? Yo te lo diré: ninguno. Te resulta frustrante darte cuenta de que no eres un hombre de verdad, ¿no, Calvin?

Yo solté un respingo. ¿Estaba intentando sacar de sus casillas a Calvin?

—Voy a disfrutar mucho matándote —declaró Calvin mientras apretaba los dientes.

—Seguro que sí —repuso Jude con despreocupación—. Estoy herido y eso es lo que te gusta, ¿no? Te gustan los blancos fáciles.

Una sonrisa intrigante se extendió lentamente por las facciones de Calvin.

—Me tomé todo el tiempo del mundo con ellas. Sobre todo con Lauren. Yo fui la causa de que pateara, se revolviera y sintiera pánico. El control y el poder que tuve sobre ella hicieron que me sintiera invencible —continuó. Sabía cómo enervar y enfurecer a Jude—. Solo quisiera haber oído sus gritos, pero le había apretado tanto la cuerda alrededor del cuello, que no emitió ningún sonido.

Los ojos de Jude se encendieron y, entonces, todo ocurrió muy deprisa.

Jude se abalanzó sobre Calvin, lo agarró de la muñeca y le obligó a soltar la pistola propinándole un golpe con el borde exterior de la mano. Finalizó su ataque con un puñetazo brutal en la cara de Cal, quien se tambaleó hacia atrás mientras soltaba un alarido y se llevaba las manos a la nariz.

—¡Me has roto la nariz! —exclamó con rabia.

Jude tomó la pistola de Calvin y lo apuntó con ella.

—Considérate afortunado, porque en tu cuerpo hay otros doscientos cinco huesos que me gustaría romper. ¡Pon las manos en la cabeza!

Calvin empalideció y soltó una risa temblorosa.

—No me dispararás. —Entonces se dirigió a mí—. Britt, sé que no permitirás que lo haga. Te conozco.

—¡No le hables! —exclamó Jude—. No te mereces hablar con ella. Eres un jodido cabrón que ni siquiera merece vivir.

Calvin parpadeó varias veces mientras parecía reflexionar sobre aquello. Al final, sacudió la cabeza. Tenía la mirada vacía y perdida.

—No eres el primero que me lo dice.

—¿Cómo encontraste a las chicas? —le preguntó Jude en tono cortante—. Debiste de espiarlas o buscar información sobre ellas.

—Calvin trabajaba con Macie como guía de *rafting* —le expliqué yo—. Debió de matarla cuando se enteró de que, en otoño, estudiaría en la Universidad de Georgetown. Y Kimani iba al Pocatello High, que era nuestro instituto rival. Cal sabía que ella estudiaría en Juilliard. Toda la ciudad lo sabía.

—Mi padre me matará —declaró Calvin con una expresión aturdida y alucinada en la cara—. No me puedo creer que, al final, el viejo me haya ganado...

Dijera lo que dijese a continuación, el sonido de su voz fue engullido por el zumbido de las aspas del helicóptero. El ruido era tan fuerte que pensé que debía de estar justo encima de nosotros. A pesar de lo que Jude había dicho, si encendían un foco, correría a campo abierto y alertaría al piloto de nuestra presencia.

Calvin levantó la cara hacia la oscura bóveda del cielo. Su expresión pasó de la incredulidad a la comprensión. La sombra de la derrota oscureció su cara y adoptó una expresión de desamparo y pesimismo casi infantil.

Juntó las muñecas y las extendió hacia Jude.

—Vamos, átame. —Su voz se quebró y se echó a llorar—. Lo único que puedo hacer ahora es demostrarle a mi padre que puedo asumir los castigos como un hombre.

En aquel instante, se me rompió el corazón. Deseé rodearlo con los brazos y decirle que todo iría bien, pero todo no iría bien. Nada estaba bien. Él no estaba bien. Nadie podía ayudar a aquella versión deformada y perdida de él. Me pregunté qué diría el señor Versteeg cuando se enterara de lo que Calvin había hecho. ¿Se sentiría responsable de ello? Supuse que no. Lo rechazaría y querría desentenderse de la desgracia de su hijo.

Jude retorció los brazos de Calvin para sujetárselos por la espalda.

Yo también me eché a llorar. Interiormente, me sentía vacía y desarraigada, pero no creía estar triste. O quizá sí que lo estaba. Triste porque había amado a Calvin y no entendía cómo el chico que yo quería se había convertido en alguien tan brutal y destructivo. Triste porque habría hecho cualquier cosa para ayudarlo, aunque ahora dudaba que nadie pudiera haberlo ayudado.

—¿Dónde están las cosas de Lauren? —le preguntó Jude—. ¿Dónde las has escondido?

—En la zanja que hay detrás de la casa —contestó Calvin con resignación.

—Yo estuve allí y no las vi —repliqué yo.

—Uno de los tablones inferiores de la pasarela está suelto. —Calvin tenía los hombros caídos y la barbilla baja—. Si lo sacas, verás que hay un hueco. Lo guardé todo allí, dentro de un sobre.

A pesar de que estaba acorralado y sin escapatoria, era muy extraño que Calvin nos ayudara. ¿Había necesitado la derrota para cambiar? Antes de que pudiera adivinar sus motivos, Jude me indicó, con un gesto de la barbilla, que me dirigiera a la casa.

—Antes de nada, atémoslo.

Una vez en la casa, Jude obligó a Calvin a sentarse en una de las sillas de la cocina. Yo subí al dormitorio para tomar la cuerda que Calvin había utilizado para atar a Jude y, entre los dos, atamos las muñecas de Calvin a la silla. Calvin no se resistió. Permaneció inmóvil y con la mirada perdida, como si mirara al infinito.

—Supongo que esto demuestra que nunca fui lo bastante bueno —dijo—. Ni para ti, ni para Stanford, ni siquiera para librarme de los asesinatos que he cometido. —Soltó una risa histérica y desesperada—. Lástima que no fuera una chica. Korbie ha hecho lo que le ha dado la gana toda la vida.

Jude se volvió hacia mí.

—Enséñame dónde está la zanja.

40

Jude y yo comprobamos todos los tablones de la parte inferior de la pasarela un par de veces, pero todos estaban bien sujetos.

—Nos ha mentido —declaró Jude—. Aquí no hay nada.

—¿Por qué habría de mentirnos?

Nos miramos a los ojos y, en un abrir y cerrar de ojos, corrimos hacia la escalera y salimos de la zanja.

Yo fui la primera en llegar a la casa. Entré a toda pastilla en la cocina y me detuve de golpe al ver a Calvin con una soga al cuello y colgado de la lámpara. Jude, que iba detrás de mí, soltó una maldición, enderezó la silla que había debajo de los pies de Calvin, que todavía se movían, subió a ella y agarró el cuerpo de Calvin.

—¡Un cuchillo! —gritó.

Yo saqué uno del cajón y se lo tendí. Jude, prácticamente, me lo arrancó de las manos y empezó a cortar la cuerda con furia. Las últimas hebras se rompieron bruscamente y Calvin cayó al suelo.

Yo tanteé su cuello en busca de su pulso. Nada. Hice lo mismo con sus muñecas y volví a intentarlo en el cuello. Presioné los dedos contra la barba de varios días que cubría la parte alta de su garganta. Al final, percibí un latido débil pero regular.

—¡Está vivo!

Jude contempló los ojos abiertos y de mirada ausente de

Calvin. Las pupilas estaban totalmente dilatadas y parecía que sus ojos fueran negros. Emitió un sonido ininteligible y un fluido transparente salió por su nariz.

—Creo que no hemos llegado a tiempo —declaró Jude.

Se arrodilló junto a mí y, con delicadeza, volvió mi cara hacia otro lado. Los ojos se me llenaron de lágrimas.

—¿Qué le pasa?

—Creo que ha sufrido daños cerebrales.

—¿Se pondrá bien? —pregunté, y me eché a llorar.

—No —respondió Jude con sinceridad—. No lo creo.

El tiempo pareció alargarse y transcurrir a cámara lenta. Mientras contemplaba el cuerpo de Calvin, que se convulsionaba en el suelo, una oleada de recuerdos acudió a mi mente. Dicen que, cuando estás a punto de morir, tu vida pasa por delante de tus ojos. Lo que nunca te dicen es que, cuando ves morir a alguien a quien has querido, cuando ves que se debate entre esta vida y la siguiente, te resulta doblemente doloroso, porque lo que pasa por delante de tus ojos no es una, sino dos vidas que recorrieron juntas una parte del camino.

Un segundo después, el tiempo volvió a contraerse y, en un abrir y cerrar de ojos, volví a ser consciente de que estaba en la cocina. Me acordé de por qué el ensordecedor chasquido de las aspas de un helicóptero sonaba encima de la casa. Me acordé de por qué tenía las manos y los pies helados y de por qué las mangas de mi chaqueta estaban manchadas con la sangre de Jude.

Lo agarré de la mano y salimos a toda velocidad. El helicóptero sobrevolaba la explanada que había detrás de la casa y el viento huracanado de las aspas nos obligó a entrecerrar los ojos.

—¡Parece un helicóptero privado! —me gritó Jude por encima del rugido del motor.

—¡Es el helicóptero del señor Versteeg! —grité yo.

—¡Veo a dos socorristas en tierra y a un hombre con un rifle! —Señaló unas sombras que había en el otro extremo de la explanada, justo debajo del helicóptero—. Deben de haber descendido haciendo rappel.

Dos figuras vestidas de rojo y con cascos blancos corrieron hacia nosotros por la nevada explanada. Reconocí al hombre que las seguía, el hombre del rifle. Se trataba del señor Keegan, el ayudante del sheriff. Todos los años, él y el señor Versteeg cazaban alces juntos en Colorado.

Grité con alivio y agité las manos como una loca. Por culpa del helicóptero, no me oyeron, pero tenían linternas, de modo que nos verían de un momento a otro.

—Cuéntale a la policía todo lo que ha hecho Calvin y enséñales dónde está el mapa —me apremió Jude.

Lágrimas de alegría resbalaban por mi cara. ¡Todo había acabado! ¡La pesadilla por fin había terminado!

—Sí.

—Siento hacer esto, Britt —se disculpó Jude.

Me agarró por detrás y presionó la pistola de Calvin contra mi sien. Utilizando mi cuerpo como escudo, retrocedió y se alejó de los socorristas y del ayudante del sheriff, quienes corrían a toda prisa hacia nosotros.

—¡No os acerquéis o la mato! —gritó Jude.

Sentí náuseas, pero conseguí preguntar:

—¿Jude? ¿Pero qué estás haciendo?

—¡He dicho que no os acerquéis! —volvió a gritar Jude—. ¡Tengo a Britt Pheiffer como rehén y la mataré si no hacéis exactamente lo que os diga!

Un foco del helicóptero nos iluminó y me cegó momentáneamente. Las aspas despedían nieve de las ramas y levanté un brazo para protegerme los ojos. ¿Por qué les decía Jude que me tenía como rehén? Deberíamos correr hacia ellos, no huir de ellos.

Jude me arrastró hasta el bosque, con un brazo dolorosamente cruzado sobre mi pecho. Corrimos haciendo eses y de una forma errática entre los árboles, pero el foco del helicóptero nos encontraba fácilmente. Y también iluminaba el visible contraste entre la sangre que perdía Jude y la blanca nieve del suelo. Su herida sangraba mogollón.

Cuanto más nos internábamos en el bosque, más denso era este. Resultaba difícil decir dónde terminaba un árbol y empezaba otro. La luz del foco nos seguía de cerca, pero con dificultad. Gracias a la frondosidad de las copas de los árboles, Jude conseguía esquivar el foco y esconderse detrás de las rocas y los árboles caídos y, cada vez que reaparecíamos, el piloto del helicóptero tardaba más en encontrarnos.

Jude tiró de mí y se escondió detrás de un pino de gran tamaño. Yo tenía la espalda pegada a su pecho y noté su respiración jadeante junto a mi oreja. Un inquietante charco de sangre se formó a nuestros pies. A causa de sus heridas, yo sabía que Jude estaba al borde del colapso. No aguantaría mucho más y caería inconsciente debido a la pérdida de sangre o entraría en un *shock* debido al esfuerzo que exigía a su debilitado cuerpo. Me alucinaba que pudiera arrastrarme o incluso caminar él solo por el abrupto terreno.

El haz de luz del foco recorrió frenéticamente el suelo y, luego, se alejó en otra dirección.

—¿Qué estás haciendo? —le grité a Jude—. La pistola ni siquiera está cargada. Te vi sacar el cargador después de que atáramos a Calvin. ¿Por qué les has dicho que me tienes como rehén? Estás empeorando las cosas. Tenemos que volver y contárselo todo al ayudante del sheriff: que me salvaste la vida y que solo estabas con Shaun porque querías encontrar al asesino de Lauren.

—Cuando te lo diga, quiero que corras a toda pastilla hacia él. Corre con las manos a la vista y en alto y grita tu nombre sin cesar. ¿Me entiendes?

—¿Por qué? —le pregunté mientras rompía a llorar—. ¿Por qué haces esto? Te perseguirán y te arrestarán. ¡Eso si no te matan antes!

—De todas maneras me habrían arrestado. —Me agarró del brazo y me obligó a avanzar por la gruesa capa de nieve hasta otro pino—. Hazme un favor. No nombres a Jude Van Sant. Diles que me llamo Mason. El relato de Korbie coincidirá con el tuyo. Diles que dos hombres llamados Shaun y Mason os secuestraron.

—Porque Mason habrá dejado de existir.

Jude enjugó las lágrimas de mis mejillas con sus manos.

—Exacto. Dejaré a Mason aquí, en las montañas —me explicó con voz suave—. Él ya ha terminado lo que vino a hacer.

—¿Volveré a verte? —le pregunté con voz entrecortada.

Jude tiró de mí hacia él y me dio un largo beso. Yo enseguida supe que se trataba de un beso de despedida. Estaba perdiendo a Jude. Pero no quería dejarlo ir. Y no se trataba del síndrome de Estocolmo. ¡Me había enamorado de él!

Me quité la chaqueta.

—Al menos póntela.

La puse sobre sus temblorosos hombros. Le quedaba cómicamente ajustada, pero no me apeteció reírme. Nada de todo aquello era divertido. ¡Quería decirle tantas cosas! Pero no existían palabras para un momento como aquel.

—Les diré que te diriges a Canadá. Les diré que tu plan consiste en escapar y esconderte en Canadá. ¿Esto te ayudará en algo?

Jude me miró con gratitud.

—¿Harías eso por mí?

—Somos un equipo —respondí.

Me dio un último abrazo.

—¡Ahora, corre! —exclamó, y me empujó fuera de la protección del árbol.

Yo avancé dando traspiés por la gruesa capa de nieve. Cuando recuperé el equilibrio, me volví hacia él.

Pero Jude había desaparecido.

Segundos después, el foco del helicóptero me iluminó con su luz cegadora. Oí que un hombre daba órdenes a través de un megáfono por encima de mi cabeza. Se trataba del señor Versteeg. Los dos socorristas y el ayudante del sheriff, el señor Keegan, aparecieron entre los árboles. Levanté los brazos y corrí hacia ellos.

—¡No disparen! ¡Soy Britt Pheiffer! —grité.

41

Una suave lluvia golpeaba la ventana de mi dormitorio y caía, de lado, bajo las farolas de la calle. ¡Al menos no era nieve!

Habían pasado diez días desde que me sacaron de las montañas con el helicóptero del señor Versteeg. Me contaron que un guarda del parque encontró mi Wrangler abandonado en la carretera e informó de ello al departamento del sheriff. Este advirtió a mi padre y a los padres de Korbie de que no habíamos llegado a Idlewilde. El señor Versteeg no esperó a que el sheriff organizara una partida de búsqueda, sino que contrató a dos socorristas del parque y sobrevoló la zona en su helicóptero. Me pregunté si habría tenido tantas ganas de ir a Idlewilde si hubiera sabido lo que iba a encontrar.

Me trataron en el hospital para la hipotermia y la deshidratación y, después, le conté todo a la policía. Les indiqué dónde estaba el mapa de Calvin y les expliqué dónde encontrarían los restos de Lauren Huntsman. El señor y la señora Huntsman volaron hasta allí para recuperar el cuerpo de su hija y la noticia salió en todos los medios de comunicación locales. Yo no quise verlos, porque me habrían recordado a... él.

No había hablado con Korbie desde aquella noche en Idlewilde. Ella tenía el móvil apagado y yo ni siquiera estaba segura de que ella y sus padres estuvieran en la ciudad. Las luces de su casa estaban siempre apagadas. O quizá las mantenían así para desalentar a los periodistas que habían acampado enfrente.

No sabía qué le diría a Korbie cuando la viera. Yo le había

contado a la policía lo que Calvin había hecho y sabía que Korbie lo consideraba una traición. Toda su familia lo veía así. Por mi culpa, la vida secreta de Calvin había salido a la luz.

En cuanto a Jude, ni siquiera me permití imaginar qué había sido de él. Había huido por el bosque sangrando, hecho polvo y sin ropa suficiente. Habría tenido que enfrentarse a la posibilidad de morir de frío o de hambre o a ser atrapado por la policía. Las probabilidades de supervivencia eran mínimas. ¿Tropezaría un excursionista con su cuerpo congelado semanas más tarde y yo me enteraría de su muerte por las noticias? Cerré los ojos con fuerza y vacié mi mente. Me dolía demasiado imaginar lo que le había ocurrido.

Bajé las escaleras para tomar algo antes de acostarme y me alegré de encontrarme con mi hermano, quien estaba apoyado en la encimera de la cocina mientras comía un sándwich de mantequilla de cacahuete. Normalmente, Ian y yo nos peleábamos, pero desde que volví a casa, se había mostrado inusualmente amable conmigo. De hecho, me apetecía estar con él.

Ian extendió una capa de mantequilla de cacahuete en otra rebanada de pan de molde, la dobló por la mitad y se la metió entera en la boca.

—¿Q...res u...no? —balbuceó.

Yo asentí con la cabeza, pero tomé el tarro y el cuchillo para preparármelo yo misma. Ian me miró con expresión alucinada mientras yo extendía la mantequilla de cacahuete sobre la rebanada de pan.

—¡Vaya, pero si sabes preparar un sándwich! —exclamó cachondeándose de mí.

—No exageres.

—Papá me ha contado que hoy has puesto tú sola una lavadora, ¿es verdad? —me preguntó, y abrió mucho los ojos fingiendo sorpresa—. ¿Quién eres y qué le has hecho a mi hermana?

Yo puse los ojos en blanco y me senté de un salto en la encimera.

—Por si no te lo había dicho últimamente, me alegro de que seas mi hermano mayor. —Le di unos golpecitos afectuosos en la cabeza—. A pesar de que me vaciles.

—¿Vemos una peli?

—Solo si, primero, te lavas los dientes. Odio cuando tu aliento apesta a mantequilla de cacahuete y palomitas.

Él suspiró.

—¡Y yo que creía que habías cambiado!

Nos dejamos caer en los pufs que había delante del televisor y Ian lo encendió. Estaban dando las noticias de las diez. Dijo una reportera:

Calvin Versteeg ha sido acusado de cuatro asesinatos en primer grado y dos intentos de asesinato. Está detenido en el centro penitenciario del condado de Teton, pero distintas fuentes nos han informado de que, probablemente, se le considerará incapacitado para ser juzgado. Durante el intento de suicidio que cometió poco antes de ser arrestado sufrió graves daños cerebrales y se dice que será internado en un centro psiquiátrico estatal para recibir el tratamiento adecuado.

—¿Quieres que la apague? —me preguntó Ian, y me lanzó una mirada de preocupación.

Yo le indiqué con un gesto que se callara, me incliné hacia delante y me concentré en el vídeo que estaban reproduciendo. En él, varios policías conducían a Calvin, que estaba sentado en una silla de ruedas, al interior de la prisión. Los reporteros y los cámaras se acercaban a él tanto como podían. Le tomaban fotografías y alargaban los micrófonos hacia él, pero yo me fijé en un hombre que estaba en la periferia de la multitud.

Llevaba puesto un anorak de plumón y unos tejanos negros de aspecto desgastado pero que se veían nuevos. Las palmas de mis manos empezaron a sudar. El hombre tenía la cabeza inclinada hacia el suelo y no se le veía la cara, pero se parecía a...

La reportera continuó:

Versteeg se graduó el año pasado en el instituto Highland de Pocatello y les contó, a su familia y a sus amigos, que este año estudiaría en Stanford. El departamento de admisiones de la universidad nos ha informado de que, efectivamente, Versteeg solicitó ingresar en el centro, pero que fue rechazado. El padre de Calvin Versteeg, que es auditor, y su madre, que es abogada, no han hecho ninguna declaración en relación al arresto de su hijo y tampoco han respondido a nuestras llamadas telefónicas. Hemos entrevistado a Rachel Snavely, antigua alumna del instituto Highland y compañera de Versteeg desde primaria y ha declarado: «No me puedo creer que Calvin haya matado a esas chicas. No le haría daño ni a una mosca. Es un tío estupendo. El verano pasado, asistí a una fiesta en su casa y fue todo un caballero.»

—Ya puedes apagarlo —le dije a Ian, y me levanté totalmente rayada.

Ian apagó el televisor con el mando a distancia.

—Siento que hayas tenido que ver esto. ¿Estás bien?

Me dirigí a la ventana, apoyé la mano en el cristal y escudriñé la deprimente oscuridad exterior mientras esperaba ver una figura entre las sombras que me devolviera la mirada.

No lo vi, pero estaba ahí fuera, en algún lugar.

Jude estaba vivo.

Durante la noche, o tuve demasiado frío o demasiado calor. Me desperté a las seis. Hecha un lío con las sábanas. Renuncié a volver a dormirme y decidí salir a correr. Demasiada adrenalina corría por mis venas y estaba de los nervios. El cielo estaba cubierto de nubes y amenazaba lluvia. El día reflejaba, asombrosamente bien, mi estado de ánimo.

Corrí por el parque moviendo con energía los brazos de atrás adelante mientras intentaba dejar atrás a Jude. Él no regresaría. Había hecho lo que se había propuesto hacer y su vida como Mason había llegado a su fin. En aquel momento, probablemente estaba en un avión camino de California para reemprender su vida como Jude Van Sant. Yo ya no estaba en el cuadro.

Sabía que no era lógico que estuviera enfadada con él. Jude había cumplido las promesas que me había hecho. Pero mi corazón se sentía demasiado unido a él para que mi mente pudiera pensar lógicamente. Yo lo necesitaba. Éramos un equipo. Saber que nunca viajaríamos en coche con las ventanillas bajadas y coreando a pleno pulmón una canción de la radio hacía que me sintiera engañada. Y, también, que nunca iríamos a una sesión nocturna de cine y nos tomaríamos de la mano en la oscuridad. Ni que haríamos una pelea de bolas de nieve. Después de todo lo que habíamos pasado juntos, ¿acaso no me merecía disfrutar con él de los buenos momentos?

No era justo. ¿Por qué se había ido según sus condiciones? ¿Qué pasaba con lo que yo quería? Arranqué con rabia los auriculares que llevaba puestos en las orejas y me incliné para recuperar el aliento. No lloraría por él. No sentía nada. Estaba segura, no sentía nada.

Cuando consiguiera apartarlo de mi mente, me daría cuenta de que mis sentimientos no eran reales. Nos habíamos visto atrapados juntos en unas circunstancias terribles y esta experiencia había hecho que me sintiera sumamente unida a él. Un día cualquiera, me acordaría de la noche que pasamos bajo las raíces del árbol caído y me reiría de mí misma por pensar que estaba interesada en él. ¡Eso si me acordaba de aquella noche!

Tomé una curva y un tío se interpuso en mi camino. Me detuve de golpe. Era temprano y las sombras se proyectaban en el camino flanqueado por árboles. El tío llevaba puesta una cazadora de piel y un petate de lona colgaba de su hombro; como si estuviera a punto de subir a un avión.

Se me secó la boca y las manos me temblaron. Se había arreglado: ropa nueva y una visita al peluquero. Pero, a pesar de que estaba recién afeitado, su aspecto no era inofensivo. Todavía tenía la cara señalada con cortes y los morados no habían desaparecido por completo. A la tenue luz del amanecer, parecía peligroso.

La chaqueta se ajustaba perfectamente a sus musculosos hombros y me estremecí al recordar la suavidad de su piel. Me acordé, con todo detalle, de la noche que compartimos debajo del árbol caído. Me acordé del sabor de sus besos y de lo cómoda y segura que me sentí junto a él.

Deseé correr y lanzarme en sus brazos, pero me contuve.

—Has vuelto —le dije.

Él se acercó a mí.

—Tardé cuatro días en salir de las montañas. No me permití parar porque temía que, si lo hacía, me congelaría. Utilicé tu chaqueta como vendaje, así que gracias. Cuando llegué al pie de la montaña, encontré una tienda con un cajero automático en el exterior. Saqué algo de dinero y me escondí en un hotel hasta que me recuperé. Tenía planeado subir a un avión y regresar a California. Estaba preparado para cerrar este capítulo de mi vida y volver a ser Jude Van Sant y no creía que nada pudiera detenerme. —Fijó sus ojos en los míos—. Pero una cara familiar me acosaba y me despertaba por las noches.

—Jude... —dije con voz ahogada.

Él se acercó y me tomó de las manos.

—Guardaste mi secreto y nunca te estaré lo bastante agradecido.

—Sé por qué hiciste lo que hiciste.

—Lauren merecía que se hiciera justicia. Y Kimani y Macie también, pero no todo el mundo estaría de acuerdo en cómo lo conseguí. Shaun os secuestró a Korbie y a ti, disparó e hirió a un policía y mató a un guarda forestal. Y yo estaba con él cuando lo hizo. Durante el juicio, se habría sabido que yo estaba viviendo una mentira. Cualquier persona normal habría dudado de mí y me habrían encerrado.

Jude tenía razón. Yo lo sabía. Y también sabía que se había arriesgado mucho al ir aquella noche al parque. No me permití pensar lo que significaba, para mí y para nosotros, que se hubiera arriesgado a que lo capturaran para verme.

—¿Y, ahora, qué? —le pregunté—. ¿Qué va a pasar con nosotros?

Algo cambió en su mirada. Bajó la vista hacia el suelo. Inmediatamente supe que me había equivocado. No obtendría la respuesta que esperaba. Jude iba a romperme el corazón.

—Hemos vivido algo muy intenso y, ahora, tenemos que acostumbrarnos a que la vida vuelva a la normalidad, aunque se trate de una normalidad diferente. Tú tienes que volver al instituto. Este será tu último año y es un año importante. Debes celebrarlo con tus amigas y planificar tu futuro. Yo tengo que regresar a casa y vivir el duelo con mi familia.

Se estaba alejando de mí. Aquello era el final de nuestra historia. Cuatro días realmente intensos. Eso era todo lo que yo tendría. Pero no tenía por qué preocuparme, porque lo que yo sentía no era real. En las frías e implacables montañas, Jude me había ayudado a sobrevivir y yo confundía la gratitud con otra cosa. Cuando pensaba en la posibilidad de perderlo, mi corazón latía desenfrenadamente, esto se debía a un miedo irracional, a pensar que todavía lo necesitaba.

—No quiero cagarla —declaró Jude mientras me miraba a los ojos.

Quería asegurarse de que yo estaba bien; de que no me hacía daño. Y yo no podía permitir que supiera que me estaba partiendo el corazón. ¿Cómo podía dolerme tanto que se fuera si nuestra conexión no era real?

—Este es mi número —declaró, y me tendió un pedazo de papel—. Si necesitas hablar, llámame. Sea la hora que sea, tanto si es de día como de noche. Lo digo en serio, Britt. Sé que piensas que intento deshacerme de ti, pero solo hago lo que creo que es correcto. Quizá me equivoque. Y, seguramente, me arrepentiré de esto, pero, aunque no me resulte fácil, tengo que hacerlo porque creo que es lo mejor.

¡Claro que se estaba deshaciendo de mí! ¿Y por qué no? La pesadilla que nos había unido se había acabado. Jude tenía razón. Había llegado la hora de que cada uno siguiera su camino.

—No, está bien. Tienes razón. Me alegro de que vinieras a decirme adiós —dije con calma—. Y siento lo de Lauren. Ojalá su historia hubiera acabado de otra manera.

—Yo también lo siento.

Como no sabía qué más decir, volví a ponerme los auriculares.

—Voy a acabar de correr. Me ha gustado conocerte, Jude.

Él pareció triste, angustiado y frustrado al no poder hacer nada al respecto.

—Que tengas suerte en la vida, Britt.

Me alejé de él a toda pastilla mientras me mordía el labio inferior y contenía el sollozo que crecía en mi pecho. Cuando tomé la siguiente curva y lo perdí de vista, caí de rodillas y dejé de fingir.

Lloré a moco tendido.

Un año después

Epílogo

—¡Viaje por carretera! —chilló Caz, mi compañera de habitación de la universidad.

Levantó los brazos y el cálido viento de mayo agitó su rizado cabello pelirrojo. Caz era de Brisbane, Australia, y me recordaba a Nicole Kidman en la vieja película *Los bicivoladores*. Tenía los mismos tirabuzones y el mismo y adorable acento australiano.

Acabábamos de terminar nuestro primer curso en la Universidad de Pierce, en Woodland Hills, California, y estábamos experimentando, de primera mano, el significado de la palabra libertad. Yo había vendido mis libros de texto, había pagado la residencia y había terminado el último examen final. Matrícula en química. ¡Adiós y buen viaje!

Mi lista de preocupaciones mundanas se había reducido a una sola cosa: divertirme, divertirme y divertirme bajo el tórrido sol de California.

—¿Alguna vez habéis conducido por la carretera de la costa del Pacífico? —nos preguntó Juanita, nuestra otra compañera de habitación, desde el asiento trasero del Wrangler.

Tenía la nariz pegada al iPhone y tecleaba con frenesí un mensaje para Adolph, su recién estrenado novio. Yo creía que era el primer chico con el que salía. Nos había costado mucho convencerla para que se apuntara al viaje. Juanita tenía miedo de que, si no se veían en dos semanas, Adolph cambiaría de idea y la dejaría. Yo era una experta en la confianza y la independencia femeninas, pero también sabía lo que era encontrar el amor y, después, perderlo.

—Decidme dónde queréis parar por el camino y os informaré sobre la importancia histórica y social de todos los puntos de interés. Está el castillo Hearst, la playa Zuma, la capilla Wayfarers...

—¡No queremos parar en ningún sitio! —exclamó Caz—. Esa es la idea. Queremos alejarnos de aquí tanto como sea posible. ¡Queremos conducir para siempre!

Soltó un grito que sonó, más o menos, como «¡yuju!».

—Hemos alquilado una casita obscenamente cara cerca de la playa Van Damme para dos semanas y el pago inicial es a fondo perdido, de modo que no podemos conducir para siempre —señaló Juanita con sentido práctico—. Por cierto, ¿de quién ha sido la idea?

—De Britt —contestó Caz—. Ella es de Idaho y, para ella, ir a la playa es el no va más. Esto le dará un respiro, porque, normalmente, se pasa los veranos participando en competiciones de lanzamiento de patata en una granja.

—¡Mira quién habla! ¡Pero si los australianos os pasáis las vacaciones practicando la conducción temeraria con utilitarios! —me burlé yo.

—Perdona, pero prefiero los garrulos de Australia que los pueblerinos de los estados del Sur —replicó Caz con una amplia sonrisa.

—En Monterey hay un acuario increíble —comentó Juanita—. Podríamos parar allí para comer. A ti te encantaría, Britt. Aunque, probablemente, sea demasiado instructivo para los gustos de ciertas personas. ¡No vayamos a aprender algo!

—Las clases se han terminado. ¡Basta de aprender! —protestó Caz mientras golpeaba el salpicadero del Wrangler con los puños.

—He oído decir que, en la playa Van Damme se pueden pescar orejas marinas —comenté yo intentando que mi voz sonara indiferente.

¡Qué falsa era! Yo sabía con certeza que, en Van Damme, se pescaban orejas marinas. De hecho, había ahorrado todo el dinero que había ganado trabajando en la secretaría del campus durante el último semestre y me lo iba a gastar en aquellos quince días de vacaciones. Y todo porque quería comer mi primera oreja marina asada en una hoguera, al estilo tradicional.

Claro que, en realidad, lo que quería era ver a Jude.

—Sí, pescar orejas marinas es muy popular en la playa del parque Van Damme —corroboró Juanita—. Pero puede ser muy peligroso, sobre todo si no sabes de qué va. Yo no lo recomiendo.

—Creo que deberíamos probarlo —sugirió Caz.

—Sí, haced lo que queráis —repuso Juanita con la mirada pegada al móvil—. Yo veré cómo os ahogáis desde mi toalla en la playa.

—Sí, ese podría ser un buen lema en tu vida, «Sentarme y mirar» —declaró Caz, y deslizó una mano en el aire como si estuviera colocando un letrero.

—Y el tuyo sería, «¡Tirarme de cabeza a los desastres!» —exclamó Juanita.

—Sobre todo si son altos, morenos y están buenísimos —repuso Caz, y levantó la mano para chocar los cinco conmigo.

—Se supone que estamos aquí para divertirnos, tías —intervine yo—. Ya vale de discutir. Cerrad los ojos, respirad hondo y pensad en cosas alegres. Y dadme vuestros móviles. Los guardaré en la guantera. ¡Y nada de quejas! Caz, ocúpate tú. Aquí tienes el mío.

Después de entregar los móviles, Caz y Juanita se relajaron en los asientos y yo conduje por aquel impresionante tramo de la carretera de la costa, con sus pronunciadas curvas pegadas a los acantilados, que caían en picado y se sumergían en las blancas y espumosas olas. Los estrechos arcenes me recordaban a las serpenteantes carreteras de las montañas de Wyoming, pero el parecido acababa aquí. Entrecerré los ojos y, a través de las gafas de sol, contemplé las brillantes olas de color turquesa que ondulaban la superficie del océano hasta donde alcanzaba la vista. El resplandeciente y alto sol caía de lleno sobre la desnuda piel de mis brazos y cara, sin que me importara llenarme de pecas. Y el olor del aire: árboles florecientes, asfalto ardiente y el penetrante, fresco y limpio olor del mar. ¡No, definitivamente, aquello no era Wyoming!

Intenté absorberlo todo, pero no podía olvidar adónde conducía aquella carretera. Cada kilómetro que recorríamos me acercaba más a él. Si quería verlo, esta era mi oportunidad. Mi corazón latía con frenesí y, a continuación, se encogía de terror. ¿Y si salía con alguien? ¿Y si ella era guapa, inteligente y perfecta?

Podía telefonearlo. Tenía su número. ¡Lo había marcado tantas veces a lo largo del último año! Pero algo me detenía siempre antes de marcar el último número. ¿Qué le diría? Lo nuestro no era, exactamente, una relación o una amistad normal, de modo que, «¿Qué tal?», no me parecía una opción adecuada. Y, «Te echo de menos» sería una frase incómodamente reveladora. O extraña y pegajosa, como si estuviera haciendo una montaña de los cuatro días que habíamos pasado juntos.

Supongo que quería que nos encontráramos por casualidad. Como si el destino quisiera decirnos algo. Seguramente, alquilar una casita cerca de su playa favorita era darle un empujoncito al destino, claro que, ¿y si no nos decía nada espontáneamente?

Podía hacerme la fuerte y telefonearlo. Al fin y al cabo, solo se trataba de una llamada telefónica. Además, si contestaba, yo siempre podía colgar. Tenía un móvil nuevo con un código de área de Los Ángeles. Jude no lo relacionaría conmigo.

La cabeza de Caz se había deslizado hasta apoyarse en el marco de la puerta y sus ojos estaban cerrados. Juanita, por su parte, dormía estirada en los asientos de atrás. Antes de que pudiera arrepentirme, me incliné y saqué mi móvil de la guantera. Marqué el número de Jude. Con cada llamada, una parte de mis nervios desaparecía y otra cosa ocupaba su lugar.

—¿Qué, llamando a casa? —me preguntó Caz mientras bostezaba y se frotaba los ojos.

—No, a un amigo de la Bahía de San Francisco. Pero no ha contestado. No pasa nada.

Fingí que bostezaba para dar la impresión de que no me importaba para nada.

—¿Amor o amigo? —me preguntó ella con perspicacia.

—Solo es un tío que conocí una vez.

Nunca le había hablado de Jude. Durante aquel primer año de universidad, Caz se había convertido en mi mejor amiga. Le había contado cosas que no le había contado nunca a nadie, ni siquiera a Korbie. Teníamos muchas bromas que solo entendíamos nosotras. Siempre dividíamos los gastos de las provisiones a partes iguales. No llevábamos la cuenta de lo que consumía una y otra. Lo que era mío era de Caz. Y tampoco teníamos secretos la una con la otra. Y, cuando nos peleábamos, nunca nos íbamos a dormir enfadadas. Nos quedábamos despiertas hasta que encontrábamos una solución, aunque eso significara no dormir en toda la noche. De modo que, en aquel momento, me sentí culpable por no haberle contado nada de Jude. Aunque no estaba segura de estar preparada para compartirlo con nadie. Quizá porque, en realidad, nunca había sido mío. Ni siquiera estaba segura de que lo que había pasado entre nosotros fuera real, porque nunca tuvimos la oportunidad de comprobarlo.

—Somos jóvenes, Britt. Y estamos vivas —declaró Caz, y apoyó los talones sobre el salpicadero—. Guarda la prudencia para cuando estés muerta.

La observé con envidia y admiración. Hubo un tiempo en que yo era como ella, irreflexiva y espontánea, pero las vacaciones de primavera del año anterior lo habían cambiado todo. Yo había cambiado.

Caz condujo la segunda mitad del trayecto. Juanita se sentó en el asiento del copiloto y yo me acomodé en el asiento trasero. Decidí cantar las canciones que emitían por la radio para mantenerme centrada. Si no iba con cuidado, mis pensamientos regresaban al pasado, a la noche que Jude y yo pasamos debajo de las raíces del árbol caído, y revivía los secretos y las otras cosas que habíamos compartido.

Aproximadamente una hora antes del anochecer, vi un letrero que señalaba el desvío de la playa Van Damme. Sentí un hormigueo en la piel. ¿Y si Jude estaba en la playa en aquel momento? ¡Claro que no lo estaba! Pero podía ir allí algún día. Al fin y al cabo, la playa significaba mucho para él. Yo podía escribir nuestros nombres en la arena, algo absolutamente cursi y sentimental, y quizá semanas o meses después, él caminaría por aquel mismo lugar y, de repente y sin saber por qué, pensaría en mí.

—Toma esta salida —solté automáticamente.

Caz me miró por el espejo retrovisor. La casita que habíamos alquilado estaba hacia el norte, a unas cuantas salidas más, cerca de la bahía. Me di cuenta de que Caz estaba a punto de darme esta información, pero vio la expresión de mi cara y tomó aquella salida.

Cuando el coche disminuyó la marcha, Juanita se enderezó y se desperezó.

—¿Dónde estamos? —preguntó medio dormida.

—Vamos a pescar orejas marinas —respondió Caz.

«¿Qué son las orejas marinas?», me preguntó articulando las palabras a través del espejo retrovisor.

—Son unos moluscos —respondí yo.

—¡Ah! —contestó ella con prudencia—. Vamos a pescar orejas marinas, lo que puede ser, o no, el nombre en clave de otra cosa.

Caz aparcó y yo salí del Wrangler y caminé hasta los riscos y el escarpado acantilado que daba al océano. Mi corazón latía absurdamente deprisa y me alegré de disponer de unos instantes a solas para serenarme. Jude no estaba en la playa. Me había puesto nerviosa por nada.

Los rayos del sol rozaban la superficie del agua y despedían luminosos destellos plateados. Unas rocas afiladas surgían aquí y allá a lo largo de la costa y las gaviotas chillaban y volaban en círculos por encima de mi cabeza. Mientras descendía a la playa, intenté imaginarme a Jude buceando para pescar orejas marinas, dejándose llevar por el ir y venir de la corriente. Nunca le pregunté cuánto tiempo aguantaba conteniendo la respiración. Fuera cual fuese su récord, yo lo había superado, porque había contenido la mía durante un año.

Varios minutos después, Caz descendió por el sendero detrás de mí.

—¿Lo ves? —me preguntó—. Me refiero al oreja marina.

Yo realicé una mueca.

—¡Muy graciosa!

—¿Cómo lo conociste?

—No me creerías.

—Era el repartidor de pizzas... El novio de tu mejor amiga... Uno de los portadores del féretro en el funeral de tu tío abuelo Ernest... ¿Me estoy acercando?

«No, él me secuestró, me obligó a guiarlo por las montañas en medio de una ventisca, me salvó la vida, después yo le salvé la suya, nos enrollamos y, en algún momento de la historia, me enamoré de él. Bueno, esto más o menos lo resumía.»

—No tenemos por qué hablar de él —dijo Caz—, pero si te rompió el corazón, le arrancaré el suyo y se lo daré de comer al cerdo que tiene mi familia como mascota. Al viejo cerdo mascota.

—Eso me tranquiliza.

—Tú harías lo mismo por mí.

—Yo no tengo un cerdo mascota.

—Pero seguro que tienes una patata mascota —bromeó ella.

Yo rodeé sus hombros con mi brazo.

—¿Paseamos por la playa mientras charlamos?

Sin quitarnos los zapatos, caminamos por la gruesa arena, fuera del alcance de la marea.

—Hablando de cosas que haría por ti —continuó Caz—, si te dejaras el helado en la encimera, yo lo metería en el congelador. Y, si un día lluvioso te hubieras olvidado la chaqueta en casa, iría a buscarla.

—¿Adónde quieres llegar?

—Y que si, por ejemplo, te hubieras dejado el móvil en el coche y sonara, contestaría la llamada por ti.

La miré durante varios segundos antes de comprender lo que me estaba diciendo.

—¿Has contestado una llamada a mi móvil? ¿Quién era?

Se me revolvieron las tripas.

—Un tío. No había podido contestar una llamada tuya anterior y no habías dejado ningún mensaje. No había reconocido tu número, así que te llamó.

—¿Qué le has dicho? —le pregunté. Mi voz se volvió más aguda a causa del pánico—. ¿Le has dicho quién era yo?

—Le he dicho que si quería saber de quién era el teléfono, podía venir a la playa Van Damme y averiguarlo por sí mismo.

—¡No es verdad!

La agarré del codo y tiré de ella hacia el sendero del acantilado para regresar al coche.

—¡Tenemos que irnos! ¿Te ha dicho si estaba muy lejos? ¿Está en San Francisco? ¡Deja de arrastrar los pies, Caz!

—Esto es lo más increíble de todo. Me ha dicho que estaba aquí.

—¡No puede ser! —exclamé con voz estridente.

—Me ha dicho que tenía que secarse y que, después, nos encontraríamos en el aparcamiento. Le he dicho que allí estaríamos.

Noté que me ponía colorada. De repente, me aterrorizó verlo. Y también no verlo.

—Tenemos que irnos. ¡Corre, Caz!

El sendero era demasiado empinado, de modo que la agarré de la mano y empecé a correr hacia las dunas que había más adelante. Tenía que llegar al aparcamiento antes que Jude. Había interferido en los designios del destino y aquel era mi castigo. Sí, quería verlo, pero no de aquella manera. No sabría qué decirle. Todavía no había pensado en las palabras perfectas para la ocasión, y el viento me había despeinado, ¿y si no estaba solo?, ¿y si estaba con ella?

Lo que ocurrió a continuación, fue como uno de esos momentos eternos en los que el tiempo parece detenerse. Caz y yo corríamos por la playa cuando ella comentó algo acerca de un tío bueno que se dirigía hacia nosotras. Levantó el ala de su sombrero para ver con claridad su cuerpo, ya que no llevaba camisa. Yo me detuve de golpe. Mi mente se paró y lo único que pude hacer fue mirar. En algún lugar distante de mi cerebro, debí de reconocerlo; al fin y al cabo, lo tenía delante. Pero no pensé nada. Estaba demasiado impactada para pensar. Él debió de sentir lo mismo que yo, porque también se detuvo. Sus ojos me miraban, pero la expresión de su cara era de sorpresa e incredulidad.

Tenía la piel húmeda y bronceada, y la punta de su nariz empezaba a estar roja por el sol. Llevaba el pelo más largo que la última vez que lo vi y lo apartó de sus ojos marrones. Una de sus manos estaba en el interior de uno de sus bolsillos. Su postura era relajada y desenfadada, lo que hacía que pareciera una persona distinta. El duro hombre de la montaña que caminaba con los hombros encorvados para protegerse del frío y que tenía las manos irritadas había desaparecido. El tío que tenía delante estaba tan relajado y resultaba tan atractivo como unos tejanos desgastados.

Una sonrisa animó su cara.

—Por un momento, me descolocaste. Una amiga con acento australiano... Bonita pista falsa.

Yo ni siquiera pude contestar. Me quedé allí, temblando.

—Siento no haber respondido a tu llamada. Estaba en el agua —continuó él.

Caminó hacia mí y su sonrisa se esfumó. Su mirada se volvió seria. El Jude que ocultaba sus sentimientos ya no estaba. Yo observé la mezcla de emociones que reflejaba su cara mientras él me miraba atentamente. Me quedé sin aliento. Jude todavía sentía algo por mí. Estaba escrito, inequívocamente, en su cara.

Era todo lo que necesitaba saber. Dejé de contenerme. Corrí y me lancé a sus brazos mientras rodeaba sus caderas con mis piernas y hundía la cara en su cuello.

Lo besé. Ocurrió deprisa y fácilmente. Los meses que habíamos estado separados se redujeron a días, minutos, segundos..., a un simple latido de corazón. Deslicé mis labios por su boca, por sus pómulos, por toda la superficie de su fuerte y bonita cara.

—¡No me puedo creer que seas tú! —Colocó mi cabello detrás de mi oreja y acarició mi mejilla con suavidad—. Estás increíble.

Yo me eché a reír.

—Estaré increíble cuando me haya duchado, haya comido y haya dormido.

—Creo que daré un paseo y pescaré una oreja marina para mí —bromeó Caz.

Señaló la costa y retrocedió con una sonrisa tontorrona y feliz.

—¡Espera, Caz! Este es Jude. —Lo tomé de la mano y tiré de él—. Te presento a Caz. Es mi mejor amiga.

—Encantado de conocerte —la saludó Jude mientras estrechaba formalmente su mano.

Su gesto pareció ganarse la aprobación de Caz, quien le sonrió ampliamente.

—Si no lo quieres, ya me lo quedo yo —me susurró.

—¿Puedo invitaros a cenar? —Jude sonrió todavía más ampliamente y mostró todo su encanto—. Conozco un sitio fantástico. El Café Beaujolais. No está lejos de aquí. No podéis venir hasta aquí y no probarlo. No aceptaré un no como respuesta. Ahora estáis en mi terreno y es mi deber haceros de guía.

—Gracias por el detalle —contestó Caz—, pero yo ya he comido. Pero Britt se saltó la comida y seguro que está muerta de hambre.

Era una mentira tan bestia que estuve a punto de echarme a reír. Yo me había atracado de langosta en Monterey y Caz lo sabía.

—Juanita y yo iremos a instalarnos en la casita —continuó Caz—. Nos vemos... cuando nos veamos.

Me guiñó un ojo.

—¿Os alojáis cerca? —me preguntó Jude con expresión animada.

—Hemos alquilado una casita no muy lejos. Lancé un dardo a un mapa y ¡adivina!, salió Van Damme.

Jude esbozó una sonrisa astuta.

—Me encantan las buenas coincidencias.

Jude tenía razón, el Café Beaujolais era increíble. Nos sentamos fuera, en el jardín, y comimos caracoles. Jude me dijo que debía conformarme con ellos hasta que pescara alguna oreja marina para mí. El cielo era de un intenso color púrpura que no llegaba a ser negro, y ya se veían las estrellas. El aire olía a algo dulce y a vegetación. Me quité las chanclas y apoyé los pies en las piernas de Jude, por debajo de la mesa. Él se había puesto una camisa blanca de lino para la cena y me acarició la pierna afectuosamente.

—Cinco tenedores —dije yo—. Es la mejor comida que he tomado en mi vida.

Jude sonrió. Sus ojos despedían una luz que no había visto

nunca antes en ellos. Al menos, no en las montañas. Era como si su coraza se hubiera derrumbado y por fin viera al verdadero Jude. Era informal, genuino y abierto. Tenía un gran corazón. Era un buen tío.

—Hay unos cuantos sitios más a los que me gustaría llevarte. Podría hacerte de guía turístico de la zona.

—Me apunto.

Alargó el brazo por encima de la mesa y entrelazó los dedos de su mano con los míos.

—Tienes unas manos bonitas —me dijo—. No te las había visto antes porque siempre llevabas guantes.

—Tiré a la basura todo lo que me puse en aquel viaje. Los guantes, los tejanos e incluso las botas. Cuatro días seguidos llevando lo mismo fue suficiente para mí.

—Yo también lo tiré casi todo. Menos el gorro. Lo conservé porque tú te lo habías puesto y quería tener un recuerdo de ti. ¡Lo sé, es un detalle patético y sentimental!

—¡No! —exclamé yo. De repente, me sentí tímida—. Es... tierno.

Sus ojos se volvieron expresivos y mostraron sinceridad.

—Desde que nos vimos por última vez, he venido a Van Damme casi todos los fines de semana. El viaje es largo, pero esperaba que te acordaras de que te había hablado de este lugar. Me sentaba en las rocas y escudriñaba la playa por si te veía. A veces, mientras paseaba por la arena, creía verte con el rabillo del ojo. Me volvía rápidamente, pero siempre se trataba de un reflejo de luz. —Su voz se volvió grave—. Vine una y otra vez esperando encontrarte. Y hoy, cuando te vi y realmente eras tú, me di cuenta de que tú también me estabas buscando. Porque aquellos cuatro días en las montañas nos cambiaron. Yo te di un trozo de mí y tú también debiste de darme un trozo de ti, porque, si no, no habrías venido a Van Damme. No puedo olvidarte, Britt, y no quiero que tú te olvides de mí.

Los ojos se me llenaron de lágrimas.

—He venido hasta aquí para verte. Aquellos cuatro días no fueron suficientes para mí. Quería estar contigo de esta manera. En una noche cálida y relajada. En un restaurante. Paseando por la playa y hablando de cosas estúpidas y sin importancia.

—¡Tengo una idea brillante! Demos un paseo por la playa y hablemos de cosas estúpidas y sin importancia.

Yo me reí.

—Me has leído la mente.

—¿Lo ves? Soy el tío perfecto. No tienes que decirme lo que quieres. —Se dio unos golpecitos en la cabeza con un dedo—. Soy un tío que lee la mente. Solo hay uno entre un millón. Se trata de un superpoder de segunda categoría como mínimo.

—¡Para ya! Vas a conseguir que me atragante con la bebida.

Jude volvió a darse unos golpecitos en la cabeza con el dedo.

—Lo sabía.

Yo exhalé un suspiro de felicidad.

—Es la mejor noche de mi vida, Jude. Gracias.

—Hago que te atragantes con la bebida y es la mejor noche de tu vida. ¡Eres fácil de contentar!

—¡Vamos! —Me reí otra vez. Me puse las chanclas y lo agarré del codo—. La gente nos está mirando. Vayamos a hacer el idiota en privado.

Caz me dijo una vez que uno sabe cuándo está cómodo con otra persona cuando están juntos en silencio y no se sienten obligados a hablar. Así nos sentíamos Jude y yo. Nos tumbamos sobre la arena gris y contemplamos el cielo. El aire del océano era refrescante. Localicé las constelaciones que conocía. Sobre todo la Osa Mayor y la Osa Menor. Estaba convencida de que también podría localizar el Cinturón de Orión. Vi dos estrellas brillantes que estaban muy juntas y lejos de las demás y decidí que aquella sería nuestra constelación. Me pareció romántico pensar que podíamos estar juntos para siempre. Nuestro amor escrito en las estrellas.

—¿Qué planes tienes para el verano? —me preguntó Jude.

—Buscar un trabajo, ir a ver a mi familia... —Me volví para mirarlo a los ojos—. Ahora mismo, no pienso en eso.

—Quédate aquí. Conmigo.

Me apoyé en el codo y lo miré a la cara para averiguar si hablaba en serio.

—¿Qué quieres decir?

—Mis padres pasarán el verano en Europa, y en la casa hay un montón de habitaciones. Caz y Juanita también pueden venir. Y si te preocupa lo de encontrar un trabajo, conozco a unas cuantas personas que buscan estudiantes en prácticas. Y si quieres algo menos exigente, siempre puedes encontrar trabajo como camarera. Tú pide.

—¿Nos dejarías quedarnos en tu casa todo el verano?

—Nada se interpondrá en mi camino. Mi oferta será tan buena que no podrás rechazarla.

Yo sonreí.

—Eso suena un poco siniestro, Don Corleone.

—El año pasado te dejé escapar y, aunque no me arrepiento de haberte dado tiempo para que averiguaras lo que realmente sentías, siempre he esperado que me dieras una segunda oportunidad. Dime que sí. Dime que nos darás otra oportunidad.

—No lo sé —le contesté mordiéndome el labio para que no se me escapara la risa—. Las últimas vacaciones que pasamos juntos acabaron fatal. Tengo que preguntarte algo: ¿habrá nieve?

Una sonrisa iluminó sus facciones.

—No, solo playas interminables, sol... y yo.

Estaba tumbada entre sus brazos, con una pierna sobre las de él y la cabeza en su hombro. Él tenía los ojos cerrados, pero estaba despierto. Me rodeaba con un brazo y tenía la otra mano apoyada en mi muslo. Una sonrisa de felicidad flotaba en sus labios.

Era la tarde del día siguiente, a última hora, y estábamos solos en la playa. El sol había recorrido el cielo y sus rayos habían calentado nuestro lecho de arena incluso debajo de la sombrilla. Me tapé el pie con la toalla.

—Estás pensando en algo —murmuró Jude sin abrir los ojos.

—Estoy pensando en ti.

Suspiré felizmente y deslicé mi mano por su pecho. Solo tenía leves cicatrices de las heridas de aquel viaje. Las besé con delicadeza. Para mí, no eran imperfecciones, sino el vivo recuerdo de la oscura noche que compartimos. Pero después de la oscuridad viene la luz.

—Interesante, porque yo también estaba pensando en ti.

Limpié su bíceps de arena y apoyé mi mejilla en él.

—Cuéntame. ¿Qué pensabas de mí? No me dejes en suspense. No estoy en contra de los halagos.

Jude se volvió de lado y estiró su largo y musculoso cuerpo junto al mío.

—Si no fueras tan guapa, te reñiría por ese gran ego que tienes. —Deslizó el dedo ociosamente a lo largo de mi nariz—. Siempre pienso en hacerlo, pero entonces me miras, me olvido de qué iba a decirte y lo único que consigo pensar es que, si no te beso, y pronto, es que no te merezco.

—Eso ya me está bien.

—Si no me controlo, te mimaré y la cabeza te crecerá tanto que tendremos que bajarla rodando hasta la playa. —Apoyó el codo en la arena y me miró a los ojos—. Todavía no me has contestado. ¿Te quedarás aquí durante el verano?

Dejé de sonreír y sopesé seriamente su propuesta. De una forma que el resto del mundo nunca entendería, pasar cuatro días con él en la montaña y confiarle mi vida fue todo lo que necesité para saber que estaba enamorada de él. Si tuviera que volver a pasar por aquello para conocerlo, lo haría.

Le tapé la boca con la mía. Jude sabía a agua de mar. Pensé que era muy afortunada. Durante todo el verano, podría tumbarme en la playa con él, nuestros cuerpos estarían rebozados de arena, besaría el océano en sus labios y nos dormiríamos el uno en los brazos del otro mientras oíamos el suave batir de las olas.

—Me quedaré —le contesté—. Creo que estar contigo merece que soporte las interminables playas y el sol un poco más.

Jude sonrió.

—Así que lo merezco. Muy bien, te lo demostraré. Ven aquí...